"十二五"国家重点图书出版规划项目

中国散文通史

郭预衡 郭英德 总主编

当代卷 上

刘锡庆 主编
张 明 张国龙 副主编

时代出版传媒股份有限公司
安徽教育出版社

图书在版编目（CIP）数据

中国散文通史. 当代卷. 上 / 刘锡庆主编. —合肥：安徽教育出版社,2012.12
 ISBN 978-7-5336-7196-9

Ⅰ.①中⋯　Ⅱ.①刘⋯　Ⅲ.①散文－文学史－中国－当代　Ⅳ.①I207.6

中国版本图书馆CIP数据核字（2012）第283849号

书名：中国散文通史·当代卷（上）　　　　主编：刘锡庆
　　　　　　　　　　　　　　　　　　　副主编：张　明　张国龙

出 版 人：朱智润　　策划统筹：张丹飞　张　利　　责任编辑：何换生　王玉凝
版式设计：朱　锦　　装帧设计：张鑫坤　　　　　　技术编辑：王　琳

出版发行：时代出版传媒股份有限公司　　http://www.press-mart.com
　　　　　安徽教育出版社　　http://www.ahep.com.cn
　　　　　（合肥市繁华大道西路398号,邮编：230601）
　　　　　营销部电话：(0551)63683010,63683011,63683015
排　　版：安徽创艺彩色制版有限责任公司
印　　刷：安徽新华印刷股份有限公司　　电话：(0551)65859480
（如发现印装质量问题,影响阅读,请与印刷厂商联系调换）

开本：720×1010　1/16　　　印张：24.25　　　字数：350千字
版次：2013年1月第1版　　　2013年1月第1次印刷

ISBN 978-7-5336-7196-9　　　本卷定价：128.00元（全套定价：1490.00元）

版权所有,侵权必究

目　录

绪　论 ·· 001

第一编　叙事散文

第一章　报告文学 ··· 013

大陆报告文学发展总述 ·································· 013

作家作品分述（一） ····································· 020

第一节　林韦、杨刚、司马文森 ···················· 020

第二节　魏巍、巴金(1) ·································· 022

第三节　萧乾、秦兆阳、柳青、沙汀 ············· 026

第四节　李若冰(1)、碧野(1)、华山 ··············· 030

第五节　魏钢焰、穆青、黄宗英(1) ················ 034

第六节　徐迟(1) ·· 038

作家作品分述（二） ····································· 040

第七节　徐迟(2)、黄宗英(2) ·························· 040

第八节　黄钢、柯岩 ······································ 044

第九节　理由、陈祖芬 ·································· 046

第十节　李玲修、鲁光 ·································· 049

第十一节　杨匡满、郭宝臣、陶斯亮、张书绅 ········· 050

第十二节　赵瑜 ··· 053

第十三节　程树榛、李延国、张胜友、胡平 ·········· 055

第十四节　钱钢、徐志耕、董汉河 ················· 058

第十五节　蒋巍、贾宏图、乔迈 …… 061
　　第十六节　麦天枢、贾鲁生、陈冠柏 …… 064
　作家作品分述（三） …… 070
　　第十七节　张建伟、邓贤 …… 070
　　第十八节　李鸣生、王宏甲 …… 075
　　第十九节　卢跃刚、杨黎光、一合 …… 078
　　第二十节　黄传会、何建明、徐刚 …… 083
　台湾"报导文学"发展总述 …… 087
　作家作品分述（四） …… 089
　　第二十一节　陈铭磻、古蒙仁、蓝博洲 …… 089

第二章　史传文学 …… 092

　史传文学发展总述 …… 092
　作家作品分述（一） …… 099
　　第一节　萧三、吴运铎、高玉宝 …… 099
　　第二节　冯至、朱东润、周汝昌 …… 102
　　第三节　梅兰芳、溥仪 …… 109
　作家作品分述（二） …… 113
　　第四节　铁竹伟、何晓鲁、陈廷一 …… 113
　　第五节　石楠、梅志、林贤治 …… 118
　　第六节　肖凤、廖静文 …… 122
　作家作品分述（三） …… 127
　　第七节　吴崇其、江才健、徐光荣 …… 127
　　第八节　桑逢康、赵云声、王慧章 …… 132
　　第九节　新凤霞、董竹君 …… 138
　　第十节　焦波、陈丹燕、遇罗文 …… 142
　　第十一节　新兴"口述实录"述略 …… 148
　　第十二节　舒芜(1) …… 154

第十三节　启功 ··· 159

第二编　议论散文

第一章　杂文 ··· 163
　大陆杂文发展总述 ··· 163
　作家作品分述（一） ··· 174
　　第一节　夏衍、巴人、徐懋庸 ······························· 174
　　第二节　唐弢(1)、秦似 ·· 182
　　第三节　邓拓、吴晗、廖沫沙 ································ 186
　作家作品分述（二） ··· 193
　　第四节　严秀、林放、邵燕祥、蓝翎 ······················ 193
　　第五节　黄裳、牧惠、舒芜(2)、聂绀弩、张中行(1) ··· 201
　　第六节　王小波 ··· 209
　　第七节　鄢烈山、朱铁志、朱健国 ··························· 218
　台、港等杂文发展总述 ··· 227
　作家作品分述（三） ··· 233
　　第八节　柏杨、李敖、龙应台 ································ 233
　　第九节　曾敏之、梁羽生、金庸、董桥 ···················· 241
　　第十节　林达、薛涌 ··· 250

第二章　随笔 ··· 256
　大陆随笔发展总述 ··· 256
　作家作品分述（一） ··· 265
　　第一节　秦牧、周作人、张中晓 ······························ 265
　　第二节　巴金(2)、柯灵、潘旭澜 ···························· 274
　　第三节　张中行(2)、金克木 ·································· 283

第四节　王充闾、卞毓方、王开林 …… 287
  第五节　余秋雨(1)、刘长春 …… 296
  第六节　汪曾祺、阿城、林斤澜 …… 306
  第七节　李国文、毛志成、李敬泽 …… 317
  第八节　周国平、赵鑫珊、钟鸣 …… 329
  第九节　谢泳、张炜 …… 338
 台湾随笔发展总述 …… 346
 作家作品分述(二) …… 348
  第十节　梁实秋、林语堂 …… 348
  第十一节　台静农、苏雪林 …… 357
  第十二节　杨逵、梁容若 …… 364
  第十三节　言曦、王鼎钧 …… 370
  第十四节　子敏、萧白 …… 376

参考文献 …… 381

绪 论

1949年10月1日"中华人民共和国"宣告成立,由此揭开了神州大地崭新的一页;同时,"五四"所开创的中国"现代文学"也进入了一个新阶段。但长期以来文学界曾以"建国"为界,将"五四"至此前的文学称作"现代文学",而把此后的文学则称为"当代文学"——这种界划,究竟有无道理? 是否妥当呢?

回答是:试图区分二者之本意不无道理;但这种界划却欠妥当! 因为,"建国"前后中国(大陆)"文学"确有很多(或极大)不同,但其共同的"现代文学"性质却并无任何实质改变。因此,"现代文学"之称谓理应自然延伸而没有改叫"当代文学"的必要;再说,"当代文学"仅标示了此一文学的眼前性、时下性或当代性,而其"内涵"却确指不清、难于辨识,远不如"现代文学"来的科学、明晰。

中国"现代文学",它代指或标示了一种大的社会阶段中其"文学"所特有之属性——即它反映具有"现代性"特质的中国人悲欢离合故事,浸染或饱含"现代化"社会生活底蕴的那一文学。换言之,中国"现代文学",即寻求并反映中国人民为找到适合自己的社会制度,构建和谐、幸福的社会生活,极大地调动和解放社会生产力,全面完成物质、精神两个文明建设,在"全球化"语境下进入本土"现代社会"这一全过程的那一"文学"。

故此卷赓续"五四后现代文学",理应称作"新中国现代文学"。其中又可别为三段:"二十七年文学"(即"十七年文学"加"'文革'文学")为(一);"新时期文学"(或称"20世纪80年代文学")为(二);"后新时期文学"(或称"20世纪90年代文学")为(三)。现在,此部分略称"当代卷"纯系从俗。

故本绪论只着重讨论当代散文诸"体"之审美特征及发展流变——讲清这一点,于本书当大有裨益。因为《中国散文通史》正是这样一本分类别体的文学史著。

这无疑是一项全新的工程。

依鲁迅之见,对文章的分类别体,极有益于对文章的归纳、揣摩——当然它所带来的这种优势,也会因着集体写作的局限而受到削弱乃至丧失。

另,虽然本书为着叙述的方便在某些情况下借用了"大散文"范畴,但实际上散文诸"体"特性及审美特征等仍清晰可鉴,其独立存在之"意义"亦点拨明晰,这是要请读者予以留意的。

中国是散文大国。其散文历史之悠久,作家之众多,佳作之如林和成就之显赫,有目共睹,举世称羡!季羡林先生曾云:中国是世界上散文第一大国,这当然是和"世界散文"相比较宏观而言的——实际情形会比较复杂。

古代"散文",相当驳杂、宽泛:举凡经、史、子里的文字,除"诗"之外就皆为"散文"(含古文及骈文)了。显然,它是一个包含有若干"文学"因素在内的非文学"文章"大系统(即"文章总汇")!它是一切"文章"的母体,就连后起的小说、戏剧等煌煌大"体"也由它而来。

现代"散文"(这个称谓"五四"前后才流行起来),是文学"四分法"的产物。它已排除了大量实用性的"文章"而把"散文"定位为"纯文学"或"美术文"。——它由于"人"的发现和"个性"的辉映,表现了从所未有的散文新面貌。鲁迅曾明言:"散文小品的成功,几乎在小说戏曲和诗歌之上。"[①]这确为不刊之论!但散文"范畴"仍嫌宽泛,记叙、议论、抒情"诸体并包"的格局并未改变,"弃类成体"的努力只好作罢。这固然和散文"观念"的自觉与"文体"的不自觉相纠结有关;也和某些文体自身发展不成熟,不能"自立门户"有关。

---

① 鲁迅:《南腔北调集》,《鲁迅全集》第4卷,2005年版,第592页。

当代"散文",大体依旧。但其"文体"净化的大趋势已明显可见,如原来混迹于散文"大家族"中的报告文学、杂文,已在"新时期"里自立"门户"、卓然独立!这种散文"文体净化"的趋势,以后还会继续。

下面,我们将按照本书编排的先后,以报告文学与史传文学("记叙");杂文及随笔("议论");艺术散文和散文诗、游记("抒情")为序,对上述各体的审美特征、发展流变作一撮述:

报告文学,发源于一战后的德国报刊。"五四"后开始传入我国。瞿秋白的《饿乡纪程》《赤都心史》,可谓其早期"发轫"之作。而"左联"成立后的大力倡导,更使这一舶来文体很快在我国本土长足发展。第一本以"报告文学"命名的作品是《一二·八抗战与报告文学》。1936年夏衍《包身工》、宋之的《一九三六年春在太原》、范长江《中国的西北角》以及茅盾《中国的一日》(群众性"报告"多体总汇)的问世,则标志了中国报告文学的第一次大丰收,它竖起了我国报告文学第一块夺目的里程碑!

报告文学,是以"文学"手段对真实而典型"事实"(人物、事件或问题等)所作的"报告"。其初始文体涵盖较多,如文艺通讯、特写、速写、旅行记、巡礼乃至日记、书信等皆是;现在则有"专指"趋向。它是现代传媒的骄子,是新闻和文学杂交而生的一种客观向外的新兴报刊纪实性边缘文体。

其审美特征为:第一,新闻性。事实报道的新近"时效性"(它报告的内容是"今天"的而不是"昨天"的,否则,即进入"史传"文学领域);严格"真实性"(崇纪实品格,反虚构想象)以及大众关切性(它所报告的"内容",往往是大众所"关注"的焦点、热点和难点),是报告文学的重要特质。从这点看它无疑属于一种锋锐而危险的文体!当代报告文学所发生的每次争议,无不和上述几点密切攸关。第二,文学性。这也有三点:"典型化"原则它并不全拒——虽不能"创造"典型,但可以"选择"并艺术地"再现"典型;以文学"手法"论,除虚构、夸张外其他一切文艺技巧都可自由采用;当然,娴熟地驾驭"文学语言",更必不可少。

报告文学是当代散文成就较大的一个文种。1981年报告文学的赫然独立,不仅标志了其文体的成熟及成就,也显示了散文文体"净化"的胜利!

在这个过程中,秦兆阳等"农村"、魏巍等"军事"两大传统题材,"干预生活"和"全景观式报告文学"两大思潮、写法的引领,起了重要作用;而徐迟、黄宗英、理由、钱钢、张平等一大批优秀杰出作家在这块沃土上的辛勤笔耕,更使当代报告文学增光添彩、熠熠生辉。

20世纪90年代后商潮汹涌,文学迅疾边缘化,"报告"亦遭遇前所未有的挑战:"扶正"之作少人喝彩;"祛邪"华章又被"官司"拖住,如此不堪之文学生态,其存活着实堪忧!一些实为"报告"之作却只能假"小说"传世,值得深长思之!

史传文学有人称其为"传记文学"。除短篇"自传"可归属"散文"外,其他长篇传记均为史传文学。它是主体自己"回头看"或他人因景仰"传主"而述其事、赞其功、扬其名,使其"精神"得以传承的一种文字载体。它是历史和文学杂交而生的、客观向外的另一种纪实性边缘文体。

其文体的审美特征是:第一,坚守"取信后世"的真实品格。这是我国史家"秉笔直书"、"不虚美,不掩恶"的宝贵传统。现今,我们既有现当代"惊天地泣鬼神"的丰富史实(人物或事件),又有像《史记》《汉书》等这样众多杰出的"传记"范例,自应产生一大批当代史传文学的优秀作品。第二,"文学是人学"。要坚持以人为本:以人牵事,以事显人,力求把人(传主)还原为时代、现实生活中活生生的真人。任何粉饰、拔高,将人神化或半神化,不论出于何种目的均不可取,是此文体之大忌!第三,最好具有引人的情节、传神的细节和灵动的文笔——这是优秀的"史传"传世作品所不可或缺的。

当代史传文学起步于20世纪50年代后期群众性的"三史"(工厂史、公社史、部队史)写作活动。由于我国在较长的一个时期里当代社会生活中"造神运动"颇为盛行,其流风余韵至今未绝;也由于长时间的闭关锁国,对世界史传文学经典之作缺乏绍介;而现代史传文学的写作经验又缺少总结、借鉴,故而当代史传文学至今尚未产生足以传世的史诗性大作,从而作为叙事散文另一体的史传文学也迟迟未能走向文体独立——这不能不使人扼腕而叹!

但现当代毕竟是中国亘古未有的一个剧烈社会转型期。其间,在各条战线均产生了一批远见卓识、开拓创新、为国捐躯、毕生奉献的伟大人物!讴歌他们,为其立传,既是时代的需要,也是人民的期待——当代史传文学已站在"文体独立"的门槛上,正孕育着一种突破、新生!其文体自立将指日可待!

杂文发轫于"五四"前《新青年》等报刊上。随感、随想录、杂感、小品文等都是其曾用名,后来才定为杂文。它是伴随现代印刷业:报纸及其副刊的兴起而风靡文坛的一种客观向外的、以议论为其神魂的新兴报刊文体。它是时政(或曰社会批评、文明批评)和文学杂交而生的边缘文体,被誉为"战斗的'阜利通'"(文艺性社会论文)。它是"时代之文",锋快、犀利,堪称"文学的牙齿"!

现代杂文的鼻祖是鲁迅。他倡导并锻造了这种"匕首投枪般"文体,使之在中国现代思想、文化及文学史上大放光彩!

杂文的审美特征是:第一,反映灵快,精悍有力。杂文对社会现实中有害事物,能立即予以反响、抗争,是"感应的神经,攻守的手足"。它虽"所写的常是一鼻,一嘴,一毛,但合起来,已几乎是或一形象的全体"①,折射并记录着时弊的印迹。它虽是匕首投枪般的轻短武器,却能"寸铁杀人",仅以一击而能制强敌于死命!第二,画眼睛、取类型、摄灵魂。画人应略须发而重"画眼睛";"贬锢弊常取类型";画出国人的"魂灵"——力求"具象"地说理,既是鲁迅对杂文艺术品格的一种提升,也是他对杂文写作的最大贡献!第三,"讽刺"的艺术。杂文的言说方式很独特:它不是直说,而是惯用曲笔、讽刺、反语、戏谑等多种反讽手法,所谓"嬉笑怒骂,皆成文章"。取消了讽刺和曲笔,也就等于取消了杂文!第四,能"移人情"。它虽"能和读者一同杀出一条生存的血路",但也能"移人情"——给人战斗、劳动间歇以"愉快和休息"。故此点亦颇要紧,杂文之所以"难写"(作者几乎是蘸着自己鲜血用生命写成的),其因即在兹。

杂文在20世纪30年代已臻成熟("鲁迅风"的存在就是证明);但在

---

① 鲁迅:《准风月谈·后记》,《鲁迅全集》第5卷,人民文学出版社,2005年版,第402页。

40年代却严重受挫;进入50年代中期"整风"、"反右"后,杂文更几乎成了"反党"的同义词。这之后,杂文虽一直挣扎苦斗,但无奈命运多舛,直至"新时期"才否极泰来,它以"新时期启蒙运动的号角"和"时代的良心"之赞誉,迎来了1989年文体的光荣独立!"杂文"的自立门户,是散文"文体净化"的又一胜利。

杂文前景光明。只要世上仍有"假、恶、丑"的存在,杂文就仍有用武之地!但鲁迅认为:"凡对于时弊的攻击,文字须与时弊同时灭亡"[①];否则,跟"未曾战斗"、"未曾生存"过差不多,当"更其不幸"!说得极是,令人深省。

随笔,它本是杂文的姊妹文体:同样是"文艺性社会论文",以议论为其神魂,讲究艺术地说理,同样讲究语言的笔调、风格,短小精悍、情致动人。

鲁迅是一代杂文宗师,周作人则为随笔之王:他们分别代表了现代散文两座大山的高峰。当然,这两种文体亦同中有异,但其"异"仅为一"硬"一"软"而已:杂文,战斗性强,也可称作硬性随笔;而随笔,文化意蕴深厚,也可看做软性杂文。它们本应合为一体(就叫杂文随笔),共同走向文体独立!

随笔,也是一种舶来品:法国蒙田是其鼻祖;但其兴盛却在英国。兰姆是其集大成者,他使"随笔"在英国落地生根并蔚为大观。"五四"前后传入我国后,更成了现代散文极一时之盛的主流文体。周作人《美文》振臂一呼,俞平伯、钟敬文、梁遇春及林语堂、梁实秋等群起响应,他们都成了随笔写作的大腕高手。

随笔的审美特征是:第一,个人性。它所崇奉的就是"表现自己",倘若没有"我"的"神情"在文章里流动着,就无聊。第二,即兴性。即非正式性(不是正规的逻辑说理):兴之所至,随心而谈,娓娓道来,不拘格套。第三,闲适性。在日常生活小题材中从容地见情见性,优雅自如地显现出一种个性笔调和风格。第四,幽默味儿。这原是英国随笔的特点(也和林语

---

① 鲁迅:《南腔北调集》,《鲁迅全集》第1卷,2005年版,第308页。

堂的提倡有关),它比较讲"幽默":含蓄蕴藉、诙谐可人。现代随笔由于有以上几点特性,曾被讥为"小摆设",在20世纪30年代中期后已跌入低谷。当代随笔,在前二十七年里仅有秦牧的知识小品庶几近之(实已不同);一直到"新时期"巴金《随想录》后它才卷土重来:汪曾祺、张中行、金克木等名家蜂起;90年代后以余秋雨、李元洛、卞毓方、王充闾等为代表的"文化大散文派"实乃"文化随笔",更成为文坛一道亮丽风景线。文化随笔,是一种略带学术色彩的艺术论文,它多为重评"历史文化"——人物或事件,倚重构思,有感有议,分节书写,篇幅宏大,富有诗性笔墨。但现代随笔的那几点特征却或淡化或消隐了,"小品"实成"大品",没有多少作为"小品文"的那种情致了!

随笔与杂文一样未能作为一种文体,共同走向文体独立,留下诸多遗憾! 实际上,它是"散文"完成"文体净化"的最后一个障碍。

艺术散文 这当然可视为过渡状态的一个称谓,意在强调散文的文学或艺术特质;等散文文体净化最后完成了,迳称散文即可。

给散文文体特征做出审美概括的第一人是郁达夫。他在《中国新文学大系〈散文二集·导言〉》里撮述了散文的四个特点:第一,"现代散文之最大特征,是每一个作家的每一篇散文里所表现的个性,比从前的任何散文都来得强";第二,是其"题材范围的扩大";第三,是"人性、社会性和大自然的和谐统一";最后,"就是近几年才兴起来的幽默味了"。此后这类概括虽多,但除葛琴、林慧文等少数文章有些新意外,其他则多流于泛泛而谈,无甚可取。进入当代,由于冰心、老舍等老作家的随俗和守旧,也由于秦牧"海阔天空论"的影响,散文理论建树仍相当滞后,直到"艺术散文论"提出,情况才发生了某些改变。

其论者认为,"艺术散文"的审美特征是:第一,以"我"为主,个性鲜明。散文是自我的文学、个性的文学,写作主体"我"是散文表现的当然"主角",而写"我"重在写"个性"、见"独至",故"个性鲜明"是散文的最大特征。第二,内外结合,虚实并举。"外"指外宇宙,即现实的社会生活,而"内"指内宇宙,即主体的情感和心灵世界。故散文共五个"表现"层面:一为"实生活"层面(在此层面做实生活运动);二为"情感"层面(在此层面做喜、怒、哀、乐、爱、恶、欲的"七情"转换运动);三为"性灵"层面(在此层面做"性灵"运动);四为"心灵"层面(在此层面做隐秘的"心灵"变幻运动);五为"生命体验"层面(在此层面做个体生命的"独特体验"运动)。这五层面中,"一"是外与实,自"二"以上即是内与虚了。散文写作一定要内外结合、虚实并举,把"再现"(外与实)与"表现"(内与虚)艺术地统一起来。第三,题材自由,即小见大。所谓"一粒沙里见世界,半瓣花上说人情",所谓"宇宙之大,苍蝇之微,皆可入题"等等,说得俱是此意。季羡林则在《世界散文精华·序》里说得更加干脆:好散文写的都是"身边琐事"——古今中外,概莫能外! 这的确揭示了散文创作的一条内在规律。第四,素雅本色,情致有文。散文的语言真实、自然,是既素雅、本色而又最富于情致、文采的。这是一种很高的艺术"化境",是散文这种文体所特有的"魅力"之所在。

当代散文由于"范畴论"解决不力,"文革"前主要受客观、向外、记叙性文体通讯、特写影响;而20世纪八九十年代后又受主观、向外、议论性文体"文化大散文"(实即"文化随笔")影响,长期未能朝着主观、向内、重情、尚文的文体自身特点阔步前进,至今"心灵散文"仍无大家、佳作问世。虽然如此,当代散文却在个性、性灵和生命体验各层面上均有众多华章奉献:张洁《拣麦穗》、唐敏《女孩子的花》、苏叶《总是难忘》、周涛《守望峡谷》、刘成章《扛椽树》、贾平凹《秦腔》、季羡林《幽径悲剧》、史铁生《我与地坛》等,都将辉映史册!

"艺术散文"除亟待探索"向内转"外,如何能更深广地映照真实人生,加大其精神"含金量",切实做到"意深情真文美",亦为题中之义。

散文诗与游记,本来这两种文体也都应是独立的,但现在仍传统地先"附"在"散文"名下。

散文诗,这种文体亦为"舶来品"。"五四"前后由译介传入我国。它是"诗"和"散文"相杂交而成的一种现代新兴文体:"诗"是其内核和神魂;"散文"则是其外形及"自由"气质。其鼻祖是法国的波特莱尔。此外,印度的泰戈尔、俄国的屠格涅夫、日本的川端康成、东山魁夷等亦为巨擘。鲁迅、刘半农、沈尹默、刘大白等则为中国现代散文诗的先驱。特别是鲁迅的《野草》,横空出世、石破天惊,为中国现代散文诗的奠基之作。

散文诗的审美特征是:第一,其骨子里仍具诗的"内在节奏"。这种底里蕴含的"诗意",成为散文诗的内在"魂魄"。第二,讲究整体艺术构思。它往往以比喻、象征手法,居高临下地喻象现实,以寄寓情思、映射世界,给人以艺术熔铸的奇警、深邃之感,令人玩味不尽。第三,语言短小精悍,生动活泼,富有诗性。因此,写好"散文诗"同时需要"诗"和"散文"两方面的深厚功力。

当代散文诗,因"文革"前创作生态不佳,作者稀少,成就不高;"新时期"后情况虽略有改观,但终因缺少"大手笔"出现,能和《野草》比肩之作至今尚未问世,这不能不令人遗憾。关于散文诗的"文学史"书写,因过去研究资料匮乏故相当薄弱;现在资料较全备了,但本书仍研究不够,特向作者、读者致歉。

"散文诗"已既异于"诗"又别于"散文",经常处于"两不管"尴尬境地。作为一种新兴文体,亟应尽快独立。

游记这是一种相当古老的文体。在全部文学的"三足"(即文学与大自然、文学与社会、文学与人自身)中,它属于"文学与大自然"这一足的范畴(含神话、传说和游记、田园山水诗等)。在中国"六朝"时,游记也曾和田园诗等一起极一时之盛。后在长期的阶级社会里,"文学和社会"这一足日见强悍,而游记却每况愈下,变得"一线单传",不得不寄人篱下:附在"散文"名下了。

游记是地理、旅游和文学相结合而成的一种杂交文体。它的审美特征是:

第一,它表现"人"(写作主体)和"大自然"(名山胜水及风土民情)和谐相处、共存共荣关系——在记写对象和目的上,可谓独一无二。

第二,它以作者"游踪"为主线,抒发其所见所闻,所思所感,其对"情思"和"韵味"的讲求,都是很突出的。因其见"物"更贵见"人",摹"景"更重写"情",故常常能得移步换形、变化万千之妙。

第三,游记的"文笔",要有个性,见文采。当代游记创作的"生态环境"一直平平——它从未享受过"主流"文体地位,经常处于文学"边缘"地带悄悄生长,但同样产生了像徐迟《黄山记》那样有大气势、像李健吾《雨中登泰山》那样富情致的"极品",这不能不归功于传统的深厚。在今后构建中国和谐、富裕"小康"社会中,"游记"这种全新的"家园文学"(或称"环境文学")一定会得到长足发展。

当代文学是"生生不息"的文学,是大有"希望"的文学,也是"辉煌"在前的文学!

让我们温故知新,喜迎明天。

第一编　叙事散文

第一章 报告文学

大陆报告文学发展总述

始终以现实与文学的紧密结合作为起点的报告文学,在半个世纪的漫长跋涉中,于不同发展阶段呈现出不同的创作态势和精神基调。

一、"特写"的兴衰

伴随着人民当家作主的新中国成立、抗美援朝战争、土地革命、经济建设以及社会主义改造等一系列改天换地、热火朝天、充满希望与探索的新生活的相继展开,报告文学创作进入了一个新的时代,获得了新的表现题材和发展机遇。目睹和感受着这纷繁新奇的生活变化的新老作家们,目光所及也均是新人新事新气象。再加上建国之初的国家意识形态也正需要这种氛围的培植,以及当时一切"学习苏联"的号召①,就使得苏联作家波列伏依主张特写要描写和歌颂"新鲜事物"的写作理论,理所当然地成了指导建国后一段时间内中国报告文学创作的经典性原则。作家们纷纷以艳阳高照下热情赞美的"歌者"姿态投入创作实践。报告文学也由此

---

① 1953年苏联的"特写"理论传入后,"报告文学"的称谓开始改为"特写"。直到1963年《人民日报》与中国作家协会举行的一次报告文学座谈会上,才又恢复了"报告文学"的叫法。

获得了这个时代特有的基调和品质,迅猛发展。

司马文森、魏巍、巴金、柳青、秦兆阳、黄钢、田流、李若冰、华山、穆青、魏钢焰、黄宗英、徐迟、菡子、荔青是这一时期比较重要的作家。他们共同成就了建国初报告文学的首次繁荣,勾勒出建国初"十七年"(1949—1966)报告文学发展的主导脉络。

纵观建国之初"十七年"的报告文学创作,其主流走的是歌唱之路:不论是对于"新中国的十月"的描写,还是对朝鲜战争、经济建设、社会主义改造等一系列重大事件的报道,都只把它们当作"新鲜事物"毫无保留地加以赞美和歌唱,展示的都是生活中"那些向上的、生机勃勃、充满热情和活力的东西"[①]。主题明确,格调高昂,构成了这类报告文学创作的主旋律。而背后的矛盾、动荡甚至苦痛,则被作品中表现出来的单一欢快所掩盖,社会和时代的共同认知和情感感受,也代替了个体的自我认知和感受。报告文学自诞生之日起就同时具备的对生活的敏锐批判性和"危险性"也集体消失。整个创作虽充满热情和真诚,但难免陷入单调、简单和模式化的局限里。

只有少数反映朝鲜志愿军战地生活、描写英雄先进人物和农村生活的报告文学作品,虽然也有上述特点和局限,但相对而言,更多了一些朴素实在的生活气息,人物形象也更饱满一些。

在主流方向之外,建国初报告文学还短暂地出现过一批冷峻地"干预生活"的"艺术特写"。虽然这批作品后来都受到了严厉批判,但却延续、发展了报告文学的批判功能,把当时的报告文学创作提高到了一个新的深度,显示出报告文学能更深刻、艺术地呈现生活真实的能力和作为一种独特文学样式的品位,其理论影响极其深远。它们是建国初"十七年"报告文学一片赞歌中难得的收获。

但随着政治风向的转变和创作环境的恶化,尤其"文革"开始后,报告文学完全进入"既定方针"的轨道。作品数量虽多,但多是根据"两个阶级、两条路线、两种思想"的主题拼凑、捏造而成,看似繁荣的背后其实是

---

① 徐迟:《一九五六年特写选·序》,作家出版社,1957年版。

报告文学"真实"精神的凋敝,其文学生命力已荡然无存。只有《人民的好医生李月华》、《中国工人阶级的先锋战士——王进喜》等几篇夹缝中的作品,还多少保留了一点报告文学的"真实性"。正如《报告文学三十年》所说:"报告文学除了一个沾满灰尘和毒菌的空壳外,光荣传统被彻底抛弃了。"①报告文学整体上已濒临死亡。

二、文体的独立

历史挽救了报告文学。从20世纪70年代末到整个80年代,报告文学进入了自己高潮迭起并最终作为一个独立文体得到承认的辉煌期。

以徐迟《哥德巴赫猜想》为先声,继之以黄钢《亚洲大陆的新崛起》,黄宗英《小木屋》、《大雁情》,理由《她有多少孩子》、《痴情》,柯岩《奇异的书简》,陈祖芬《祖国高于一切》等一大批反映科技知识分子生活、命运的报告文学作品和穆青、陆拂为《为了周总理的嘱托》,杨匡满《命运》,张书绅《正气歌》以及孟晓云《胡杨泪》等反映"文革"所造成的心灵"伤痕"并进行反思的作品,经过80年代初期一批作家的努力,报告文学在文学领域内"一马当先",迎来了它的第一次高潮。1981年中国作家协会组织全国文学创作评奖时,报告文学,已经取得了与中篇小说、新诗并列的"平起平坐"地位,开始以"独立"文体的身份"由附庸蔚为大国"②!"报告文学"这种文体样式,经过半个多世纪的发展、奋斗,终于赢得了自立门户的光荣"独立",这是中国现当代"文学史"和"文体史"上的一个里程碑!徐迟更是将这个时代称之为"报告文学的时代"③!

改革开放及其带来的生机与变化、涌现的精英人物,也都迫不及待地要求报告文学给予迅捷地反映。于是,程树榛的《励精图治》,李延国的《废墟上站起来的年轻人》、《在这片国土上》,乔迈的《三门李轶闻》、《希望在燃烧》,陈祖芬的《催人复苏的事业》,蒋巍、贾宏图的《大洋的此岸与彼岸》,钱钢、江永红的《奔涌的潮头》,陈冠柏、周荣新的《中国的回声》,袁厚

---

① 《北京师范大学学报》,1979年第4期。
② 张光年:《报告文学随感录》,《文艺报》,1982年第12期。
③ 徐迟:《报告文学的时代》,《长江文艺》,1984年第10期。

春的《省委第一书记》，贾鲁生、王光明的《古老的中国一条龙》等一大批礼赞改革和为"弄潮儿"立传的作品，激情问世。

随着改革的深入推进，一些更为深层且有着历史渊源、文化积淀的社会现象、热点问题，开始暴露出复杂的面目，需要用更深刻、全面乃至"放眼世界"的眼光来做出剖析和评判。这些变化都呼唤着报告文学"文体观念"的变革。于是，在80年代中后期，一种不同于此前仅就个人的命运或事件所进行叙写，而是把现实生活中带有普遍性的"社会问题"作为报告内容和思考起点，进而延伸、辐射到更大范围和更深层面，采用"集纳式"的结构组织材料，对其进行历史的、社会学的、文化的等全方位、"全景观式"透视，在丰富的信息呈现和明晰的价值判断中探寻变革时期的民族心态，在宏观态势的剖析中探寻社会发展趋势的全新型报告文学体式——"全景观式社会问题"报告文学，闪亮登场！

李延国的《在这片国土上》、钱钢的《唐山大地震》，是最早显示了这一创作倾向的作品。此后这类作品大量涌现，内容遍及当下社会生活中各种热点问题。如麦天枢的《土地与土皇帝》《西部在移民》，贾鲁生的《丐帮漂流记》，涵逸的《中国小"皇帝"》，陈冠柏的《黑色的七月》，赵瑜的《强国梦》，胡平、张胜友的《世界大串联》等等，都是这一新体式的力作。

这种从宏观意识出发的"全景观式社会问题报告文学"作品，在宏观的思考与观察中有着微观、生动的具象，在恢宏的气势中携带着具体人生的悲喜，散发着那个年代特有的激情与理性沉思。报告文学成为那个"激情年代"人们精神生活的第一需要！

纵观"新时期"以来到80年代末的报告文学，其发展和成就，可以概括为以下几个方面：

题材选取上的开阔与自由。这一时期的报告文学创作，突破了纯歌颂的单一格局，题材涉及社会现实的各个方面，包括那些以前未被顾及或因政策失误带来的社会问题，那些因历史原因而被封冻多年的事件。

作家主体意识的张扬和艺术风格的多样化。建国初"十七年"的报告文学创作由于时常为政治运动所左右，报告文学的称谓也常与特写、文艺通讯相混淆，很少有作品能真正体现出作家的"主体性"。进入"新时期"

后,作家的主体意识和个性得到了前所未有的张扬,报告文学不再是整齐划一式的颂歌,而呈现出艺术多元、风格各异、评析锐利的特色。作家们主体意识的觉醒及其在艺术表现上的独立创新,为报告文学文体品格的独立和稳定准备了条件。

报告文学创作的深入和繁荣,使得"文体"理论建设及探讨都进一步取得"开放性统一"。其"共识"是:

第一,在充分保证"真实性"原则的基础上,对"真实性"的理解更加宽容和科学,让报告文学有了更广阔的空间。

第二,对"文学性"的一致肯定和提倡。80年代初作家们在报告文学艺术性上的努力,使"文学性"不再是一个被随意忽略的价值因素。

第三,报告文学的"社会评析"功能与"文学审美"功能的并驾齐驱。80年代中后期的报告文学创作实践,扭转了两种价值功能被割裂或倾向一方的局面,历来被忽略的"政论性"以及理性批判精神被正式纳入和强调。

由此,报告文学最终完成了自身文体品格的建构使命,报告文学文体也得以独立。

这一时期的报告文学创作,不仅充满了与激变的现实相呼应的激情,反映着与社会关注焦点和大众情绪保持同步的生活内容,更以其真实性、文学性和政论性的完美结合与创造性表现,有效地表达自己的认知和价值判断,担当起了帮助人们认识中国当代社会、思考历史与现实、启迪大众心智等诸多方面的功能。它们是那个激情年代情与思的真诚结晶。

80年代报告文学,也因此成为报告文学史上最值得怀念和留恋的时代。

三、演变与坚守

"90年代报告文学",骤然失去了往日的锋芒和光彩。

报告文学独特的文体特征决定了它的辉煌或衰落,比其他文学形式更容易受社会现实和文化环境的影响。90年代"市场经济大潮"开始席卷一切,人们的社会价值观念和关注的热点,也发生根本转移。曾经的"激情"开始冷却甚至不屑;"物质"的满足开始取代"精神"的追求;感官的

"娱乐"开始调侃严肃的"思考"并大行其道。在这种形势下,以真实反映、严肃思考社会现实问题的报告文学创作,整体进入了沉寂、演变状态。

沉寂是整个"90年代"报告文学创作的基本状态。沉寂之中也有悄然的演变和执著的坚守:演变,使报告文学的精神更趋弱化和模糊;而坚守,则使得报告文学的文体特征更加清晰、坚定。

一部分作家的创作打着"报告文学"的旗号,却蜕化为利益驱使下为企业家树碑立传或为某产品招徕顾客的歌功颂德的"广告文学";更有大量模糊"真实"与"虚构"界限,一味征奇猎艳、粗制滥造、取媚读者的所谓"纪实文学"。这些商业气息极浓或明显带有媚俗倾向的作品,在一定程度上损害了报告文学的声誉和影响力。

还有一部分作家,则转而潜入历史的深处。他们把报告文学的"新闻性"抽象化为一种"新闻眼光"(实质上是摆脱了报告文学的时效性约束),把"现实"扩大化为"现实性",将反思和写作的内容完全放在了"昨日",进入对"昨日"的重新审视和细致书写之中,出现了以麦天枢、王光明的《昨天——中英鸦片战争纪实》,邓贤的《大国之魂》、《中国知青梦》,张建伟的《大清王朝的最后变革》、《温故戊戌年》、《世纪晚钟》,董保存的《毛泽东和蒙哥马利》,何建明的《科学大师的名利场》,张胜友的《沙漠风暴》,赵瑜的《革命百里洲》等一系列明显有着文、史、哲一体化和浓厚的文化反思色彩的作品——一些评论家命名以所谓"史志性报告文学",实在是曲为之说,混淆文体,不伦不类!这类创作实质上已与真正的"报告文学"渐行渐远。

值得欣慰的是,一批年轻的作家继承了80年代"全景观式社会问题报告文学"的创作思路,执著地坚守着报告文学的严肃性和批判精神,以作家的良知为基点,直面现实中的重大社会问题,思考着社会转型期出现的新的矛盾和精神裂变。如赵瑜的《马家军调查》,卢跃刚的《大国寡民》、《以人民的名义》,杨黎光的《没有家园的灵魂》、《惊天铁案》,何建明的《共和国告急》、《落泪是金》,黄传会的《中国"希望工程"纪实》、《中国山村教师》,梅洁的《西部的倾诉》,马役军的《黄土地,黑土地》,陈桂棣的《淮河的警告》,一合的《黑脸》,徐刚的《中国风沙线》、《最后的疆界》,冷梦的《黄河大移民》,等等。即便是那些赞美时代所取得的辉煌成就和弘扬主旋律的作品,也不再避讳存在的问题和曾经的失误,只呈现积极正面的一面,而是以更客观求实的态度和告白的真诚来看待所取得的成就和未来的希望,因此作品显得更为厚重而真实。如李鸣生的《飞向太空港》、《澳星发射纪实》,罗盘的《塔克拉玛干:生命的辉煌》,李存葆和王光明的《沂蒙九章》,江宛柳的《没有掌声的征途》,王宏甲的《无极之路》、《智慧风暴》,等等。正是这些作品,在整个文学创作越来越迷醉于调侃、消遣或沉浸于个人经验的书写时,才透露出现实生活的一点现实和真实来,使得整个90年代报告文学呈现出一抹亮色,并维护着报告文学的文体纯洁性与严肃性。

显然,90年代的报告文学创作虽也表现出了从社会问题的全景式观照到人生价值的探索,从社会现象的透视向历史底蕴探究的转移和努力,但整个作家、作品数量以及反映现实社会生活的视野都难以和80年代的创作相提并论,整体上没有满足、更没有超出人们的期待视野。甚至有人认为,报告文学"正在遗忘中老去和枯竭"①。

而所谓"史志性报告文学",因为它把"今日"换为"昨天";"既承诺客观的'真实',又想得到虚构的豁免"②,叙事伦理上的悖论使它身份尴尬、难以走远。对"新闻性"、"真实性"恪守的松动,导致了读者对报告文学理解的混乱,植根于其上的威望和公信力也必受影响——把这类作品放到"史传性文学"中,也许更为合情合理一些。

以时时刻刻在变化的现实生活为立足根基和生命源泉的报告文学,还是应该回到眼下这"生机勃勃,乱七八糟"的真实社会存在状态,才能恢复元气和生机。新旧交替时代的多元化氛围和高度发达的信息传播,对报告文学作家也提出了更高的要求。报告文学作家的主体意识和思想立场要坚持,但那种居高临下、试图用一种价值观念,来评判整个社会的宏大叙事方式已经不再适应这个多元而混乱的社会。报告文学作家还应探索出符合这个时代需要的新的表达方式和审视角度。

---

① 李敬泽:《报告文学的枯竭和文坛的"青春崇拜"》,《南方周末》,2003年10月30日。
② 李敬泽:《报告文学的枯竭和文坛的"青春崇拜"》,《南方周末》,2003年10月30日。

作家作品分述(一)

第一节　林韦、杨刚、司马文森

林韦(1918—1990),山西沁县人;杨刚(1905—1957),湖北沔阳人,著有通讯报告集《东南行》。在建国之初,他们分别以《记中央人民政府成立盛典》[①]和《毛主席和我们在一起》[②],共同记录了10月1日的伟大盛典,最早将凝聚了重大政治和历史意义的中华人民共和国中央人民政府的成立报道出来,打开了新中国报告文学的历史新篇章。

但是两部作品关注的视点和反映的内容各有侧重:前者从高处落笔,立足在盛典和阅兵事件,以远镜头概写的手法着重描写了盛典场面的宏伟、检阅仪式的庄严与群众的狂欢,洋溢其中的是人们普遍无法抑制的激动与自豪,场面感很强;后者则是以拉近距离的书信体形式,从身边着眼,立足在人,以特写的方式把镜头对准了城楼上下的领袖与群众的情绪呼应,记录下了那些来自全国各地的人们内心对这一伟大事件的感慨,也道出了自己对天安门广场这一负有政治使命的场景的感受,突出了"毛主席一直是和人民在一起的"主题,现场感很强,散文化的笔致也很细腻亲切。它们恰好从不同的角度完整反映了这一事件,给人们留下了当年那令人激动和自豪的珍贵记忆。

司马文森(1916—1968),原名何应泉,笔名有林娜、林曦等,福建泉州人,著名文学家。曾发表过大量抗日救亡文章和小说、报告文学。1949

---

① 《人民日报》,1949年10月2日。
② 《大公报》(上海),1949年10月6日。

年秋,他由香港赴北京出席第一届全国政治协商会议,把一路的新鲜见闻和真实感受写成了报告文学著作《新中国的十月》①。

《新中国的十月》是用散文笔法写成的报告。作者在其"题记"中说:

> (自己的这次北上)如见亲人,如回故旧家园,什么都是新鲜,什么都能触发自己的情感。
>
> (这些作品)所要记录的,只是我那不可抑制的激动的心情。

正是带着巨大的新鲜感以及由此带来的兴奋和激动,作者向我们展示了建国之初,身上尚带着硝烟气味的共产党人简朴、严明、踏实的可贵作风。由"一群真实、智慧,而又光辉的人们"身上,看到了新中国的希望,并难能可贵地指出和回答了当时许多人们"看你共产党得势了,是不是还保存了在延安时代的艰苦作风,或者和国民党一样得了政权就腐了"的疑虑。

作者带着巨浪海涛一样的热情,迎接和描绘新中国的开国大典。巨大的欢乐和激动,竟然使作者有种幻化为"音响"飘浮于高空的幻觉。这种感觉在当时无疑是真实而带有普遍性的。

从整体上看,这些作品的艺术成就并不是很高,尤其是前两篇作品,更像是新闻评论报道。它们的意义更多地体现在史料价值上,它们存留下了那个时刻真实的声音和姿态。

---

① 司马文森:《新中国的十月》,香港前进书局,1950年版。

第二节 魏巍、巴金(1)

魏巍(1920—2008),河南郑州人,曾用笔名红杨树。抗日战争爆发后写下了大量诗歌,同时涉笔报告文学。

1950年朝鲜战争爆发后,魏巍先后三次到朝鲜,陆续写出了《在风雪里》、《谁是最可爱的人》、《年轻人,让你的青春更美丽吧》、《依依惜别的深情》等十七篇报告文学作品,结集为《谁是最可爱的人》①,多次出版。这些作品对志愿军从入朝作战到1958年回国的历程做了纵向的全面反映,记录下了那个艰难年代的内在精魂,为志愿军战士的国际主义精神和爱国情操以及自我奉献的高尚人格谱写了一曲壮美的赞歌。

其中,《谁是最可爱的人》、《依依惜别的深情》是所有描写志愿军生活作品中的两篇力作。

创作于1951年的《谁是最可爱的人》,一经《人民日报》发表,立刻轰动,引发了全国人民的强烈共鸣,"最可爱的人"也成为那个时代对战士们最亲昵、最能表达心声的称谓。此后,这篇作品多次作为范文被选入各种文集和教材中,成了"十七年"乃至"新时期"广为流传的作品。

这篇作品的成功并非偶然。作者避免了以往军事题材作品中视角单一、事例堆砌、人物"高、大、全"、"假、大、空"的毛病,经过反复斟酌、修正,最后只选取了三个事件,"用最能代表一般的典型例子,来说明本质的东西"②:第一个是松骨峰战斗,表现的是战士们在战场上的勇猛和顽强,非常刚性的一面;第二个事件是战士冒火抢救朝鲜儿童,展示的是他们的人性之爱和奉献精神;第三个事件则落到平实的日常生活层面,战士的羞涩、朴质、乐观,突出了他们内心柔性善良的一面。这三个片断,组成了三个相互辉映并充满张力的生命体,将战士们战斗中的凶狠与平日的善良,刚强与羞涩,艰苦的环境和淡定从容的心态,和谐地集于一身,形成了一

---

① 魏巍:《谁是最可爱的人》,人民文学出版社,1959年版,第135页。
② 魏巍:《谁是最可爱的人》,人民文学出版社,1959年版,第135页。

个高度综合却又绚丽多姿的真实可信整体,因而"给人的印象是最清楚明白的,也会是突出的"①。

而作品中对松骨峰战斗结束后"现场"的白描式的叙述和特写镜头般的再现,则有着"于无声处听惊雷"的效果。结尾段,那诗意化的抒情,更一下子触动了读者的内心:前方的危险、动荡、残酷,与后方的祥和、有序、安宁,战争的艰苦、牺牲与建设的繁荣、收获——这样两幅对比强烈、充满张力的场景,比简单地一味写战争的残酷、冷峻,直接地讴歌战士的伟大、顽强,更能引发人们的情感共鸣,对读者造成感情上的震撼力、冲击力。

写战场,但又绝不限于战场,而把它放在现实生活的整体框架中,以强烈、真挚、亲切的诗情将前方和后方、战争和建设紧密相连,是这篇作品之所以在数以千计的同类作品中脱颖而出并深得人心的原因所在。

《依依惜别的深情》,写的是志愿军战士即将离开朝鲜归国的场面,于"依依惜别"的情境中,再现了曾经像钢铁般坚强的志愿军战士们的细致温情和中朝两国人民的深厚情谊——为了最后给朝鲜人民做一点事情,原本只会"握枪"打仗杀敌的战士竟然拿起绣花针,绣出了承载着生死之谊的手绢。这样的深情和赤诚,带来的必然是彼此从内心深处生出的依恋和真诚。作品饱含诗情地描述了送别的场面,景中有情,情中有景,诗情与叙述浑然交织,使这部作品"通篇回旋激荡着中朝两国人民在浴血的抗美战争中结成的深厚的、坚如金石的感情"②。

"诗情洋溢",可以说是魏巍创作的最大特色。其诗人气质使他能以激越深沉的诗情来浸润、表现火热的战争生活。故其作品有"火热的诗篇"、"壮美的诗"之美誉。他的作品不是"概念"的图解或宣传,而是扎根于"现实生活中的深入感受"。他对写作要"沉入到他们的情绪中去"的要求,则是其作品获得成功并真挚感人的根本。

巴金(1904—2005),作为"一个有热情的有进步思想的作家"(鲁迅

---

① 魏巍:《谁是最可爱的人》,人民文学出版社,1959年版,第135页。
② 冰心:《语文学习》,1960年第3期。

语),他的创作始终以鞭挞黑暗专制为主题。新中国成立后,巴金却以极大的热情投入到新生活中来,开始用写惯了苦难和悲剧的笔来歌唱人们的幸福生活。

朝鲜战争发生后,他两赴朝鲜,在志愿军战士们中间生活了近一年的时间,先后写出了《我们会见了彭德怀司令员》、《生活在英雄们中间》、《平壤,英雄的城市》、《记栗学福同志》等一系列歌颂志愿军战士、歌颂中朝友谊的报告文学作品,先后收入《生活在英雄们中间》①和《保卫和平的人们》②两本报告文学集中。

志愿军战士是巴金在建国后第一次深入接触和了解的"新人"。这些新人们身上体现出来的崇高精神使巴金感到新鲜、激动和兴奋,以至于他"找不到适当的话来说明我的兴奋,来表达我的感情",因而"愿意用更多的文字来记录这些我所接触过的崇高的心灵"。

记录这些"崇高的心灵",成为巴金这部分作品始终环绕和表现的主题。其中《我们会见了彭德怀司令员》和《记栗学福同志》是当时影响较大也较有代表性的两篇作品。

巴金的这些作品以真实朴质风格见长。在《保卫和平的人们·后记》中他这样谈论自己的作品:"倘使热心的读者想在这本集子里找寻一点可取之处,也许就是一个'真'字。"在《我们会见了彭德怀司令员》中,作者只是平铺直叙、朴实无华地叙述会见时的情景:"他进来了",来得如此平常,以至于"我们注意的眼睛并没有看清楚他是怎样进来的",他"没带任何勋章,一身简单的军服,一张朴实的工人的脸"。作为司令员这样一个高级别人物,其出场竟然没有任何礼仪排场,没有前呼后拥;而作者的叙述也采取了与之相应的形式,没有任何铺垫和技巧化的抑扬渲染,就照事情本身的样子平实写来,但正是这样的平实带来了现场生活本身和人物自身的实在感。作者描述了彭德怀言谈之间的神情举止,从各个小的细节中展示他的谦逊、随和、平易而又不失统帅风度的性格气质:如在谈到敌人

---

① 人民文学出版社,1953年版。
② 中国青年出版社,1954年版。

使用细菌战时,他"明亮的眼睛"射出的"一种逼人的光",和激动时摘帽、抓帽、摸嘴的动作,更是从侧面勾勒出了人物的神韵。

这篇作品全文仅两千字,只用了一次会见就真实自然地立起了一个有神韵有性格的伟人形象,关键在于作者所立足的求"真"态度。

在另外几部作品中,巴金描写了在开城保卫战中负伤六次爬行十天九夜最终胜利归队的"坚强战士"张渭良、"孤胆英雄"陈三、"英雄连长"郭恩志等一系列英雄人物。巴金把全部的热情倾注在这些英雄身上,而"真实朴质"是这些作品共同的特质。

此外,刘白羽的《朝鲜在战火中前进》、华山的《歼灭性的打击》、黄钢的《在杨根思牺牲的地方》、陆柱国的《中华男儿》、李蕤的《张渭良》、杨朔的《万古青春》、白朗的《俘虏们》、菡子的《前线的颂歌》、井岩盾的《渡过冰河,穿过火网》等在当时也都很有影响,这些作品1952年由人民文学出版社选编结集为《朝鲜通讯报告选》出版。

丁玲在此书的"序"中,把这些作品称为"诗"。并指出:"我们从这些诗篇中,看见了我们最关心的人们是如何地生活着、战斗着。"而且"由于事迹本身的动人,和执笔者的热情",因此,它们更令人"掩卷深思",也在"文学创作的领域上开辟了道路"①。

这些以抗美援朝和志愿军战士为报道对象的报告文学创作,在及时传递前线情况,反映战士生活,鼓起全国人民的爱国斗志的同时,把报告文学创作也推向了一个新阶段。作家们的亲身参与、炽热情感的投入和心理情绪的渗透、空间联想上的跨越,使得创作不再停留于过去的场面速写和对战争生活的片断式报道,作品的文学性也得以加强,从而扩大了报告文学的影响力和吸引力,也构建着建国初期文学史上的突出一页。

---

① 丁玲:《〈朝鲜通讯报告选〉·序》,人民文学出版社,1952年版,第1页。

第三节　萧乾、秦兆阳、柳青、沙汀

萧乾、秦兆阳、柳青等,是建国初期农村生活"特写"的代表。

萧乾(1910—1999),北京人,著名作家、翻译家和记者。20世纪30年代起便以才华横溢的小说、散文和特写《人生采访》享誉文坛。二战期间,作为唯一一个采访欧洲战场的中国记者,向国内发回大量消息和通讯。二战结束后,写下《银风筝下的伦敦》《矛盾交响曲》等著名通讯报告作品。

建国后国内天翻地覆的农村改造运动,犹如在死寂湖水里投下的一块巨石,从深处搅动了不同阶层和立场的人们对这一变化的反映,使古老的农村呈现出新的世态、人心和面貌。1950年11月,以采访人生著称的萧乾深入土改第一线,由此"了解到中国农村社会许多触目惊心的现实"。回京后就写出了具有世界性影响并被翻译成多国文字的作品《土地回老家》①,最早向人们描述了这一乡村巨变。

《土地回老家》的写作背景,当时主要是配合国际新闻局的对外宣传所作,目的是向国内外读者说明运动期间各个环节的政策以及土改后中国农村必然起的巨大变化。因此,作品在内容与结构上是受限制的。

但内容和形式上的限制并没有束缚住作家的笔,他没把《土地回老家》写成一篇索然寡味的政策加事例的解说性通讯。秉承要"把新闻文章写得稍有点永久性,待时过境迁后,还值得一读",要为作品加上"时间防腐剂"写作理念和追求的萧乾,用他的艺术才情和善于描摹人生的大手笔把"土改"事件写有声有色,引人入胜。

《土地回老家》的第一节用简练的笔触,准确地传达出了一场大变革即将来临之前农村的暗潮涌动:农民的懵懂、盼望和被动,地主的害怕和挣扎,中间人物的观望等。然后,透过村里人同前来装电线杆的工人的对

---

① 原文为英文,由《人民中国》(英文版)第3卷第8期至第4卷第3期连载,中文版后由平明出版社于1951年11月出版。

话,将土改这一确凿无疑的事件自然地引入到村里。在由此带来的骚动中,一个个性格各异、各怀心思的人物纷纷出场:如原来痛恨地主的彭二虎现在因接受了他硬"送"的几亩田又感到"有点对不起彭二爹"的彭福全;"挂着根棍子,噘着干瘪瘪的嘴"、大嚷"土改了,土改了"的"疯媛驰";思想觉醒并对农村形势保持清醒的新人物彭新五和春杏;"话没出来先得咳嗽一声,然后轻轻搔搔脑袋上的疤,表示很慎重、很用心思"的"秀才"朱耀先;等等。

这些人物形象,随着土地改革和斗争的深入发展变化着、丰满着,他们共同勾勒出了当时农村社会的"一幅比较具体而完整的图画",不仅让人们了解了这场社会变革以及变革中的各色人等,而且确如萧乾所追求的"待时过境迁之后,还值得一读"。萧乾的作品确实称得上是艺术。

秦兆阳(1916—1994),湖北黄冈人,著名作家。1956年以笔名"何直"发表的《从特写的真实性谈起》一文,对当时"干预生活"的报告文学写作给予理论上的探析和支持,后遭到批判。在农业合作化期间,他对河北山区农民的生活和心态产生了兴趣,写出了《姚良成》、《王永淮》、《老羊工》等一系列农村人物特写。

《姚良成》中的姚良成是一个新时代的"愚公"形象。在历经多次失败后,终于在荒山上植树成功,被人们亲切地称为"管山管水的地仙"。人物形象及其语言风格都表现出山区人特有的豪放、爽朗和质朴。《老羊工》的主人公则是一个养羊能手,但农村的民主改革让他真正尝到了自己当家作主的感觉:先是突如其来的幸福感和兴奋让他激动得跑来跑去,语无伦次,无所适从;而后做了主人的责任感又让他表现得从未有过的庄重和认真,重新考虑他的养羊计划。作者把一个获得了身心解放、因技能受人尊重而承担起责任,进而体会到做人的价值和尊严的老羊工这样一个人物形象写得真实、可爱而又活泼流畅。

人物形象的真实丰满和浓厚新鲜的山村生活气息,是秦兆阳这组反映农村新变的作品的一大特色。为此,他比较注重叙述视角的转换,选择各种生活侧面和各种富有诗意的情节去刻画人物的精神面貌。作品中既有人物自己的叙述,更有旁观者恰到好处的"穿插"点评,因而富有生活的"现场"气息。更重要的是,作者始终把"人"(其个性化的形象、神态、动作、语言等)放在叙写的中心,摆脱了多数作品用泛化的政治性事件带动人物塑造的模式化写作,把报告文学的创作带到了一个新的段位。

柳青(1916—1978),原名刘蕴华,陕西吴堡县人,是反映农村生活的杰出小说家。抗战时期开始文学生涯。解放后他携全家到陕西省长安县皇甫村落户,将自己在农村的生活感受和见闻,写成了《王家斌》和《一九五五年秋天在皇甫村》两篇报告文学作品。

《王家斌》,选取了"接猪娃"和"喂养病骡"等几个事件,通过传神的描写,塑造了农村合作社的年轻主任、农村新生活的带头人王家斌这样一个把高尚理想和平凡的工作融为一体的新型农民形象。《一九五五年秋天在皇甫村》,则选取了合作化丰收以及由此引发的农民争先入社这样一个横断面,来反映合作化的生命力及其对农民的现实心理的冲击。对改革中农民生活的深入实际接触和对其心理变迁的深切体验,为柳青日后创作《创业史》(小说中梁生宝这个人物形象就是以王家斌为原型的)打下了坚实的基础。

此外,沙汀的《卢家秀》,田流的《王运升》、《柳暗花明》等,也都是当时反映农村新变中新人新貌的佳作。

这类作品尽管带有时代的局限,在整体上对农村生活的复杂性、多面性的反映不够充分和深刻;但这些作家们深厚的创作功底和对农村生活的熟悉,使得他们的作品都能真切地把握住农村生活深层正在发生的波动及主流。因此,还是有一定的历史真实性的。在某种程度上,比反映其他建设生活的作品要成熟和成功得多。

同时,他们在写作上的"传记化"和"小说化"倾向,也为这一时期的报告文学创作提供了几个较为真实丰满的人物形象。这些,都影响了以后报告文学的艺术化取向。

但此后,随着"人民公社化"和"大跃进"的展开,描写农村生活的报告文学作品逐渐背离了"真实性"原则,沦落成为荒唐、虚假现象唱赞歌、为扭曲心灵和贫困生活作粉饰的政治工具。而生活更为真实冷酷的一面,如"大跃进"带来的农村大饥荒甚至死亡等,则在报告文学作品中踪影全无。

第四节 李若冰(1)、碧野(1)、华山

李若冰(1926—2005),陕西泾阳人,曾用名杜德明、沙驼铃。20世纪40年代先后在边区艺术学校、鲁迅艺术学院文学系学习、创作。1950年转业到西北文联,后从事专业创作。

为新中国热火朝天的经济建设浪潮紧紧吸引,李若冰放弃了原先写历史和战争题材小说的想法,决定"立即投身在这浪潮中去,一任浪花飞卷而去"①。一个偶然的机会,他随几个地质学家跑去看新发现的油矿,从此就"从心底里爱上了勘探者"。因为,"他们艰苦的跋涉,高尚的情操,奇妙的幻想,英勇的冲击和大无畏的气概,和我作为一个战士在战争中的生活是相近的,心境是相通的,体验是相通的"。② 正是在这种相通的感情和书写勘探者的愿望驱使下,他担任了酒泉地质勘探大队的副队长,由此跨入了荒芜的柴达木盆地,饱含深情与真情,创作出了《在勘探的道路上》、《柴达木手记》和《旅途集》这样一些"短小精悍,既可抒情,也可叙事"并能及时把"感受的事物诉诸读者"的作品。1964年后又陆续出版了《红色的道路》和《山·湖·草原》两本报告文学集。

《柴达木手记》是这些作品中最出色和有代表性的。

《柴达木手记》可以说是作者在强烈的情感认同下为那些忍受着艰苦寂寞、贡献着智慧热情的柴达木的建设者们所唱的赞歌和描摹的画像:有"用嘴吹着一块石头,接着就填进嘴里去",香香地啃着嚼着,然后"会详细地告诉你这块石头的来龙去脉,这块石头的曾祖父和重孙子"的地质师;有身经百战而豪情不减当年的青藏公路建设的总指挥慕生忠将军;有勤苦节俭创业的场长;有被称为"神奇的行者"的维吾尔族老向导;更有舍弃城市舒适生活、离开温暖的家庭和恋人,到荒山野滩为祖国寻找宝藏的工程师、大学生。他们带着各自的性情和戈壁滩的风尘,在关外打造出同样

---

① 《报告文学十家谈》,四川文艺出版社,1987年版,第244页。
② 《报告文学十家谈》,四川文艺出版社,1987年版,第245页。

"激荡而富有诗意"的生活。而作者与他们心境和体验上的相通,使作者倾注了全部的热情和真情来看待他们的生活和追求。字里行间,洋溢着作者和建设者们的一片豪情,使作品颇具魅力和感染力。这些作品浸透了那个时代的精神最强音。

但是李若冰的作品并不都是处于同样的水平上,而且在抒情基调和叙事方式上比较单一,有一些甚至略显粗糙,留下了急就的痕迹和时代的局限。

碧野(1916—2008),原名黄潮洋,广东大埔人。早期作品有报告文学集《北方的原野》、《太行山边》、《在北线》等。

在新中国成立初期的建设热潮中,碧野抱着一股燃烧般的激情来到了新疆,纵横天山南北,深入生活,为将要进行的创作做准备。碧野在新疆生活了两年,那些辽阔美丽的风景、动人的传说和富于民族特色的边疆生活在他的笔下变成了35篇脍炙人口的特写:《新疆的春天》、《一个放牧员》、《在哈萨克牧场》、《天山景物记》、《来自草原上的姑娘》等,最后结集为《在哈萨克牧场》[①]出版。

歌唱这个时代是碧野作品的主调。不论是描写湖光山色,还是展示建设大业,作品的格调都是高昂、奋进,充满了对新生活的希望和祝福。在这些作品里,碧野以充满豪情和由衷赞美的笔调,描绘了新疆各族人民丰富多彩的新生活,展示了解放军战士、勘测队员、支边青年以及边疆人民是怎样历尽艰难,豪情壮志地建设"新疆的春天"的场景。

但碧野的作品,最值得称道的还是对新疆风光风情绚丽多姿、神奇美妙的描绘。如《天山景物记》中对天山色泽随晨昏晴阴变化的把握;《一个放牧员》中对落日下博斯腾湖的远观;《旅途》中对山洪暴发的奇景的描绘等等:既有纵横驰骋、恣肆汪洋的一面,又有巧夺天工、着意勾描的一面,于一草一木、一沙一石、一朝一夕中,洋溢着作者对生活的挚爱。

碧野的《在哈萨克牧场》,以绚丽奔放的笔墨,为我们描绘出那个时代

[①] 作家出版社,1957年版。

美妙、神奇、洋溢着壮烈豪情的新疆新面貌,将读者领入了一个云深雾重、变幻多端、宛若仙境的美丽世界。

华山(1920—1985),广西南宁人。解放战争时期,是他创作的丰收期:出版作品集有《光荣属于勇士》、《踏破辽河千里雪》等。解放后历任新华通讯总社记者、《人民日报》记者等,著有报告文学集《远航集》、《黄河散记》等。

华山是一位善于描写大场景的报告文学作家。他的作品气势磅礴、雄浑激越而又生动细致,呈现出高屋建瓴之势。

新中国成立后,华山的创作转移到反映地方经济建设生活领域。他曾投身于三门峡水库的建设,热情地为那些奋斗在经济战线的人们放声歌唱,《神河断流》是这方面的代表作。

华山再次显示了他长于把握盛大场面的才华,他不具体写截流中的人和事,也不从截流本身直接下笔,而是站在全景的角度,俯瞰整个截流场面,以重彩泼墨似的大写意给以粗犷、有气势的表现,读来让人激动振奋。场面宏大、热情奔放、时代感和节奏感强,构成了华山作品的重要特点。

此外,还有很多作家,也纷纷远赴边疆,深入工厂、工地、农村和少数民族地区,创作出一大批反映各行业经济建设成就和建设者们精神风貌的作品,如艾芜的《幸福的矿工们》①、康濯的《在更高的路程上》②、雷加的《集体的荣誉》③、刘白羽的《熊熊的火焰》④、杜鹏程的《速写集》⑤等。

回眸建国初期这批反映经济建设生活的报告文学作品,从数量上看是非常可观的——短短三年内,就有了《经济建设通讯报告选》、《经济建

---

① 辽宁人民出版社,1955年版。
② 作家出版社,1956年版。
③ 工人出版社,1956年版。
④ 工人出版社,1957年版。
⑤ 作家出版社,1960年版。

设通讯报告选二集》和《一九五六年特写选》的出版。这些作品,或写作者的见闻感受,或写人物的先进事迹,展示的都是建设生活中热火朝天、人欢马叫的沸腾局面,主题明确,格调高昂,构成了这类报告文学创作的主旋律。

但因为作家于工厂生活不熟悉或无深刻体验,加上时代的局限,多数作品往往流于表面生活印象的速写和时代豪情的单纯歌唱,缺乏个性鲜明、饱满的人物形象和深刻内涵,很快成为过眼烟云。

第五节　魏钢焰、穆青、黄宗英(1)

魏钢焰、穆青、黄宗英等作家,为我们描绘了建国初期一段时间内涌现出来的英雄和先进人物的模范事迹和精神风貌。

魏钢焰(1922—1995),山西繁峙人,解放后任《延河》副主编。1958年从事专业写作,著有散文集、诗集以及报告文学集《宝地、宝人、宝事》、《红桃是怎么开的?》等。

《红桃是怎么开的?》①是魏钢焰最有影响力的作品。它写的是纺织女工赵梦桃如何成为全国劳动模范的事迹。作者打破了新闻报道的写法,以作家特有的敏感,艺术地再现了赵梦桃的性格特点,从人物身上的那些意外、特殊、偶然性和曲折性中找到了人物行为的"内心源泉所在":苦难出身形成了她的勤苦质朴和对改变了她命运的新社会的感激;而性格中的克己忍让和自卑,又让她只能以默默的行为甚至是"大仁大义"来感化周围的人。这种性格贯穿于人物所有的行为,使人物真实、可信而又伟大。作品人物性格脉络清晰,蕴藏的内在激情和人物本身的人格力量,令人印象深刻。

王石、房树民的《为了六十一个阶级兄弟》②,则是传诵比较广的一部典范性作品。作品反映的是为抢救因食物中毒的61个民工脱险而多方寻找特效药的过程中发生的一系列感人事迹,表现了当时人们"一方有难、八方支援"的崇高人道主义精神和集体友爱的高尚品格。今天读来,更是让人无限感慨。

这篇作品的最大成功,在于结构的精巧和节奏的明快。作品开头就先造声势,落笔在春节前紧张忙碌的气氛上,然后一个电话传来,引出事情原委和随后的行动,紧接着用镜头组合、剪辑等电影艺术的表现手段,

---

① 《陕西日报》,1963年6月26日。
② 《中国青年报》,1960年6月28日。

将同一时间内不同空间的人们紧张关注这一事件的心情与紧急行动分头展开,在纵横交叉的时空转换中表现出明快、热烈而紧张的节奏。作者在小标题的设计上也匠心独具,有意突出时间的紧迫感,使时间之紧迫与事件之紧急相互催发,形成了极大的张力,大大增强了作品的艺术感染力。作品在结构艺术上的成功,使它多次被作为范本选进各种教材之中。

穆青的《县委书记的榜样——焦裕禄》[①],则可以说是那个时期描写英雄人物的压卷之作。

穆青(1921—2003),原名穆亚才,回族,河南杞县人,著名新闻记者。抗日战争期间写的《雁翎队》就被作为范文供人阅读。建国后的作品有《县委书记的榜样——焦裕禄》、《为了周总理的嘱托》、《一篇没有写完的报道》(均与人合作)等名篇名作。

《县委书记的榜样——焦裕禄》,刻画了一个成功的英雄人物——基层干部"县委书记"焦裕禄的形象,并表达了"困难面前显英雄"的主题。

作品摆脱了以前那种回避问题的歌颂,在呈现现实生活中的重大矛盾背景下,从人与自然灾害、坚持工作与病痛折磨、艰苦朴素与特殊化这三个矛盾关系中,成功地塑造了一个高大而又富有人情、人性的"县委书记"形象。作者巧妙地把人与事、事与情、情与理等许多关系都处理得周密协调,而且不回避当时的困难环境和矛盾,比较真实地反映了当时的社会情况,这在当时是很需要胆魄的。

黄宗英(1925—),原籍浙江瑞安,生于北京。20世纪40年代的著名影星。50年代初期写过《和平列车向前行》、《爱的故事》,显示了她非凡的文学才华。之后她放弃了明星生活,专事写作,1959年以后成为专业作家。出于对新生活的真诚热爱,她开笔就写出了三篇新作:《小丫

---

① 《中国青年报》,1966年2月7日。

扛大旗》①、《特别姑娘》②和《新泮伯》③。

　　黄宗英作品的显著特色,就是致力于人物性格、性情的刻画。

　　她的作品,始终把人物放在表现的中心位置。而她的演员生涯和丰富的表演经验,也使她善于从人物的行为举止和日常生活细节中去捕捉和表现人物的性格心理,并寄寓着自己的情思。如《特别姑娘》中宽厚善良、意志坚强、扎根农村的侯隽,《小丫扛大旗》中那个性格爽朗、好胜的"铁姑娘"秀敏。

　　《小丫扛大旗》中,有这样一段:

> 这天,秀敏才买来一挂新车。歇晌时,要推到村前场上去练。我说我扶着她,她不要:"你们谁也别管我,没见骑车的后面还跟着个赶脚的。"她妈也说:"让她去。她就这犟脾气。武打武练地豁出去,没学不会的。没见学车子摔死人的。"

　　寥寥数语,在看似闲笔的叙述中,不仅秀敏这个人物呼之欲出,我们还能理解了这种性格的根源:原来娘俩一个脾气。就这一点已充分显示出黄宗英在把握人物性格上的深厚功力。

　　《新泮伯》,则是把人物放在特定的情景和意境中来表现,呈现出一派清新之气。新泮伯因为从小熟谙水,是一个"一生一世心思都扎在这个'水'字上,以'水'为忧,以'水'为喜,以'水'为友,以'水'为仇,为了'水'焚心熬骨,为了'水'手舞足蹈"的人,所以作者只选取那些与"水"有关的视觉形象和事情来展示人物的性格和内心,而那些时为山泉、时为静水、时为江河的水的不同形态恰巧又成了人物内在情感的写照。语言的鲜活灵动和意境的宽广深远,使作品显得独树一帜,毫无概念化和模式化之嫌。

　　黄宗英的这几篇作品也难免当时的政治思潮所带来的局限。比如,

---

① 《人民文学》,1964 年第 6 期。
② 《人民日报》,1964 年 7 月 23 日。
③ 作家出版社,1964 年版。

对女性男人化的劳动和对侯隽等代表的那个年代价值观的毫无保留的赞美、对追求个人幸福的"小机灵"的彻底否定等。这一点作者在80年代的文章《谈心》中有所反思——作家往往是和他的人民一起付出代价的,以各自不同的方式,向生活、向历史交出我们的青春、经历、欢喜、痛苦、眼泪和希望。

此外,西虹、胡奇虹的《南京路上好八连》,陈广生、崔家骏的《共产主义战士——雷锋》,巴金的《一场挽救生命的战斗》,房树民、黄际昌的《向秀丽》等,也是当时比较有名的作品。

这些描写先进人物的作品,延续了自延安以来的主流创作传统,但从正面避开了"大跃进"的主题,没有沦落为背离生活真实、为政治运动"歌德"和粉饰的工具,而是就生活中被广泛传扬的英雄和先进人物的事迹进行艺术化的表现,以充分形象化的笔致再现动人的场景和人物的精神风貌,留下了那个时代富有魅力的人物肖像。虽然也留有那个时代大环境的影子,但整体是在"大跃进"的浮躁环境中脱颖而出的佳作。

这一阶段的报告文学创作,是50年代前期的兴盛经过变形和相应的调整之后的一次中兴。它在写英雄和先进人物上获得的艺术成就和表现经验,都为继续把报告文学锻造成一个独立的文体积蓄着力量。

第六节 徐迟(1)

徐迟的《祁连山下》[①],是建国后"十七年"报告文学的一个特殊收获,也预示着徐迟将来报告文学创作的方向和特色。

徐迟(1914—1996),原名徐商寿,浙江吴兴人。20世纪30年代就发表大量诗歌、散文。新中国成立后,徐迟深入生活,勤奋创作,并开始涉足报告文学。五六十年代开始将主要精力用于报告文学写作,出版了《我们这时代的人》、《祁连山下》、《火中的凤凰》(未完成)等作品(集)。

建国以来,报告文学反映的大多是"工农兵"的生活,知识分子很少进入报告文学写作的视野之内。即便在作品中出现,除了几个医生(有的还是赤脚医生)外,也都是以可笑或可恶的反面形象出现。徐迟却逆势而为,打破了相当长一段时间里以"工农兵"人物为报道主角的单一格局,将文艺界知识分子作为自己写作的中心。1952年开始写作的《火中的凤凰》,以著名文学家郑振铎的生活、交往、藏书为报道对象,虽囿于形势的逼迫,没有完成,但却为以后的创作寻找到了好的方向。

创作于50年代、1962年才得以发表的《祁连山下》,依然坚持了这一创作方向,把"知识分子"和"艺术家"常书鸿,作为作品的"主角"和正面歌颂的"对象"。作品在构思上将三条线索(事业上的追求、爱情婚姻的波折、与孙健初的真挚友情)交错并进,互相映衬,有跳跃,有承接,起承转合,摇曳多姿,在跌宕酣畅的叙事与抒情中,充分展示出艺术家常书鸿在极端艰难的环境中执著地追求事业和保护敦煌壁画的信念,也展示着人物的美好心灵。在写法上则吸收了古代散文的精髓,融叙事、写景、诗境、哲思于一体,再加上作者洋洋洒洒、漂亮华美的语言,一个具有普通中国知识分子性格特点和艺术家气质的形象便跃然纸上。徐迟认为"特写纪实文学作品形式的一种,特写的语言应该是文学的语言,精练的语言,漂漂亮亮的"。漂漂亮亮、洋洋洒洒是徐迟语言特有的风格,并一直贯穿于

---

① 《人民文学》,1962年第2期。

他后来的创作之中。

题材的新颖和写作手法上的汪洋恣肆,充分显示了徐迟在报告文学创作上的独特风格。这部作品在形式上并无特别创新之处,个别地方,甚至还留有"政治挂帅"的痕迹,但其仍不失为一部选材好、立意深、人物形象饱满的佳作。

作家作品分述(二)

第七节 徐迟(2)、黄宗英(2)

新时期伊始,报告文学就将关注的目光集中投向历来被视为禁忌的知识分子尤其是科技知识分子领域。开时代风气之先的是徐迟。

1976年以后,沉寂多年的徐迟再度焕发创作青春,以过人的胆识和强烈的理性思辨精神,首闯还笼罩在政治批判阴影和争议中的知识分子禁区,写出了震惊一时并引发后来写科学技术界知识分子热潮的《地质之光》①、《哥德巴赫猜想》②等一系列作品。

《哥德巴赫猜想》,完整呈现了"文革"前后陈景润的艰难生活以及知识分子内在生命中那种不屈不挠、"十年坐得冷板凳"的默默求索精神;细节上的描写则完整刻画出了陈景润的独特性格和内心世界:领导春节前后的两次探视,让人们看到在历经批判打击后陈景润的惶恐、疑虑和善良本性;受侮辱与嘲笑时的呆愣和"茫然直观",受关怀时只会说"很高兴,我很高兴"的古板单调,与他投身于数学王国时的活力四射和谐地统一在一起,活脱脱地写出了这位数学家坚忍、内向、善良、孤僻而内心世界丰富活跃的性格特点,突破了50年代以来多数报告文学写人"只见事迹不见人"的束缚。而那些围绕事件和人物命运不时发出的饱含诗情和富有理性思辨力度的政论,则鲜明地体现了作者主体意识的觉醒和对"文革"的婉转批判态度。再加上作品宏大而又摇曳多姿的结构安排、亦骈亦散、张弛有致、典雅华丽的精彩语言,使这部作品达到了报告文学"真实性"、"文学

---

① 《人民文学》,1977年第10期。
② 《人民文学》,1978年第1期。

性"与"政论性"近乎完美的和谐统一。

富于哲理的政论和洋溢的诗情,给作品以灵魂和情感深度,文学才能获得真实生动的典型形象。《哥德巴赫猜想》的成功,使之成为此后众多报告文学作家孜孜以求的理想境界。

同时,作品还解决了报告文学一直面临的如何表现和把握"自然科学"题材的现实难题。作者借助想象和诗情,把抽象、神秘又枯燥的科学研究转化成具体的视觉形象:

> 且让我们这样稍稍窥视一下彼岸彼土。那里似有美丽多姿的白鹤在飞翔舞蹈……它踯躅徘徊,已飞千里。还有乐园鸟飞翔,有鸾凤和鸣,姣妙,娟丽,变态无穷。

这种把握方式,消弭了陌生、深奥的科学与熟悉可感知的日常生活、科学家与读者之间的壁垒,引领读者进入科学的奥秘并体验其中的艰难和喜悦,从而结束了文学创作在"科技"面前驻足不前的局面。

熔诗情与意境、散文和政论、汪洋恣肆的想象力、流光溢彩的叙事和绵延有力的政论于一炉,气势宏大,结构开阔,语言华美而警策,是徐迟作品的独特风格。

《哥德巴赫猜想》的价值,除了它在艺术上的成功之外,还有着更为深刻的现实意义,即"这篇报告文学酝酿着为知识分子平反的运动"。

陈景润当时是一个备受"非议"的人物,被认为是走"白专"道路的"典型"。作者对他的颂扬,引发了对知识分子地位、作用和对"文革"的重新评价问题。而作品流露出的对"文革"的否定倾向,在当时近乎是石破天惊!

徐迟随后写出的《在湍流的涡漩中》、《结晶》、《刑天舞干戚》等作品,题材领域更是遍及植物学、生物学、流体力学、水利枢纽和输电工程等,但成就并未超过《哥德巴赫猜想》。《在湍流的涡漩中》,甚至写得较浅。作者自己也意识到"在这关键的地方,非但没攻上去,反而退却了"。但徐迟在促进报告文学的文体成熟以及知识分子题材的开拓上所起的作用,都可谓首屈一指,无人可及。

黄宗英也是新时期写知识分子题材中较为活跃并取得佳绩的一位。她的《大雁情》、《美丽的眼睛》、《固氮蓝藻》、《橘》、《八面来风》、《越过太平间》和《小木屋》大都获得好评,这些作品后结集为《星》[1]、《橘》[2]和《小木屋》[3]出版。

作品《大雁情》和《小木屋》,是黄宗英的代表作。

《大雁情》,是一篇获得国际声誉的佳作。作品所写主人公也是个"有争议"的人物——西安植物园的女科学家秦官属。

作者以全部的感情投入对人物的认识。在与她一步步"由远到近"的接触中,在各式各样猜测、否定、挑剔的看法与秦官属实际行为的对比中,展示了她正直、倔强、直言不讳的性格个性,对事业的不懈追求和追求中的非常遭遇。

作者以自己对秦官属"认识过程"中的心理、情绪变化,来结构作品,"她……"、"她?"、"她"、"她??"几个独特的小标题,既带给读者悬念和思考,又巧妙地表现了作者对人物由未知、疑惑到肯定、再到深思的层层递进过程,最终真正地还原了秦官属这个可敬可爱的科学工作者的真实面目,折射出中国知识分子在长期的极"左"思想影响下的性格、灵魂和命运。

在歌颂的同时,饱含着对时弊的针砭和嘲讽,表达之激烈和率直,充分彰显作者的性情风采。

《小木屋》,则写得妙趣横生。

作者选取了"菠密会议"、蘑菇中毒、拔树虱、切葱花、大会发言等一系列完整的生活画面,来呈现生态科学家徐凤翔辛苦、简单却充实、有价值的生活。关于人物为何会放弃舒适的城市生活,到西藏工作的猜测和非议,自然不攻而破,人物形象自然也就站立起来了。

---

[1] 上海文艺出版社,1981年版。
[2] 上海文艺出版社,1983年版。
[3] 福建人民出版社,1984年版。

黄宗英新时期的创作,在作品的思想深度和艺术表现上,都较 50 年代成熟并最终建立了自己的风格。

在选材上,不再跟随潮流而动或紧盯为社会大环境所提倡的"典型",把自己从"盲从也难从的境地里解脱出来",而是以创作主体的自我眼光,自觉地选取远离大众话语中心的"异数",反映那些被社会"冷冻"或"非议"人物的性格命运。在剥离表层的是非曲直中还原人物的真实,在"歌德"同时,也鞭挞着矛盾的另一面。秦官属、徐凤翔、曾勉(《橘》)、宋慕玲(《越过太平间》)等无不如此。

黄宗英称自己是"用惊叹号来写作的",充分显示了一个作家应有的良知和自我意识。她是怀着"以助一呼之力"的愿望去接触和展示笔下那些被侧目的人物的。因此在写作上,她没有采取其他作家常用的那种"全知全能视角"或仅在作品中充当"起承转合角色"的叙述方式,而是把自己作为一个不可或缺的、带有情感与个性的"人物角色"活跃于作品中——在与人物的朝夕相处中,捕捉着人物的外在行为和内在性格,同时也改变着对人物的感知和情感关系。像一个随情感远近变换着景深的"镜头",引导着读者亲近和感知她们的精神世界。在对人物的展现过程中,一个胸怀坦荡、风趣开朗、快言快语的自我形象也随即呼之欲出。

鲜明的自我形象和情感渗透,已成为黄宗英作品独有的审美标记。她的作品像一首清新隽永而犀利的诗,传递着委婉的情致;语言风格上的轻松明快,也一洗报告文学因注重客观写实带来的僵化和沉闷。

黄宗英,可以称得上是最富灵性与才情的报告文学女作家。但黄宗英的作品,在对人物的深层性格和复杂广阔的内心世界的表现上,尚嫌不足。

第八节　黄钢、柯岩

黄钢(1917—1993),湖北武汉人。20世纪40年代就已经是一位很有成就的报告文学作家,著有《开麦拉之前的汪精卫》、《我看见了八路军》、《刘呐鸥之路》等;新时期后除作品《亚洲大陆的新崛起》外,主要从事报告文学的理论研究和编撰工作,发表和出版了许多有价值的理论文章。

黄钢是一位善于及时而又真实、深沉而又强烈地把握住时代特征的作家。写于1938年的《开麦拉之前的汪精卫》,就是因为作者在中央电影摄影场工作时,参加了汪精卫到重庆以后的所有集会和演讲而创作完成的。作者布局谋篇非常讲究"战略",按照汪精卫在重庆的行踪分为八个片段,运用电影蒙太奇的方法,在每一个片断中都抓住那些十分戏剧性的瞬间,分别将汪精卫最富有特征的神态、表情、言语、动作等镜头般地呈现在读者面前,再辅之以满怀激情的时而辛辣、时而机智、时而慷慨的政论,将一个外表优雅热情内心狡诈阴暗并最终堕落的灵魂追魂摄魄似地勾绘出来,作品开阔而有声势。

《我看见了八路军》,也是采用镜头语言,用一个个富有说服力的细节来完成对八路军及其将领朱德不动声色而又有力的把握。比如作者写"篮球比赛"时,朱德因为年纪大而被战士们选队友时"淘汰"掉,而这个老战士却"用局外人的步伐迈出球场,蹲在球场僻静的一角,用那饱阅过世事风霜的眼睛……(看着)球场上二十几条青年的、壮健的、不停奔跃的腿",这一看似无足轻重的小事却足以见证出八路军的军队风气,何需再多费言辞?

《亚洲大陆的新崛起》,则描绘出了地质学家李四光曲折、坚定的人生与科研之路。这部作品延续了黄钢以往作品"战略学"的写作手法,开头即显示出作品富有暗示性的整体方向。黄钢自己也谈到"我总是想在报告文学的一开始,采用一种具有概括性的画面或语句,总是想开门见山,提携全篇,概括全文"。《亚洲大陆的新崛起》,一开头就点明了李四光和他的祖国"都穿过了迷雾",迎来了一个新的历程,从而带来了其作品"政治色彩与抒情意图"相结合的特点。

黄钢的作品,因其擅用细节、画面、声音的结合来塑造人物,开局谋篇有机相扣,政论兼具抒情而令人印象深刻。

柯岩(1929—   ),满族人,原籍广东南海。1945年开始从事多种文学形式创作至今。1978年以《奇异的书简》进入报告文学领域,之后又发表了《追赶太阳的人》、《天涯何处无芳草》、《船长》、《癌症≠死亡》、《美的追求者》、《特邀代表》等作品,结集为《奇异的书简》①和《癌症≠死亡》②出版。1988年又出版了《永恒的魅力——一个诗人眼中的宋庆龄》。这些作品以真诚而富有诗意的笔墨,描绘了教师、船长、科学家、艺术家等众多形象。其中,《船长》和《美的追求者》是两篇脍炙人口的佳作。

《船长》③,是柯岩报告文学的成名作。作品塑造了中国远洋公司上海分公司所属的"汉川号"远洋货轮船长贝汉廷这一人物形象。

贝汉廷身上,既有中国知识分子的耿介和责任感,又有外交家的从容,还有作为掌舵船长的果断。他在外国同行们轻视的眼光中,用自己精湛的专业技术解决了外国专家也难以处理的问题,从而令外国人刮目相看,为祖国赢得荣誉。

作品风格洒脱豪迈,灵活地运用了多种艺术手段,使贝汉廷的形象呼之欲出,并洋溢着一片诗意与豪情。

《美的追求者》④,则从主人公韩美林追求美的坎坷过程中,凸现了他对人间"真善美"的渴望与呼唤。

柯岩是个诗人,同时又保有儿童文学作家应有的纯真和童心。她把两者同时融进了她的报告文学创作,寄托在笔下的人物身上,就形成了其作品的鲜明特色,即纯真的美。如《美的追求》中韩美林与乐姐姐的交往、与"患难小友"的关系,都无不洋溢着纯真的诗美。

但柯岩的创作,作品思想厚度及力度稍嫌不足。

---

① 四川人民出版社,1980年版。
② 四川文艺出版社,1987年版。
③ 《人民文学》,1979年第11期。
④ 《十月》,1979年第4期。

第九节 理由、陈祖芬

理由(1938—   ),原名礼由,生于北京。自幼喜爱体育和诗歌,1972年开始写小说,1976年起转而写报告文学。《扬眉剑出鞘》使他一举成名。以后连写了几十篇报告文学,结集出版的有《她有多少孩子》、《痴情》、《理由小说报告文学选》、《纯情》等。最代表他的创作主张和写作水平的则是《扬眉剑出鞘》和《痴情》这两部作品。

理由是新时期以来以文采见长、非常注重报告文学的艺术价值的一位作家,其作品被认为是"小说式"报告文学。这与他以小说起步及创作观念是紧密相关的。理由十分看重报告文学的文学审美功能:

> 报告文学是真实性与文学性的统一,我习惯于用小说的技法去写生活中的原型,《痴情》是一次放手的尝试。对忽略和压低报告文学艺术价值的见解,我是持有异议的……我希望,终有一天,报告文学的写作与小说的艺术价值能够等量齐观。①

理由确实是向着自己的创作主张努力并确立自己的地位的。

《扬眉剑出鞘》②是一篇文学韵味很足的作品,从历来的体育通讯中脱颖而出。作品成功地描绘了人物生活的场景氛围和比赛时跌宕起伏的心理,结构精巧别致,想象丰富细腻,在细节的铺陈中展示击剑运动员栾菊杰的性格特点和拼搏精神。理由的作品也因此被称为"小说式"报告文学。

《痴情》③,则将这种风格发挥到极致。

作品中的袁运生,是一个既痴情于艺术又痴情于爱情的人——对艺术和爱情有着同样执著的追求。但一场政治运动无情地摧毁了一切。当新的生活到来时,和他相濡以沫的女友却已身患绝症……作者把许多生活细节组接

---

① 理由:《关于痴情》,《报告文学研究资料选编》(下),山东人民出版社,1983年版,第1144页。
② 《新体育》,1978年第6期。
③ 四川人民出版社,1981年版。

起来,赋予平凡而又沉重的生活以激情、美感和感人的力量。比如,袁运生在繁重的体力劳动中,竟也能画出2000多张的素描;被汽车撞伤后得到的赔偿费,却被他用作了前往延安写生的路费;妻子在抗震中首先想到的是画箱而不是其他等,这些细节,塑造出了一个身处现实逆境却神游在另一个被创造的世界中的艺术家的个性气质和画家妻子高尚的牺牲精神。

作品借用了平行蒙太奇的手法,一条线是过去的故事,一条线是正在进行的故事,而这交叉承启,不仅展示了他们饱尝辛酸和不幸的人生经历,更淋漓尽致地展示了他们的心灵美和人格美。但作者过于追求作品和人物的"美"的倾向,削弱了作品应有的现实冲击力。

1985年之后,理由开始转向重大事件和现象,"从热情的赞颂到冷静的叙述"。发表了《倾斜的足球场》、《元旦的震荡》等作品。但其成就和影响,并未超越前期创作。

陈祖芬(1943—),上海人。1979年发表第一篇报告文学作品《她创造时间》,初显其写作才能。《祖国高于一切》则一举奠定了她在报告文学领域中的地位。之后笔耕不辍,先后出版有《陈祖芬报告文学选》[1]、《陈祖芬报告文学二集》[2]、《文艺家的另一个世界》[3]、《挑战与机会》[4]、《挂满问号的世界》[5]、《中国牌知识分子》[6]等。

陈祖芬的创作,关注的是积极闪光的生活之流。她以对社会人生主流基调进行诚挚赞美的"歌者"姿态进入文坛,笔下的人物也大都是性格坚毅、富有奉献精神的知识分子和共产党人。

陈祖芬认为,作家的功能就是"要从生活的山岩上去开掘美的泉水,给辛苦、疲惫的人们送去一捧沁人的清泉,使人感奋起来"[7]。因此她有

---

[1] 北京出版社,1982年版。
[2] 四川人民出版社,1984年版。
[3] 中国文联出版公司,1985年版。
[4] 北京十月文艺出版社,1986年版。
[5] 江西少儿出版社,1987年版。
[6] 河北教育出版社,2001年版。
[7] 《一封没有写完的信》,《文汇月刊》,1982年第10期。

意地突出人物身上呈现的共同的文化品格和民族精神中积极昂扬的主流基调,而化解或隐去了这基调下面同时熔铸着的苦痛和悖论。因而其作品中的人物,不论是抛弃国外显赫学位和舒适家庭毅然回国效力却一再遭受歧视打击的内燃机专家王运丰(《祖国高于一切》)、几十年来默默承受苦难却把知识贡献给人民的程渊如(《中国牌知识分子》),还是具有蜡烛精神、照亮别人却甘于平凡的数学家袭广沪(《朝圣者与富翁》)、精心培育下一代的音乐家王昆(《生命》)等,都显示着共同的精神底色:即构成这个民族深厚性格内涵的坚毅和忍辱负重、默求生存的精神共性。

作品回避生活中的阻力,甚至不让"对立面"出场,在赞扬人物的善良和坚韧时,同时不恰当地肯定了那种逆来顺受、委曲求全的性格,"软弱的天性和过分的同情心",减弱了陈祖芬作品的冲击力和战斗性。但陈祖芬的可贵之处,在于她在表现形式上的不断求新求变:"每篇都想既有风格,又有创造,所以每篇所用手法不尽一样。"①

陈祖芬的报告文学创作,充分显示了所报告"问题"可能有的弹性和随意。叙述视角的灵活多变、电影"蒙太奇"及"意识流"的充分利用,形成了她思路开阔、自由随意、飞扬灵动的风格特点。她的"没有旧了的题材、只有旧了的视角"②的写作观念及其为此所作的努力,都是对报告文学创作"题材第一"的观念的冲击和反拨。

但总体上看,陈祖芬的报告文学在创作形式上的探索超过了她在内容和思想上的开掘。因此,数量虽多却少有影响力深远的厚重之作。

总之,在"十年动乱"之后的新时期之初,这批报告文学作品配合并推动了那场思想解放运动,各色知识分子受到了作家群体的共同关注并大规模地进入作品,成为前所未有的风景。这时期的报告文学整体上以刻写人物为主,流露出较强的"小说化"和"传记化"倾向,加之这批作家自身文学素养的深厚,使得这一时期的报告文学创作整体呈现出极高的文学价值,成为报告文学史上真正颇具华彩和带有强烈的作家个性风格的一章。

---

① 《爱是圆的——论观念之变革》,上海人民出版社,1992年版,第154页。
② 《爱是圆的——论观念之变革》,上海人民出版社,1992年版,第147页。

第十节 李玲修、鲁光

李玲修(1944—   ),山东烟台人。1979年开始写作报告文学,其比较有影响力的报告文学作品主要有《笼鹰志》和《足球教练的婚姻》等。

《笼鹰志》别有特色。和一般侧重于叙述事件过程的作品不同,作者努力从时代环境的变化和影响来探索和把握人物的内心世界,选择具有典型意义的细节来呈现人物性格,让读者看到了鼻烟壶内画艺术青年专家王习三何以能在屈辱和磨难下经受住考验的内在力量。作者以饱满的时代热情,讴歌了主人公"苍鹰上击翻曙光"的感人精神。

后来李玲修把眼光投向了体育界和艺术界的人物,并由写名人转向为普通人立传。《足球教练的婚姻》写了足球教练刘敏新和乒乓球运动员李玉环曲折复杂的爱情经历,多侧面地描绘出人物美好的心灵世界。"在平常中发现并不平常的因素或闪光点",并用怀着挚爱与同情的笔去捕捉这些"闪光点",展示普通人物内在的纯洁善良,是其作品总的基调。流畅、细腻、轻盈但总归力度有限。

鲁光(1937—   ),原名徐世成,浙江永康人。其报告文学创作以体育题材为主,着力于表现中国体育运动员顽强的拼搏精神,以及他们参赛、日常的训练和生活。其比较著名的作品为发表于1981年的《中国姑娘》。该作写于中国女排首次夺冠之前,作者沿着中国女排的足迹,报道了她们训练的艰苦、比赛的紧张以及国际交往、爱情生活等方方面面,记录了她们遭受挫折时的痛苦郁闷,夺得胜利后的欢乐自豪,其中处处激荡着她们心中对祖国、对人民的挚爱。作品文笔朴实,情节生动,细节感人,富有浓浓的生活气息。

第十一节　杨匡满、郭宝臣、陶斯亮、张书绅

杨匡满(1942—　)、郭宝臣(1942—　)创作的中篇报告文学《命运》①,是反映和批判"文革"的作品中的一个重要收获。

十年"文革",中国政治上的颠倒、混乱,造成了许多冤假错案。但在那动辄得咎、人人自危的年代,仍有不少真正的勇士,敢于直面现实,为民请命,勇于抗争,追求真理和正义,他们都遭到了残酷的迫害乃至被杀。"文革"结束后,报告文学以其特有的敏锐性,去反思和批判这个沉重的历史现实,在这个情牵万家的问题上发出了自己的声音。

《命运》大胆地以那场震惊中外的"天安门事件"为再现的对象,以一种"全景"式的俯瞰,将周恩来逝世到粉碎"四人帮"后中共中央为这一牵涉到国家和个人命运的事件平反,作了纵向的多侧面的描写,呈现出历史的沉痛与新生的希望。作品大量使用了当时的新闻、小字报、信件等历史材料,涉及的人物上自周恩来、邓小平等高端人物,下至积极参与事件的李西宁、贺捷生、范曾、贺敬之等普通百姓,地点则从北京扩展到上海、南京;写作手法上或正面叙述,或侧面描写,视角变化多样,结构灵活,有一种酣畅淋漓的气势,充分展示出历史大转折关头人民群众对国家民族命运的关注和责任感,深沉地赞美了他们与逆历史而行的反动势力斗争的勇敢、机智和热诚。

作品的结构气魄和"全景"式视野,在当时都是少见的。这是一部特殊的民族赞美诗。

穆青、陆拂为等的《为了周总理的嘱托》,叙述了植棉模范吴吉昌从受周恩来嘱托解决棉花落桃问题始到研究终获成功止,长达11年间艰难、坎坷的曲折历程及其所受的非人迫害。"吴吉昌为了完成任务,就像从事地下工作那样,只能偷偷地干。"作者抓住了那个时代惊心动魄、动荡不安

---

① 《当代》,1979年第2期。

的时势特征,在揭露"四人帮"反动、残酷、愚昧的一套给吴吉昌造成的灾难同时,赞扬了他身上那种为了信念而百折不回的普罗米修斯般的献身精神。

作品始终充满了紧张的气氛和扣人心弦、一波三折的情节,细腻地刻画出了吴吉昌那忍辱负重、顽强坚韧的忠直性格和痛苦复杂的心情。

穆青等人这时的作品,继承和发挥了以往报告文学在写人上的优良传统,去除了过去创作中的政治痕迹,在艺术上是比较成功的。

陶斯亮的《一封终于发出去的信》①,也是当时影响较大的一部作品。作者以给父亲陶铸写信的形式,沉浸于对往事的回忆和感受中。边叙事,边抒情,在满含深情和悲哀的笔墨中,再现了这位老革命家面临迫害时的遭际和苦涩难言的心情,诉说着对父亲的怀念,表达着对父亲蒙冤受屈的愤怒和抗议。作品娓娓叙述的笔调和浸润其中的深情,都使之像一篇深沉哀婉的散文,感动读者。

1979年5月,张志新的事迹被报道出来后,许多以张志新事迹为描写对象的报告文学作品出现,其中张书绅的《正气歌》②较为出色。

张志新原是中共辽宁省委宣传部的一名干部,多才多艺,生活美满。在"文革"期间,因挺身反对对老革命家刘少奇的诬蔑、迫害而身陷囹圄,备受折磨。但在狱中,她从没有丧失做人的尊严,坚持真理,宁折不弯,"每次她都理妆整容,从容地步入审判厅。审判员指令她坐下,她不坐,不让她坐,她却坐下来,好像在家里一样安然自如。每一次她都郑重声明:我没有罪,我不是罪犯,你不可以用对罪犯的口气同我说话。"最后竟以"反革命分子"的罪名被切断喉管枪杀。作品写出了一个有血有肉、坚持独立思考的英雄人物及其人格气质。

同类题材的作品,还有王晨、张天来的反映文化青年遇罗克不屈于邪

---

① 《诗刊》,1979年第1期。
② 《鸭绿江》,1979年第5期。

恶,坚持独立见解,坚定地反对"血统论"却惨遭杀害的《划破夜幕的陨星》;鄂华报告与"四人帮"作斗争而牺牲的史云峰事迹的《又为斯民哭健儿》;理由描写一位青年思想家因见解与极"左"环境冲突而被作为"现行反革命"枪毙的《倒在玫瑰色的晨光中》;遇罗锦描写哥哥遇罗克遇难之后全家人痛苦生活情状的《一个冬天的童话》等,数量众多。这些作品每一发表,都会在社会上引来一片唏嘘之声,尤其是作品中那些令人发指的肉体残害,更是激起人们对那个惨无人道的年代的痛恨,因而很能触动人们的心弦。

报告文学应有的对生活的批判功能在被遗忘很久之后终于再次得以恢复。

第十二节　赵瑜

赵瑜(1955—　　)，河北安平人。1978年开始发表各类文学作品。作品一向以关注现实生活触及重大社会问题而引起争议，也曾多次获奖。20世纪80年代报告文学作品有《但悲不见九州同》、《中国的要害》、《强国梦》、《太行山断裂》、《兵败汉城》等。90年代又有《马家军调查》、《革命百里洲》等问世。

赵瑜从事文学创作较早，但进行报告文学创作却是在80年代中期。一上阵就出手不凡。《中国的要害》，将关注的焦点指向太行山的交通领域但又不局限在太行山，而是在开放的视野中，在与整个世界交通运输状况的对比中透视整个中国的交通问题，并称之为"要害"，揭示出它对国家的经济发展和社会进步带来的深刻影响。这种就一个问题延伸出去并给予全方位观照的写作思路，在当时多数作家尚处在一人一事写作模式转折和探索期的报告文学创作中还是比较少见的。赵瑜无师自通地一步迈到了报告文学创作的前沿。

但真正能代表赵瑜报告文学创作实力和成果的，是他的《强国梦》、《兵败汉城》和《马家军调查》这三篇后来被人称为"体育报告三部曲"的作品。从小酷爱体育却惊觉体育设施普遍缺失的赵瑜，在人们为国家女排三连冠举国激动欢呼自豪的时候，萌发了对体育本义的思考和追问：一味追求赛场成绩，而忽略培育大众强身健体的土壤，体育强国的梦在哪里？体育的精神到底是什么？于是就有了以体育为对象和载体来认识和评判现实社会生活的《强国梦》和《兵败汉城》。

《强国梦》是有史以来第一次严肃而公开地对中国体育运动进行思考和发问、指出它的症结、异化并呼吁中国体育体制改革的作品。它通过对大量真实的人和事的调查和了解，生动而深刻地揭示了中国体育活动中存在的体制弊端和把原本"充满了享受和趣味"的体育异化为狭隘的民族精神和政治代码的"跛子"体育的事实。这在整个社会还陶醉在金牌数量和民族自豪的当年，不啻当头棒喝！赵瑜由此表现出来的胆识和清醒的反思与忧患意识是绝对超前的。《兵败汉城》可以说是《强国梦》的续篇。作品通过中国体育军团在1988年汉城奥运会上遭遇的惨败,进一步对"金牌至上"、"名次第一"等功利观念和短期行为进行批判,指出了失败的必然性和症结所在:"个性的压抑,民主空气的稀薄,封建主义的作祟,正是这旧体制赖以生存的土壤,它滋生的只能是这样而不是别样的体育。"

《强国梦》和《兵败汉城》,以其对中国体育的深刻剖析引起了人们的广泛关注和思考。一时间世人争睹,洛阳纸贵!对体育的关注和报告,也成为赵瑜报告文学的标签。

随着90年代商品经济洪流的蔓延,体育及其背后的内容变得更为复杂。名震一时的"马家军"很快发生"兵变"。究竟"是谁重创了马家军"?赵瑜经过大量的调查分析,以一部《马家军调查》回答了暗藏其后的层层面面复杂深邃的因由,透过个案指向本质,在更高的文化道德、人性人格层次和体育本义上剖析了这个事件。

赵瑜用作家犀利的笔,一次次地记录和剖析新中国体育成长的坎坷历程,把国人的关注目光引向体育的本质精神。

赵瑜并没有满足于此。在悄然离开媒体五年之后,2005年拿出了《革命百里洲》这一反映农村现实的厚重之作。我们有理由相信,赵瑜在报告文学领域还会有更大的收获。

第十三节　程树榛、李延国、张胜友、胡平

程树榛的《励精图治》①,是反映改革开放这类作品的开篇之作。它率先将富拉尔基第一重型机械厂厂长宫本言进行改革的事件报道出来。

宫本言,作风扎实,业务精通,行事果断,大胆启用有识之士,被人称作是个"说了算,定了干"的"宫大胆"。他在工厂人心涣散、濒临倒闭之时接职上任,排除阻力,大胆整顿改革,重拾人心,迅速使这个在国务院都挂了号的"老大难"企业重新焕发了活力。作者把自己由衷的赞美之情毫不保留地给予了改革及推进改革的人们。

李延国是描写改革题材的作家中颇有特色的一位。

李延国(1943—　　),山东牟平人。出身农家,边务农边自学文学。17岁时开始发表诗歌。写过话剧、小说、散文、诗歌等,因报告文学创作而迅速为文坛瞩目。

改革初期,李延国推出了人称"人才四部曲"的《敢立军令状》、《穆铁柱出山记》、《废墟上站起来的年轻人》、《江海清》和《他还是最可爱的人》。1985年以后又有《中国农民大趋势》、《走出神农架》问世。他的作品数量不多,但发表的作品分量都很重,《废墟上站起来的年轻人》②、《在这片国土上》③、《中国农民大趋势》④、《走出神农架》⑤四篇作品均获"优秀报告文学创作奖"。如此大面积地获奖,这在报告文学作家中并不多见。

李延国的前期创作基本上都是围绕着"礼赞这英雄的国土"立意的。但他能从更加立体亲和的角度,用一个个杰出又平凡的性格化人物和事件让这一老主题显示出本真的生命力。《敢立军令状》的主人公李良美,

---

① 《当代》,1980年第2期。
② 《泉城》,1981年第8期。
③ 《解放军文艺》,1983年第10期。
④ 《解放军文艺》,1985年第5期。
⑤ 《解放军文艺》,1988年第1期。

原本是个普通工人,但改革给他提供了施展才能的机会,在工厂即将倒闭时竟然毛遂自荐当了厂长,还在一年内使工厂起死回生。《废墟上站起来的年轻人》,厂长周大江虽其貌不扬,但不起眼的外表下却蕴含着不为人知的胆识、胸怀和能量:"小小的肩膀"却"呼啦啦扛起一面大旗","尖尖的嘴巴子"却"说话落地有坑,有时也吹一吹小胡子","两只奇怪的耳朵"却"有时迟钝,有时敏锐……","瘦小的躯体"却"有着博大的胸怀"。作品借外貌写性格,借性格写人物的行为处事。比如,他上任后为鼓起士气和增加工厂威望,竟然借了八辆车,载上全厂工人上街游行,这大概也只有年龄27岁,"年轻的额角映着火光"仍童心未泯的年轻小厂长做得出来!李延国深谙性格决定命运的道理,他在性格带来的反差和造成的张力中,写出了一个个活生生的顶天立地的男儿形象。

性格描绘的成功,也使得李延国的作品从同类题材中脱颖而出。

《在这片国土上》,在构思和气魄上较之以前又有了很大的创新。作者把视野从个人转向了群体。从窄小一隅转向对规模庞大、人物众多的大型引滦工程的把握,显示出他在创作上的转型。写大型工程,50年代就曾有过初步尝试,但均从一个片断或几个侧面入手,采取的亦是借"一管窥全豹"的思路格局。而《在这片国土上》,突破了这种格局,以"全景式"的手法俯瞰和深入整个工程的全貌,选取各种视角和场面绘织出引滦工程波澜壮阔的画面。作品刻画的人物从工程指挥、天津市长到参加施工的军长、师长又到工程师、设计师和地质师;从工区的县长、大队长到普通农民又到海外赤子;从战士们到他们的父母妻子,等等,众多的群像浮雕共同体现着创业的豪情和创业者们拼搏进取、尊重科学的求实奉献精神。作品基调高昂、粗犷,充满阳刚之气。其间荡漾的激情犹如奔腾不息的黄河,气势宏大壮美,被著名作家刘白羽称为"史诗式的报告文学"①。

《中国农民大趋势》和《走出神农架》,在创作思路上仍立足于反映和赞美改革,但问题意识开始强化和突出:不再把其中出现的矛盾仅仅归结为变革与守旧的简单对立,而是从更深广复杂的层面看待改革,因此在观

---

① 《人民文学》,1981年第4期。

察事件和现象的广度和深度上都有了进一步开拓。作品的历史厚重感也有所增强,如《中国农民大趋势》就以凝重、多元的笔调写出了农村改革进程中背负历史重荷的中国农民的艰难跋涉,在揭示出改革的必要性必然性的同时也看到改革的复杂不易。这时的作品视野上更加开阔,叙述上也更为多元,但浓重的理性剖析色彩也冲淡了前期作品中激荡人心的诗情,从而使作品略显沉闷凝滞。

张胜友(1948—),福建永定县人。胡平(1947—),江西南昌人。两人合作的作品主要有《历史沉思录》、《世界大串联》、《东方大爆炸》、《在人的另一片世界》等。20世纪90年代后张胜友主要从事创作影视政论作品,如《十年潮》、《力挽狂澜》、《历史的抉择》等,而胡平则转向历史纪实,有作品《禅机,1957》等。

两人影响最大的作品是《世界大串联》。这部作品敏感地将报道的眼光投注到改革开放背景下涌现出来的越来越热的出国潮现象。作品对遍及全国的、因各种各样的需求而想方设法出国的人们以及由此产生的悲喜剧,给予全方位的展示,在不同的段落中勾勒出不同的遭际、不同的性格人生。有喜悦又有失落,有热情又有忧思。更重要的是,两位作者将看似个人行为的事件,延伸到对中国的教育制度、用人体制和知识分子政策等更深层面的反思,就使得这篇作品立意深远,眼光开阔,其忧思也便深沉、着实。

第十四节 钱钢、徐志耕、董汉河

钱钢、徐志耕、董汉河的报告文学创作,则将反思批判的眼光,转向那些因政治或历史原因而硬是将"新闻"冰封成"历史"、而今解冻的重大题材。

钱钢(1946—   ),浙江杭州人。1972年开始发表作品。其报告文学作品有《"蓝军司令"》(与人合作)、《奔涌的潮头》(与人合作)、《唐山大地震》、《海葬》,报告文学集《"蓝军司令"》等。

《唐山大地震》①,是钱钢20世纪80年代中期站在更开放、更尖锐的角度上,较早地用"全景观式"对十年前发生的事件予以重新审视观照的作品。作者这样谈到创作的初衷:

> 唐山无疑已属于人类……我要给今天和明天的人类学家、社会学家、地震学家、医学家、心理学家,不,不光是他们,还有人——地球上的人们,留下关于天灾中的人的真实纪录,留下我的思考和疑问。

正是在这样的气魄和认识下,作品打破了以往对这一事件的报告中那种缩小和回避灾难,放大和赞美人的精神斗志,将坏事变好事的虚假模式,立体真实地再现了这场惨绝人寰的大灾难发生前后的社会人生百态。但作者并没有停留在这个层面,而是将目光环视星际空间的所有生命,从宏观全景式的角度多侧面地进行观照,对历史、文化、社会、人与自然的关系进行了独特的思考。

作品视野开阔,气势恢宏,人物众多,从"濒死的拂晓"到"数十万压在废墟下的渴生者",从"高墙倒塌的监狱"到"一群没有理智的人的精神病院",从"可歌可泣的救灾"到"非常八月抢劫风潮",从"政治的1976"到"大震前后的国家地震局",在动物对生命感应的机警与人类的漫不经心、

---

① 《解放军文艺》,1986年第3期。

服刑犯人的自觉救灾与自由公民的趁火打劫、政治利益与科学精神的博弈等一系列富有张力的场景对照中，作者怀着深厚的人道主义精神和穷根究底的哲理思辨精神，重新审视了在特殊环境和非常时期下的许多正常与不正常、美好和丑恶，烛照出极端处境中人性的真实图景。正如作者所说：

> 我仿佛第一次从灾难的角度观看我的民族、我的同胞、我的星球。这是残酷的，也是崭新的。如此惊人的灾变，如此惨重的浩劫，如此巨大的死亡和悲伤，我已经不能以正常的规范来思维。那些美丽得令人伤心的东西，那些坚硬得令人发抖的东西，那些弱小得令人渴望挺身而出的东西，一切属于人的品质都俱全了。

作品材料的翔实尖锐、视野的开阔、人性的丰厚和反思的深沉让读者在一个新的层面上重新经历和审视了那场灾难。

十年之后，钱钢的忧患和反思走得更远，写出了反映100年前北洋海军成立过程以及毁灭悲剧的《海葬》。作品主要写了李鸿章建立北洋水师过程中的曲折和困惑，通过那段史实反省中国的权力体制、民族个性，从对历史的警示和痛惜中折射出作者对中国当今改革前途的关注。

徐志耕(1946—   )，浙江绍兴人。主要作品有《两用人才的开发者们》、《南京大屠杀》、《血祭——侵华日军南京大屠杀实录》(主编)、《浴血淞沪——八·一三上海保卫战》、《血祭》、《血证》、《血谊》、《血债》等。

《南京大屠杀》，既是历史的真实写照，也是今天的愤怒和真情的流露。它的价值在于第一次用报告文学的形式对这个历史事件有了全面的反映，并用史实向全世界发出了呐喊。作品将南京失守、大撤退的混乱、日军屠戮30万人的血腥残暴场面，直到抗战胜利后战犯被送上审判台的全过程进行揭示的同时，也给国人勿忘国耻和国家自强的启示。

董汉河(1945—   )，山东淄博人。其主要作品《西路军女战士蒙难记》和《志愿军战俘记事》,则是对被主流意识形态一直视为"耻辱"而有意遮盖和遗忘的战俘们重新定位和对"历史"更全面真实的还原与解读。

这些作品打破了"战俘"题材的禁区,不仅让读者看到了许多战俘的苦难遭遇和心灵,尤其是那些处在青春花季的女战俘怎样在非人而羞辱的环境里忍辱负重、九死不悔的信念和气概,对"战俘"有了更新更全面的认知,而且扩大深化了"英雄"和"历史"的内涵。正如作者所言:

> 有名的英雄和无名的牺牲者,绿树掩映下的金光闪闪的烈士纪念碑和这棕褐色的寸草不生的大漠戈壁,战果辉煌的胜利和血流成河的失败……这相反相成的两面,才组成一部完整的历史。

作者对待历史的态度,从另一方面暗示出对待现实中成与败的立场,以杜绝未来历史的重演。

这些回眸和解冻历史的作品,将报告文学的领域扩伸出去,对报告文学的"现实性"作了进一步的补充和发挥。这类作品看似写的是已经过去的事件,但还没有从本质上违背"报告作家的主要任务是将刻刻在变化、刻刻在发生的社会的和政治的问题立即又正确尖锐地批评和反映"[①]所必须具备的新闻性和时效性尺度。它只是因为特殊原因,一段时间内没有被允许"立即又正确尖锐地"报道出来,现在"解冻",可以全面报道了,然而仍不失其"新闻性"。

我们可以把这类作品看做是报告文学的边缘。这与后来完全放弃了作品的新闻性与时效性规定,沉浸于久远历史与细节想象重构的所谓"史志性"报告文学,在性质上有着根本性的差异。看不到这一点,将会带来报告文学创作因"时效性"和"真实性"的放任,最终伤及报告文学立命根本和文体身份的后果。但当时的写作却并没有真正意识到这一问题,以至于后来一段时间的报告文学理论及创作界,出现了一种莫名其妙的偏差。

---

① 茅盾:《关于"报告文学"》,《中流》,1937年2月20日,第1卷第11期。

第十五节　蒋巍、贾宏图、乔迈

蒋巍(1947—　　)、贾宏图(1946—　　),两人有许多相似之处:都是黑龙江人,都经历了"上山下乡——记者——作家"的生活道路,都在粉碎"四人帮"后来到《哈尔滨日报》社工作,而后从事报告文学创作,并因此为文坛瞩目。蒋巍的报告文学作品有《大洋的此岸与彼岸》[1](与贾宏图合作)、《在大时代的弯弓上》[2]、《人生环行道》[3];贾宏图的代表作品有《她在丛中笑》[4]、《大爆炸——献给哈尔滨亚麻厂的英雄儿女们》[5]、《大森林的回声》、《跨世纪人》、《解冻》等。

两人首次合作发表的《大洋的此岸和彼岸》,风格清新别致,结构精巧。在时空交错、情节跳跃、今昔对比中突出了年轻正直的主人公李嘉亮巨大的命运变化和这种变化中始终未变的精神追求。叙事不枝不蔓,深婉感人,初步显示了两人的创作才华。

时代的巨变牵引着两人对新生活的关注。随后蒋巍写出了《在大时代的弯弓上》,贾宏图写出了《她在丛中笑》,两篇作品都同时获得了第三届报告文学奖。前者把才情横溢的主人公邵奇惠置于广阔典型的历史环境中,既写其事迹,又写其言行举止,刻画了一个有领导魄力和性格魅力的改革者形象,作品时代气息浓厚,热情豪放。后者的主人公陈秀云则是一个"个子不高,衣着朴素"却具有远见卓识的街道小厂的负责人,她顶着政治压力和风险,于危难之中始终保护和支持被定为"历史反革命"的技术人员安振东,直到安振东在新时期获得彻底平反并当上副省长。作品于质朴平实之中蕴含着一种高尚动人的人格力量。

尔后"面对大世界的真善美和假恶丑,我无法沉默。我根本不想沉

---

[1] 《人民文学》,1981 年第 4 期。
[2] 《当代》,1987 年第 7 期。
[3] 《人民文学》,1990 年第 9 期。
[4] 《人民文学》,1992 年第 9 期。
[5] 《当代》,1989 年第 5 期。

默"的蒋巍创作了《头版头条消息》、《人生环形道》等批判意识越来越强、态度越来越冷峻的作品;贾宏图则沿袭他以往温情朴实的风格写出了《中国的新议员》、《解冻》等作品。两人从不同的侧面反映着改革的进程、收获和问题。对生活敏感、善于抓取时代大潮中涌现的风云人物是两人的共同之处。但两人风格又有差异:蒋巍思路开阔、语言豪迈有气势,现实厚重感强;贾宏图则平实质朴、稳健,但作品有失单薄。

乔迈(1937—   )原名乔国范,吉林省海龙县人,也是值得一提的一位作家。他的《三门李轶闻》①发表后,即引起社会各界的关注。后接连创作了《希望在燃烧》②、《失去了,永不再有》、《中国之约》、《世纪寓言》等。出版有报告文学集《三门李轶闻》、《青铜少女》、《乔迈报告文学选》、《中国之约》等。

把报告文学当作自己的"青龙偃月刀、丈八点钢矛和如意金箍棒"的乔迈,得心应手地涉足各种题材,但都不回避生活中的尖锐矛盾,敢于揭露时代转型期暴露出来的社会阴暗面。《三门李轶闻》就是在冒着被指"反党"的风险下写出来的。作品较早地就农村改革中暴露出来的干群关系紧张对立,以至于群众在自愿组建承包小组时无人乐意接受干部加入的严重问题给予了揭露和反思。作品在感慨改革给农民带来的巨变时,也为党员干部存在的严重问题而痛心焦虑,其批判锋芒和表现上的大胆在当时都是令人震惊的。《希望在燃烧》延续了这一主题,通过对运城整党事件的反映,探寻中国共产党在新的历史转折期的命运。

20世纪90年代,乔迈迎来了他创作上的"第二青春",连续发表了反映当前农村改革现实的《世纪寓言》和《中国之约》。这两部作品成为不景气的90年代报告文学的重要收获。

此外,陈祖芬的《挑战与机会》、《全方位跃动》,陈冠柏的《中国的回

---

① 《春风》,1981年第6期。
② 《当代》,1984年第3期。

声》,钱钢的《奔涌的潮头》,理由的《希望在人间》,也是当时反映改革的有影响力的作品。

这些作品,从社会生产的不同侧面报告改革所遇到的种种矛盾以及取得的种种成就,赞美那些处于矛盾中心、力挽狂澜、大刀阔斧推进改革的精英人物,让人们既从中深切感受到改革时代跳动的精神脉搏,也鼓舞着他们进一步推动改革开放的现实浪潮。这些作品从整体上再现了改革从艰难起步,到如今已卓有成效的曲折进程,透视出这个古老民族所焕发的新的生命力。

这批以改革和改革者为反映对象和书写主题的报告文学作品,热情洋溢,格调高昂。作家们以欣喜、热烈而单纯的眼光和心态,真诚拥抱扑面而来的新生活,从整体上呈现出了改革之初的时代气息、氛围和人们的精神状态。但同时也因来不及做更深思考和远距离观察,因此除少数作品外,大多数作品都善意而保守地将笔墨驻足于改革光辉耀眼的一面,而不是就事物的整体做出更具深度及厚度的把握与探索,这一点在改革初期的作品中表现尤为明显。

第十六节　麦天枢、贾鲁生、陈冠柏

麦天枢、贾鲁生、陈冠柏等一大批作家的创作,带来了报告文学文体观念的重大重构。他们将关注的问题在现实与历史、现状与趋势、心态与行为、发展与制约的交汇点上,放眼辽阔的历史天空,在经纬交织中开掘问题或忧患意识,集体成就了"全景观式社会问题"报告文学的辉煌。

麦天枢(1956—　　),宁夏中卫人。20世纪80年代中国青年报社著名记者,主要作品有《土地与土皇帝》(与张瑜合作)①、《爱河横流》②、《天荒》③、《白夜》④、《西部在移民》⑤、《最末一班车》⑥、《问苍茫大地》⑦等;90年代主要从事近代史和中国农民的研究活动,主要著述有《昨天——中英鸦片战争》、《中国农民——关于九亿人的现场笔记》等。

麦天枢是一位有着自己明确的文体意识和追求、并且作品分量较重的作家。他把报告文学创作看做是"一种社会实践"而不是纯心灵创作。其功能首先是"认识",而后才是"审美"。作家面对复杂的社会机体,应该毫不畏惧地举起"解剖刀",对生活作深层的透视,以认识和把握被生活表象掩盖的"真实",哪怕"真实是可怕的"。而饥饿童年经验的影响和他对这块土地的疑惑与思考,则形成了其作品重在"批判旧体制、批判封建主义"、揭示中国现实现状从而重铸民族灵魂的文化主题。因此他的作品,无论反映事件大小,都能使人从中透视出"正常"背后的异化现象以及异化的本质。

《土地与土皇帝》,通过对晋西北横山村党支部书记、县省劳模和人大

---

① 《中国作家》,1987年第1期。
② 《中国作家》,1987年第5期。
③ 《文汇月刊》,1988年第10期。
④ 《报告文学》,1988年第2期。
⑤ 《人民文学》,1988年第5期。
⑥ 《昆仑》,1987年第3期。
⑦ 《中国作家》,1988年第5期。

代表李计银在横山村长达40年的"统治史"的描述,在对其掌权时像个"土皇帝"似的说一不二、为所欲为,与失势后在看守所"两手一拍大腿,双脚后跟用力一磕:'报告班长,我出来了'、'报告班长,我回去了'"的谦卑恭顺等众多事件细节的前后对比,和"昨天,今天,这竟是一个人"的感慨中,透视出现象背后隐含的"权力"异化和造就的"国民性":权力是由权力产生的,不正常的权力体制有可能使经济改革成为少数人发家的捷径;权力又是由权力更大的人剥夺的,而国民的灵魂匍匐在权力的魅影之下却不自知。作品中的"横山村"和"村支书"在这里恰当地转换为作家完成批判理念的形象"载体"。

《西部在移民》,则以整个世界的进步开放为参照体系,来透视延续了几十年的社会救济体制在面对改革和开放时日渐显露的尴尬:长期的社会救济在缓解了一部分人的困难时却同时养活和培植出了一批懒汉。更重要的是,它从深处带来了人们思想观念的异化,让他们固守着贫穷饥饿又创造着贫穷饥饿。作品深刻地阐释了发生在西部进步与因循守旧、发展与沿袭惰性之间的反差以及造成反差的症结所在。

《接班》,透过一些人员笔尖上、嘴巴上产值、产量、利润、收入等统计数字的魔幻变化,透视出背后的政治升迁、变异的实质。

《爱河横流》,将思考的目光转向定远县出现的"私奔"浪潮,写出了这块土地上固守的道德观念和人性复苏之间造成的现实悖论:留下来维持没有爱情的婚姻生活却被认为"过得很好",追求"爱"的人却被视为异类不得不远走他乡。

这些作品都站在历史和文明的制高点,从中国传统文化渊源和乡村民俗风化的深处剖析带有中国特色的权力效应、道德习惯和文化积淀。它们犹如一道道冷峻锐利的探照光束,直指那些看似正常的存在,去其遮蔽,裸露出实质。其间渗透的强烈的理性思辨和深刻的文化剖析,让人既惊且怒,既悲且痛,既忧且思。

厚重的思想文化意蕴和浓郁的理性思辨色彩成为麦天枢作品的最大特色,其作品有"文化报告"之称。但其作品的这些"特点"也因说理过多,一定程度上削弱了作品的文学性和可读性。

贾鲁生(1951—),山东泰安人。初期作品有《农舍维纳斯》、《信仰之光》、《并非一个村庄的故事》等。从获全国优秀报告文学奖的《古老的东方有一条龙》(与王光明合作)①之后,贾鲁生的创作日益成熟,随后发表了一系列有影响力的作品:《花环与锁链》②、《未能走出磨房的厂长(与丁钢合作)》③、《丐帮漂流记》④、《亚细亚怪圈》⑤、《台湾海峡》⑥、《中国西部大监狱》⑦、《第二渠道》⑧、《金钱的审判与审判的金钱》⑨、《黑话》⑩等,20世纪90年代后转入小说创作,有长篇小说《无规则游戏》等。

贾鲁生是最具冒险精神的一位作家。为写《丐帮漂流记》,他隐姓埋名厮混于乞丐群落里,有过被收容和挨打的经历和体验;为写《中国西部大监狱》,他深入人迹罕至的塔克拉玛干监狱体验生活;为写《台湾海峡》,他在海上漂流十几天,体验过生与死的瞬间转换,等等。这种冒险行为使他较早地接触和发掘了社会形态中那些神秘古怪、充满矛盾而又有重大现实意义的题材。作者着眼于时代大踏步行进中的那些被遗忘和扭曲的矛盾现实,剥落现实层面的混乱与怪异,在现实与历史的撞击、承接与前行中,体察历史是如何作用于现实,现实又是如何努力摆脱历史的阴影而日趋变异的。《丐帮漂流记》、《中国西部大监狱》、《台湾海峡》、《孔子与中国》、《未能走出磨房的厂长》、《性别悲剧》、《亚细亚怪圈》等作品,都共同揭示出了一个处处充满"二律背反"的社会现实,并敏感而深刻地剖析了社会上这种种看似怪异的现象背后的"历史合理性"。

《丐帮漂流记》,其中呈现的乞丐王国中的权威与道义、松散与凝聚、

---

① 《解放军文艺》,1984年第12期。
② 《报告文学》,1986年第2期。
③ 《报告文学》,1986年第7期。
④ 《中国作家》,1987年第3期。
⑤ 《报告文学》,1988年第2期。
⑥ 《花城》,1988年第3期。
⑦ 江苏文艺出版社,1986年版。
⑧ 《报告文学》,1988年第7期。
⑨ 《报告文学》,1987年第9期。
⑩ 《报告文学》,1989年第1期。

等级与公平、阴冷与美好的辩证并存,反倒烛照出外面正常世界的冷酷与麻木,带来的是出乎意外和令人震撼的陌生化效果。作者打破了概念化、意识形态化的预先设定,没有先入为主的是非判断和道德优越感,而是尊重了现实生活自身的真实性、严肃性、怪诞性、矛盾性,也不隐瞒自己面对事实时的困惑和矛盾,因而能够真实、生动地把握事件行进过程或存在状态中的具体氛围和人们的心理活动,揭开为社会成见遮蔽或误读的那些神秘所在的真实面纱,从而展示出复杂的社会。

作品中浸润的真诚宽厚的人道主义精神和神秘浓郁的生活气息,使贾鲁生的创作显示出一种平易亲和的平民风格——他也因此被称为"体验派"作家。

《被审判的金钱和金钱的审判》、《难以走出的墓穴》、《第二渠道》、《金融大地震》等,是贾鲁生辩证审视了当代新型的"金钱关系"后立足于此的作品:金钱在显示它魔力的同时,也暴露了它的狰狞和危险——其中,所暴露的"众生相"和丰厚的人性内涵发人深省。

比如《金融大地震》,就借"一个贫穷的、受尽苦难的女人"陈灵姑在商品经济时代由供奉"观音菩萨"转而供奉自制的"财神大将军"这一小事件,揭示出商品经济意识觉醒,伴随着金钱对人的信仰和价值的重塑这一矛盾现实。作者把他所发现的、所思考的、所困惑的一并端给读者,留下了转型期社会的真实形态,让人们看到了沸腾热烈的局面下隐含的问题和造成的价值断裂。而这些问题今天依然存在乃至愈演愈烈,则更显示出贾鲁生作品的超前意义。

贾鲁生用他的冒险体验、独特新颖的题材和视角、细致亲和的文学性描述、宽广的人性内涵和含蓄蕴藉的理性思辨,成就了自己不同寻常的写作风格和不可替代的地位。

陈冠柏(1946—   ),浙江宁波人。《中国的回声》(与周荣新合作)[①]的获奖使他从杂文写作转向报告文学,并一发而不可收。随后《黑

---

① 《江南》,1984年第2期。

色的七月》、《中国第一座农民城》、《走向花园酒店》、《雪飘三度》、《蔚蓝色的呼吸》、《再造一支青春宝》、《大饼油条的挽歌》等相继问世,作品集《黑色的七月》①于1989年出版。《中国的回声》把改革先锋和争议性人物步鑫生放在整个中国改革开放的大背景下来展示,就使得作品超越了一般反映改革人物事迹的有限范围而成为中国改革命运的一则寓言。这篇作品已经显示出作者不凡的创作实力。

当陈冠柏决计一心从事报告文学创作时,他首先在创作理念上给自己做了"设计":那就是熔新闻性、思辨性、文学性于一炉,创造出有独特风格的报告文学。正是在这三者有意识地"杂糅"基础上,陈冠柏创作出了真正形成和代表其风格并确立其地位的《黑色的七月》。作者以新闻记者的敏感,选取了为家庭和社会广为关注的敏感事件——高考,用文学的笔致勾勒出高考前前后后学生和家长以及社会的心态,并站在评论家的高度作出理性的剖析,指出看似理所当然背后的变异,发出"把选择还给青年,把安宁还回家庭"的呼吁。

陈冠柏将自己杂文写作的经验很自然地引入了报告文学的写作,并把它发挥得淋漓尽致。作品采用了札记的方式,在每则札记中都涉及和高考有关的一个横断面,有点有评有剖析,因此每个小标题下都是一篇颇有味道的小杂文,它们共同折射出因"高考"而延伸开来的各种世态人情,织出社会经纬下的细节和色彩。

"杂文型"报告文学,成为陈冠柏的创作风格。

《蔚蓝色的呼吸》,作品在立体展示海南特区的组建以及由此带来人才潮流的涨落过程中,生发出对人才机制、民族新心理、新思维的重建以及中国如何与世界对话的深刻思考。《走向花园酒店》,则对开放形势下国人与世界碰撞中的心态及其变化作了描写反映,从他们由最初的只追求高薪到追求精神价值和素质上的现代化这一转变中,思考中国的现代化问题。这些作品视野更加高远开阔,忧患意识也更加浓厚。风格上则延续和发展了作者的"杂文型"特点,富有哲理韵味的评点十分耐人寻味。

---

① 浙江文艺出版社,1989年版。

此外,反思独生子女教育的涵逸的《中国的"小皇帝"》、反映知识分子生存状态的霍达的《国殇》、警示当时人们尚未意识到的生态平衡和环境保护问题的徐刚的《伐木者,醒来!》,也是当时反响比较热烈的作品。

这一批"全景观式社会问题报告文学"作品,因其反映和揭示的问题之多,理性剖析之深、审视视角之广、引起反响之大,为报告文学迎来了极大的社会声誉。

但是也不能不看到,因大量调查资料和剪裁不精的材料的涌入,许多作品的文学品位有所下降。最起码,没有与作品所达到的思想深度站在一个层面上。

作家作品分述(三)

第十七节　张建伟、邓贤

张建伟(1956—　　)，天津人。《中国青年报》高级记者，有"中国首记"之誉。20世纪80年代创作出了《第五代》、《命运备忘录》、《中国大学毕业生》、《理性沉思录》、《罪囚婚变录》等一系列反映和反思当代社会现实问题的报告文学作品。

90年代以后，张建伟的写作视野发生了彻底的转变，由对今日现实的观察转而潜入百年历史深处的再想象与再反思，以试图还原和修改历史的姿态，推出了《一代天枭——袁世凯》、《大清王朝的最后变革》、《温故戊戌年》、《最后的神话》、《中国院士》（与人合作）、《流放紫禁城》等一系列重新审视历史，有着文、史、哲一体化和浓厚的文化反思色彩的所谓"史志性报告文学"作品。有关清史的作品后结集为《张建伟历史报告·晚清篇》（五卷）①出版。

张建伟最有影响的作品也都是关于晚清历史的。其中，《大清王朝的最后变革》、《温故戊戌年》是其最有代表性和影响力的作品。张建伟因此成为"史志性报告文学"的主要人物，作品最多，引起的争议也最多。

在对待历史的态度上，张建伟认为随着新史料的发现和新认识的产生，历史就是不断证伪的过程。历史是没有定论的，所谓的"定论"不过是一厢情愿。正是本着这样的认知态度和创作初衷，张建伟写出了他的一系列"历史报告"并成名文坛。

《大清王朝的最后变革》反映的是发生在1905年至1906年间大清王

---

① 作家出版社，1999年版。

朝那场自上层发动最后却以流产告终的"立宪"变革。作品在大量历史资料的佐证下，生动具体地再现了从变革起意、发展，到权利、权术的政治搏杀到最后两败俱伤终致变革夭折的全过程，让人们清晰地看到原本成功进步甚至会给中国带来历史性转折的一场变革，是怎样由于自私、贪欲和文化心理的作怪而演变为最后的权力之争的历史真相。作者摆脱以往"愚昧狭隘"、"时代需要"等预设的道德和政治框架下的"定论"，在对事件的次第展开和情景再现中，让一个个人物从历史的烟雾中浮现出原来的面目，用他们的言行和真实的内在心理，还原和构建着人物更加真实复杂的性格形象。慈禧不再简单是腐败和罪魁祸首的代名词，而是一个有着计心和远谋、起意稳健变革的政治家；而被千夫所指的那个"卖国贼"袁世凯，在初登官场时也是一个满腹经略、一心强国的有志之士，他上书和支持改革，做了许多实事，比如推动科举制度的废除和铁路兴建等，但当权力斗争愈演愈烈时，袁世凯的谋略和私欲掺杂在一起就使他滑向反动的一面。作者秉承更加公正和符合人性的历史观，对袁世凯作出了全面的评价，袁世凯不再是一个符号而是作为一个有血有肉的个体立足在历史上。

文中有这样一段文字，它既是对袁世凯的准确描述，也可以作为我们理解张建伟作品的钥匙：

> 直到今天，当述及中国本世纪初叶的改革史时，尤其当述及大清国干了哪些改革开放搞活的好事时，仍有相当多的大陆史学家小心翼翼地避开袁世凯的名字，唯在"阴谋家"、"卖国贼"的称号后面，袁世凯无可遁其形。在这可以理解的道德义愤中，存在着歪曲历史的危险。熟谙历史的学者们应该承认：在扑朔迷离、不可以逻辑推导的历史中，有这样一类活生生的政治天才，他们搞阴谋和搞改革同样出色，搞破坏和搞建设同样有才；他们爱国的时候，真干成了不少好事，而他们卖国的时候，也能做到脸不变色心不跳。袁世凯就是这类政

治天才的活标本。①

历史事件和人物就这样以一种猝不及防和令人惊讶的方式在张建伟的笔下向我们揭开了它的另一面,对曾经深信教科书权威的广大读者而言不啻于一场思想地震。

《温故戊戌年》依然延续了这一思路。作品对戊戌年的维新变法给以全新的反映,在"消解旧论"的基础上"倡立新说"。通过"康梁并未公车上书"、"康有为伪造密诏"等一些与定论完全不同的章节重新诠释和描绘了历史和人物,比如谭嗣同的鲁莽、幼稚,康有为的绵软、权欲、自私并修正了袁世凯"告密者"的阴谋家形象。

张建伟的这些"历史报告",文学性和可读性非常强。作者调动了很多文学手段,设计了很多细节,将文学的想象、史实的铺陈、情境的再造融于一体,把历史事件写得环环相扣,惊心动魄,绘声绘色,引人入胜;把历史人物写得血肉丰满,个性突出。而作者不时插入的新颖独到的政论和人物评判,则将历史与现实沟通,为现实提供了一个可资借鉴和警醒的参照系。

但是文学想象、细节设计、情境再造与史实的交融,也让人对其"真实性"的底线和程度产生了争议和怀疑,同时也使得其作品的报告文学身份存在悬疑,这无疑消减了其作品应有的分量。

麦天枢、王光明的《昨天——中英鸦片战争纪实》②,也是较早出现的这类题材和思路的作品。

作品写的是那段人人皆知的历史,但作者将之放在了同一时空情境下、整个世界文明的发展体系下予以重新审视观照,在东西文化的差异碰撞中,描绘出了一幅更加真实具体、令人眼界大开的历史画卷。作品深入到日常生活细节和文化心态的背后,毫不讳饰地和盘托出了那段历史中

---

① 张建伟:《大清王国的最后变革》,中国社会出版社,1993年版,第27页。
② 人民文学出版社,1992年版。

令人尴尬、痛心、耻辱甚至荒唐可笑可恨的一面,对一些已成定论的历史人物和事件作出了全新的评价。比如为了是"跪拜"还是行"鞠躬礼"这样一些来往礼节认知的不同,清朝几乎断送了与别国交往的可能,透露出身处危境却浑然不觉、依然是老大帝国的心态;为了一个女子的去留,两个有着数千万两银贸易的国家居然可以断交半年;为了对阵被视为妖魔的坚船利炮,清朝官兵居然相信画符和女人亵衣的魔力;曾被认为是懦弱无能的道光,原来是一个有着文人气质和慎勤品格的明君;而抗敌英雄关天培之所以被标榜神化,不过是国人为惨败捞回面子的借口等。

这部作品摆脱了以往历史臣服于政治需要的思路和模式,从文化心理角度阐释和反思中国的历史和民族性格,在袒露出被层层历史烟雾遮蔽的真实的同时也显示其警示价值:文化以及民族文化心理上的故步自封,是困扰和阻碍现实发展更为内在也更为难以跨越的深刻动因。作品中流露的自省、反思和真诚令人掩卷深思。

邓贤(1953—),出生于四川成都,原籍湖北武汉。1971 年至 1978 年在云南插队。1982 年开始写作,发表过小说、评论等。报告文学作品主要有《大国之魂》①、《中国知青梦》②、《日落东方》和《寻找"北京人"》等。

《大国之魂》以一种"飞流直下三千尺"的震撼气势,将罕为人知的 20 世纪 40 年代中国国民党远征军入缅抗日、浴血奋战,从失败到胜利的全过程给予冷静、客观、理智的呈现,向我们揭开了一幕幕中美英日围绕着滇缅战役而展开的复杂多变的政治外交斗争以及国民党十万将士英勇抗战、最终忠骨埋他乡等一系列震撼场面,描绘了蒋介石、宋美龄、史迪威、卫立煌、杜聿明等众多人物形象,给人们带来了那段历史的崭新认知。这部作品第一次正面描写和肯定了国民党在正面战场取得的战绩和作出的牺牲,显示出作者敢于直面现实和历史的勇气。

---

① 《当代》,1990 年第 12 期。
② 人民文学出版社,1993 年版。

《中国知青梦》是一部属于"我们自己和那个时代的"、记录那个时代的苦难的作品,为的是"祭奠所有在辉煌的噩梦中悄然死灭的青春"。[①] 作者将七年间在云南插队的耳闻目睹的生活素材悄悄记录下来,编排成一个个的小故事,首先将人们带入了那个荒远却承载了那么多青春面孔和残酷命运的云南边陲——名不见经传的橄榄坝,一个知青孕妇的非正常死亡引发了知青们的怒吼,由此拉开了各地知青大返城运动的序幕、抗争、政策实施、返城的全过程,以丰富翔实的资料、低回沉郁的悲情和富有表现力的笔致,铺展出一代青年那空幻的激情、荒废的青春、绝望的沉沦、悲壮的抗争和对被时代强加的命运的无奈,为中国知青运动书写了一首雄奇而又痛苦的传记与挽歌。宏观历史之强大与微观人生之渺小的交织,让人有生命不能承受"历史"之重的感慨。作品好读耐读,但同样让人有与"报告文学"身份不符之感。

报告文学不是不可以回溯历史,但历史的回溯应该是作为现实事件的一部分并为增加作品的历史厚度而出现。但这种把报告文学的"新闻性"和"现实性"无限扩大到完全沉浸于历史真实的再想象、再发现、再反思的写作形式,必然与报告文学注重题材事实的客观真实性、时效性、现实性,且视时效性与现实性为对应一体的要求背道而驰。报告文学的"现实性"可以开放厚重,但不是"无边的现实"。去除了"新闻时效性",模糊了"现实性",完全沉浸于久远历史情境再想象的创作,必然使报告文学文体身份处于标榜客观真实却又无从证明,还想得到"虚构豁免"的尴尬之中。这种"反常",表明了"市场大潮"对文坛冲击的严重。

---

① 邓贤:《中国知青梦·"作者题记"》,人民文学出版社,1993年版。

第十八节 李鸣生、王宏甲

李鸣生(1956—　)，四川简阳人。著有诗歌、小说、报告文学及电视剧本等200余万字。报告文学作品主要有被称为"航天四部曲"的《飞向太空港》①、《澳星发射纪实》②、《走出地球村》、《远征三万六》，《中国863》、《天路迢迢》、《国家大师》等，还有作品集《飞天梦》和多部电视片。但其有影响力的作品还是以《飞向太空港》和《澳星发射纪实》为代表的"航天四部曲"。

童年就怀揣作家梦想的李鸣生，为给今后的创作积累生活阅历，1973年应征入伍到中国卫星发射基地西昌发射场，后要求下到了最艰苦的工兵连，品尝到了精神上的"压抑、苦闷、孤独、困苦、风险"。但直到他亲眼见到烈焰腾空托起火箭发射时的壮美瞬间，才给自己的写作找到了方向：要为中国航天写一部信史。为此他考入解放军艺术学院，把长篇报告文学作为主攻方向，并利用课余时间四处采访，以常人少见的激情和深切的体验，一口气写出了《飞向太空港》等"航天四部曲"，引起了人们的广泛注意。他也因此成为"航天文学"第一人，也有人称他为当代"写科技领域最多的报告文学作家"。

李鸣生的作品决不是仅靠题材取胜，认为"思想性和批判性是报告文学家随身携带的双刃利剑"的李鸣生，在把人类的飞天梦想从最原始简单的起念、生成，到它们最终在中国的现实土壤上实现的整个过程加以全景式的回顾和具体生动的呈现时，并不就是歌功颂德，高唱凯歌，而是对这一题材领域作了深入思想的开掘、历史地反思和未来的探测，将历史、事件、人物、问题融为一体，相互渗透，在历史的回溯与反思中构建出现实的厚重，文明进步的曲折。

其作品"生产的是'忧患软膏、思索胶丸、精神钙片'"③。比如《飞向

---

① 《当代》，1991年第1期。
② 《当代》，1993年第2期。
③ 转引自李爱晖:《李鸣生佩带双刃剑》，《中国青年报》，2000年5月1日。

太空港》由中美联合发射"亚洲一号卫星"的成功,认识到科学和高科技是可以克服和跨越狭隘的政治和文化上的相异的,体现出一种开阔的历史胸怀和纯净动人的理想精神。《澳星风险发射》,则通过对"澳星"两次发射失败和最后成功的过程中面对失败和成功时不同文化背景的人的不同反应,反思和批判了那种只能面对成功和喜悦不能直面失败的潜在文化心理以及人们走出这一思维模式的艰难。而《走出地球村》,则将摄取生活的艺术镜头对准了 30 年前的历史图景,极其细致准确地展现了我国第一颗人造地球卫星从动议、规划到研制、发射的完整过程,在描绘飞天梦想的美丽迷人时,更看到了我们在通往梦想的路途中的成就与挫折、欢喜与苦难,如著名大气物理学家赵九章的含冤而死和火箭材料专家姚桐斌受到的屈辱和迫害,等等。李鸣生的作品让我们看到的确实是一部真实可信的航天发展史。

在将历史、梦想与现实结合在一起进行文学的表现时,李鸣生往往为核对一个细节的真实而四处求证,在面对是非曲直时追求真相,而不是用含糊的"春秋笔法",这些都使得他避免了其他"史志性报告文学"作品中出现的为人诟病的"真实性"问题。相比较而言,李鸣生的报告文学更好地做到了"时效性"与"现实性"与"真实性"的深化结合。

李鸣生的作品,柔情中有犀利,欣慰中含忧患,用梦想照射着现实,全景观式的呈现中体现着开阔的视野和磅礴的气势。就像他的题材与众不同一样,这些也形成了李鸣生独树一帜的风格特色。

王宏甲(1953—   ),福建建阳人。主要报告文学作品有《无极之路》、《初见端倪》、《智慧风暴》、《中国教育风暴》等。

成名作、长篇报告文学《无极之路》[①],是 20 世纪 90 年代表现改革生活影响最大的一部力作。作品避免了直接、简单的好人好事赞美模式,而是通过大量生活事实,从家庭、社会、工作以及刘日与各种人的社会关系和交往中,在社会体制的转型与碰撞中,刻画出河北无极县委书记刘日这

---

① 《无极之路》,解放军文艺出版社,1991 年版。

一"百姓官"的不易和难得。作品既展现了中国以经济建设为中心的社会体制的转变这一时代氛围,又关注了转型中人群的变迁和诸多社会矛盾的激烈碰撞。文学气息的浓厚和事件的扣人心弦,使这部作品极具感染力。

王宏甲后来的作品更多地将赞美给了这个时代新兴起来的高新技术产业——计算机行业。《初见端倪》、《智慧风暴》就完整地呈现了中国电脑产业这一新型经济从无到有,从起步到创建自己的基地和品牌,再到有能力积极参与国际市场竞争的艰辛创业史,展示出一场没有硝烟但更惊心动魄、紧张激烈的"智慧风暴",塑造了方正集团总裁、中国工程院院士、博士生导师王选这样一个朴实无华、虽九死而不悔的知识分子形象,透示着一个民族从落后向先进技术领域挺进跋涉的顽强生命力。2004年的《中国教育风暴》则从学生、家长、教师、学校、教材的编者、教育政策制定者、社会等等各个环节,在全方位地思考当今教育问题和反思教育体制的弊端时,也为它所必然面对的重大转型进行了迫切的呼吁。

李鸣生、王宏甲的这些作品,在弘扬主旋律的同时,更多了客观求实的态度和告白的真诚。既肯定取得的成就和未来的辉煌,也看到存在的问题和困难,并以心平气静的方式接纳它。这标志着自新中国成立以来的歌唱性作品写作方式的成熟。

此外,杨守松的《昆山之路》、《苏州老乡》,凤章的《张家港人》,江宛柳的《没有掌声的征途》,罗盘的《塔克拉玛干:生命的辉煌》等,也是这类写作中值得一读的作品。

第十九节　卢跃刚、杨黎光、一合

卢跃刚和杨黎光,不约而同地把社会转型期围绕着权力发生的矛盾冲突和灵魂病变作为叙写的中心。他们一个从宏观历史出发,追根溯源;一个在微观的人性渐变中探幽,共同对社会转型期人们在旧秩序与新秩序转换、权力失控与物欲引诱失衡状态下的困窘和困惑,进行着充满深情和理性审视的"历史记录"。

卢跃刚(1958—　　),四川雅安人。发表过中短篇小说、报告文学等近百万字。报告文学作品主要有《辛未水患》、《乡村八记》、《以人民的名义》及续篇《讨个说法》、《在底层》、《大国寡民》、《长江三峡:中国的史诗》等,并出版卢跃刚自选集《观察中国》(上下卷)[1]。其中,《以人民的名义》[2]、《大国寡民》[3]是其代表性作品。

把"真实"作为报告文学审美特征第一层次、把"记录历史,选择历史和社会矛盾最激烈、分量最重大、影响最深远的现象、事件或人物来记录历史"作为报告文学主要功能的卢跃刚,认为报告文学作家和小说家不同的是,报告文学作家须直接面对社会现实写作,用理性精神审视和驾驭题材,没有任何躲闪和回旋的余地:"我们不能离开我们的生存处境写作。我们不能避重就轻环顾左右而言他,"也不能打着"主旋律"的旗号回避矛盾和玩弄"文学性"[4]。因此他的作品继承了麦天枢等人的战斗传统和批判精神,注重选取那些有历史的深刻性、现实的重大性、疑难性甚至是"硬碰硬"的题材,痛下针砭,显示出面对权力、丑恶、苦难、冷漠、不公而坚持作战的"堂·吉诃德"精神。他的《在底层》、《以人民的名义》及续篇《讨个说法》、《大国寡民》莫不如此。这是卢跃刚作品赢得读者的核心力量所在。

---

[1] 南方日报出版社,2000年版。
[2] 《当代》,1993年第1期。
[3] 中国电影出版社,1998年版。
[4] 卢跃刚:《大国寡民·后记》,中国电影出版社,1998年版,第502页。

《以人民的名义》及其续篇《讨个说法》和《大国寡民》是卢跃刚作品中分量较重并能代表其风格特点的两部。《以人民的名义》及其续篇,通过披露湖南娄底人民代表颜跃明因依据代表权力提出罢免市长案而被非法囚禁 214 天并遭受虐待、报复几近送命的事件,揭示今天现实生活中公理与权力、法律与人治的较量,毫不避讳地指出了人们今天面对的令人感到无奈和无力的社会现实:"我只能告诉人们,惩恶扬善、伸张正义、因果报应、出口鸟气的好莱坞式结局,在生活中,往往是一种良好的愿望和美丽的期待。"[①]这种对现实的清醒认知与不留情面地批判,让人既沉重又痛快!

《大国寡民》,则可以说是 20 世纪 90 年代报告文学创作成果中的代表性力作之一。它通过讲述普通农村妇女武芳无辜被毁容毁身、八年来千方百计坚持告状无果的悲惨遭遇以及由此而引发的一系列权、法之争和现实在历史阴影下的困惑与抗争,展示了"一个村庄的历史,一个人的历史……一个国家大量'输血'、扶植典型的历史,一个不断弄虚作假、骗取荣誉和权力的历史",用"四十余年目睹之怪现象,四十余年说谎大合唱",揭示出权力的畸形生产以及在中国建立法制社会的艰难前景。作品以触目惊心的人物和事件,以"刀刀见血"的理性批判撞击着读者的心灵。卢跃刚也因此被人称为"剖开胸膛直面现实"的作家。

除了题材选取上体现出来的"硬骨头"精神和强劲的批判力度外,卢跃刚的作品还体现出浓厚的人性色彩和基于人性之上的历史苍凉感。作者看重人的基本需求、情感和命运,尤其是那些连基本的权益都无法保障的弱势群体的命运,作品给予了最大的关注。但人的命运和情感又是放在一个有着历史惯性和阴影的社会大背景下来展示的。在历史和社会转型的大背景下关注和书写人的情感命运,使得卢跃刚的作品有一种既激烈又忧伤的味道。激烈是对那些"活老虎"的战斗,忧伤是对这片土地的忧患和那些遭遇不平者命运的无奈。

[①] 卢跃刚:《大国寡民·后记》,中国电影出版社,1998 年,第 502 页。

杨黎光(1954—　　　),安徽安庆人。1990年始从事小说创作,著有长篇《走出迷津》、《大混沌》、《欲壑·天网》等。后来转向认为更适合"用自己的笔来记录历史"的报告文学创作,一举成名,有"南杨北何"("北何"指何建明)之称,是近年来活跃在中国文坛上并唯一获得三次"鲁迅文学奖"的著名报告文学作家。作品有《没有家园的灵魂——王建业特大受贿案探微》①、《美丽的泡影》②、《伤心百合——一个好男人的故事》③、《打捞失落的岁月——死缓犯人曾莉华狱中自白》④、《生死一线——嫩江万名囚犯千里大营救》⑤、《惊天铁案——世纪大盗张子强伏法纪实》、《瘟疫,人类的影子——"非典"溯源》等。

涉案或曰法制题材的选材格局成为杨黎光非常醒目的标志。但他的这些作品却与20世纪90年代泛滥一时的以满足人们的猎奇心理,靠揭秘和渲染作案破案过程之神秘离奇吸引眼球的所谓纪实作品有着断然的分野。杨黎光写案件,也写案件的侦破、审理过程和案犯的作案过程,但这些并不是作者和作品最终表达的目的,它们只是整个作品和人物人生轨迹中的一个有机部分,其价值并不仅仅在于它们自身,而在于通过它们指向人物自身所处的特殊环境、性格和命运,从而思考从计划经济到商品经济社会的转换中人的价值观、道德观以及精神需求和物质欲望所面临的冲击、冲突、困惑和归宿,呈现出这个时代真实的声音和人性内容,完成一个作家对这个特殊时代的生活和精神状态的历史记录。杨黎光认为报告文学担当的功能就是在"细节的、微观的角度上对历史、时代进行记录,从而留住历史、留住生命。报告文学家的责任就是记录细节的历史,表现当代事件、人物,让这些事件和人物进入历史"⑥。这种力图"留住历史、留住生命",关注人的精神生存家园的写作眼光,使得杨黎光从一开始就站在了一个不俗的起点,而这个起点,在当时既维护了报告文学的尊严和

---

① 中国文联出版公司,1997年版。
② 中国文联出版公司,1997年版。
③ 时代文艺出版社,1997年版。
④ 中国文联出版公司,1999年版。
⑤ 《报告文学》,2000年第2期。
⑥ 郭珊:《杨黎光:心忧时事,不辱使命》,《南方日报》,2003年11月12日。

形象,同时也让杨黎光的报告文学创作脱颖而出,魅力独具。

　　这种魅力说到底就是人性的魅力,就是作者"留住生命"的写作理念的具体展现。特殊的选材格局,注定了杨黎光笔下的主角大都是非常态下的人物,比如最初不甘于平庸而最后欲壑难填走向犯罪的王建业、史燕青;身世坎坷的世纪大盗和黑社会头目张子强,从开始鄙视金钱到最后大量索贿受贿的曾莉华以及那些嫩江囚犯等。但杨黎光并没有把他们当作一个个罪恶的符号和脸谱来写,而是把他们当作有血有肉、有情有欲并有着特殊的环境和际遇、彰显出人性的更多层面的"人"来写,更多地关注和思考他们的命运、心理和灵魂转变的过程轨迹,并"对这些人、这些事赋予一种特殊的人文关怀"。比如《没有家园的灵魂》中的王建业对家庭淡漠冷酷却时时牵挂着史燕青的安危,不惜冒险回来而最终被警方捕获;史燕青能歌善舞但家庭不幸才导致了她物质和情感欲望的饥渴;《惊天铁案》中张子强,最后之所以成为悍匪和强盗,则和他成长过程中遭遇到的欺凌和屈辱不无关联,让人们不由不感叹"人是环境的产物"。杨黎光作品中洋溢着的这些人性的光辉,都能从心灵深处震撼读者,赢得读者。

　　杨黎光非常讲究写作的技巧。他既注重用富有画面感的镜头语言展示细节和实情实景(比如审判中史燕青仍痴痴地盯着王建业的表情和女人心理,以及王建业妻子衣服上那颗摇摇欲坠的扣子的特写等),让读者感同身受,又能够适时地融入大量的个人思考和比喻性议论,让读者能够深入另一个视角形象地对整个事件进行哲理的思考,这使得他的报告文学不仅好看,而且艺术性强。

　　总之,杨黎光以作家的悲悯情怀和知识分子的良知,怀着对今天"人生的最大财富是什么"的追问,通过对非常态下的权利、财富、欲望、道德、人性迷失的严肃思考与描述,试图揭示和思考转型时代当下社会变化的精神课题,使以批判和反思为核心品格进行宏观把握的报告文学写作,进入了一个环境客观化、人性具体化,更能贴近转型期人们的精神底蕴并有可能通过微观抵达人类灵魂普遍境遇的新境界。

　　一合(1943—　　)的《黑脸》和《罪犯与检察官》,则分别从姜瑞丰和李真这两个一正一反的人物形象,对社会经济转型期出现的权力腐败进行了不同程度的揭露,让我们看到了社会经济转型期出现的诱惑与反诱惑、腐败与人性的迷失。作品中对一些官员"工作并腐败着"的常态,概括得经典却又让人不安。

此外,何建明的《根本利益》,陈桂棣、春桃的《民间包公》、《悲剧的诞生》,蒋巍的《你代表谁》等,都是这类题材的作品。这些作品从不同角度反映了当前社会生活中存在的权力、腐败、犯罪以及维护法制尊严的艰难等复杂问题,并在精神层面上记录和展示了社会转型时期人们的精神裂变和人性的多面,给人以警醒、启迪和反思。

第二十节　黄传会、何建明、徐刚

贫困以及贫困造成的教育问题,像一对连体婴儿,它们互相牵绊,形成一种怪异而坚固的力量,盘根在中国那些偏远而贫瘠的土地上。何建明、黄传会,则试图呈现出这对连体儿的生存痛苦和灵魂分裂,以引起"疗治"的注意。

黄传会(1949—　　),浙江苍南人。1975年毕业于南开大学中文系。著有长篇报告文学《中国一个县》、《中国"希望工程"纪实》、《中国山村教师》、《忧患八千万》、《中国贫困警示录》、《龙旗悲歌》等。

"我的目光更愿意去关注这个世界上的普通老百姓和穷人们"的黄传会,从《中国"希望工程"纪实》开始,几乎篇篇作品都与贫困和反贫困有关,他也因此被朋友们戏称为"反贫困作家"。他的《中国"希望工程"纪实》[1]、《中国山村教师》[2]和《忧患八千万》[3]更是被称为"反贫困三部曲"。这些作品从开始关注贫困地区那些因生活的艰难而失学的儿童以及"希望工程"对他们的救助,进而延伸到穷困山区那些在破败的草房和摇晃的讲台上为生计也为了山村教育的延续而苦苦支撑的山村教师们,最后扩大到了全中国所有贫困地区的八千万贫困人口。他不遗余力地将他们面临的形形色色的苦难和贫困(如聪明好学但因父母有病不得不为十几元钱退学的陈有舟)、对未来生活那点微不足道的奢望和期许与城市富裕群体习以为常、的消费、奢侈乃至铺张浪费(如为300块钱的信贷而发愁一辈子还不上的山村教师周民远和城市里那些为一顿饭一掷千金的食客)以及由此引发的对贫困和人生命运的思考展示在人们面前,让人们在讶异于这一部分人的贫困愁苦和感动于百万爱心的真诚无私时,同时体会到一份沉重、激动和愧疚,唤起救助的真情和对社会救济体制等公共领域的关注。

---

[1] 《当代》,1993年第1期。
[2] 《当代》,1994年第4期。
[3] 《当代》,1996年第5期。

浓郁的平民情怀和人道精神是黄传会这些反贫困报告文学作品的灵魂。这种情怀和精神具体体现为作品深情地看待和真实感受着贫困者的生活、感情、状态和诉求，并真诚平等地将自我与那个群体公平地放在命运这一天平上，思考命运的奥秘与不公，没有任何的精神、道德和人格上的优越，这使得他的作品因真实、真诚而感人、动人。但再浓厚的情感也需要理性的疏浚，这方面欠缺直接导致了作品选材的不够精化、典型和力度的减弱。

何建明(1956—　　)，江苏常熟人。1981年开始发表作品，著有长篇小说、影视文学剧本多部。后主要转向报告文学创作。主要作品有《共和国告急》①、《科学大师的名利场》、《落泪是金》②、《中国高考报告》③、《根本利益》、《恐惧无爱》、《国家行动》等。

何建明的写作视野和涉猎的题材很宽阔：为国有矿产资源被贪婪和愚昧之手疯狂盗抢、流失惨重、矿难频发而紧急呼号的《共和国告急》，解密当年发现大庆油田的科学家们的纠葛和命运的《科学大师的名利场》，关注农民生存问题的《国家行动》、《根本利益》，揭示被遗弃的另类青少年生活状态的《恐惧无爱》等等，这些作品篇篇成功。但真正为其带来声誉并确立其在文坛和读者心目中位置的，是他反映"百姓情怀、学子心声"，关注在校贫困大学生的生活和精神状态，反思"高考"这一教育体制的《落泪是金》和《中国高考报告》。

《落泪是金》，将关注的目光首次投射到辉煌耀眼的大学校园里默默求生求学的特殊群体——贫困生们。他们为学费、为一顿饭、为一次出游或聚会、为往返路费，都付出了非同一般的心智和努力，有着常人难以想象的屈辱、忍耐、挣扎、追问和绝望体验：他们或敏感或虚荣，或脆弱或坚强，或自尊或自卑，或开朗或封闭，或勤奋或玩世，都是因为他们源自于一个耻辱的字眼——贫困。作品让人们剥去日常的眼光去重新审视绿树围

---

① 《青年文学》，1995年第5～6期。
② 《中国作家》，1998年第6期。
③ 四川人民出版社，2002年版。

墙中这些所谓的"天子骄子"的真实生存和内心煎熬,读来让人心酸、沉痛和感动。《中国高考报告》,则将笔触延伸到"高考"这一"中国家庭第一事"所触及的方方面面,大到历史文化根基和民族未来,小到为"金榜题名"所作的种种匪夷所思的细枝末节(比如复读生为了来年高考的顺利会特别信奉或忌讳某个"座位"的心理),对中国当代高考的"激烈战况"和国人"学而优则仕"的心路历程作了全盘的展示,让人们在震惊的同时更惊觉它的异变,从而反思高考利弊和教育的急功近利引发的种种危害。

何建明的成功当然不仅仅是因为选材好,还在于他在处理创作题材时自己独到的眼光。与题材自身的时代重大性和影响力相比,何建明更关注作品发表后在现实甚至在政治决策方面带来的实际效应。将报告文学的"现实性"明确提升并回归到如此切近生活实际目标的恐怕何建明是第一人。为了做到这一点,何建明放弃了"社会问题报告文学"写作模式中常有的那种精英式的审判立场、偏激性的尖锐深刻以及用一种价值理性来评判整个社会的宏大叙事方式,要求自己从"客观公正"的角度去看待现实中的问题。在如实描写问题、抒写情感涤荡和进行理性反思的同时,又能平心静气地去认真琢磨和接纳那些很实在的成就和开始的努力。这形成了何建明报告文学既现实又浪漫、沉郁与激昂并举、温婉与高亢齐飞的特有风格。主流意识形态立场、社会现实与民间诉求的高度统一,也使他实现了其创作初衷。《落泪是金》发表后引发了全国性的向贫困大学生献爱心的活动,并促使国家推出了《银行贷款助学》政策。《中国高考报告》,则带来了关于大学要义的探讨和高考科目形式的变化。在这一点上,何建明的报告文学与20世纪80年代中期那种追求思辨性、批判性因而其影响也更多地停留在抽象思维领域的"社会问题"报告文学有了很大不同,何建明的作品,因更注重向人们呈现出现实问题本身的原生态存在,以及求得现实解决之道的努力,而将其影响更多地体现在了务实的实践层面。

也许是可描述的事例太多,何建明的作品也存在着因事例过于拥挤而造成的理性剖析和情感张力的失调问题。这就好像一部影片,在需要音乐起来渲染和沉淀人们感情的时候却没有出现——而是很快转移到下一画面去了。如何节制而艺术地去处理关乎国计民生的重大题材,仍然是包括何建明在内的大多数报告文学作家要解决的一大问题。

徐刚(1945—　　),上海崇明岛人。著有诗歌、散文和传记等。报告文学作品有《伐木者,醒来!》①、《沉沦的国土》、《中国风沙线》、《守望家园》等。

徐刚是较早而且多年来一直致力于中国乃至整个地球的生态环境危机与保护问题进行报告文学创作的一位作家。其最有影响力的成名作《伐木者,醒来!》,第一次向人们揭开了"阳光和月光下的砍伐之声,遍布了中国的每一个角落"这一令国人震惊的事实,表达了作者满腔的激愤和深深的忧虑。对于美好家园、美丽地球的诗意憧憬,对人类肆无忌惮的砍伐的愤怒,对由此必将导致的恶果的担忧,使得这部作品有理有情有感染力。

之后徐刚又陆续创作了《最后的疆界》、《水啊水》、《守望家园》等一系列题材相近的作品,对我们身边的土地海洋、树木森林、河流湖泊、阳光空气与人类的生存、命运的关系作了详尽、博大、睿智、沉痛而诗意的铺展与阐发,痛心地指出人类的继续麻木必将导致人类最终失去地球,变得一无所有的灾难性后果。但题材的相似、认知的单一和表现手法上的重复,使得徐刚后来的作品影响力大不如前。

---

① 《新观察》,1988 年第 2 期。

台湾"报导文学"发展总述

台湾"报导文学"的缘起和发展,是特殊时空背景和历史机变的产物。
"报导文学"作为文艺文体专称在台湾提出,最早可见于杨逵《关于报导文学》①、《报导文学是什么?》②和《报导文学问答》③三篇文章中。光复后的1948年,杨逵又在台湾的《力行报》副刊《新文艺》上发表《实在的故事问答》继续倡导这一文体。但早期的日本殖民统治和光复后"国府"的恐共反共亲美等意识形态管制,都不可能使得带有强烈反帝反封建等左翼和民族色彩的报告文学,能获得像大陆20世纪三四十年代那样的蓬勃发展。虽然60年代中期"国军"文艺金像奖也设立了"报导文学奖",但因其作品内容服务于上层的"反共文艺",并未引起民间的自发呼应而形成创作热潮。在思想控制和政治压迫下,大多数作家转向以追逐形式和个人经验书写的现代派创作。杨逵前后耗时十年对报导文学的呼唤,诚如陈映真所说,"是独一的、洪亮的高音。但是回答他的,竟是漫长的沉默"④。

直至70年代中期,报导文学才在台湾文坛异军突起。70年代初发生的一系列令人震撼的政治事件,使台湾民众的民族意识遽然觉醒,并体认到"能做、应该做而且必须做的,是要在这个地方脚踏实地,向下扎根"。这直接带来了文学创作方向的根本改变,主要标志就是文坛上关于乡土文学(其实是现实主义文学)与现代派的大论战。而《中国时报》、《台湾时报》、《台湾新闻报》、《联合报》、《民生报》、《民族晚报》、《台湾日报》等一些有影响力的报纸副刊的积极呼应与大力培植,使得一批思想敏锐、有着深切的忧患意识和沉重责任感的新闻记者及作家,开始将目光投注到具体

---

① 《大阪朝日新闻(台湾版)》,1937年2月5日。
② 《台湾新文学》杂志,1937年6月(二卷五号)。
③ 《台湾新民报》,1937年4月25日。
④ 陈映真:《历史的寂寞——杨逵先生永垂不朽》,《中华杂志》,1985年4月,第261期。

的社会问题和现实生活的本来面目,以"文学的笔,新闻的眼",来"从事人生探访与现实报导"①。报导文学创作遂成热潮,与当时的乡土文学潮流一起成为台湾当代文学史上最令人瞩目的壮丽景观。但台湾报导文学发展到80年代中后期,就日渐衰落,走入低谷,仅有蓝博洲、刘克襄等少数作家从事这一创作。

台湾报导文学在题材上的涉猎是比较广泛的。既有充满文化关怀,报导民俗风情、文物古迹、山地文化等的发掘保护,为某些优秀人物的优良品格和行为传神立传的歌颂性作品,如《捕虫者》(孔康)、《裸得像一座神》(黄沁珠)、《海洋的看守》(李利国)、《让我唱首沉默的歌》(朱恩伶)等;又有关注工业文明发展中自然生态保护问题的《大地受伤》(徐仁修)、《君见南枝巢,应思北风路》(韩韩)、《大地反扑》(心岱)、李利国的《我在人类文明的生死分水线上》等。

然而,最有影响力的是那些揭露现实不平等、反映社会阴暗面、关注弱势群体个人命运、带有强烈理性批判色彩的作品,如关注底层小人物生存困境与灰暗人生的《鹰架上的夕阳——一群建筑工人的生活与心态实录》、《卖血人》(陈铭磻)、《矿工泪》(薛不全)、《鸡鸣早看天——台北大桥下的人力市场》、《失去的水平线》(古蒙仁)、《红粉心曲听轻弹》(詹季洋)、《危楼里的老艺人》(施叔青)、《歌女泪》(许台英)等;批判台湾以色情促动旅游发展无耻行径的《无烟囱工业的社会污染》(王孝廉);揭露监狱内的混乱和各种损害人权和人性举动的《手扶铁窗向外望》(阿图);描写"高山族"部落特有文化习俗和因发展不平衡甚至歧视而导致其贫困落后的《最后一把番刀》(陈铭磻)、《黑色的部落》(古蒙仁)、《阿美族的生活习俗》(曾月娥)等。这些作品都站在人本主义立场,怀着真诚的悲悯,对台湾社会在经济猛飞过程中造就的贫富差距、不平等的社会关系,以及由此带来的小人物的命运焦虑给予了全面真实的反映,让人们看到了所谓文明富裕背后的丑陋、辛酸与畸形。

其中,陈铭磻、古蒙仁的作品最具代表性,他们体现着台湾报导文学创作的最高成就。

---

① 陈铭磻:《现实的探索——报导文学讨论集》,台湾东大图书公司,1980年版,第1页。

作家作品分述(四)

第二十一节 陈铭磻、古蒙仁、蓝博洲

陈铭磻(1951—   ),笔名沈芸生,祖籍福建泉州。报导文学作品有《鹰架上的夕阳——一群建筑工人的生活与心态实录》《卖血人》《最后一把番刀——高山族的昨日、今日、明日》《爱情祭》《掌灯人》等。

《卖血人》[①]是陈铭磻的成名作和代表作。作品为我们呈现了一个丑恶、冷漠、荒诞、悲惨的"血的交易市场"和里面的众生相:那些专门充当医院与卖血人中介的"牛头"们,为牟取暴利,不但勾结血库人员抬高卖血人的佣金,还用尽心机设立赌场,既能让卖血人随时等候抽血,又能把他们用生命换来的钱巧妙地占为己有;而那些卖血求生者自己却对此愚昧无知,麻木苟安,任人宰割;更可怕的是那些医务人员、舆论界人士及其他公民竟然对此事也持暧昧放任态度!读后令人感到可怜、可悲、可恨乃至于愤怒绝望。"卖血人"简直就是当代的"包身工"!

《最后一把番刀——高山岭的昨日、今日、明日》是作者在深入了解"高山族"人的生活习俗、生存现状后写出的又一力作。作品在呈现一种生活方式和价值观念远去的同时,揭示了现代工业文明进程对原住民族生存带来的冲击、困惑与衰落。作品于看似客观冷静的描述中又隐现着作者的情感情绪,有怀旧,有否定,有不安,有忧虑又有展望,显现出较高的文学品位。

古蒙仁(1951—   ),本名林日扬,台湾云林县虎尾镇人。大学时代

---

① 号角出版社,1979年版。

即以小说出名,后投入报导文学创作。主要作品集有《黑色的部落》[①]、《失去的水平线》、《台湾社会档案》、《台湾城乡小调》等。其中《黑色的部落——秀銮山村透视》获第一届"时报文学奖"的"报导文学推荐奖";《失去的水平线》则获得第二届"报导文学优等奖";作品集《黑色的部落》更被视为"台湾报告文学发展中,不可等闲视之的经典之作"。

古蒙仁的作品之所以能获得如此高的评价,和他对报导文学这一特殊文体的自觉思考和较高的价值追求紧密相关。古蒙仁认为理想的报导文学,"应该是能够挖掘到问题的……最好和现实有关,而且我认为最重要的,是要有文学性",而且他把报导文学的"文学性"提到了与其他文学样式相通的意义和位置,而不是仅仅把它作为报导的技术手段。"报导文学和其他文学类型相通的一点,同样是建立在'刻画人性'和'反映现实'的这两块基石上";而报导文学的目的,就是"发掘社会、记录社会和人生的现象,促进社会的进步"。[②] 这样的认知首先将报导文学视为文学而非一般的新闻报道,古蒙仁报导文学创作的风格特点和艺术成就即根基与此。

为了具体地去实践这种精神,切身感受底层民众真实的生活状态,"挖掘"问题,"刻画人性"和"反映现实",古蒙仁身体力行,跑遍台湾社会的每一个角落:从矿山到渔村,从农田到市场,从空难到车祸,将所闻所见的现实问题以及其历史背景乃至沿革变迁,给予"精神的关照"。

这种"精神关照"不是高高在上的,也不是戏剧式地直接展现两种文明和新旧价值观念的冲突,而是在将一些社会现象的来龙去脉给予细致平实描写的同时,与里面的人物感同身受,带着浓厚的历史乡土关怀和深沉的人道悲悯情怀,重点去刻画他们的乡土人情、生活情境、善良本性和命运悲欢,彰显他们的生存意志和同等的人格尊严。在古蒙仁的作品里,我们既能感受到繁华落尽的矿山里年轻人的苦闷彷徨,也能看到"原住民"面临生活的巨大变迁时的那种无奈承受,还能看到各种小人物虽生活悲苦却不丧志,对生活乐天安命式的容忍和耐心。因而古蒙仁的作品始终弥漫着一种"万物自生听,大空恒寂寥"的淡淡的悲剧韵味和传统审美

[①] 时报文化出版事业有限公司,1978年版。
[②] 丁琬:《行者的路》,《台湾时报》,1980年10月12日。

情趣。白先勇更是盛赞他"擅长描写台湾社会的变迁,变迁中人世间一些无可挽回的无奈与人生的悲欢"。古蒙仁的这些作品成为台湾社会转型期人们精神世界的真实有力的历史见证。

1983年古蒙仁去美国留学后就中断了报导文学创作。但他的报导文学精神以及将现实、历史、乡土人情、人性以及个体的感同身受融于一体,突出对人的尊重与关怀的写作方式却成为台湾报道文学的一个传统,被后来的蓝博洲等其他作家继承发扬。

蓝博洲(1960—　　　),台湾苗栗县人。1983年起,蓝博洲发表了小说处女作《旅行者K》和获"时报文学奖"的小说《丧逝》等。1987年开始从事报告文学写作,著有《美好的世纪——寻找战士郭琇琮大夫的足迹》、《沉尸、流亡、二二八》、《幌马车之歌》、《人间正道是沧桑》、《麦浪歌咏队》、《台湾好女人》、《消失在历史迷雾中的作家身影》等报告文学作品。

蓝博洲的作品大都致力于揭露台湾20世纪50年代白色恐怖时期发生的历史往事,试图在对受害者事件和历史记忆的挖掘、梳理和发现中,从40年代末和50年代革命者和进步人士的斗争史和蒙难史中,为自己找到一种能够"在当今媚俗的台湾知识界安身立命的理想",同时启发台湾民众的觉悟,唤起台湾民众的革命记忆和理想记忆,探索出一条台湾"前行的路"。为此,在当时白色恐怖的梦魇远未消失,采访者与受访者都心有余悸的情况下,蓝博洲抱着诚恳的态度,深入民间开展调查,面对受难者的痛苦回忆,钩沉往事、探究真相,再现了一代民主志士理想的执著、血泪抗争的智慧,无辜蒙难的普通民众的清白良心和承受的苦难。

其中《幌马车之歌》是一篇内敛深沉却极感人的作品,也可以说是蓝博洲的代表作。作品采用倒叙结构叙述了1950年遇难的台湾进步人士、作家钟理和的弟弟钟浩东的事迹,作品从主人公拖着沉重的脚镣、唱着日本30年代名曲《幌马车之歌》步出牢房从容就义的情景写起,用很多细节刻画了主人公性格精神,饱含深情地展示了他从童年到最后遇难的一生的身世经历,让我们看到了一代民主斗士的精神世界和理想人格。蓝博洲用他笔下那些人物唱出了台湾民主历程的慷慨悲歌。

第二章　史传文学

史传文学发展总述

中国当代史传文学,是指新中国成立以来创作的,艺术地再现真实人物生平及个性,还历史以本来面目的文学样式。它以复活历史的文学之笔,追述重大历史事件,展现时代风云变幻;或者再现人物较完整的生命轨迹,从而标立人在历史中的独特位置。

文、史兼备,是史传文学最重要的文体特征。

具体的作品形态主要包括:新中国成立以来编写、创作、出版的反映新民主主义革命时期历史事件和历史人物的"革命回忆录",各个时期各界名流的职业生涯回忆录以及展现人物较完整的的生命历程的传记文学。

中国当代史传文学是带着社会、政治、经济发展的胎记诞生的,是当代中国社会生活变迁的旁证。由于当代中国特定的历史分期有其不同的政治经济背景、社会生活格局和文化心理氛围,因而,不同时期的史传文学,内容、面貌和风格都有所差异。

"建国初十七年"(1949—1966)的传记文学是英雄交响曲。它真实而完整地回忆、记录下开辟中国现代历史纪元的新民主主义革命这段悲壮的历史。

从建国到 1956 年,以记人为主的革命英雄传记尤为突出。

萧三撰写的《毛泽东的青少年时代》[①]问世,迅即在国内外产生巨大影响,该文本被译为英、德、日、法、捷克、匈牙利等多种文字,对树立革命领袖形象起到了显著的推动作用。

此外,吴运铎的《把一切献给党》,周而复的《白求恩大夫》,林音频、刘树墉的《郝建秀》,叶坪的《伟大的方志敏》,苗培时的《矿工英雄马六孩和连万禄》,丁洪、赵寰、董晓华的《真正的战士——董存瑞的故事》,高玉宝的《高玉宝》,雷加的《海员朱宝庭》,柯蓝、赵白的《不死的王孝和》,韩希梁的《黄继光》,以及建国后第一部集体创作、规模宏大的传记文学《志愿军英雄传》等,也都是讴歌工农兵英雄模范人物,反映新中国蓬勃向上时代风貌的传记作品。

1956 年夏"双百方针"提出。同年秋,《文艺报》专门召开"传记文学创作问题"座谈会,用以推动传记文学的发展。此后十年间(至"文革"),成为"革命回忆录"这种新兴史传文学形式的"黄金期"。

1956 年 8 月,中国人民解放军总政治部发起了"中国人民解放军 30 年"征文活动,并在 1958 年 8 月起陆续结集出版为《星火燎原》丛书。该"丛书"由人民文学出版社出版,共十卷(红军时期四卷,抗日战争时期三卷,解放战争时期三卷),计 637 篇文章,360 万字。1957 年 5 月,中国青年出版社开始推出《红旗飘飘》丛刊。在这两项工作的推动下,掀起了蔚为壮观的"革命回忆录"写作热潮,并在与 1958 年群众运动中兴起的文艺性"三史"(工厂史、公社史、部队史)写作的呼应下,达到高峰。

这两套大型丛书,集结了当时最有代表性的短篇"回忆录"。其他,如陶承的《我的一家》、缪敏的《方志敏战斗的一生》、杨植霖等的《王若飞在狱中》、黄钢的《革命母亲夏娘娘》等一批优秀中长篇传记,也都传诵一时,受到欢迎。

1963 年,共和国一个普通士兵———雷锋,其名字响彻神州大地。中国青年出版社以最快的速度推出《雷锋小传》(陈广生)。

[①] 萧三:《毛泽东的青少年时代》,人民出版社,1949 年版。

在英雄传记的主潮外,"十七年"传记文学还有非主流的传记值得一提:老一辈学者、教授冯至的中国古典文学作家传记《杜甫传》(1951年)、朱东润的《陆游传》(1960年)、缪钺的《杜牧传》(1964年)、《杜甫》(1964年)以及周汝昌的《曹雪芹》(1964年)等。

另外,梅兰芳的《舞台生活四十年》、溥仪的《我的前半生》、马可的《冼星海传》等,也各有千秋,它们在一定程度上丰富了传记文学的人物画廊。

建国"十七年"的传记文学承续了"五四"以来现代传记文学的传统:"新民"与启蒙。其主题大多单一、直接,有着鲜明的政治功利性和时代特征。

"新时期十三年"(1976—1989)的传记文学,经历了复苏、振兴的过程。

20世纪70年代中期,仅仅再版了《刘胡兰传》、《未完成的画》、《闻一多传》等几部旧作,和《梅尧臣传》、《任弼时》、《随卫敬爱的周副主席》、《高士其爷爷》等屈指可数的几部新传。进入80年代以后,由于人们还浸染于伤痛缅怀的情怀中,怀人传记文学应运而生。这些怀人传记的传主,大多是具有广泛声誉的艺术家、科学家、政治家。

80年代中期,随着纪实文学潮的到来,传记文学创作呈现一派兴盛景象,不仅数量多,质量也很高。

老作家刘白羽的《大海——记朱德同志》,清晰地描绘了朱德革命思想发展的轨迹——由农民到旧军官到共产主义者的升华。苏叔阳《大地的儿子——周恩来的故事》,描绘了周恩来少小立志、胸怀天下的故事,给"振兴中华"的青少年留下深刻的印象。权延赤《走向神坛的毛泽东》、《红墙内外——毛泽东生活实录》等传记,较早以其"冒犯""神坛"禁区而引起关注①。

将帅传记的作者大都是多年钟情于军事文学创作的军旅作家,或为将帅传记编写组的成员,或为军报记者,或有在将帅身边工作生活之先利条件。"范硕是《叶剑英传》编写组组长,在叶帅生前曾多次聆听他的回忆

---

① 吴秀明:《论近年领袖传记文学的创作》,《文艺研究》,1993年第6期。

和教诲。董保存是《谭震林传》编写组成员。东方鹤在张爱萍身边工作近12年。《彭德怀元帅壮烈人生》丛书,便是由原《彭德怀传记》编写组成员分工撰写的。这都在一定程度上保证了传记作品纪实的真实性。"① 军队女作家铁竹伟写的陈毅在"文化大革命"中的断代传记文学《霜重色愈浓》,则真实、准确、形象地再现了"文革"的历史,讴歌了陈毅元帅光明磊落、直言敢谏的无产阶级革命家的崇高品格。这部作品与另一位军队女作家何晓鲁的《元帅外交家》,以及她们合写的《一个人和一个城市》一起,组成"陈毅文学传记"三部曲。点点以自己父亲罗瑞卿大将为传主,向人们坦诚率真地再现了那《非凡的年代》。

描写国民党爱国将领的传记主要有:赵云声的《张学良将军》,贺朗的《蔡廷锴》,王华岑、牛耕的《冯玉祥将军传奇》,林治波的《抗战军人之魂——张自忠将军传》,杨者圣的《和平将军张治中》,史霄的《血火人生——张轸将军传》等。

80年代,一批杰出的文学家、艺术家登上了新时期传记文学的舞台。文学家传记有林非、刘再复的《鲁迅传》,肖凤的《萧红传》《庐隐传》和《冰心传》,田本相的《曹禺传》,凌宇的《沈从文传》,林贤治的《人间鲁迅》,桑逢康的《感伤的行旅——郁达夫传》,柯兴的《风流才女——石评梅传》,李辉的《胡风集团冤案始末》等。艺术家传记有廖静文的《徐悲鸿一生》,石楠的《张玉良传》,倪振良的《赵丹传》,赵云声、冼济华的《话剧皇帝——金山传》,郑理、佳周的《李苦禅传》,纪宇的《青铜与白石——雕塑大师刘开渠传》等。

与此同时,艺术家/文学家"自传"也初露端倪。较为轰动的,当属新凤霞的《新凤霞回忆录》。作家中开自传写作风气之先的,当属茅盾。他在晚年写出《我走的道路》,从1979年起在《新文学史料》上陆续刊出。这本书对作者前半生的重要经历加以回忆,笔墨涉及他本人的成长历程、创作活动,以及作为一名现代文学史上的左翼作家的见闻、处境。

80年代中期,为文化名人、思想家整理传记及思想言行,成为思辨行

---

① 全展:《中国当代传记文学概观》,黑龙江人民出版社,2004年版,第60页。

动的重头戏。到目前为止,江苏教育出版社推出的、由匡亚明主编的《中国思想家评传》(共 200 卷),规模最大,但其学术价值远大于文学价值。吴方的《世纪风铃》是一本别开生面的人生"素描"集,以丰富的、充满戏剧性的文坛掌故为基本素材,为王国维、梁启超、谭嗣同、蔡元培、周作人、弘一法师、辜鸿铭、林语堂等 25 位文化名人画像,意在勾勒多种文化人格、阐发文化人心灵之隐秘。

新时期还开始涌现了建国"十七年"所从未有过的传记文学新品种——反面人物传。这类反派人物的荣辱兴衰,往往折射出时代和社会发展的风云变幻。

老报人徐铸成的《杜月笙正传》,生动形象地描绘出流氓大亨杜月笙的独特个性,继而他又用《哈同外传》为一个外籍"闻人"立传。1985 年,泰栋、罗岩的《魂断武岭——蒋介石在大陆的最后日子》面世。1988—1989 年,叶永烈以《"四人帮"兴衰》、《蓝苹外传》、《张春桥浮沉史》、《姚氏父子》、《王洪文兴衰录》等长篇,揭示"文革"秘史,拓展了传记文学的题材领域。

"新时期"的传记文学,取得了令人瞩目的成就。在题材方面有了新的拓展。传主类型日益丰富,传记创作不仅注重了真实性,而且文学性也有了很大的加强。传记创作无论在数量、质量上,还是社会效果方面都达到了前所未有的境况。

90 年代,"名人传记"成为非虚构文学中最受欢迎的体裁。

"继新时期将领袖由'神'还原成'人'后,这一时期不断走向深化"[①]:如庞瑞垠的《早年周恩来》,张佐良《周恩来的最后十年》,王朝柱的《开国领袖毛泽东》,张步真的《渴望真话——刘少奇在1961》,王行娟的《李敏·贺子珍与毛泽东》,纪学的《朱德和康克清》,陈晋的《文人毛泽东》,刘汉民的《诗人毛泽东》。以及毛毛所写轰动海内外的《我的父亲邓小平》(上卷)及续篇《我的父亲邓小平:"文革"岁月》、辽宁人民出版社的《父辈丛书》等。

后新时期将帅传记佳作,引起读者共鸣与兴趣的,先后有尹家民的《风流大将军——陈赓传》、董保存的《谭震林外传》、陈廷一的《许世友传

---

① 全展:《中国当代传记文学概观》,黑龙江人民出版社,2004 年版,第 10 页。

奇》和东方鹤的《张爱萍传》等。

描写其他革命家的传记中，金凤的《邓颖超传》、忽培元的《群山——马文瑞与西北革命》，颇为感人。

企业家或实业家传记是这一时期传记文学的重要收获。

经过改革开放的思想准备，思想敏锐的作家们迅速调整视角，为现代资本家书写新的篇章。《中国大资本家传》、《中国红色资本家丛书》、《十大富豪传奇》、《世界华人精英传略》等丛书应运而生；桑逢康的《荣氏家族》，王慧章的《王光英传》与夏萍的《李嘉诚传》，《曾宪梓传》等，这些传记通俗、生动地描绘了民国、港、澳、台、海外华人有代表性的工商巨子、富豪大亨的创业历程。此外，大陆当代企业家《中国女杰刘志华》、《国药冯》、《农民企业家》等，同样成为人们模仿的对象。

伴随着"科学技术是第一生产力"的思想，科学家传记日益深入人心。"两弹一星功勋"科学家传中，可以读到王淦昌、邓稼先、钱三强、钱学森、王大珩、彭桓武、任新民、孙家栋、王希季、陈芳允、杨嘉墀等人为传主的多部传记作品。由卢嘉锡主编的《中国现代科学家传记》分六集出版，共收入20世纪中国著名科学家的传记600余篇。90年代末的《中国国防科技科学家文学传记丛书》与新世纪初的《两弹一星功勋科学家》丛书相映成趣。"863"高技术科学家也成为新的文学传主，如徐光荣的《科技帅才蒋新松》，聂冷、庄志霞的《绿色王国的亿万富翁——杂交水稻之父袁隆平传》等。

北京十月文艺出版社出版的《中国现代作家传记丛书》，这一时期陆续推出了吴福辉的《沙汀传》、钱理群的《周作人传》、周良沛的《丁玲传》、董健的《田汉传》、梅志的《胡风传》、程光炜的《艾青传》、季红真的《萧红传》等十五部，"描述了这一代知识分子在家园剧变、时代的颠沛流离中人生的抉择，心灵的探求与时代、命运的关联。"[①]

这一时期较有影响的文人传记，还有陆键东的《陈寅恪的最后二十年》，蔡德贵的《季羡林传》、徐开垒的《巴金传》、金梅的《傅雷传》、张毓茂

---

① 全展：《中国当代传记文学概观》，黑龙江人民出版社，2004年版，第12页。

的《萧军传》、宋益乔的《徐志摩传》、戴光中的《胡风传》、沈卫威的《情僧苦行：吴宓传》、郑恩波的《刘绍棠传》、孙见喜的《贾平凹之谜》等。

艺术家传记涉及的"传主"包括美术家、音乐家、电影表演艺术家、相声艺术家、导演、喜剧演员、京剧泰斗、摄影大师，等等。如翟墨的《圆了彩虹——吴冠中传》、李辉的《人在漩涡——黄苗子与郁风》、刘连群的《马三立别传》等。

明星自传的"火爆"，是后新时期特有的一种文化现象。

如作家出版社陆续推出的庄则栋、佐佐木敦子夫妇的《庄则栋与佐佐木敦子》、倪萍的《日子》、王铁成的《我演周恩来》、宋世雄的《宋世雄自述》、蔡明的《感动》、黄宏的《从头说起》、程前的《本色》、张宁的《张宁：自己写自己》等。上海的几家出版社近几年也先后出版了赵忠祥的《岁月随想》、杨澜的《凭海临风》、姜昆的《笑面人生》、王姬的《我的世界——王姬自述》等。明星自传真实坦率地展示自我的内心世界及成长经历，多少给人一些启迪。

悄然兴起的文化名人"口述自传"似有后来居上之势。

继北京大学出版社1999年推出萧乾、侯波、徐肖冰、朱正、何满子等人的口述传记之后（另有华君武、贾植芳、陈明、李锐等人的口述传记即出），人们又看到华艺版的《我的人生——浩然口述自传》等数种。这些传记口述个人身世，鲜活地映现时代变迁的历史，从中可以让人领略20世纪中国的风云变幻，并欣赏到许多生动感人、鲜为人知的画面。

世纪之交的传记文学出现了一个新的亮点——平民传记。

"平民传记诉说小人物的艰难困苦，赞颂小人物的美德懿行，同时也不回避小人物的缺憾与丑陋，具有名人传记不可取代的认识价值和审美价值。"[①] 如刘心武的《树与林同在》、陈丹燕的《上海的红颜遗事》，而且许多普通人自己也用《我是××》、《我家》、《我的母亲》奏响悲喜交加的人生乐章。

---

① 全展：《中国当代传记文学概观》，黑龙江人民出版社，2004年版，第13页。

作家作品分述(一)

第一节　萧三、吴运铎、高玉宝

萧三(1896—1983),名克森,号子暲、植蕃,笔名天光、埃米、爱梅,湖南湘乡县横铺乡桃坞塘人。"文化大革命"中与夫人叶华(俄裔)以所谓"间谍"罪遭诬陷,久困囹圄。1979年平反。因患多种疾病,久治不愈,于1983年2月4日逝世。主要著作有:《毛泽东同志的青少年时代》、《人物与纪念》、《和平之路》、《友谊之歌》、《伏枥集》、《萧三诗选》等。萧三是一位国际共产主义运动的活动家,又是驰名于国际文坛的革命诗人和翻译家。

《毛泽东的青少年时代》是国内公开发行的、有关革命领袖毛泽东的较早的传记文本。它由该书作者——萧三已发表的两篇回忆毛泽东的文章——《毛泽东的儿童时代》和《毛泽东的青年时代》合成。《毛泽东的青少年时代》,第一部分以"农家子"、"六岁就开始劳动"、"一位贤良的母亲"、"一个诚实的孩子"、"从小就好学"、"从小就和压迫者在一道"、"但他是倔强的"、"年十四而志于救国"等八个生活故事,连贯成毛泽东较完整的儿童、少年时代,着重挖掘和再现传主年少时就表现出的、对他后来发展有一定影响的某些禀赋和个性品质。第二部分组织了七个故事:"漂泊在长沙城"、"要求学还是靠自修"、"学习抓住中心"、"学问、学问,好学和要好问"、"日浴、风浴、雨浴及其他"、"游学"、"政治头脑,善于分析、总结、概括的头脑",侧重介绍毛泽东走出兵营、漂泊到长沙、刻苦自修、考入长沙第一师范学校的"青年时代"。作者有意选择了对个性发展具有终生影响意义的意志力品质、思维习惯、生活习惯的培养和发展过程,以清晰的因果逻辑突出了后天努力和奋斗对领袖人物的成长所起的关键性作用。

这种令人信服又确乎非同寻常的成长经历,对于树立领袖形象,十分有力。

萧三与毛泽东在湘乡东山小学和长沙第一师范学校缔结的同窗之谊,一直持续到建国以后。由于作者的独特身份,以"亲历、亲见、亲闻"的视角,饱蘸浓厚情感,追述身居高位的青少年时代的伙伴,独特的视角与纪实的手法,使传记总体上朴素而真实,具有较高的文学性和历史文献价值。

但倘若传记文本能放弃"先验的理念"模式,关注的焦点不在于一个人之所以成为"伟大"的必然原因,而是更自然、更开放地还原广阔而生动的生活情境,提供丰富而质感的细节,则文本会更饱满、传主会更充满鲜活的人的魅力。

吴运铎(1917—1991),祖籍湖北武汉,生于江西萍乡。早年曾在安源煤矿当矿工。全国抗战爆发后,吴运铎不远千里,奔向皖南云岭,1938年参加新四军,1939年加入中国共产党。历任新四军司令部修械所车间主任,淮南根据地子弹厂厂长、军工部副部长,华中军工处炮弹厂厂长,大连联合兵工企业引信厂厂长,株洲兵工厂厂长,中南兵工局第二副局长,机械科学研究院副总工程师,五机部科学研究院副院长、顾问等职。是全国总工会第八、九、十届执行委员,第三届共青团中央委员。他心系兵工,在淮南根据地时因陋就简,带领职工自制土设备,扩大了枪弹生产。还主持设计研制成功枪榴筒,参与设计制造37毫米平射炮以及定时、踏火等各种地雷,为提高部队火力作出了贡献。在生产与研制武器弹药中多次负伤,失去了左眼、左手、右腿致残,经过20余次手术,身上还留有几十处弹片没有取出,仍以顽强毅力战胜伤残,坚持战斗在生产第一线。1951年10月,中央人民政府政务院和全国总工会授予他特邀全国劳动模范称号,并将他誉为中国的"保尔·柯察金"。

1953年,吴运铎拖着伤残的身体写下了自传体小说《把一切献给党》,发行达500余万册,并被翻译成俄、英、日等多种文字,成了那个时代鼓舞人们奋发向上的教科书。这是一部在20世纪50年代就脍炙人口的自传体小说,写的是一个普通工人成长为无产阶级优秀战士的感人故事。它问世以来,不仅在我国多次再版,影响了几代人,而且被译成七种文字,在国外广为流传。

高玉宝(1927—　　),军队作家,祖籍山东黄县,1927年4月6日出生于辽宁瓦房店孙家屯村一个贫苦农民家庭。他9岁当童工、15岁做劳工、17岁学木匠,1947年参加中国人民解放军,1948年加入中国共产党。在辽沈、平津、衡宝战役中立大功六次。1962年保送进入中国人民大学新闻系学习。历任战士、通讯员、文艺干事,师职创作员,共青团第二届中央委员,中德友好协会理事,辽宁省民间文学协会理事,沈阳军区创作室名誉主任。多次参加全国全军英模、先进工作者大会,还多次到天安门参加国庆观礼,曾受到毛泽东、朱德、刘少奇、周恩来、邓小平等老一辈党和国家领导人多次接见。

高玉宝仅上过一个月的学,却先后写出了总计200多万字的几部长篇小说。短篇小说《我要读书》和《半夜鸡叫》曾被选入小学语文课本;《半夜鸡叫》被拍成木偶电影,1995年被选入《共和国文学作品经典丛书》。长篇小说《高玉宝》在国内用七种民族文字出版,并被十多个国家和地区用15种外文翻译出版,仅汉文出版的就达450多万册,并被改编为24种连环画。

高玉宝主要作品有:自传体长篇小说《高玉宝》,长篇小说《春艳》、《我是一个兵》、《高玉宝续集》,并发表100多篇短篇小说、散文、报告文学等作品。

《高玉宝》在国内用七种民族文字出版发行,在国外有12个国家和地区用15种文字翻译出版。报告文学《家乡处处换新颜》发表于1973年5月,中国五种对外刊物用六种文字向世界发行。1992年《高玉宝续集》获东北三省文学奖。

第二节 冯至、朱东润、周汝昌

冯至(1905—1993),原名冯承植,字君培。现代诗人,翻译家,学者。河北涿州人。12岁在涿县高等小学毕业后,入北京市立第四中学读书,受"五四"新文化运动影响,开始写诗。1921年暑假考入北京大学,1923年参加文艺团体浅草社,1925年与友人创立沉钟社,发表了许多诗与散文。1927年出版第一本诗集《昨日之歌》,1929年出版第二本诗集《北游及其他》。这一时期的诗作感情真挚,表达委婉细腻,语言于整饬中保持自然,重要遣词用韵,旋律舒缓柔和,有内在的音节美,因而被鲁迅誉为当时"中国最为杰出的抒情诗人"。

冯至的主要作品《杜甫传》让读者了解伟大诗人杜甫的人格抱负及其创作心境,体会诗人关注民生、感时忧国的情感,忍耐和承受艰难、不懈地追求人生价值的精神。

《杜甫传》的写作始于1946年,历时三年。从青年时代,冯至就极为热爱杜甫,与"杜诗""发生了绝大的爱情"(1924年9月3日致杨晦信)[①]。抗战期间,无论是在颠沛流离的途中,还是在相对沉静的昆明山中,冯至都没有停止对杜甫人生的思考。正是在这个时期,他开始了写作《杜甫传》的准备,并在1945年发表了《杜甫和我们的时代》和《我想怎样写一部传记》两篇相关文章。

关于《杜甫传》的写作目标,冯至曾经这样要求自己:"还杜甫的本来面目,他的伟大之处和历史局限性都要写够,写出分寸。"所谓"本来面目"的"复原",是这类历史人物传记写作要达到的主要目标。所谓"伟大之处"和"历史局限性"都写够,"写出分寸",也可以理解为是对传记真实性的追求,表现出一种历史唯物主义的立场。《杜甫传》的学术性与文学性统一的特点,也是这部传记能够成为现代传记经典的重要原因。这篇传记学术性强,牵涉到许多历史事件,依照"长安十年"和"流亡"的线索,大

---

① 冯至:《冯至全集》第12卷,河北教育出版社,1999年版,第19页。

致回顾杜甫这一段的生活历程。

《杜甫传》记述传主的生平,不只是勾勒过程,还要有很具体的生活描写,包括内心的变化起伏,所谓一颦一笑,长处短处,都尽量显现。如《杜甫传》写公元751年秋天,杜甫贫病交迫,躺在长安旅舍中的遭遇和心情,连门外的连绵阴雨、积水中的"小鱼"、床前的地上长满的"青苔"等等,都有非常具体的描写,衬托出杜甫当时那种失意和郁闷。这就是现代传记注重刻画人物心理的写法。类似这些细节描写,也要有基本的事实根据,比如根据历史上留下的与传主有关的某些史料记载,或者根据传主的自述(前面一段描写主要根据杜甫《病后过王倚饮赠歌》等诗所表现的内容情绪),适当加上合理的艺术想象。

对冯至《杜甫传》的评价,一般是从两个方面着眼的,一是其中表现出来的史识,一是此传记写作的风格。就赏析而言,也可以相应地从两个角度加以欣赏,一个是冯至写作传记时采取的"以杜解杜"的方法,就是从对杜诗的反复阅读当中咀嚼出杜甫的生活和思想;另一个是此传记"诗人写诗人"的风格。冯至是诗人,文笔生动、热情洋溢,他善于把杜甫的诗句融成自己的语言,写来娓娓动听,富于感染力。在这部传记中,诗人的敏悟和小说家的匠心仍然是体现出来的。全传构设了13个大节次,把握住杜甫一生的基本生活历程。除了"家世与出身"、"童年"这两节外,其余11节,与杜诗发展的一些重要阶段都能相对应。在这些叙述中,作者突出了这样一个主题:诗人杜甫是怎样地因为他的时代、他的生活道路的促使以及他个人的主观努力,走上了用诗歌艺术反映广阔的现实生活的艺术道路。如在"吴越与齐赵的漫游"、"与李白的会合"这两节里,作者充分运用杜甫早期作品,尽力勾勒杜甫早期创作的状貌,指出早期杜诗在艺术风格和审美趣味上都与后来的杜诗很不一样。在渊源上则指出杜甫与洛阳文化及初唐、六朝诗人的承传影响关系,使读者对杜甫早期作品的壮丽风格和浪漫气质有较深的印象,同时也告诉了读者,杜甫并非一开端就是一个现实主义诗人,他的艺术是随着他的生活的发展、精神的发展而生长的。传记中从"长安十年"到"夔府孤城"这八节,是全传的核心,这部分因为可凭借的杜诗很多,所以取材宏富,连贯性很强。尤其将杜甫与他的时代紧紧地联系在一起,处处从时代变化中把握杜甫的生活和杜诗的精神,有机性很强。这就是说,在画诗人图像的同时,又画出了诗人所处社会的图像。

冯至对传记的真实性是比较注重的。但是,杜甫生活在一千多年前,而新旧唐书中对他的记载也一共才有一千多字,究竟该如何保证这部传记的"真实"？一般的做法可能就是在考据上下功夫。冯至也做了大量的考据工作,比如对杜甫母系的考证等;但是,他也不愿意将这些"干枯的考据"直接写入到传记中,从而破坏了传记"有生命的叙述"。因此,《杜甫传》的真实着眼于"作品真实",而非"考据真实",也就是他所强调的"处处以杜甫的作品为依据",从杜甫的诗歌中"还原"出杜甫所处的时代、他的遭际、他的交游、乃至他的家庭生活。因此,我们在《杜甫传》中读到不少充满细节的、文学性很强的文字,如"在这样的春天,他有时潜行曲江,看见细柳新蒲又发出嫩绿,但是江头的宫殿都紧紧关闭着,由眼前的萧条想到当年的繁华……",又如"他到达凤翔,衣袖残破,两肘露在外边,穿着两只麻鞋,拜见肃宗"等,但都不是纯粹凭借想象虚构,而是从杜诗中寻绎出来的。因此,若说《杜甫传》的真实,那就是,从艺术的真实中还原出生活的真实。

朱东润(1896—1988),现代著名的文学史家、传记文学家。可以说是第一位用毕生精力认真研究了西方传记文学、用现代方法进行写作的中国传记作家。他平生著述达千万字,从中国现代传记文学的角度来看,朱东润留给我们的是一笔丰厚的思想文化遗产。他在《中国传记文学之进展》、《传记文学之前途》、《传记文学与人格》和《八代传记文学述论》等著述中,最早系统地提出了自己对现代传记文学的看法。

其主张可以概括为以下几个方面:一、传记文学是介乎史学与文学之间的一个独特的文学样式;二、传记文学的主要目的是刻画并再现人物变动不居且又前后一贯的性格;三、传记文学创作既要反映历史的本来面貌,也要兼顾国家的利益;四、从事传记文学创作者,要才、学、识、史德四者俱备,而尤以"史德"为最重要。

这对传记作者提出了很高的要求:强调"史德",则要求传记作者能"以史实为重,按历史的本来面目反映历史,而不另以人为的改变"。他所讲的"识",则要求传记作者有敏锐的历史鉴赏和判断能力。

新中国成立以来,他又结合当代传记文学的创作实践,发表了《漫谈传记文学》、《论传记文学》、《传记文学》和《我对传记文学的看法》、《我学习传记文学的开始》等多篇文章,进一步充实和完善了他的传记文学理论。

朱东润生前总共完成了九部传记文学的创作,除《王守仁大传》因手稿在"文革"中遗失而未能留传下来外,其他八部都已面世,被完整收入东方出版中心1999年出版的《朱东润传记作品全集》。

朱东润进行传记文学的创作,写过政治家(《张居正大传》),写过哲学家(《王守仁大传》),写过自传(《朱东润自传》),和普通劳动妇女(《李方舟传》),但更多的是写诗人:《陆游传》、《梅尧臣传》、《杜甫叙论》、《陈子龙及其时代》以及《元好问传》,便都是以古代诗人为传记对象。

朱东润认为:"传记文学是史,同时也是文学;因为是史,所以必须注意到史料的运用;因为是文学,所以也必须注意人物形象的塑造。"①采用文史结合的传记文学写法,其诗人传形成了自己的风格和特色。

朱东润选择的传主如陆游、梅尧臣、杜甫等,大都是在历史上卓有贡献,而又争议颇多的人物。因此,朱东润在写作诗人传记时,事先做了许多准备工作,在钩稽史料方面倾注了大量的心血。

朱东润撰写了《陆游诗选注》、《陆游研究》、《梅尧臣诗选》和《梅尧臣集编年校注》等著作,这就为陆游和梅尧臣立传扫清了障碍。他注重对材料作详尽的考订识别,针对有人把陆游看成权门清客,朱东润没有人云亦云,通过仔细考证南宋罗大经的《鹤林玉露》和刘埙的《隐居通议》后,认为有关陆游求媚韩侂胄的记载与事实不符。他抓住理解陆游的几个关键,用具体的事实加以疏通证明,塑造出这一爱国诗人和爱国志士的形象。

在传记写作中,朱东润尽量引用作者的原著,从而还了历史人物的本来面目。作者据实叙论,也指出他们诗中的糟粕,如杜甫的"庸俗"和"帮

---

① 朱东润:《陆游传》,中华书局,1960年版,第1页。

闲",陆游的"燕饮颓放"的一面。

鉴于历代年谱编著工作的不足,朱东润指出:人们"只注意到诗人的升沉否泰,而没有把他放到时代里去。脱离了时代,我们怎样能理解诗人的生活呢?"[1]领略时代的先觉——诗人形象,成为朱东润诗人传的创作圭臬。

朱东润十分擅长把诗人的经历同时代的变迁糅合起来叙述,深探传主的内心世界。例如,陆游这位活了85岁、为我们留下了9000余首诗歌的诗人,他的诗歌格调起过几次变化,反映了传主的思想发展:国难当头,传主对主和派的痛恨,对主战派的赞扬,均在大量的诗文里流露出来,正可以从陆游的政治态度,衡量陆游的诗。晚年陆游对国事的关怀仍随处可见。写梅尧臣,朱东润循着梅氏的诗歌创作道路,展示了从真宗到仁宗几近半个世纪的时代风貌,这就为梅诗做了最为充分的注脚。

在树立诗人形象的过程中,朱东润还常用比较的手法。传中既有同时代诗人的比较,如杜甫与李白,梅尧臣与欧阳修、曾巩、晏殊,陆游与范成大、杨万里;也有同前代诗人的比较,如陆游与岑参,梅尧臣与杜甫。通过对比,来揭示诗人之间的传承与影响,揭示宋诗和唐诗各自的特色。

朱东润的诗人传作为文学性传记,具有浓郁的文学色彩。"他在尊重史实的前提下,充分运用文学的表现手法和技巧,特别是细节的描述和对话的运用,使人物形象更鲜明,个性更突出。"[2]例如梅尧臣与欧阳修交游30年,情深谊厚,梅穷而后工,欧才思敏捷,《梅尧臣传》叙梅谈欧各得其所。传记写洛阳一群年青的文人相聚,二十五六岁却互称为"老",实在滑稽有趣。

周汝昌(1918—2012),本字禹言,号敏庵,后改字玉言。曾用笔名念述、苍禹、雪羲、顾研、玉工、石武、玉青、师言、茶客等。1918年4月14日生于天津咸水沽镇。著名红学家,曾就学于北京燕京大学西语系本科、中文系研究院。他是继胡适等诸先生之后,新中国研究《红楼梦》的第一人,

---

[1] 朱东润:《梅尧臣传》,中华书局,1979年版,第1页。
[2] 全展:《中国当代传记文学概观》,黑龙江人民出版社,2004年版,第112页。

享誉海内外的考证派主力和集大成者。先后任燕京大学西语系教员、华西大学与四川大学外文系讲师、人民文学出版社古典部编辑,是第五至第八届全国政协委员,中国和平统一促进会理事,中国作家协会和书法家协会会员,中国韵文学会、中国楹联学会、中国大观园文化协会顾问,中国曹雪芹学会荣誉会长。邓肖达曾称其为"中国最伟大的红学家"。

周汝昌治学以语言、诗词理论及签注、中外文翻译为主;平生耽吟咏、研诗词、笺注、赏析、理论皆所用心,并兼研红学。有 20 多部学术著作问世。其中《红楼梦新证》是第一部,也是代表作。

周汝昌一生坎坷,20 几岁,双耳失聪,后又因用眼过度,两眼近乎失明,仅靠右眼 0.01 的视力支撑他治学。《红楼梦新证》、《曹雪芹传》、《书法艺术》、《杨万里选集》,这一部部穷尽毕生心血研治的作品,展示了周先生多方面的艺术才华和造诣,远非"红学家"一词所能概括。

曹雪芹是中国历史上伟大的文学家。然而,就是这样一位文学家,有关他的身世生平的历史资料却十分匮乏。因此,周汝昌曾感言,如果你想要挑选一件最困难而又最值得、也最需要做的文化工作,那么就请你从事研究和评价曹雪芹的工作。撰写曹雪芹传记,难在文献奇缺,东鳞西爪,片言只语,从传记学的角度来看确实难上其难。周汝昌知难而进,抉隐烛幽,匠心独运,穿过历史弥漫的云烟,形象地描绘了曹雪芹的家族渊源、生平事迹和人生求索。

对于曹雪芹这样一位旷世奇才来说,其出身和背景有着深厚的文化渊源和广阔的背景。周汝昌把红学定位于"新国学"的高度,以此为出发点,他称曹雪芹出生于"诗礼簪缨"之家,由曹雪芹的祖父曹寅点出了曹氏的世系源流。周汝昌题诗道:"诗礼簪缨族望隆,才兼文武溯家风。石头一记原非梦,赤县黄东良史功。"从曹雪芹的家世渊源来写是具有特别深刻的含义的。这是该书独具价值的关键所在,因为在曹雪芹身上,凝聚了中华民族文化的诸多因素,他所秉持的思想和卓异的文学天才是与此息息相关的,他的坎坷的遭遇和放浪形骸,嗜饮工诗,犯言骇世的凛凛气质,无不和源远流长的中华文化相连。

周汝昌对于传主形象的刻画是惟妙惟肖,极为传神的。一星半点的史料与大胆而合乎情理的想象结合在一起,使得传记故事情节跌宕起伏、引人入胜。书中记载,曹雪芹为人风流偶傥,佯狂忤世,嗜爱戏曲,如《牡丹亭》《长生殿》等,因此被禁锁空屋达三年之久。然而,正是这样的禁锢反而成全了曹雪芹,在空屋中沉思默想,感悟世间炎凉。既然《水浒传》中有绿林豪杰,那么,曹雪芹便想到要塑造脂粉英雄。水浒聚集了一百单八位绿林好汉,如果只有"十二钗"则实难匹敌,那么,他也要写出一百单八位"个个不同神情姿态"的脂粉。这种艺术的想象和描绘,使曹雪芹的形象跃然纸上,栩栩如生,也是对于曹雪芹立志写《红楼梦》的背景的合理写照。

周汝昌先后四次为曹雪芹立传,每一次立传都善于吸收学术研究的新成果。作者感叹"此次撰传,最大收获之一即考明了雪芹东北始迁祖曹端广的居地","位于铁岭城的南郊"。在本书中,作者还从中国思想史的角度,探讨了曹雪芹的"正邪两赋"思想,他认为曹雪芹的思想根源并不在宋明理学,而可追溯到老子、庄子、列子等道家先哲大师,如《列子宫·天瑞》对宇宙万物生成的"四纪论"以及老子"道生一,一生二,二生三,三生万物"的思想对于曹雪芹都有影响。曹雪芹的"正邪两赋"思想分出了"正气"和"邪气"新概念,二者相交,迸发了"崭新的特异光彩",正气唯受邪气之搏击激发,才能"尽情激显,出于万万人之上"。作者认为这种思想是中华思想史的"重大宝贵内容"。因此,曹雪芹笔下的用字措词,总有正反两方面,如"假作真时真亦假,无为有处有还无"。

周汝昌说,自己应当最是一个红学的爱好者,应当最是一个痴情着迷《红楼梦》作者曹雪芹的人。曹雪芹当年蜗居在西山脚下喝粥度日,艰辛写作《红楼梦》,足足花用了十年工夫。而今周汝昌研红一路更是辛苦,居然花费了60年的时光。周汝昌讲过这样的话:"痴方能执著,方能锲而不舍。方能无退,即不悔。"周汝昌研红一生,吃苦一生,却无怨无悔。

第三节　梅兰芳、溥仪

梅兰芳(1894—1961),京剧表演艺术家。名澜,字畹华。江苏泰州人,长期寓居北京。出生于梨园世家,八岁学戏,九岁拜吴菱仙为师学青衣,11岁登台。工青衣,兼演刀马旦。后又求教于秦稚芬和胡二庚学花旦。并刻苦学习昆曲、练武功、练功,广泛观摩旦角本工戏和其他各行角色的演出,经过长期的舞台实践,对京剧旦角的唱腔、念白、舞蹈、音乐、服装、化装各方面都有所创造发展,形成了自己的艺术风格,世称"梅派"。代表戏京剧有《贵妃醉酒》、《霸王别姬》等,昆曲有《思凡》、《游园惊梦》等。所著论文编为《梅兰芳文集》,演出剧目编为《梅兰芳演出剧本选集》。梅派艺术传人有李世芳、张君秋、言慧珠、杜近芳、梅葆玖等。

梅兰芳在艺术上的卓越成就引起了国外人士的重视,曾于1949年前先后在日本、美国、前苏联演出,并荣获美国波摩那学院和南加州大学的荣誉文学博士学位。梅先生还是一位伟大的爱国主义者,抗战期间蓄须明志,拒绝演出,靠写字卖画为生。解放后历任中国京剧院院长、中国戏曲研究院院长、中国文学艺术界联合会副主席、中国戏剧家协会副主席。1959年,他加入中国共产党,并以65岁高龄,排演了最后一出新戏《穆桂英挂帅》。1961年8月8日因心脏病发作,在北京病逝,终年67岁。

《舞台生活四十年》(第二集)记录了梅兰芳先生从艺多年的舞台实践和艺术创作历程。这是京剧发展史上一个重要的变革时期,古装戏开始流行,时装戏正在探索尝试,京戏开始突破古旧的程式而步入一个新境界。该书是梅兰芳先生的自述回忆录,从他亲切生动的叙述中,读者可以看到我国京戏发展进程中的历史背景,看到一个天才艺术家勇于"推陈出新"的艺术创新精神。

梅兰芳表演体系,是世界艺苑三大表演体系之一,其他两大表演体系分别为斯坦尼斯拉夫斯基表演体系与布莱希特表演体系。在实践方面,梅氏以半个多世纪的舞台艺术实践,为京剧旦角艺术的继承、革新与发展作出了划时代贡献,把中国戏曲提高到一个崭新高度,其所创"梅派艺术"

被视为中国京剧发展史上的"里程碑"。在理论方面,梅兰芳有《舞台生活四十年》及《梅兰芳文集》两大著作,进一步把"梅派艺术"理论化,固定为"世界上公认的、独一无二的"表演体系。

《舞台生活四十年》记录"梅派京剧艺术表演体系"之创立过程,每一章节都飘溢着作者对美的认识与实践。这部书被视为"一部重要的戏剧理论著作","中国戏剧史上一部重要的美学理论著作",被视为作者"对编写中国戏曲史的一大贡献",得到国内外文艺界及社会上广大读者"一致好评"的"传世之作"。

"梅兰芳表演体系"被音乐家莫·格涅欣视为"象征主义的体系",被电影艺术大师爱森斯坦比喻为"鼎盛时期的希腊艺术"。这种艺术完全没有"机械化的、数学式的成分",而是具有"杰出的生气和有机性"。

大约在20世纪50年代初,著名学者黄裳约请梅兰芳写自传体回忆录。梅兰芳利用演出的空隙,每天和许姬传谈话约两小时,许速记下来后寄上海许源来核实、润色、修改,并配上插图、照片,再交《文汇报》发排。从1950年10月16日起开始在《文汇报》正式刊登,共连载190期。进一步磋商、研究、推敲、核对、修改后,于1952、1954年相继由平明出版社出版。第一、二集,书名为《梅兰芳和舞台生活四十年》。第一集出版后,一年之内连印三次,成为红极一时的畅销书。

第三集的写作始于1958年,后因"文革"被搁置,直至1981年3月才由中国戏剧出版社出版。梅兰芳说:"我是个笨拙的学艺者,没有充分的天才,全凭苦学。……我不知道取巧,我也不会抄近路。我不喜欢听一些颂扬的话。"梅夫人说:"梅兰芳是个中国人,就是以不卖祖宗坚守气节而名闻天下的。"

抗战爆发后,日伪想借梅兰芳收买人心、点缀太平,几次要他出场均遭拒绝。梅兰芳考虑到在上海不能久留,遂于1938年赴香港。他在香港演出《梁红玉》等剧,激励人们的抗战斗志。1941年香港沦陷后,他安排两个孩子到大后方读书,自己于1942年返沪。抗战胜利后,梅兰芳在上海复出,常演昆曲,1948年拍摄了彩色片《生死恨》,是中国拍摄成的第一部彩色戏曲片。

爱新觉罗·溥仪(1906—1967),原是清宗室醇亲王的长子。1909年,三岁登基为宣统帝。两年后,爆发辛亥革命,溥仪退位。1924年被冯玉祥的国民军逐出紫禁城后,潜往天津租界。1931年"九·一八"事件后,日军侵占东三省,携溥仪为"满洲国"的傀儡皇帝,为他们的侵略行径壮名张目。1945年,日本战败投降,溥仪被攻入中国东北的苏联红军所俘,被看押在苏联五年。1950年,被转交给中国政府,作为战犯被关押并实行劳动改造。1959年,最高人民法院宣布对他予以特赦释放,恢复其公民权。

进入20世纪60年代,中国人民政治协商会议文史资料研究委员会组织多方面人士撰写回忆录和自传,大多辑成了《文史资料选辑》(也有单独出版的),由中华书局从1960年起出版,到1965年已有55辑之多。其内容是从晚清至中华人民共和国成立那半个世纪发生的政治、军事、文化、经济、教育等历史事件,揭示鲜为人知的宫廷秘闻、政治内幕、名人轶事等。这些史传作品大多意在保存史料,缺乏文学性;但也有写得相当生动感人的。

溥仪《我的前半生》即是这诸多传记中较为成功、较有影响的一部。它是建国初"非主流"传记文学的优秀代表。

溥仪的一生极具戏剧性和传奇性。《我的前半生》,简练地描述了溥仪的家事后,对他"前半生"的各个阶段展开了具体而连贯的描写:他以帝王之贵而沦为阶下囚,再被改造成普通公民,可谓命运多舛;而他所经历的那段历史又是风云变幻、极为动荡的。

《我的前半生》,为什么会成为新中国60年代最具有国际影响的优秀传记文学作品?这主要是因为以下几个方面的原因:

首先,传主的选择上的成功。

解放战争胜利后,中国共产党对大批国民党高级将领进行了思想改造,取得了很大的成功。然而,这些国民党将领的人生轨迹都不如溥仪曲折复杂和反差之大,其典型性、传奇性和影响力也不及溥仪。因此,《我的前半生》传主的选择就很典型,很有优势。《我的前半生》写出了溥仪由中国末代皇帝到伪"满洲国"傀儡皇帝再到阶下囚而后改造成共和国公民的传奇性的历史,其曲折复杂反差极大的人生经历本身就具有很高的美学价值和深刻的社会认识作用。

其次,《我的前半生》生动细腻地描写了溥仪心理和性格的发展变化过程,展示了中国末代皇帝丧失人性到人性恢复的过程,这就使这部传记有了深厚的文化底蕴和高度的审美价值。溥仪三岁就当了皇帝,时时刻刻受着腐朽没落的封建传统的熏陶,使他从小就养成了唯我独尊、自私自利、独断专行而又猜忌多疑的性格。退位后的溥仪失去了主宰中国的权威,又受时代潮流的影响,他开始对外面的世界感到了兴趣,请来了英国人庄士敦做教师,试图在宫内进行革新,甚至还打算出国留学。然而,他毕竟是封建专制制度的代表,他逃不脱封建遗老遗少的包围,又受到日本军国主义的蛊惑,他日益炽燃的复辟的野心和报仇的渴望,使他不惜出卖和抛弃自己的祖国和民族,去做了"伪满洲国"的傀儡皇帝。他在自传中以深沉的忏悔之心回顾总结了自己的前半生:"人,这是我在开蒙读本《三字经》上认识的第一个字,可是在我的前半生中一直没有懂得它。有了共产党人,有了改造罪犯的政策,我今天明白了这个庄严字眼的含意,才做了真正的人。"这是溥仪对自己人性恢复的真切描述,是这部自传的深刻的题旨。

第三,《我的前半生》以传主几十年生活为中心,表现了传主生活的时代的发展变革,展示了他周围的形形色色的人物,各种各样的重大事件,及他对这些人物、事件的评价和体验。《我的前半生》不仅写出了溥仪的经历、性格发展及人性丧失和恢复的深层变化,而且还以真实具体的描写,揭示了他的这些发展变化的社会环境和外部条件,揭示了传主性格发展的原因和动力,这就赋予这部传记以更深层次的社会、历史的意蕴。

作家作品分述(二)

第四节 铁竹伟、何晓鲁、陈廷一

铁竹伟(1948—   ),1968年入伍,解放军报记者。著有传记文学作品《霜重色愈浓》、《红军浪漫曲》、《廖承志传》、《苍天厚土》。执笔《我的伯父周恩来》、《世界船王包玉刚》,与人合作了《一个人和一个城市》、《陈毅传》、《农民企业家鲁冠球》、《穿过硝烟的握手》和《中国元帅陈毅》。

何晓鲁(1948—   ),四川人。1970年应征入伍,南京军区政治部创作室创作员。1971年开始发表作品。1985年加入中国作家协会。著有传记文学《一个人和一个城市》(合作)、《元帅外交家》,报告文学《那时她们正年轻》等。

何晓鲁和铁竹伟同为20世纪80年代南京军区"陈毅文学传记写作组"成员,继她俩合作完成《一个人和一个城市》(人民出版社,1983)之后,又分头撰写了《元帅外交家》(何晓鲁,1985)和《霜重色愈浓》(铁竹伟,1986)。此三书分别列为解放军文艺出版社出版的"陈毅文学传记"之十、之十一、之十二(《一个人和一个城市》改名为《从沙场走向十里洋场》),合起来正好相当完整生动地再现了陈毅元帅"殊勋盖世间,直声满天下"的更为辉煌的后半生。

读过三部曲,我们看到陈毅元帅不仅是一个鞠躬尽瘁、勤勤恳恳的人民公仆,是有胆有识、誉满五洲的外交部长,是才华横溢、文如其人的诗人,更是一位刚直坚贞、忍辱负重的杰出政治家。

两位初涉将帅传记文学的青年作家,特别注重搜集材料和感受材料。为写《一个人和一个城市》,她俩访问了许多当年和陈毅一起工作以及和他有过较多接触的党内外人士,还查阅了大量的档案材料。为写后两部传记,"经铁竹伟采访过的高层领导人便多达 224 位;经何晓鲁采访熟知陈毅外长的人也有 60 多位"。①

在传记中,我们可以看到,"传主身上所具有的无产阶级的坚定党性同独特个性的和谐统一:一是挑战、无畏的性格美,一是对祖国和人民的'大爱'的人情美"②。作者在写陈毅为新上海首任市长时,突出再现了解放之初的上海疮痍满目的烂摊子,百废待兴。"他喜欢接受挑战",《一个人和一个城市》真实地描写了陈毅紧紧依靠人民群众同形形色色的困难及国内外公开的、暗藏的敌人的有力斗争,使上海逐步走向繁荣稳定。

作品从不同侧面塑造陈毅市长的形象,体现了他对上海各阶层人民的真挚的爱。如解放后上海工人第一次大会,陈毅讲的第一句话是:"上海的工人老大哥、老大姐们!我们归队来了!"并走出讲台向下深鞠一躬。他与布尔乔亚交朋友,平易可亲,使大资本家们感叹不已。对知识分子,陈毅坦诚相待,他不仅关怀文化事业,还以一个普通读者的身份给报社写信,成为他们的"知音"。而他鼓励女秘书朱青去为她当过国民党官员的父亲扫墓,告诉她那是爱国老人,更是令人感动。正是这些看似寻常的生活细节,说明传主和上海人民息息相关的血肉联系,使陈毅赢得了他们发自肺腑的崇敬和爱戴。

《元帅外交家》的视野从上海扩展到全球。传记从 1954 年 10 月初陈毅受命出访德意志民主共和国写起,一直写到他 1972 年逝世,我们看到了陈毅在外交舞台上的光彩形象。坚持独立自主的和平外交,一切从祖国人民和世界人民的根本利益出发,是陈毅进行外交活动的灵魂和精髓所在。何晓鲁精心选取了若干最能突显元帅外交家的风格、又能够充分展开的片断加以描写,其中,既有同美苏两霸较量,显示着民族自尊自强并愿做大贡献于人类进步事业的场面,也有同发展中国家和一切平等的态度待中华民族友好交往的情景。特别是"莱蒙湖畔"和"雅加达风云"两章,使人物、环境、事件、冲突,都得到形象化的表现。

---

① 全展:《中国当代传记文学概观》,黑龙江人民出版社,2004 年版,第 65 页。
② 全展:《中国当代传记文学概观》,黑龙江人民出版社,2004 年版,第 66 页。

《霜重色愈浓》具有震撼人心的悲剧色彩。作为我国第一部正面反映"文革"中最高领导层内部斗争史实的传记文学,铁竹伟主要记叙了陈毅元帅在十年动乱中充满痛苦忧患的经历,同时也描写了他在这种特殊境遇中所表现出来的坦荡耿直的性格。除"序"外,作品分别以陈毅说过的话作为13章的标题,披露了许多鲜为人知的材料,将陈毅的音容写得栩栩如生。

1966年至1972年,是陈毅革命生涯的最后六年,也是中国革命处于危机四伏,国民经济处于崩溃边缘的六年。当"文革"袭来时,他由最初对"反修防修"的拥护,到"很不理解",很快便洞悉其奸,并发出"乾纲独断"的感叹。传记清晰地刻画了陈毅对"文革"要害的认识轨迹。在传记中我们看到,"一个是'我没有错,我绝不检讨'的陈毅,一个是'我检讨,一定深刻检讨'的陈毅,这两个'陈毅'的冲突、斗争,在'为整个党,整个国家'的深谋远虑中得到了高度的统一"[①]。

陈廷一(1947—),生于河南省鹿邑县,吉林大学中文系毕业。曾出版过长篇传记作品20多部,1000多万字。主要传记文学著作有:《许世友传奇》、《宋庆龄全传》、《宋美龄全传》、《宋霭龄全传》、《宋氏家族全书》、《民国岳父》、《孔祥熙大传》等。

适逢孙中山领导的辛亥革命90周年之际,作者站在盛世的今天,以其深刻的哲学感悟,高屋建瓴地评价了90年前的这场革命风暴。更以其浓厚的崇敬之情,再现了当时被人称之"中国是睡着的,这个人是独醒的"伟大先驱者孙中山的形象。孙中山的传记版本较多,角度各不相同。而该传记突出的特色是,它是世纪之交完成的,不像先前的写作有那么多精神领域的禁区,因此,它更为翔实、客观、全面。

《孙中山大传》以史笔、文笔和学者之笔的广博和精深,全景再现历史沧桑,真情演绎伟人风采。好的传记要有文学笔法即文学性和作为学者的广博的学识基础。

---

① 全展:《中国当代传记文学概观》,黑龙江人民出版社,2004年版,第68页。

首先,作者以钩剔网罗的史笔翔实地记述了孙中山一生的悲壮历程,讴歌了孙中山推翻统治中国人民两千年之久的封建帝制的伟大贡献,真切地展示了孙中山身上体现的高贵的民主主义、人文主义精神,深刻地表现了孙中山令人钦佩的革命者的风骨。作者写乱世出英杰,孙中山的名字几经改变,代表他的历史、他的荣耀、他的性格、他的传奇。写到孙中山少年时便自称是"洪秀全第二"的大人物;写到孙中山以行医之名,慕寻革命道路之实,洋洋万字上书李鸿章寻求革命;还写到为寻找救国力量,意与康梁合作;写到谈论女人,孙中山诗意泉涌,语惊四座:"女人是平凡的。月朗星稀,是女人用晨炊点燃新的一天。牵牵连连,是女人将零零碎碎补缝成一个美丽。女人是不平凡的,风雨交加,是女人为我们打开家门,坎坎坷坷,是女人给我们关怀和温馨。"①写到人们谑言孙中山为"孙大炮",孙中山说:大炮可以打倒皇帝! 大炮可以打倒军阀! 大炮可以打倒帝国主义! 大炮可以打倒一切反动派! 写到"布衣总统"的称谓和来历;写到孙中山的铁路狂想曲……作者一一据实写来,气势磅礴。

其次,作者以学者之笔进行了历史的哲学的思考,角度新颖,深入浅出,引人思考。孙中山积中国革命之感慨,提出的"三民主义",是20世纪初期中国走向现代化的第一面伟大旗帜。作者在该传记"引子"中认为孙中山"提出了三大课题:民族独立——民主革命——社会革命,这涉及的正是现代化的前提——现代化的政治纲领——现代化的经济纲领。"②高屋建瓴,写出了作者的独特感悟。作者深层次地论述了"三民主义"的由来及深刻意蕴:认为一方面孙中山广泛熟悉纷纭复杂的资本主义社会,他去过英国的宪政俱乐部,到过爱尔敦农业馆,参观过李勤街工艺展览会,还与俄国爱国者交往;另一方面,孙中山潜心研究西方国家的政治、经济、军事、外交乃至农业、畜牧业、矿业、工艺制造方面的各类书籍,大英博物馆里经常留下孙中山伏案苦读的身影。作者还写了孙中山在1912年2月卸下总统重担后,他与黄兴约定,自己搞铁路,黄兴去大西北开发,共同

---

① 陈廷一:《孙中山大传》,团结出版社,2001年版,第198页。
② 陈廷一:《孙中山大传》,团结出版社,2001年版,第1页。

把民生主义推向一个实际实施的新阶段。孙中山念念不忘修筑20万里铁路的宏图,表示十年之内不过问政治,一心完成铁路修建计划,使中国在经济上富强起来,与欧美同步。

作者还以娓娓动人的文学笔法,细腻而诗意地抒写了孙中山的婚姻和爱情,写了他同宋庆龄的一见倾心的爱情和据理力争的婚姻,写了他们夫妻患难与共、相濡以沫的生死情爱。作者在史实材料的基础上展开了大胆的想象,集描写、抒情于一体,将一对伟人的爱情演绎得十分具体感人。如写到宋庆龄的单相思和她的"南柯一梦",作者直接走进了传主的心灵,并同传主进行心灵的对话:"中山啊,庆龄在爱你,你怎么这般粗心。要知道,这是少女最清纯的爱啊!……"① 作者还写了宋庆龄的梦,及他们就婚姻要过的"五关"——父母关、原配夫人关、党内关、社会舆论关、基督教会关。不但如此,作者还围绕着孙中山的人生轨迹和交往,写出了一系列革命者的经历、人格及其与孙中山的革命友谊与生死与共,从而既丰富了孙中山的人性魅力,也增添了作品的思想内涵和时代内容。

作者对孙中山尊重和崇敬之情凝聚笔端,融入书写之中,使其语言显得深情、典雅而优美。全书共25章,每章题目均用四字概括,简洁凝练,颇见功力。正题下又有内容的高度概括,纲目清楚。附录有三:孙中山生平大事年表、重要著作选编、本书征引参考书目资料,同时再现珍贵图片400幅,作为"大传",名副其实。

---

① 陈廷一:《孙中山大传》,团结出版社,2001年版,第427页。

第五节 石楠、梅志、林贤治

石楠(1938—),安徽太湖人。主要作品有:《画魂——潘玉良传》、《从尼姑庵走上红地毯》、《沧海人生——刘海粟传》、《张恨水传》、《陈圆圆·红颜恨》、《一代明星舒绣文》、《美神——刘苇传》、《亚明传》、《不想说的故事》、《海魄——杨光素传》、《百年风流》、《另类才女苏雪林》、《真相》等;文集《石楠女画家系列》(三卷)、《石楠女性传记小说选》;中篇小说集《弃妇》、《晚晴》;散文集《爱之歌》等。获各种文学奖十余项。

《画魂》是一部以真人真事为基础创作的传记小说。当时的石楠并不知道传记小说这个概念,也不知道该如何去塑造人物形象,只是由于爱,爱文学,爱笔下的人物,爱一个顽强地与苦难搏斗的灵魂,腕底文字就那么随着感情的激流涌荡着,于是一个鲜为人知的女画家由"孤儿——雏妓——小妾——教授——艺术家"的传奇历史,伴随着求索——奋斗的主旋律,走进了千家万户,令人耳目一新。于是,在海内外掀起了一股"张玉良热"。

《画魂》的意外成功,对文艺理论界提出了尖锐挑战:何谓传记小说,颇令传统文艺理论踌躇。于是,在如潮的好评之外出现一种声音,说既叫传记就不能叫小说,既叫小说,就不能叫传记。旨在将传记与小说对立起来。虽然已有理论家写出"传记、传记文学、传记小说"之类的文字,但真正从理论与实践上探索传记小说创作规律的还是石楠自己。她终于从英国《大百科全书》中获得了"传记小说"的权威定义。该书认为传记小说作为一种文学体裁不同于史传,它虽然也以真人真事为依据,但从艺术要求出发,可以虚构情节和人物。这叫石楠欣喜不已,使她对"传记小说"的艺术创造已开始由感性认识向理性认识飞跃。

石楠毕竟不是理论家,她一门心思地用创作实践来探索传记小说之真谛。直到一口气写完八部长篇传记小说,她才缓过气来在《不想说的故事》一书的后记中较完备地叙说了她的传记小说观。她说,我写过八部长篇传记文学,我把它们称作传记小说。顾名思义,这种文体是以真人真事为依据的小说,它是传记,又是小说。既是小说,就允许合并、虚构人物,腾挪细节,合理想象和艺术加工。她进而说,这种体裁,国外早就风行。她还拿《史记》中的人物传记为例,说司马迁即使掌握了翔实的史料,但他又怎么可能掌握到前人的一言一行和思维的真实活动呢?他笔下的人物形象理所当然也渗透了他的想象、推测。由此,她断言,自有传记作品以来,从来就没有一部绝对真实过。

石楠的传记小说,深受读者喜爱,就在于她舍弃了传主一言一行的形似,追求神真而形似,史实与艺术相统一的小说艺术手法。理性的自觉,带来了艺术的升华。石楠继《画魂》之后,相继创作了十多部传记小说,已构成一个庞大系列,在国内作家中并不多见。这些传记小说时间远近不同,而虚实相配有别。其远者如《柳如是传》、《陈圆圆传》、《张玉良传》,大抵为七虚三实;其近者如《刘海粟传》、《舒绣文传》、《刘苇传》、《梁谷音传》、《亚明传》、《张恨水传》、《杨光素传》等,则大抵为七实三虚。就传记因素而言,后者似较前者更真实;但就小说因素而言,则前者远胜后者,因其创作的空间与自由度更大,更能发挥其艺术创造力。

石楠的传记小说已经是中国文坛不可忽视的文艺现象。对此,苏中先生在为《安徽文学五十年》丛书作评的《包容与个性》中有精到的评说:"以《画魂》为代表的石楠的传记小说系列,是作家借鉴古人经验,独自探索出的新型小说体例。"[①]

梅志(1914—2004),江苏常州人。1914年5月14日生于江西南昌,2004年10月8日卒于北京,是中国一位著名的儿童文学作家和传记作家。她是中国左翼作家联盟的一员,在20世纪30年代,写了《小面人求仙记》、《小红帽脱险记》、《小青蛙苦斗记》等儿童文学作品。1934年与胡风结婚。1955年,在批判"胡风反党集团"的运动中,胡风被捕,之后,作为胡风的妻子、"集团中的骨干分子"的梅志,也被"劳动改造"。"文革"开始,刚获假释的胡风又被发配到四川,为了照顾他的生活,梅志也随同前

---

① 《文艺报》,2000年2月1日。

往,在监狱中与胡风一同度过了六年。

胡风死后,她用九年的时间完成了58万字的《胡风传》。这本厚厚的浸透着老人心血的《胡风传》,以平和的语调讲述了胡风不平凡的一生,实现了"说清楚"的承诺。

在《胡风传》之前出版的《往事如烟——胡风沉冤录》,平实并真实地记录了那段风云变幻的历史。在另一本《花椒红了》中,她对往昔的朋友们做了不尽的怀念。

《胡风传》在《文汇》月刊1986年第1期连载,此后三部分各有单行本出版。它分三部分:一、《往事如烟》,记叙"我"与胡风分离十年后,了解到的胡风被关在独身狱室的情景。二、《伴囚记》,记叙1966年初起"我"陪伴胡风被押往成都、苗溪农场等地的景况。三、《高墙中》,作者痛心地讲叙1967年至1979年间,胡风患脑病后的惨状。作品沉郁隽永地凸现出胡风耿介不阿、不畏权势、坚持独立思考的文化人格,为这位当代文坛最大的冤案获罪者清正名节,以事实与真诚为历史作证,动人心魄,发人深省。

林贤治(1948—   ),广东阳江人。诗人、学者。在他的写作中,文学和思想批评类的文章最有影响。他的《五四之魂》与《五十年:散文与自由的一种观察》曾传诵一时。《人间鲁迅》、《鲁迅的最后十年》,都曾引起广泛争论。选编有《绝望的反抗》、《鲁迅语录新编》、《野百合花》、《鲁迅档案:人与神》等数十种。其《人间鲁迅》初版有77万字,由花城出版社出版。第一部《探索者》出版于1986年9月,第二部《爱与复仇》出版于1989年1月,第三部《横站的士兵》出版于1990年5月。1998年3月花城出版社又推出第二版(上下卷),增至86万字。2004年1月,安徽教育出版社又推出修订版(上下卷)。

在《人间鲁迅》之前,国内外已出版不少有关鲁迅的传记。它们大都是从历史事件、著作、人物的政治、哲学、文学思想着眼进行描述和评价的,传主在某种程度上大体保持着孤傲冷峻的神性色彩;大都有意无意忽略了鲁迅丰富的个人情感、生活,忽略了他作为一个"人"的存在。作为

"民间思想家"的林贤治却独辟蹊径,以他睿智的笔触,把一个政治系统中的鲁迅和学院派语言系统中的鲁迅,还原为一个"人间鲁迅"。传记名为《人间鲁迅》,用意很明显,就是要把鲁迅从"天上"拉回"人间",从"神"还原为"人"——一个平凡的真实的人,一个有血有肉的人。该传正是以独特的视角、深切的情怀、散文化的笔调,描画了鲁迅这位"人之子"在创作、社交、婚姻、爱情、友谊等不同层面的人间感受与心路历程。

作为一部充满诗人激情和深刻思想性的传记文学,《人间鲁迅》真实地再现了鲁迅——"现代中国的一个伟大而独特的思想者"形象。他有独立的哲学品格,深厚的忧患意识,恒定的寂寞感,太超前的思想,传记写到了鲁迅深沉的苦闷、奋斗的孤独,以及奋斗所赋予他的稳定的、强韧的、崇高的品格。从"少爷"到"乞食者",从初婚的妥协到别一种火焰的爱情,从呐喊到刀丛里的抗议,从浴血的战斗到生死与共的友谊,从全身心的工作到死和"民众的葬礼",凡是有利于突出鲁迅伟大人格与精神力量的地方,作者都施以浓墨重彩,进行了细致的刻画与描写。

第六节 肖凤、廖静文

肖凤(1937—　　)，原名赵凤翔，北京市人。1959年毕业于北京师范大学中国语言文学系。1982年加入中国作家协会。2000年被评为北京市十佳电视艺术家。主要著作有：《萧红传》、《冰心传》、《庐隐传》、《韩国之旅》、《肖凤散文选》、《文学与爱情》、《天若有情天亦老》、《西城往事》、《名著的影视改编》（与人合著），等等。并主编《萧乾名作欣赏》、《萧红散文选》、《冰心散文选》、《女专家小传》等。多年来，肖凤致力于女性作家的研究，尤其是她为"五四"时期三位著名女作家做传，引起了广大读者的关注与认可。肖凤的传记文学写作追求"真善美"的统一，她力求写出真实的传主人生经历，展现传主善良博爱、个性非凡、坚强执著的文学艺术魅力，从方方面面歌颂美——人性美、人情美、大美和小美，从而呼唤人类自身与社会发展的和谐共鸣。传记文学创作中，肖凤以其独特的女性视角写独特的女性人生。

《萧红传》是肖凤的第一部传记，以其独特的女性视角来观察、思考萧红的一生。作者尤其对萧红的创作主题把握得非常准确，即萧红单刀直入地写到了生殖与死亡的问题。作者对萧红分别从生平、性格、思想、才华、人生历程的角度进行了多层次的描写。对于作者创作的《萧红传》的审美特征，大体可以从两个方面来了解。

首先，在传主独特的出身背景和所历社会环境中，凸显其个性和反抗意识。作者介绍的萧红无疑是一个个性主义者，也是一个个性解放的先驱，出生在辛亥革命爆发的年头，又成长在具有维新倾向的乡绅世家。思想的启蒙与独特的意识是萧红文学的特点，因此，萧红在人生中的成长启蒙，是本传记的一个审美亮点。具体表现在萧红为摆脱封建婚姻的束缚，毅然离家出走，寻求独特的人生，同时，也是为了追求更高的目标。

其次，作者是用一种凄凉美在欣赏和描写萧红的鲜明的个性。萧红的一生是短暂的，也是辉煌的，但同时也是极其痛苦的。尤其作者在描述萧红最后的日子的时候，其内心充满了抱怨和不平。作者很欣赏萧红的沉着冷静、果断、独立。

萧红有其自己独特的生活方式,她在失落和伤感中度过了她的很大一部分时间。从家庭到婚姻,似乎总是在痛苦中挣扎,也许正因如此,她才是一个具有独特人格魅力的女人。在作者的眼中,萧红和所有女作家一样,其思想和才华长期被人们漠视,私生活却不断地被爆炒。

肖凤《庐隐传》是有关庐隐生平的第一部详细的传记。除了介绍传主的生平外,对其作品也作了简明扼要的评介。书末附有庐隐著作目录以及庐隐的爱人李唯健和茅盾、刘大夫、谢冰莹、冯沅君、苏雪林等著名作家对庐隐的回忆和评论的文章。

作者以女性的细腻的体会和感触,客观地描写了庐隐的感情生活。庐隐是"五四"时期大胆冲破封建世俗的樊笼、勇敢追求自己幸福生活的新时代的典型人物。庐隐是一个与未婚夫解除了婚约的女子,又要嫁给一个故乡有妻子的男人,即使是在"个性解放"、"婚姻自主"的口号喊得震天响的"五四"时代,她的举动也引来了一片嘲笑与唾骂。在人们的诅咒声中,庐隐的不幸婚姻以郭梦良的病逝而告终。这个打击使得庐隐一蹶不振,一度曾有过厌世的想法。后来,庐隐认识了青年诗人李唯健。这段感情的开始,庐隐也一度经历了强烈的思想斗争,这一系列的情感变化真实的收录在《庐隐传》中。文学家的与众不同之处就在于她可以用手中的笔抒写出人生中每一个时期的情感变化,而肖凤又凭借自己独有的女性视角来开启传主心灵的窗户。

《冰心传》是肖凤继《萧红传》和《庐隐传》之后第三部传记,也是最能体现她一生的文学观"真善美"的统一的。

《冰心传》是一部文学性强、传主形象丰满、充满爱与童心的真实独特的传记。作者围绕五个问题进行构思:一是冰心毕生对于文学艺术的追求是什么?二是冰心在文学创作史上做出过什么贡献?三是冰心在自己的文学作品里写下了什么欢乐、痛苦、向往和追求?四是冰心提出了哪些人生的课题?五是冰心告诉读者哪些内心的秘密?通过这五个方面力求达到在冰心文学创作活动的介绍中,请广大的青年读者更加了解冰心,与冰心成为精神上的知心朋友的写作目标。

《冰心传》的主要内容是通过对冰心童年、青年、中年、老年不同成长阶段所反映的不同文学创作活动，以及不同的人生感悟的叙述和评论，来反映"真善美"的指导思想和文学追求。传记写到冰心从一个聪颖过人、喜欢幻想的小姑娘，到一个才思敏捷、温文尔雅的女大学生，再到一个虽然声名显赫却仍然温柔含蓄的中年妇女，最后到一个儿孙满堂的幸福的老祖母的非凡的成长历程。"真"，是冰心坚持了一生的文学观。她在年轻的时候，就提出过自己的文学理想"只是一个字'真'"，"能表现自己的文学，就是'真'的文学"的主张。她在自己的小说《遗书》里，也曾借着作品中的人物宛因之口，抒发过她本人对于写作"真"的文学的见解。她在长达60多年的文学创作活动里，都在沿着她为自己规定的这一"真"和"善"、"美"的文学理想而前进。肖凤通过冰心的全部创作活动，勾勒出冰心毕生对于文学艺术的追求，勾勒出冰心在"五四"运动以后的文学创作史上做出过什么贡献，勾勒出冰心在自己的文学作品里写下了什么欢乐和痛苦、向往和追求，提出了哪些人生的课题，从而体味冰心老人影响读者最大的便是爱与童心的结合，肖凤正是抓住了与传主冰心心与心的对话的机会。

廖静文（1923—　　），1944年与著名画家徐悲鸿结为伉俪，情深意笃。但是，他们仅共同生活了九年，徐悲鸿就与世长辞了。从1956年起，廖静文怀着深沉的爱开始寻访徐悲鸿旧迹，着手收集有关他的资料。正值徐悲鸿纪念馆重新建成之际，她献上了这部情真意切、笔触细腻、文字优美的传记作品——《徐悲鸿的一生》。

《徐悲鸿的一生》，不仅复现了徐悲鸿传奇的一生，而且极具艺术眼识地评析徐悲鸿的创作。作品分上下两部分：上部用第三人称叙述，从徐悲鸿童年写起，一直写到1942年他筹办中国美术学院，在桂林与"南国社"友人田汉、欧阳予倩相聚；下部改用第一人称，回忆自己与徐悲鸿在桂林相识结缘，直到他逝世后，人们对他的爱戴之情。书中铺叙了徐悲鸿的社交活动和感情历程，细节真实，具有相当丰厚的社会历史容量。作品还自然真挚地披露了自己与爱人徐悲鸿两情相悦的内心世界，感人至深。

这部足见真人真情的传记文学,在 80 年代初,为文学冲破人情、人性禁区,开辟了一条审美的新路。

艺术家传记写作的独特研究性质,决定了传记作者要用艺术的眼光去发现和阐释传主艺术生命的奥秘,并对其进行价值判断。《徐悲鸿的一生》共 65 章,贯穿其中的主线就是对传主卓越艺术生命的讴歌,并由此演化了传主高洁真挚的爱国情操。

首先,作者真实地再现传主的人生道路、生命历程,叙写传主的生命景象,进而揭示出这生命历程的每一步同时代、社会发展的内在联系。

徐悲鸿的父亲就是绘画的天才,完全靠自学,成为当时家乡的一位知名画师。徐悲鸿遗传了其父的才能禀赋,自幼喜爱绘画,20 岁只身离家去上海求职学画失败,靠着"一个人到了山穷水尽的地步而能够自拔,才不算懦弱"的信念,再去上海并考取震旦大学,进而去日本、北京、留学巴黎。期间与穷困潦倒的抗争、为艺术锲而不舍的精神让人震撼。

其次,作者以徐悲鸿的画入其"传",不仅精确、透辟释读徐悲鸿的画,恰如其分地把握徐悲鸿的情感脉搏和生命轨迹,还从时代氛围、民族意识和传统文化等方面,去探索徐悲鸿的人性和人情。

传记重点介绍了徐悲鸿几幅油画的取材、创作背景、主要内容特色乃至历史地位,诸如《田横五百士》、《九方皋》、《溪我后》、《愚公移山》等。我们看到,廖静文不仅对徐悲鸿的作品进行了评介,而且也全面反映了传主的经历与创作动机,从而由思想和作品两个向度上展开,写出了传主在思想和创作方面探索、追求的经历。

同时,作者主要通过徐悲鸿的教学生涯及对艺术珍品的收藏,再现了传主强烈的爱国情操以及高尚的艺术教育家的品格。

徐悲鸿一生无论怎样坎坷多舛,始终不渝地挚爱着学生和教学,学生们都无比尊敬和爱戴这位严格的师长。徐悲鸿始终坚持对学生进行严格的素描训练,使学生打好基本功。而其素描教学的宗旨是:"宁方勿圆,宁拙勿巧,宁脏勿净。"

作者详尽地解释了这一宗旨,并且透过一个个教学细节,令人信服地看到这是引领初学绘画的学生健康步入艺术的坦途。徐悲鸿一生引领资助了许许多多贫穷而有才华的青年学生,吴作人、刘艺斯、吕霞光、滑田友、蒋兆和等等,他们中的大多数后来成为大师级的艺术家,为我国的艺术事业做出了卓越的贡献。

作者还用写实与抒情融合的笔法,浓墨重彩地抒写徐悲鸿对艺术珍品的收集购藏。可以说徐悲鸿一生几乎是倾囊收藏艺术珍品,这里有真正的艺术家对艺术的天生挚爱,更重要的还是一个人民艺术家的拳拳爱国之心。

传记还通过写徐悲鸿的亲情、爱情、友情和才情,为我们刻画出一个品德高尚、真挚谦和、才华横溢的个性鲜明的传主形象。作者客观真实地再现了徐悲鸿与蒋碧薇的爱情及因后来"志不同"的离异,深情地追忆了自己与徐悲鸿的刻骨铭心的真爱。作者在传记下部集中介绍了他们坎坷而美好的恋爱过程,有许多生动细腻的描绘。

传记还写到了徐悲鸿的人际交往。他爱才、惜才,重友情。作者对徐悲鸿许多"君子之交"的友情给予了肯定,其中着墨最多的是徐悲鸿与齐白石老人的莫逆之交:先写徐悲鸿不墨守成规,破格聘请齐白石为北平艺术学院教授,当时齐白石没有学历,连小学都没有教过;再写两人一见如故,对艺术有许多相同的看法;后写徐悲鸿三顾茅庐终于打动了齐白石,并亲自坐马车迎接齐白石等等,甚是感人。

《徐悲鸿一生》艺术特色鲜明,在注重史实的同时,特别注意追求文学的审美情趣。通体表述激情澎湃、生动优美,以诗一样的语言刻画了传主形神兼备的艺术家形象。

作家作品分述(三)

第七节　吴崇其、江才健、徐光荣

吴崇其(1939—　　),1968年大学毕业,1979年调入中国医学科学院、中国协和医科大学。自1979年至今已先后发表哲学、文学、法学以及通讯等各种文章、专著、编著等60余篇(部),计600余万字。他创作的一系列有关著名医学家林巧稚的传记作品,在社会上引起了较大的反响,受到读者的喜爱。早在1985年,中国青年出版社便出版了他与邓加荣合著的近28万字的长篇传记文学《林巧稚》(初版本);1989年,科学普及出版社又出版了他的中篇传记文学《生命的护神———妇产科专家林巧稚》,此外,他还为林巧稚写过长篇通讯以及八万余字的电视剧本。初版《林巧稚》问世以后,他在过去创作的基础上着手修订,终于在1997年由福建科学技术出版社推出长达33万字的《林巧稚》(修订本)。

《林巧稚》是吴崇其长期积累真实的素材、经多年酝酿构思并反复修订的丰硕成果。这部传记全面、艺术地展示了林巧稚长达80余年的坎坷、传奇的一生,以细腻、娴熟、充满激情的笔触,栩栩如生地刻画了我国妇产科学的开拓者林巧稚的高尚人品、高洁情操和高超医术,处处闪耀着人性的光辉。

"真实性、典型化和时代感的有机融合",①是作者写作的一大特色。林巧稚的生平经历相当曲折而独特,她的一生乃是现代中国历史激流中的一个重要的方面。80余年漫长的人生历程,她经历了清朝灭亡、辛亥革命、军阀混战、抗日战争、民国政府、新中国成立以及"文化大革命"、粉

---

① 全展:《中国当代传记文学概观》,黑龙江人民出版社,2004年版,第154页。

碎四人帮这样一些重大的政治变革。她出生于1901年英租界里的一个社会下层的教员家庭,从小受到父兄的怜爱,生长在海边,养成了活泼、好胜、倔强、多问的习性。五岁时慈母死去,父亲病倒,八岁时始进教会学校接受正规教育。父亲的开明与平等意识、西方教育的背景、女校长玛利·佳林的独特性格影响了她,在"五四"时代的浪潮中,她以一个自立自强的现代女性的身份求学,直至受到最好的医学教育。从少谙世事的女学生变成誉满中外的妇产科专家、中科院学部委员,从一个虔诚的基督信徒变成参政议政的社会活动家,从人道主义、爱国主义走向社会主义,其间的路程心史更是细心的传记作者着力描述的内容。

林巧稚是现代东方女性的完美典型。作为才女,她少时的聪颖勤奋,大学八年的刻苦攻读和出类拔萃(获得"文海"奖学金的唯一女性),妇产科手术的娴熟轻巧,在全书中都有着生动的记述。她被傲气的西洋博士誉为"中国的天才",这不仅表现在她的医术精湛,临床上的灵敏果断上,更充分地体现在她那魅力无穷的现代人格风貌之中。她不屈不挠,敢于蔑视性别歧视。为了成为协和妇产科里的第一位女医生,她忍痛含泪在苛刻的聘约(不能结婚生育)上签了字。1932年她去英国访问学习,当协和医院想改变她的妇产科专业时,她毫无顾忌地拒绝了。抗战爆发后,她的科主任在回英国时动员她一同去,林巧稚毫不犹豫地说:"我是一个中国医生,我命中注定要为中国女人治病!"如此种种,传记真实地体现着这位东方女性的素养、气质、性格和品德。

"炽烈的情感与严谨的表述,内在的境界与外在的故事熔为一炉,是《林巧稚》的另一显著特色。作者以散文笔调叙述事件,描绘场景,刻画细节,具象可感。"[①]文本中的场景描述,或源于实地考察,或借用间接材料,都富有现场感。细节的刻画与心理的剖析,对人物描写也起了重要作用。如林巧稚一生中都喜爱花,她的床头柜、书桌上、衣领前都有心爱的花儿与她相伴,她感到在花的美丽纯洁的风骨中,藏有一颗美丽而纯洁的灵魂和一股为了净化这颗灵魂而需要坚守、抗争的品格、毅力。

作者写作结构严谨,布局巧妙。作者以林巧稚追悼会上的一幅巨型

---

① 全展:《中国当代传记文学概观》,黑龙江人民出版社,2004年版,第156页。

挽联为主线,巧妙组织材料,全面展示了林大夫的一生。"创妇产事业,拓道、奠基、宏图、奋斗,奉献九窍丹心,春蚕丝吐尽,静悄悄长眠去","谋母儿健康,救死、扶伤、党业、民功,笑染千万白发,蜡炬泪成灰,光熠熠照人间"。作为一名妇产科专家,林巧稚始终如一地关注女性的命运。经她双手接生过的孩子(取名念林、敬林、仰林、怀林……)有五万人之多,她获得了孩子和母亲的挚爱。她恪守医生的天职,对那位普通的病人董莉将近20年的观察与随访,抢救那个内蒙孕妇的孩子时的尽心竭力,戴着"资产阶级反动学术权威"帽子的时候竟然为"大黑帮"的女儿治病……这些故事都凸显了她关怀和理解女性的博大情怀。为了在艰难的医学跋涉中争取成功,林巧稚不得不舍弃了许多许多,包括婚姻和家庭,"作者一一如实道来,多维地展示了她作为普通人的喜、怒、哀、乐,以此来表现人物丰富的内心世界"①。

江才健(1950—　),博士,台湾辅仁大学数学系毕业,资深科学文化工作者。曾任台湾《中国时报》科学记者、主编和主笔,从事科学报道和论述工作20余年。著有《大师访谈录》、《物理科学的第一夫人——吴健雄》、《规范与对称之美——杨振宁传》等。

作者花了六年时间写成的《吴健雄传》在台湾时报出版公司和大陆复旦大学出版社先后出版后,受到了读者的热烈欢迎。这本传记受到读者的欢迎并非偶然,作者曾花费了大量的心血,拜访了几乎所有与传主有关系的人,他几经挫折,获得吴健雄信任而得到的访谈内容与资料,深入探索了女科学家许多不为人知的故事。十年前,江才健受到诺贝尔奖得主杨振宁的鼓励,有了写吴健雄的传记的念头。他相信,她的成就高过很多诺贝尔奖得主,可是,终究因为她没得奖,社会对她没有相应的认识。生于1912年的吴健雄,与许多现代史上的名人均有往来,江才健也把他们的关系穿插到传记里。1942年,吴健雄和袁家骝在加州结婚那天,后来主导中国发展导弹卫星计划的钱学森,还曾替婚礼拍下一部电影。

江才健费时多年所完成的《规范与对称之美——杨振宁传》是一部甚

---

① 全展:《中国当代传记文学概观》,黑龙江人民出版社,2004年版,第157页。

具雄心的书。全书共分16章,厚500多页,称得上体大思精,内容丰富;重要的是,作者对书中所叙各节,每能以文献或访谈纪录佐证,即使对杨振宁院士学术生涯中若干事件的分析,也尽可能秉持客观析论的精神,避免臆测之辞。作者这本传记不仅翔实叙述杨振宁的出身家世、求学过程、学术生涯、科学成就、家庭生活,更及于过去30年杨振宁与大陆、台湾、香港,乃至新加坡等华人地区科学界的互动情形。

江才健尤其花了不少篇幅,记述杨院士自20世纪70年代开始,如何排除万难,身体力行,协助大陆的科学发展,其中曲折,读来令人动容。杨振宁那一代的科学家生于忧患,成长于中国积弱之秋,心怀家国之痛,多少继承了"五四"余绪,感时忧国是很自然的事,他们的心情也因此必须摆在中国近代历史的脉络中才能够体会。这是习于党同伐异的人所不容易理解的。作者在叙事之余,还意图在这本传记中借杨院士的际遇作为,勾勒杨院士家国之思、亲情之爱、科学品味与人格信仰。这本传记因此不仅是事件的堆积而已,我们还看到作者如何尝试赋予这些事件伦理与文化意义,企图借此带领读者进入杨振宁的心灵世界与价值体系。这是这本传记之所以引人入胜的地方。杨振宁被公认是当代最有成就的物理学家之一,他的研究涵盖了近代物理学的许多重要领域。

江才健这本传记几乎是以编年的方式,相当详尽地叙述杨振宁在各个领域不同阶段的研究与发展。由于杨振宁在近代物理学研究的世界级地位,这一部分的叙述其实也可以被视为近代物理学若干领域的发展史。这确实是一部相当动人的科学家传记。透过这本传记,我们不仅可以了解杨振宁的学思生涯,也可以管窥中国现代物理学的发展,更可以掌握近代物理学的流变与演进。

徐光荣(1941—   ),辽宁辽阳人。1963年毕业于沈阳教育学院中文系。出版《徐光荣诗选》、《烹饪大师》、《赵一曼》、《血色残历——九一八事变纪实》、《科技帅才蒋新松》、《硬汉马俊仁》、《国宝鉴定大师杨仁恺》、《一代宗师——化学家张大煜传》等。

徐光荣与蒋新松院士相识15年,是唯一在蒋新松生前进行全程采访他的作家,也是最早和最后采访蒋新松的作家。曾著有《魂系人工智能王国——蒋新松传》(1990年)、报告文学《魂系机器人》(1997年)、长篇传记文学《科技帅才蒋新松》(1999年)。作者以热情的笔调、朴实的手法,记述了中国工程院院士、国家"863计划"自动化领域专家蒋新松的生平事迹。蒋新松(1931—1997),江苏江阴人,中国工程院院士,国家"863"计划自动化领域首席科学家,中国科学院沈阳自动化研究所原所长。在人工智能、机器人和CIMS等自动化世界科技前沿领域卓有建树。被誉为"中国机器人之父"、"当代中华科技英才"。1997年3月30日因突发心脏病逝世。

我国高科技"863"计划实施十年来,蒋新松连任四届自动化领域首席科学家。他以战略科学家的远见卓识,提出的我国自动化研究领域人工智能和机器人与CIMS系统两大目标,都取得了飞速的发展。作为中国人工智能和机器人研究的开拓者之一,他领导并成功主持了一系列工业机器人和水下机器人的研制,把我国水下机器人的研究推向了世界领先水平。在他领导下,我国计算机集成制造系统(CIMS)技术进入国际先进行列,获得了美国SME"大学领先奖"和"工业领先奖"。

人们怀着钦敬,称誉他为"中国机器人之父"。人们欣赏他在科技领域指挥集团军作战的胆识与魄力,公认他是科技帅才,是新中国培养的像钱学森、李四光一样的杰出的战略科学家。从20世纪70年代初蒋新松就关注着世界新技术革命,尤其注重自动化领域高技术信息的搜集与理论探讨,这时已逐步形成自己发展中国自动化领域研究独到的见解。因而,到北京一投入"863"计划的制定,他活跃的思想,具有战略眼光的论述就受到同行的肯定,他被推举为自动化组组长。他提出的自动化高技术的两个主题——CIMS和智能机器人得到大家的认同,并写进《纲要》。

作者以真实的笔触,生动地描述了蒋新松这个中国自动化高科技领域的指挥者率领他的科研队伍向研制CIMS和智能机器人这两个前沿目标挺进的艰难曲折的经历。在作者笔下,我们看到了一个心中只装着国家发展、人类进步的科学家的风采,特别是写到他有"活着干、死了算"的话在先,后来真的就累死在工作岗位上的一笔,读了令人肝肠寸断!

第八节　桑逢康、赵云声、王慧章

桑逢康(1936—　　)，作家，中国社会科学院文学研究所研究员，中国作家协会会员。生于山东肥城，1959年毕业于四川大学中文系。曾任新华社编辑，后从事现代文学研究与创作，已出版的主要著作有：长篇文学传记《荣氏家族》、《感伤的行旅——郁达夫传》，长篇小说《此情可待成追忆》、《友人·情人·路人》，中篇小说《被囚的普罗米修斯》、《赴美华人录相》，学术专著《茅盾的小说艺术》，论文集《现代文学大师品评》。曾参与《郭沫若全集·文学编》的编辑工作，并有《〈女神〉汇校本》面世。20世纪90年代的企业家传记文学创作中，桑逢康的《荣氏家族》较为引人注目。作品以市场经济的全新视角、卓越丰满的传主形象、鲜明浓郁的民族特色，确立了其在中国当代传记文学史上的地位。

作者以市场经济的全新视角诠释现代中国最大的民族资本集团。《荣氏家族》是一部宏伟的长篇史诗。第一部主要描写荣氏家族的创业过程与发展变化，叙述荣宗敬和荣德生兄弟二人富于传奇色彩的一生。他们初开钱庄，转兴实业，创立名牌，开拓市场，最终赢得"面粉大王"和"棉纱大王"两项桂冠。第二部描写荣氏第二代，重点写荣毅仁从"少壮派"资本家到"红色资本家"的变化过程，经历反右和十年浩劫，新时期施展宏图，组建中信公司，一直到担任国家副主席。第三部主要描写散布在世界各地的荣氏家族成员在不同国度里的遭遇、奋斗。作品史诗般地描绘出荣氏家族不愧是现代中国最大也最具代表性的民族资本集团。

桑逢康的传记以传主形象卓越丰满著称。《荣氏家族》刻画了民族实业家的正面形象，荣氏家族的开创者荣宗敬、荣德生兄弟是作者着力表现的两个传主形象。他们靠父亲积攒下来的1500元钱跻身于工商界，艰苦创业，成为中国最大的民族资本工业集团。他们擅长经营之道，在实践中探索出了一套套丰富的管理经验。作品还以较大篇幅描写他们在国内率先进行管理体制改革，废除封建工头制，重用人才，并兴办全国第一个工人自治区，兴办大中小学和地方公益事业的非凡经历，一代民族资本实业家的进取精神展现在读者眼前。荣氏兄弟的性格特征十分鲜明。浓厚的家族观念和民族气节;关心时事,勤勉好学;精明强干,经营默契,是他们的共性所在。他们的个性更为精彩。兄长荣宗敬素有"无锡拿破仑"之称,他刚毅威严,胆识过人,但性急冒险。其弟荣德生憨厚稳重,谦恭藏拙,但笃信占卜。传记多侧面比照人物性格,使传主的共性与个性得到了较好的统一。

《荣氏家族》具有浓厚的民族特色。作品的民族风格,"首先表现在主题的开掘上"①。传记所着重描写的荣氏家族主要成员艰苦奋斗的精神,裕国利民的热忱,坎坷曲折的传奇经历,表现了爱国的资本家的自强振兴的民族精魂。传记的民族风格,还体现在艺术手法的运用上。作者从大量历史资料里提取类似小说的细节情节,采用我国传统的叙事结构,注重人物刻画,情节一波三折。语言的民族化是作者的又一特征。"作者将白话、文言、口语熔为一炉,使之成为具有鲜明民族特色、地方色彩"②,而又切合人物情节的文学语言。

赵云声(1942—　　),吉林四平人,1965年毕业于吉林大学中文系,现为中国国家话剧院一级编剧。长期以来,除从事话剧创作外,近年还涉及电视剧、广播剧、小说、报道文学、传记文学及文艺评论等领域。主要作品有:电视剧《少帅传奇》、《特殊连队》、《金漩涡》、《乱世风云乱世情》、《尴尬人生》等;话剧《皇姑屯风云录》、《了了恩仇》、《转折》、《戊戌政变》等;中篇小说集《中国报刊连载小说精华》(上下册);长篇传记《赵四小姐与张学良将军》、《中国话剧皇帝——金山》。此外,还主编出版大型传记《中国大资本家传》和《中国工商的四大家族》、《将帅夫人传》等。

赵云声是一位具有创作敏锐性和社会责任感的作家。90年代初期,改革开放的伟大实践,人们的精神生活和物质生活得到了前所未有的丰富和提高,此前以写将帅传记闻名文坛的赵云声迅速调整创作视点,大胆

---

① 全展:《中国当代传记文学概观》,黑龙江人民出版社,2004年版,第175页。
② 全展:《中国当代传记文学概观》,黑龙江人民出版社,2004年版,第176页。

涉笔经济社会领域,把目光迅速投向了火热的经济生活,为成功的企业家树碑立传。曾有许多人劝他不要用《中国大资本家传》这个敏感的书名,他说:"半个世纪的尘埃该拂去了,现在到了给他们一个公允评价的时候了。"[①]正是基于这种深刻的思索,赵云声主编了十卷400多万字的大型传记文学丛书《中国大资本家传》。《中国大资本家传》丛书和《中国大资本家传记系列丛书》问世以后,得到了海内外各方人士的鼓励与赞誉。

两套丛书气势庞大,传主众多。丛书收选的时间是以1949年为界,传主均为1949年建国前在大陆资本雄厚、名望甚高、经营有道的大资本家。其中有在南通创办中国最早的民族纺织工业的"状元"张謇、北洋实业的开拓者周学熙、中国化学工业的奠基人范旭东、终生从事航运业的卢作孚、金融巨子陈光甫、火柴大王刘鸿生、味精大王吴蕴初、猪鬃大王古耕虞、在"文革"中因刘少奇的一句"剥削有功"而罹难的宋棐卿、专营国货精品的宋则久、最早为工人建造"功德堂"的刘国钧、机器制造工业的前驱严裕棠、同仁堂传人乐松生,上海工商界领袖朱葆三、叶澄衷、虞洽卿,以及作为集团企业的荣氏家族、郭氏家族等37人。

两大套丛书重点描绘了大资本家的家世渊源、传奇经历、成长秘诀和经营之道,特别是20世纪初他们的富国裕民的创业奇才和实业救中国的爱国情操感人至深。赵云声的戏剧创作为为其提供了丰富的民族资本家的原始材料。"近十余年,由于创作的需要,一直在民国前后这一历史时期徜徉,这使我接触了一批有关民族资本家的原始材料,这些材料渐渐吸引了我,并使我产生了浓厚的兴趣。"[②]

由于创作电视剧,作者亲自采访了几位健在的大资本家与他们的亲朋故旧,经过接触,作者越发感到这些大资本家绝不是我们过去所受教育留下的那种印象,都是些坑蒙拐骗、唯利是图的利禄小人,恰恰相反,他感到这些人大多数不仅有修养、有抱负、目光敏锐、才智隽永,而且是忧国忧民的高素质的人物。他们之所以能成为大资本家,都是凭借自己的才智

---

① 段威:《拂去历史的尘埃》,《南方周末》,1993年9月25日。
② 赵云声:《中国大资本家传·序》,时代文艺出版社,1994年版,第12页。

和毅力、经历一番艰苦卓绝的个人奋斗才取得成功的。抢救祖国的这份宝贵的遗产,是作者的愿望,也是其编写这套丛书的初衷。企业的振兴与创业过程中所经历的曲折、所积累的经验与教训,对我们改革开放的今天,越来越具有极大的借鉴意义。而要做到这一点,作者认为首要的是对这些大资本家要有一个公正的、客观的、实事求是的评价。的确,丛书所收选的37位传主,人人都有一部起伏跌宕、可歌可泣的奋斗史、经营史、发家史。尽管他们仅仅是中国近代企业开拓者中的一小部分,且由于篇幅和材料来源的限制,丛书所收选的又仅限于中国近代工商业各门类中的首创者,或是在全国有较大影响的企业的代表人物和主要经营者。但尽管如此,作者仍力图通过对这些历史人物的描绘,能对中国的近代企业、对中国的民族资本家,勾勒出一个大致的轮廓,对他们有一个客观公正的评价,进而借以帮助人们更好地认识中国国情、更好地借鉴这一历史经验。

丛书所选的传主们,是在曲折复杂、步履维艰的背景下,演示了他们搏击奋斗的历史,展示了他们创业的奇才。他们之中,为了实业救国,有的放弃了科举功名、高官厚禄;有的舍弃了外国企业的优厚待遇、归国创业;也有的自小发奋,从学徒做起,兢兢业业,创建了一批有利于国计民生的民族工业,给贫弱的祖国注入了新鲜的血液。更为可贵的是,这批大资本家身上,大都充溢着强烈的爱国情愫。在国难当头时,涌现了一批抵制洋货,大力倡导国货的英杰人物。特别是当日本帝国主义的铁蹄踏入我们的国土之后,这些资本家更表现出崇高的民族气节,有的毁家纾难,以钱力物力支援抗战;有的则在敌人的威胁利诱面前英武不屈、高风亮节,甚至为此献出了生命。

王慧章(1920—   ),浙江宁波人。新中国成立以后,一直在全国工商联《工商界》杂志任职。在近40年的编辑生涯中,广泛接触各种类型的民族工商业家及其代表人士,发表有关报道、访问记等超过200万字。1978年开始写作《猪鬃大王古耕虞》和《王光英传》等民族资本家传记。这些传记生动地刻画了爱国民族资本家的创业开拓精神,介绍了他们的企业经营管理经验,特别是他们接受社会主义改造的历史原因和社会背景。

《王光英传》于1999年2月由人民出版社出版,堪称90年代企业家传记代表作之一。传记最主要的成就在于作者系统、全面、详尽地描述了传主的坎坷人生、艰苦创业的奇迹,较好地把握了传主的精神特质,展示了传主独具魅力的人格力量。王光英是名扬海内外的"红色资本家"。他以技术起家,富有市场经济知识和企业经营管理经验,又有强烈的开拓精神,他的成功之路,给人们许多启示。"他就成了由技术起家的资本家。但他看中的不是什么'技术股',而是宗家的那些工厂已有一定规模,他要借这些工厂施展自己的技术才能。"①这正是"借鸡下蛋"的创业谋略。

作者十分客观、真实而动情地披露了传主对中国共产党的深厚感情。王光英的家世与身世富有传奇性。他的父亲是民国初北京政府的高官,有民族气节。他的母亲出生于资产阶级家庭,但解放以前,她掩护过中共在北平的地下组织。她养育了11个子女,其中六个是抗战时期和解放战争时期入党的共产党员,而且有五个是出生入死的地下党员。王光英曾两次要求加入中国共产党,但都没有如愿,原因是党的领导人都"希望他身在党外,心在党内"②,这样,他能起的作用就或许比他入党更对国家有利。王光英没有辜负这个期望,几十年如一日,他积极带头参加社会主义改造运动,为中国社会主义革命和建设做了许多好事,"文革"中虽备受折磨入狱八年,仍对自己的信念矢志不渝,对中国共产党和社会主义一往情深。

作者以纵横开阖之笔力,全方位立体地展示了传主改革开放后大展宏图,创办光大实业公司,在国有企业中第一个把总部设在香港,并"立足中国,面向海外;立足当前,面向未来",为祖国经济发展付出了不懈的努力。王光英任光大实业公司董事长期间,川流不息地有许多欧美、日本、东南亚、中东等国家的政治、经济、企业首脑或科技界名人登门造访。他

---

① 王慧章:《王光英传》,人民出版社,1999年版,第58页。
② 王慧章:《王光英传·序》,人民出版社,1999年版,第3页。

在香港七八年间,成了新闻人物。王光英说"发大财要奔向全世界"[1],光大是个外向型企业,经营规模要"奔向全世界"的法宝就是"一靠人缘,二靠传媒"[2]。

作者对传主的社会外交活动给予了极大的关注。王光英是有名的民间外交家,与尼克松、基辛格、竹下登等国际名人都有交往。美国马里兰大学授予他名誉法学博士学位,比利时国王也授予他王冠勋章。作者还以诗一样的语言刻画了传主具有的"关山飞渡"的气质与性格,诸如传主喜爱帕瓦罗蒂的原因是其说过"艺术只有梦想",喜爱加莱·古柏的电影是因为其长于表演早年开发美国西部的拓荒者。总之,作者与传主相交近50年,他以一个个有根有据、有情有趣的故事,让人们走近了王光英坎坷、传奇而又精彩的世界。

---

[1] 王慧章:《王光英传》,人民出版社,1999年版,第388页。
[2] 王慧章:《王光英传》,人民出版社,1999年版,第388页。

第九节　新凤霞、董竹君

新凤霞(1927—1998),原名杨淑敏。评剧青衣、花旦。籍贯江苏,约20世纪20年代生于苏州,由人贩卖到天津,后由老舍先生设计以阴历12月23日为生日。童年时期随"姐"杨金香学习京剧,13岁拜王仙舫、邓砚臣、张福堂等学习评剧,15岁即开始担任主演。这一时期新凤霞主演了《乌龙院》、《女侠红蝴蝶》、《可怜的秋香》、《双婚配》、《三笑点秋香》等剧目,在天津、上海、济南、秦皇岛等地获评剧观众的好评。

作为一代评剧皇后,新凤霞经历了新旧两个中国的世事沧桑,是红极了近半个世纪的戏曲艺术大师。人到晚年,曾经沧海,无限夕阳。她把自己多年来一字一句写下的文章荟萃成集,从苦难的贫民窟到古雅的四合院,从绚丽的大明星到病残的普通人,新凤霞在大起大伏的坎坷生涯中做了一次次惊心动魄的人生取舍,无论是作为艺人还是作为女人,她的取舍都可歌可泣,耐人寻味。刚刚完成自传《我叫新凤霞》[1],她便溘然长逝,给热爱她的观众和读者留下了一本感人至深的自传。

《我叫新凤霞》分为"我和祖光"、"我和家人、师长和朋友"、"我和我的评剧艺术"、"我和天桥"、"我的人生感悟"五部分。作者在书中做到记述的人、事和自己的感受都是真实的,也向读者讲述自己评剧艺术工作中的执著和追求。作者用富有激情的文笔记录了她和丈夫吴祖光的相知、相恋、相随的一生,在她眼里,"祖光是个少有的好人"[2]。几十年的风暴雷雨都没有动摇他们的爱,他们的爱是永恒的。

作者浓墨重彩的当然是其一生追求的评剧艺术。1949,新凤霞来到北京组织了北京凤鸣剧社并担任主演。1950年,在共产党的戏改方针的指引下,成立了北京首都实验评剧团,新凤霞任主演兼团长。1951年,新凤霞调入中国人民解放军总政文工团解放评剧团任主演兼副团长。1953

---

[1] 新凤霞:《我叫新凤霞》,北京出版社,1998年版。
[2] 新凤霞:《我叫新凤霞》,北京出版社,1998年版。

年,新凤霞调入中国戏曲研究院中国评剧团一队任演员。1955年,中国评剧院成立,新凤霞在中国评剧院一团任演员、院艺术委员会副主任、主任、名誉主任。

新中国成立初期,新凤霞怀着对党深厚的感情和极大的政治热情投入到党的文艺队伍中,走上了为社会主义服务,为广大人民群众服务的艺术道路。她亲自执笔创作演出了以她个人经历为题材的大型评剧现代戏《艺海深仇》,给观众留下了深刻的印象。《刘巧儿》是新凤霞青年时代主演的一出在全国产生重大影响的剧目。在这出戏中,新凤霞成功地塑造了刘巧儿的艺术形象,并创造了有其自己特点的评剧疙瘩腔唱法。在《刘巧儿》的创作过程中,新凤霞得到了许多文艺工作者的热情帮助,新凤霞和这些同志愉快合作,首开了戏曲工作者与新文艺工作者联手创作的先河,为戏曲艺术的革新与发展做出了示范。继《刘巧儿》之后,新凤霞在根据鲁迅同名小说改编创作的评剧《祥林嫂》中成功地塑造了在封建社会受尽摧残迫害的劳动妇女祥林嫂的艺术形象,她的唱腔也展现了深层次的艺术魅力,进一步发展了新派演唱艺术。

推陈出新的传统评剧《花为媒》是新派艺术的经典之作。新凤霞以纯熟的演唱技巧,细致入微的人物刻画,塑造了青春美丽富有个性的少女——张五可的艺术形象,从而将新派艺术推向了高峰。这一时期新凤霞主演了《志愿军的未婚妻》、《会计姑娘》、《春香传》、《乾坤带》、《金沙江畔》、《无双传》、《杨乃武与小白菜》等几十出剧目。她所塑造的刘巧儿、祥林嫂、赵淑华、李秀英、春香、银屏公主、珠玛、无双、小白菜等一系列的艺术形象为评剧画廊增添了一幅幅绚丽多彩的篇章,为后人留下了宝贵的艺术遗产。

新凤霞和音乐工作者一道在这些剧目中创造了众多的新板式和新曲调。在《乾坤带》中创作演唱了凡字调大慢板,在《无双传》中创作演唱了反调大慢板,在《春香传》中创作演唱了三拍子调,在《金沙江畔》中创作演唱了格登调,在《三看御妹》中创作演唱了降香调,在《调风月》中创作演唱了蜻蜓调,在《六十年的变迁》中创作演唱了送子调。这些新板式和新曲调极大地丰富了评剧的唱腔艺术,为评剧向大剧种的发展做出了前所未有的贡献。作者的写作定位与视角,是突出自己作为一个艺术家的品格、精神、情趣,而非演艺圈中的明星人物,这自然而然地提升了传记的品位与深度。

新凤霞以她那坎坷的一生及丰富的阅历,克服常人不可想象的困难,辛勤耕耘,创作出版了《新凤霞回忆文丛》四卷、《人缘》、《评剧皇后与作家丈夫》、《舞台上下》、《少年时》、《新凤霞卖艺记》、《我和皇帝溥仪》、《发愁》、《以苦为乐》、《艺术生涯》、《我当小演员的时候》、《我与吴祖光》、《新凤霞的回忆》、《新凤霞说戏》等约400万字的文学著作。

《我叫新凤霞》文笔简练、文风朴实。作者的积极和入世,早已超出了通常意义上争名夺利的范畴,而显得十分的淡然和超脱。传主的人生奋进源自内在的冲动和激情,及对做人的一种自律要求。文本是散文式的,其文字时时散发出温馨的生命情怀和悠悠的名伶情韵。

董竹君(1900—1998),我国早期女企业家。其传记《我的一个世纪》①,是实业家自传中的佼佼者。作者她在《我的一个世纪》中,回忆了自己多姿多彩传奇的一生。这本书出版三个月后作者溘然长逝,使其成为"绝笔",一时间洛阳纸贵。作者执笔之初想以批评的角度来回叙过去,但一方面限于时间和精力,更主要的,作者考虑到还是首先应该把当时的想法和做法如实地记述下来,这样更能看清楚传主自己过去步履的痕迹。基于这样的考虑,作者采取的是纪实的写法。传记概括介绍了蒋介石发动"四·一二"事件时,传主营救了四川成都师范大学学生文兴哲;1930年秋至1935年传主创办群益纱管厂、锦江川菜馆和茶室,直至解放;这段时期传主为党的事业出资、出力,开展了革命的地下工作,等等。"我从不因被曲解而改变初衷,不因冷落而怀疑信念,亦不因年迈而放慢脚步。"②这是一位世纪老人经历的真实写照。一个洋车夫的女儿,被迫沦为青楼卖唱女,结识革命党人跳出火坑,成了督军夫人。不堪忍受封建家庭和夫权统治,再度冲出樊笼开创新的人生。历尽艰难险阻,成为上海锦江饭店

---

① 董竹君:《我的一个世纪》,三联书店,1998年版。
② 董竹君:《我的一个世纪》,三联书店,1998年版,见封面介绍语。

女老板。连任七届全国政协委员。堪称女权运动的先驱。

本书是一部自传体回忆录,真实地再现了董竹君曲折的跨越一个世纪的一生。既写到了她童年时代求告无门的苦难,又写到了她青年时代被迫为妓的艰辛,还写到了她的婚姻,以及她在封建大家庭中的生活,她与封建家庭的决裂,她创立锦江川菜馆、锦江茶室的前前后后(后来,前述两店交归国有,并扩充为今天著名的锦江饭店),她轰轰烈烈的革命活动,她险象丛生的地下工作,她"文革"中沧桑的牢狱之苦,以及她于春回大地后兴奋的眼泪。董竹君几乎具备了一个女性所有的优秀品质:智慧、勤奋、坚强、执著、忍让、善良……她在80岁的高龄上,凭着极强的记忆力和坚强的毅力写出了几十万字的自传《我的一个世纪》。在书中,她用深情的笔墨描述了自己走过的坎坷历程,她的一生也从一个侧面折射了中国近代的百年历史。董竹君是坚强而执著的。自在四川起就开办实业,在上海开办纱管厂,直至创办赫赫有名的锦江饭店,多次受挫,屡遭丈夫的反对、封建势力的阻挠,然实业救国的理想终不破灭,女权独立的思想终不放弃,最终开创了一番事业。后来,即使在屡遭迫害、身陷囹圄长达五年之久的灾难中,仍不改对共产党的希冀与信仰,迎来了粉碎"四人帮"、改革开放的新曙光。董竹君不仅对自己要求严格,还言传身教,重视对子女的教育。其家风严正,即使身处动乱的年代,子女也都受到了很好的教育,都有所成就,成为国家的栋梁之材。其孙辈、重孙辈中有多人在国外求学工作、成家立业。

另外,为了叙述的方便,有些地方作者采取了对话的写法。读者看到了旧中国向新中国的巨大变迁,看到了时代和社会的更替,也看到一位巾帼英雄的奋斗与牺牲精神。这个时代,在董竹君的传记文本中,上起19世纪末下至20世纪末,其自传折射出中国社会的百年风云变幻:她经历了清朝晚期、辛亥革命、北洋军阀统治、"五四"运动、北伐战争、十年内战、八年抗日,其中还经历了两次世界大战,最后是解放战争胜利,成立了新中国,经十年"文革",进入了改革开放的新时期。正如标题所示,一个世纪的许多重大社会变革,在这本43万字的自传中都有真实生动的反映。

第十节 焦波、陈丹燕、遇罗文

20世纪90年代后期以来,伴随着市场经济的快速发展,人们平等意识的增强,加之传播、书写工具的现代化,平民传记的写作一时间蔚然成风。"他传"则主要有《李方舟传》、《俺爹俺娘》、《匹夫小传》、《树与林同在》、《上海的红颜遗事》等;"自传"则有《一个平民百姓的回忆录》、《我家》、《我是寒星》、《妈妈的心有多高》等。

焦波(1956—),生于山东淄博。现为中国摄影家协会会员,中国新闻摄影学会会员。90年代初出版《两万五千里大抒情》、《昨日一瞬》等多部大型摄影画册。1998年8月组照《俺爹俺娘》获首届国际民俗摄影比赛最高奖——"人类贡献奖"大奖。1998年12月1日,摄影展《俺爹俺娘》在中国美术馆开展,媒体评论:"感动京城,轰动全国","是近年来唯一让人落泪的影展"。全国各地争相邀请巡展,先后在北京大学、中国人民大学、南开大学、中国政法大学、山东大学等十几所高校巡回展出,观众达百万人次,反响巨大,被教育专家称为"最好的政治思想教育的教材"。

1998年摄影散文集《俺爹俺娘》由山东画报出版社出版发行,一年内重印四次,发行量居全国同类书籍之首。后又出版英、德、韩等版本,在海外引起巨大影响。

1974年起,焦波开始用照相机为爹娘拍照片。1999年,又开始用摄像机为爹娘录像,整整30年,为爹娘拍摄照片12000余张,录像600多个小时,终于实现了当时拍照的初衷:用镜头留住爹娘。1998年12月,在中国美术馆为爹娘举办"俺爹俺娘"摄影展,焦波的爹娘为影展剪彩。

谈到为什么给爹娘照相,焦波说当时的动机很简单,"看见一天天变老的爹娘,我舍不得他们走。只有照相机和摄像机才能留住活生生的爹娘"。照相还让焦波得到向爹娘"撒娇的机会",在照相机面前,自己可以拉着爹娘的手抚摩,还可以不时地用头拱一拱爹娘的前胸,"照相机给了我借口"。焦波的情绪也感染了爹娘,爹娘从最初在镜头前拘谨地端坐,到逐渐自如地面对镜头。甚至爹娘斗气时,也可以不理睬旁边"瞪"着他们的镜头,爹的胡子依然是翘翘的,脸朝向一边。焦波说:"在儿子面前,父母总是最自然的。"焦波拍照时,爹还帮着纠正邻居们:"他这不叫照相,叫'摄影'。不要绷着脸,要的是自然。"正是这样,焦波捕捉到了爹娘许多难得的镜头,其中的一张照片让他至今记忆犹新。1998年12月,焦波的爹娘到北京为他的摄影展《俺爹俺娘》剪彩,回去以后娘就病重了。焦波回忆,当时"爹又凑到娘的身边,俯下身子说:'我试试你娘发不发烧。'说着,把脸贴在了娘的额头上。爹说试试娘的体温,实际上是在亲吻娘的额头,我万万没有想到,当着儿女的面,爹竟用现代人表达情感的方式对娘表示他的爱"。《俺爹俺娘》是一本别开生面的"画传"。身为摄影记者,作者拍爹娘拍了20年,用相机记录下爹娘的日常起居,待人接物,喜怒哀乐,也记录下爹娘身边的风土人情,世事沧桑。照片的真实纪录与文字相映成趣,摆脱了阅读的枯燥。作品通过记录两位农村老人的平常瞬间,真实地传达出作者对乡土生活的审美和对深厚亲情的依恋。

陈丹燕(1958—   ),生于北京,八岁移居上海,1982年毕业于华东师范大学中文系。1990年以前的创作以儿童文学和少女题材小说为主。1998、1999、2000年先后出版《上海的风花雪月》、《上海的金枝玉叶》、《上海的红颜遗事》。

《上海的红颜遗事》[1]结构框架新颖独特,全书分为四部分:影记、文本、绘本、后记。作者自白:"我想要写一个普通人,一个不像有的人那样坚强,也不像有的人那样冷静,不像有的人那样聪明,也不像有的人那样理性,对,一个感性的人,一个努力在沙上建房子似的,想要建立自己积极向上生活的徒劳的人,也许还是一个捂着伤口不让别人看,自己也不看的乐观的人,一个实在不懂得怎样去应付,弄得满身满心全都是伤的痛楚的人,一个怕被别人落下,被别人孤立,被别人抛弃的认真的人……"[2]

作者是打定了主意要把这个小说式的作品写成纪实文学,因此开头

---

[1] 陈丹燕:《上海的红颜遗事》,作家出版社,2000年版。
[2] 陈丹燕:《上海的红颜遗事》,作家出版社,2000年版,见封底介绍语。

就是搜集来的主人公各个年龄的照片,配图文字写着她当时的年龄和生活状况。在照片里,有点旧的纸上是一个浓眉大眼女孩的照片,黑白的,微笑的,灿烂的,带一丝愁的,从童年到少女到中年,这个女孩曾经很受宠爱,生活在别人看起来像宫殿一样的洋房里。中间的文字处处带着历史感——比如姚姚住的地方的邻居,曾经跑过的路上遇到的人,并穿插和她的采访者的对话。虽然世事动荡,传主的照片大都已经"逸散",但作者还是尽力"辗转收集",为读者展示了弥足珍贵的照片。"绘本"是十幅简笔素描,再现了姚姚生前重要生活与活动的地方,用定格的背景,抒发作者遗憾与痛惜之情。

"红颜遗事"的传主姚姚,是一位与新中国共同成长的年轻女性,历尽磨难,命运极为凄惨。她只活了31岁,尚未参加工作,一场车祸便夺走了她的生命。正像当时的"悼词"所说,"她是一个没有为国家做出过贡献的人"。可就是面对这样一个平凡的小人物,作家却以超脱的大爱与非凡的敏锐,写出了传主短暂一生所蕴含的超然的人性体贴,博大深沉的平民情怀。姚姚是个普通人,没有什么光辉事迹,但作者写来却异常生动、感人肺腑,这完全是因为作者超然的人性体贴。有时作者与亡者对话,有时叙述之后是大段的深情与理性的议论及独白。"我的姚姚",是作者对这个未曾谋面却写了她一生故事的姚姚的深情呼唤,既体现了女人与女人之间超越血缘亲情关系的理解和爱心,又体现了她立意"要写一个普通人"的博大深沉的平民情怀。

作者向读者展示了传主生命中的三个痛。一个痛是妈妈。她和她的妈妈是一对感情上并不亲近的母女,小时母亲的严厉,她的沉默,以及年轻时候她的默默反抗,像一块块砖头,渐渐在沉默中一点点堆起了高墙。在还从来没有机会推倒那高墙的时候,母亲就在革命中自杀身亡。她长大后是后悔的。她在母亲死去的地方痛哭。另一个痛是她的燕凯。在那个动乱,到处都是悲剧的年代,他们找到了生活中的幸福却被狠狠地夺去。妈妈自杀的时候她还有燕凯,而现在她一无所有。她盘起头发,藏起因燕凯之死而生出的一缕白发。她的妈妈自杀了,她的燕凯自杀了,还有教她的教授,但是姚姚没有,尽管很难,她一直都在生活。她的第三个痛,是命运。曾经是全家人的宝贝,穿着小皮鞋和白色裙子和妈妈一起照相,曾经优雅地在钢琴前面弹起美丽音乐的她,在未婚先孕后生下一个孩子,曾经试图逃离大陆去美国,她只是一个无家、无亲人的女子。

但是她还能始终微笑着,生活,被生活蹂躏着,但是却并没有死去。她失去母亲、爱人、试图逃出中国却被逮回原籍,产下一个没有合法身份的孩子,被迫送人,这些事情每一样都足以摧毁一个人。也许她曾经自暴自弃过,或者曾经在暗夜里哭泣过,但是她没有如很多人一样选择自己结束自己的生命。"作家写普通人生存的艰辛,写姚姚那些被侮辱和损害的人要改变命运却改变不了,改变不了又要改变的挣扎,抗争,无奈,苦恼,欢乐,忧愁,失望,希望……她对普通人的多舛命运寄予了深厚的同情,对他们在同命运顽强搏斗时焕发出来的人类本质力量给予了热情的讴歌。"① 姚姚的母亲是旧上海的电影明星上官云珠,父亲是住在海外的"反动文人"姚克(《清宫秘史》的作者),这样复杂的家庭出身,让她一方面顶着名人子女的有形的压力,更多的则是政治无所不在的无形桎梏。姚姚在残酷中寻找爱情,并爱得物我两忘,生下私生子后,姚姚面前所有的生活道路全被堵死了。作家多次坦言她写的是姚姚的故事,传记以作家对他人的采访和知情人回忆传主的遗事为主线,展开叙述,形成一种自然、平淡、从容的平民叙事风格。它能引导人们去想象当时一点一滴的每日生活,和那些被真假莫辨的宏大叙事淹没了的普通人的心情。知情者的回忆或平静、或激动、或即兴、或松散,都让人能感到那里面沉淀着的真实,有一种醇厚的意味。而作者大开大阖、打破时空的想象叙事策略,着实达到了震撼人心的效果。

遇罗文(1948—   ),是遇罗克、遇罗锦胞弟。其所著的《我家》由中国社会科学出版社2000年5月出版发行,讲述的是一个七口之家在20世纪50年代到70年代的遭遇。这本家传反映出20世纪后半叶相当大数量的普通中国人的生存状态与心路轨迹。可以让读者身临其境般地进

---

① 全展:《中国当代传记文学概观》,黑龙江人民出版社,2004年版,第217~218页。

入那个时代的社会底层,从城市的贫民,到穷苦的农民,一直到监狱里的囚犯。

1967年初在社会上引起强烈反响的《出生论》的作者遇罗克是遇罗文的哥哥,而在80年代初因发表中篇小说《冬天的童话》《春天的童话》引起争议的作家遇罗锦是遇罗文的姐姐。遇罗文为宣传《出生论》曾与一群志同道合者自编自印发行了七期《中学文革报》,这份报纸被称为"一九四九年以来中国大陆影响力最大的民办报纸",后因遇罗克案两次株连入狱。他们的父母都是留学回国人才,在反右运动中被打成右派,"文革"中更难逃迫害。他们一家人多舛的经历构成了《我家》的基本内容。作者从1952年一直写到获得平反回京的1979年底,通过详尽的描写、简洁而深切的议论向读者展示了那个是非颠倒、人性泯灭的时代里不同的人的种种发人深省的表现。作者不但是一位苦难的承担者,也是历史的见证人。他以相对自由的笔墨,揭开了被遮蔽的历史的某些侧面。

首先,是遇罗克对世态冷静而深刻的洞察力以及他揭露真相、捍卫真理的勇气。遇罗克当时能够以一个二十几岁的青年徒工的身份,在1966年末及1967年头几个月相对失控的时候,他得到了一个发出自己声音的机会。他不是抱怨个人和自己家庭受到不公正的待遇,而是为所有受到人权歧视的人们争取公道,他从理论的高度对这种不合理的秩序发出了深刻的批判。这就是以《出身论》为代表的发表在《中学文革报》上的一系列文章。这些代表着良知的声音一经传播,马上得到千百万人,特别是在政治上被歧视的社会弱势群体的强烈共鸣。

其次,是遇罗文从1969年开始到陕北、东北插队落户的一系列经历。当木匠时被工具挫伤,返乡探亲的途中遇劫,第一个孩子因环境所迫送了人……一场接一场的磨难考验着遇罗文和他的家人,但是他抓住每一个可能的机会去当木匠、照相、放排、开办电焊厂,坚强而真实地生活着。遇罗文在陕北和东北当了多年的知青,两度入狱,他和他的家人、爱人、亲戚、朋友、难友在那个年代所经历的各种磨难,以及他们在磨难中如何顽强地求生,都是我们这个民族历史的有机组成部分。那是一个"革命"掩盖一切、埋没一切的年代:迷信"革命",迷信"动荡",尊严被践踏,性情被扼杀，生命只能在口号的海洋中随波逐流才可能卑贱地存在。但《我家》却告诉人们，始终有人在用睿智的头脑和坚实的脊梁在坚持着。

《我家》又记录了中国新闻报刊史上的重要一页。遇罗文以当事人的身份，详细记载了《中学文革报》诞生、发展、夭折的始末。这份报纸虽然只是当时数以千种的小报之一，前后只出了七期，活动不到半年，它是一群不知名、没有财力、也没有办报经验的年轻人仓促办起来的，青春的热情在他们心中燃烧，他们代表着良知和正义。这就使它成为中国新闻史上一个特殊的坐标。从这个意义上讲，《我家》又是一份难得的60年代到70年代中国社会底层的政治、经济、人际关系和社会心理档案。

第十一节　新兴"口述实录"述略

早在20世纪50年代,我国就已采用社会调查和口述实录方法收集重要政治事件和人物的资料。50至60年代,全国各地对太平天国、义和团运动、辛亥革命、"五四"运动等事件的"实地调查",搜集口碑资料,使用的就是口述实录的方法。在普及的意义上,人们对于口述实录的了解,主要得自于当年唐德刚《胡适口述自传》和《李宗仁回忆录》的出版。作为一种严格意义上的史传研究方法,口述实录在20世纪40年代末才出现。1948年,美国史学家A·内文斯在美国哥伦比亚大学建立了哥伦比亚大学口述历史研究室。我们比较熟悉的一些中国近现代历史名人的口述传记,主要就是由这家机构完成的,如《顾维钧回忆录》、《何廉回忆录》、《蒋廷黻回忆录》以及张学良的相关回忆。在近年来中国现当代文学研究中最有新意的,大体就是这些口述历史作品。

60年代兴起编写"新四史"活动,即家史、厂史、社史、村史,广泛搜集来自基层的口述资料。影响广泛的革命回忆录《红旗飘飘》和《星火燎原》两套丛书,近千万字,其中相当一部分是口述资料。1959年,周恩来总理号召60岁以上的政协委员,记下自己的经历、见闻、掌故。全国文史资料选辑出版了100多辑,2000多万字,其中大部分是口述资料。尽管在当时的条件下,由于过分强调阶级斗争,"实地调查"、"新四史"和文史资料过分突出政治,突出阶级斗争、民族斗争,突出新旧对比,忽略了许多社会生活的内容;尽管当时还极少使用录音工具,但是,毕竟搜集、保留了大量有价值的、生动的历史资料。

1978年改革开放以后,口述实录传记日益引起大陆史学界和出版界的关注。1999年北京大学出版社适时地推出了"口述自传丛书",颇受书界好评。这套丛书选取了一些重要的文化人物,试图以他们的口述经历提供一个反映历史的视角。已经出版的有《风雨平生:萧乾口述自传》、《跋涉者:何满子口述自传》、《小书生大时代:朱正口述自传》、《带翅膀的摄影机:侯波、徐肖兵口述回忆录》等。口述实录传记文学近些年来在学术界受到广泛关注,一个重要的原因是,口述实录在复原历史方面有其他传记文学无法替代的价值。口述实录提供了相当广阔的空间。

口述实录的一个重要特点,是访谈人与受访人的双向进展。受访人有丰富的经历,有许多值得挖掘的资料,但他在其讲述的时候,可能受记忆因素、情绪因素、选择因素的影响,讲了一些,也漏了一些,甚至讲了枝节的,漏了关键的,讲了感兴趣的,避了不堪回首的;讲对了一些,也讲错了一些。张冠李戴、前后倒置,以及片面主观、情绪化等问题的存在是完全可能的。在此情况下,访问人可以凭借自己的学术素养,通过提问、讨论、串联、整理,使访谈按照既定的路向前进,使访谈资料得到补充和完善,使访谈质量得以提高。几乎所有做过访谈工作的人,对此都会有所感受。唐德刚说"我替胡适之先生写口述历史,胡先生的口述只占50%,另外50%要我自己找材料加以印证补充"。所以所谓口述历史并不是一个人讲一个人写就能完成的,而是口述部分只是其中史料的一部分而已。所以,口述实录的成果,是受访人与访问人创造性劳动的结果,是访、谈双方智慧的结晶。

口述实录与回忆录之类的自传作品的主要区别也在这里。个人回忆录是自说自话,口述实录是主客对话。回忆录的内容选择是单向的,口述实录的内容选择则是双向的。写回忆录固然也不能天马行空,毫无限制,但那种限制主要来自文章的形式逻辑,比如不能自我矛盾、时间倒置,但写什么不写什么完全自出机杼。口述实录则不一样。由于学术兴趣和素养的不同,关注的重点不同,受访人感兴趣的、记忆深刻的、自认为重要的东西,却未必是访问人感兴趣的、重要的东西。自然,就像文献、档案也有其局限一样,口述实录也有其局限。问谁、谁问、问什么、怎么问、什么时候问,受访人的年龄、记忆力、理解力、兴趣、情绪,受访人与访问人的关系,访谈环境,都会影响访谈的质量。

80年代主要是以书写有从政经历学者为主的,但在90年代以后,把作家和文学评论家作为书写对象成为主流。比较早意识到口述实录方法意义的是李辉。李辉的研究一是比较系统,二是有学术眼光。他的《摇荡的秋千——是是非非说周扬》①是目前关于周扬研究,在材料的丰富和视角的独特上,最有代表性的。他在90年代初用了几年时间,采访了25个与周扬有关的人,这些人当中,有周扬的朋友,也有被周扬迫害过的人。作为一个研究者,李辉有自己的价值选择,但在已完成的这本书中,他选择了相对中立的态度,以真实为第一追求,人物的丰富性是在比较和众人评说中体现出来的。这样的研究比单独人物传记的意义更丰富。虽然是口述实录,但它的研究深度还是让读者感觉到了。贺黎、杨健的《无罪流放——66位知识分子五七干校告白》②也是一部视角独特的口述实录传记。五七干校是中国"文革"中产生的一种以改造知识分子为主要目的特殊形式,它是介于"劳改"和"学习班"之间的一种惩罚。这种形式的主要对象是高级知识分子。从中国科学院到文化部和地方各省市都有这样的干校,也就是说,在那个时代,中国几乎所有著名的知识分子(包括科学家),都有过这样的经历。作者选择这样的历史事件本身,就显示了他们的学术取向和历史眼光,应该说他们的努力,特别是对研究中国知识分子"文革"中的经历,有很高的文献价值。

到了2000年陈徒手《人有病 天知否——一九四九年后中国文坛纪实》③出版后,口述实录传记学术性更突出,作者个人的意识在叙述中也强化起来,他不仅要搞清楚事实,还要有自己对这些事实的理解和评价。陈徒手选择的书写对象是中国著名的作家,如丁玲、沈从文、俞平伯、郭小川、赵树理、浩然、汪曾祺等。他的方法是先把握住了一个与书写对象经历和命运相关的历史意象,如"旧时月色下的俞平伯"、"午门城下的沈从文"和"艳阳天中的阴影"里的浩然。陈徒手以口述实录为基本风格,但他是以历史意象为中心来展开口述的,所有口述实录的人物和事件,最后都以他把握住的那个历史意象为归宿。类似的口述实录作品还有郑实、傅光明的《太平湖的记忆——老舍之死》④。作者选择这个题目,也是先把

---

① 李辉:《摇荡的秋千——是是非非说周扬》,海天出版社,1998年版。
② 光明日报出版社,1998年版。
③ 人民文学出版社,2000年版。
④ 海天出版社,2001年版。

握住了"老舍之死"作为一个历史意象的象征意义,然后才进行相关的口述史工作。因为"老舍自杀在太平湖",这其中有丰富的历史内涵,老舍的自杀不仅是一个作家的自杀,在相当的意义上也可以看成是中国知识分子最后命运的一个缩影。有了这个"太平湖自杀"的意象,其他就比较容易解释了。郑实、傅光明的这本书,更接近西方那种严格意义上的口述实录作品,即除了口述的内容外,还有大量相关的历史档案、原始文件和必要的能说明当时历史情景的其他材料,这些东西构成了完整的历史记忆。另外还有《我的一生——师哲自述》①,也是近年比较重要的口述传记作品。其他主要作品有:《舒芜口述自传》②、《我的情报与外交生涯——口述历史实录人生》③、《红色记忆——中国共产党历史口述实录》④,等等。

另外,值得一提的是,中央电视台的"艺术人生"也是口述档案,它通过音像,以生动、真实的形式向世人昭示艺术工作者工作、生活的真实历程,将受访者缕述故事时的声线、藻词和思想都记录展现出来,通过语言、声调和表情,说话者的主观意思可以使我们捕捉到他们的思想轨迹,从而让我们更了解他们的作品。

口述实录传记在今天有着热化的趋势,《北京青年报》曾连载的安顿实录、凤凰卫视的《口述历史》、中央电视台科教频道的《大家》都打出旗帜鲜明的口述概念,相当程度上反映出口述方式的流行度。

口述实录传记大体可以分为两类,一类是以人为主,围绕个人生平展开枝节脉络,这又可以分为自述和他述两类;一类以事件为主,围绕某个重大历史事件对多人进行采访,从中洞悉历史真相和发展规律。第一类第一种:传者自述型口述历史最明显的一个特点在于传主自身年岁已高、同时对于历史演变发展有着相当的影响力,在这种情况下,通过记录研究者问题设定的引导,展现记录对象的风雨人生。《启功口述历史》、《胡适口述自传》、《沈从文晚年口述》、《我的情报与外交生涯》、《吴德口述——

---

① 《我的一生——师哲自述》,人民出版社,2001年版。
② 许福芦:《舒芜口述自传》,中国社会科学出版社,2002年版。
③ 熊向晖:《我的情报与外交生涯——口述历史实录人生》,中共党史出版社,2005年版。
④ 鲁林等:《红色记忆——中国共产党历史口述实录》,济南出版社,2002年版。

十年风雨纪事》等书可以说是这方面的代表。其中《启功口述历史》是启功先生第一次出自传,这部口述传记反映了在时代的大变革中,一个没落皇族子弟独特而艰辛的成长经历和一个独具潜质的青年逐渐成才的过程,既有个人名姓之来龙去脉,也有求学拜师之意趣逸事,同时不乏生活中的酸甜苦辣、伉俪欢谐。在启功先生去世后,《启功口述历史》又整理修订,及时地推出了精装版。

"口述传记"丛书是此前问世的同一类型的口述历史,由北京大学出版社1994年出版,包括《风雨平生——萧乾口述自传》、《小书生大时代——朱正口述自传》、《带翅膀的摄影机》等,同样很有影响的还有中国社会科学出版社2003年出版的"口述自传丛书",包括许福芦的《舒芜口述自传》、刘延民的《文强口述自传》和蔡彻的《黄药眠口述自传》等,中国人民大学出版社2003年出版的"中国人自述丛书"(包括《冯友兰自述》、《留德十年》、《在出版界二十年》、《我生有涯愿无尽》,等等)。

第二种以人为主的口述历史则带有了更大的客观性,被记录者因为有了多个角度多个层面的切入,从而增加了立体感和丰富性。如《生死存亡的关键——重大历史事件亲历者讲述陈云》[①]、《我所知道的慈禧太后——慈禧曾孙口述实录》[②]等。其中,《生死存亡的关键》以口述历史的形式多视角展示了陈云的胆识智慧、党性修养和人格魅力,带领读者走进一代伟人的内心世界。

正如汤普森对口述史的见解,"它给了我们一个机会,把历史恢复成普通人的历史,并使历史密切与现实相联系。口述史凭着人们记忆里丰富得惊人的经验,为我们提供了一个描述时代根本变革的工具",通过一个个处在平民视角的回忆,围绕着这一个个重要人物的历史风云逐渐变得明朗、清晰。

第二类口述历史是对于重大历史事件的集体性回忆,这种回忆既有浓重的共性色彩,同时也会因为口述者个人身份、阅历、素养、性格的不同

---

① 新世界出版社,2005年版。
② 金城出版社,2005年版。

而闪耀着独特的个性光芒。

《山西抗战口述史》①就是生活在山西这片土地上的老人对于八年抗战的历史回忆。"山西抗战口述史"课题组负责人、山西省社会科学院历史研究所所长孙丽萍接受采访时强调,相比于以往某些史书撰写的干涩,用口述方式反映抗日战争的历史更能突显那种真实感和残酷性,更能激发读者对于那段历史的探究之心和体会之意。身经这段历史的人已有不少不在了,所以要"选择各方面有代表性的人物,为他作口述历史的记录,这等于是抢救了历史"。冯其庸的这番话,恰恰说明了这样一本抗战血泪史对于一个民族、一个国家的重要性。《一百个人的十年》②的修订再版、《中国知青口述史》③等也可以说是这方面的代表。此外,《十六位旗人妇女的口述历史》④也很有特色,它实际上涉及两个群体性领域,一是满族生活状态的反映,一是对妇女命运的关注,通过这样非全民性、区域化的生活群体的口述,记录下的历史相对而言更具有史料价值和人类学意义。

口述实录传记文学被称之为"活历史"、"活资料"或"口述证据"、"口述资料"等。中国,作为拥有数千年文明史和56个民族的泱泱大国,更需要口述档案以"活历史"的形式来保存珍贵的历史遗产和民族回忆,因此,口述实录传记文学必须引起我们的高度重视。

---

① 山西人民出版社,2005年版。
② 冯骥才:《一百个人的十年》,时代文艺出版社,2003年版。
③ 刘小萌:《中国知青口述史》,中国社会科学院出版社,2004年版。
④ 中国广播电视出版社,2003年版。

第十二节 舒芜(1)

舒芜(1922—2009),原名方管,安徽桐城人。抗战爆发时就积极投身抗日救亡运动,曾在家乡主编《桐报》副刊。20世纪40年代曾发表《论存在》、《论因果》、《论中庸》、《论主观》等一系列哲学论文,其中《论主观》引发了持续多年的文艺界有关"主观"问题的大论争。新中国成立后,担任广西壮族自治区文联研究部长、南宁市文联副主席等。粉碎"四人帮"后,曾任人民文学出版社编审、《中国社会科学》编审。出版学术论著《说梦录》、《周作人概观》等。新时期是舒芜创作的第三个创作高潮,出版了杂文集《挂剑新集》、《舒芜小品》、《串味读书》、《舒芜杂文自选集》、《未免有情》。

《舒芜口述自传》由舒芜口述,许福芦整理结集而成。许福芦的记录,在漫谈文体中尽量暗寓条理,在书面语言中尽量口语化,保持舒芜口述的特点。《舒芜口述自传》是舒芜在年已八秩的高龄下回忆自我成长历程、咀嚼人生悲欢的口述传记性著作。

该传首先反映了"五四"新文化运动以来到新时期"改革开放"这大半个世纪中国社会的变化,这主要在第二章"从小课堂到大课堂"至第六章"在黎明前"(即抗战爆发至新中国成立前)和第八章"平静的日子不平静"至第十二章"向阳湖畔"(即建国初至"文革"结束)。该书以传主的个人经历为经,故避免了所谓"宏大叙事"遮蔽历史细节的缺憾,而在个人视野中突显了一些细微但典型的历史事实。如对抗战时期国民党统治阶级的生活腐败、消极抗战等现状的揭露,如国民党"考试院"院长戴季陶每到一处都有几十个年轻貌美的姑娘"侍寝",以供其"采补",以及陈果夫、孔祥熙等的腐化生活;战争期间广西军阀设置"特察里"、"花船"等制度,使卖淫公开化、合法化;等等。在逃难期间,舒芜曾经分别在安徽宿松县临时三中、四川江津国立九中读书,作者以自己的亲身经历描写了国民党地方政权、学校当局为了控制进步学生所实行的颠倒黑白的"军训"课,揭露了国民党法西斯统治的真相。此外,在反映"文革"前后政治运动中知识分子的处境、思想与情感的变化等内容上,也有值得注意的地方。比如作者谈到"文革"期间各个单位批斗情形是很不一样的:学校与机关相比,学校方面更为残忍、疯狂;同是出版社,人民出版社比人民文学出版社打人更凶、更狠;以及舒芜等人不顾天寒以上厕所为由去看大字报,并因自己能成为下一场"批斗会"的对象而兴奋的"怪事"等,从而为研究"文革"提供了一幅幅荒诞又真实的图画。

舒芜出生于名门世家,有着极深的家学渊源,生逢乱世,在离乱中度过了自己的求学时代,可以说家学渊源之深厚是少年舒芜最大的一笔财富。抗战期间,舒芜以一个进步青年的形象度过了自己在"国统区"的岁月,在这里他认识了包括胡风在内的许多进步知识分子,接受了启蒙——理性思想之洗礼,并开始运用马克思主义的理论阐述自己关于"个性解放"的观点,写出了《论主观》《论中庸》等一系列哲学论文,产生了广泛的影响,非常自觉地站到了时代精神的最前沿。但从他与胡风等人的交往伊始即可看出他的书生本色,他虽然能够在自己的精神世界里自在遨游,却对政治斗争的严酷惨烈显得格格不入,而且他"个性解放"的理论也只是一种脱离实践的观念演绎,这就为他1949年之后的思想转变埋下了伏笔。对于舒芜50年代的个人遭遇,时人把争论的焦点过多地纠缠于"背叛"与"忏悔"之间,使得今天的舒芜出人意料地成为一名备受关注的新闻人物,就像"口述自传"的撰写者许福芦先生所说的那样:"当一个人的名字进入社会新闻的视野,恰恰作为新闻的那一点可能是最没有价值的。"舒芜因其与"胡风反革命集团"之间众所周知的关系,历来被人贬为出卖恩师的"犹大",以至于有人"以笔为枪",取消他的生存权。公正地说,这种看法仍然是隐形政治标准所起到的杠杆作用的结果。因为我们"还可以再设想一下,如果没有舒芜的倒戈,胡风集团的命运又如何? 答案是肯定的,照样逃脱不了覆没的悲惨结局",所以,"舒芜现象"并不是个人的,"实在是20世纪中国知识分子精神史上的正常现象"。

当然仅止于上述看法,容易引起为"舒芜"翻案的误解,故我们需进一步地认识产生这"正常现象"背后的根源,而这就要求我们回到20世纪中国知识分子的具体历史情境中,去同呼吸那正在逝去的历史气息,去分析舒芜乃至大多数中国知识分子在建国后为何"虔诚地进行思想改造,竭力地克服自己的个人主义,即自我压抑个性解放思想,一个从独立意识向从属观念转化"的原因。或许我们会满足于舒芜的反省,认为最重要的原因是由于他们这一代人重视、崇尚政治。如在《自传》的"解放了"一章中,舒芜在总结解放初期的工作实践时,得出结论为:"哲学就是要归纳到政治,哲学的是非就是要以政治标准来判断",在《关于胡风的宗派主义》中,坦诚自己在政治信念上"崇拜斯大林主义,相信政治决定一切",等等。舒芜作为历史当事人的认识,是没有错的。但,作为历史研究者若以为然,那么是不深刻的,是忽视了舒芜们的普遍人生处境、经历——旧中国几十年的战争以及在这种处境中的人生体验的结果。的确,建国之后的舒芜已开始与主流政治保持了相当的一致,在当时的社会语境之下,思想已经完全沦落为政治的工具,在政治面前根本没有个人可言,想做一名独立思考的知识分子显然是不大可能的,当时的舒芜已经开始用"今是而昨非"的眼光重新审视自己身上存在的"资产阶级思想",而且完全是从思想上自觉自愿地脱胎换骨,以跟上时代的节拍,把自己融入进那个火热的集体生活中去。

"口述自传"因有了"研究者"的现场介入使传主在回顾人生沉浮、文坛纠葛、恩怨宠辱等时,其角色由历史的"回忆者"转为历史的"讲述者",从而多了一番曾经沧海的冷静通脱,因而具有更强的历史真实性。

正如舒芜在《自传·前记》中所说,"我们从1998年开始,一章一章地进行,每一章至少都经过六个步骤:我口述录音;他写出初稿;我加以调整;他打出初稿;我再做修补;他打印出定稿,共得13章,算是完成,已经到了2001年,前后跨越三年。"从该书完成的时间,尤其是他们在合作过程中所做的"六道工序",我们不难看出他们对待历史耐心、严谨的态度;而且更为重要的是,这种态度体现了当前学界在挖掘、考证史料过程中,尤其是在访谈历史当事人时应有的"对话精神"。这种精神是时下所欠缺的。所谓"对话",有两层含义:一层是访谈者与被访谈者之间的对话。具体地说,访谈者往往是被访谈者或相关方面的研究专家,在与被访谈者的对话中扮演的是史料的"把关"角色,即对于口述的"路径"、内容具有较高水准的鉴别、分析能力,既不能完全被动地听任被访谈者漫无边际的大倒

"苦水",又不能过于主动地在口述内容的基础上发挥想象敷成"演义"。这一点,我们在《自传·后记》中可找到佐证:"我们的方法是,先录音,大体由我按照预设的目标,提一个框架式的主题,请舒芜先生在相对框定的范围之内放开思路慢慢聊,而后从盒带上扒出文字,再行整理。"

另一层则是被访谈者的理智与情感、历史与现在的对话。这就要求被访谈者在回忆往昔,在面对过去的人事恩怨、是是非非、得失成败时能够保持客观冷静的态度,要以历史真实为基础,以道德良知为检验的标准,好处说好,坏处说坏。史料钩沉、整理的最终目的是为了丰富人们对历史的了解、认识,使后来者"睹遗产之丰厚,则欢喜而自壮……观其失败之迹与夫恶因恶果之递嬗,则知耻知惧"。应该说,上述要求舒芜基本上是做到了。

从少年时代开始,舒芜就非常喜爱司马迁的一句话:"究天人之际,通古今之变,成一家之言。"他本人也正是以"五四"传人而自任,其志愿是"向前看,想通过马克思主义,追求更彻底的个性解放;向后看,想继续'狂人'的事业,在历史的满纸'仁义道德'下面,不断挖掘'吃人'两个大字"。但是事与愿违,在时代环境的重压之下,舒芜还是一度背离了"五四"传统,其思想的过程也正如胡风所提醒过的那样,因为"喜欢搞逻辑分析,脱离现实过程,凭观念演绎,所以'五四'积极性的东西没有进入血肉,现在很轻易地就丢掉了,而向弱的一面浮去",以至于"在主观上追求马克思主义,结果不自觉地走上了斯大林主义",在思想上绕过了一个很大的"之"字。中国自古即缺少自由主义传统,所以"五四"以来建立起的独立思考意识也是非常脆弱的,极有可能被各种乌托邦的向往取而代之。舒芜在"口述自传"中非常客观地分析了自己思想转变的各种因素,且对时下自由知识分子的现状充满了忧虑,这种忧患意识来自老人长期的观察与实践,他已经深刻认识到身处传统社会的阴影之下,自由知识分子身上难以克服的散漫与脆弱,已经成为中国现代化进程中的最大障碍,老人在经过了许多年痛苦的摸索之后,才最终觉悟到个人价值的重要性,认识到"回归五四"绝不是一个简单的口号,而是一个长期的、艰苦的启蒙过程。应该说舒芜的思考是真诚的,其反思也建立在自我批判的基础之上,是深挖自己思想根源的结果,这种思想上的反思与自我批判比起时人所谓的"忏悔"不仅需要有更大的勇气,而且也更深刻,更具有现实意义!

舒芜的个人经历与共和国短短几十年的历程是非常相似的,他的个人历史正是共和国艰难历程的一个缩影,当舒芜终于认识到自己已经背离了"五四"传统时,那既是舒芜个人的反思,同时也是这个时代的反思。舒芜个人反思的结果就是他近20年来所写出的大量闪耀着智慧火花的文字,也就是他自己所说的"主要做了三件事:研究了周作人,研究了《红楼梦》,侧重多写了一些与女性问题有关的文章",这些文字正是舒芜对自己一生的经历与思想进行深思熟虑之后的结晶。

第十三节 启功

启功(1912—2005)，著名教育家、国学大师、书画家、文物鉴定家、诗人，启功还有一个让人感兴趣的身份——皇族后裔，清世宗雍正是他的九代祖。

启功一向很避忌谈他的皇族身份，但面对社会上各种出版物中莫衷一是的乱写，他又不得不在他不得不写的自传中做一些说明。《启功口述历史》中，启功解释了"爱新觉罗"这个姓氏的演变，还讲了他不愿别人提他皇族身份的缘由，"事实证明，爱新觉罗如果真的能作为一个姓，它的辱也罢，荣也罢，完全要听政治的摆布，这还有什么好夸耀的呢？何必还抱着它津津乐道呢？这是我从感情上不愿以爱新觉罗为姓的原因"。有一次，他的族人想以爱新觉罗家族的名义开一个书画展，启功拒绝参加，并做了两首诗。大意分别是：写字画画，只应求工求好，何必非要标榜自己是爱新觉罗之后呢；我不配和你们共演这么高雅的戏，即使要找捧场的也别找我。启功是北京师范大学中文系"博学宏词"的教授，点校过《清史稿》，与也是毕业于北师大的王重民等名学者一起编校过《敦煌变文集》，他又是满清皇族后裔，曾以一人之力给《红楼梦》作注释。启功谈学衡艺的著述，以及回忆陈垣、齐白石老先生等的散文，文字清雅简洁，句句不落空，很耐读。启功对故宫内的藏品，对故宫，对清史，是如数家珍。

同时，启功亦是一个至情之人。对母亲，对妻子，对老师陈垣，他的情真且醇。启功自幼丧父，是母亲和未出嫁的姑姑将他抚养成人。为了能更"直接"地挣钱和就业，他读高中时选择了商科，虽然最终他也未能从商。启功用自己的薪水买的第一部书，是清人汪中的《述学》。原因在于他小时候看过这部书，知道汪中和他有同样的经历和感触。汪中在给朋友的信中曾痛切地谴责过夫死妇不得再嫁制度的不合理性。2002年，启功应邀到扬州讲学，还专程到汪中的坟前恭恭敬敬地鞠了三个躬。启功对母亲感情的深厚，由此可窥。

启功的妻子是个贤惠女人，像很多旧时代的女子一样，她的一生是为了丈夫而活。她照顾着启功的母亲和姑姑，直至把她们养老送终；她自己的衣服缝缝补补,却省下钱来为启功买书。对妻子为自己所做的一切,启功感念不已。老伴去世后,给启功介绍"对象"的人络绎不绝,随着他知名度渐涨,毛遂自荐者也不乏其人,但他一一拒绝了,并把家中的双人床换成了单人床,以向来者"明志"。

启功之所以能成为国学大家,是得益于诸多名师的言传身教。虽然他见诸报端的有关自己的文章极少,但曾专门写过《记我的几位恩师》等文章怀念老师。他是知恩图报之人,在《启功口述历史》一书中,亦专门辟有《我的几位恩师》一节,记述诸位名师对他的教诲。

而对他影响最大的还数原北京师范大学校长、著名教育家和史学家陈垣先生。对和陈垣先生交往的叙述占了本书很大的章节,由此已可见启功对这位恩师的感戴之情。"老校长把教师的职责与父亲的关怀都担在了身上,这种恩情是无法回报的。我启功别说今生今世报答不了他的恩情,就是有来生,有下辈子,我也报答不完他老人家的恩情。"1991年,启功先生将义卖字画所得160余万元全部捐给北京师范大学,设立"励耘奖学助学基金"。而"励耘",就是陈垣先生的书斋名。

正像《启功口述历史》一书后记所言:"启先生一生的经历并不是一个'个体'的经历,它折射了现当代很多历史的痕迹。"的确,随着先生的叙述,我们仿佛走进了一幅历史长卷,古风扑面而来;又仿如走进一个文化大沙龙,先贤们的音容笑貌置于眼前。如先生这样的"国宝"已经渐行渐远,他们所代表的那个时代也已经一去不返。用目光追随先生及先生们远去的背影,也许能让我们在这个浮躁喧嚣的世界里感受片刻宁静。

《启功口述历史》这部书也还有一点不足。有的事,相同的一件,不同的人却有不同的记录,而记录整理者未能作出解说。

这部书的整理工作也存在着不足。这部书从头至尾,直到整理者赵仁珪教授写的《后记》,均无启功先生口述时的时间和地点的明确准确的记录,只在《后记》里笼统提到一句"启先生在九十一岁高龄的时候……为我口述了他的经历"。这对于口述史学来讲,也许是不太够的。

第二编 议论散文

第一章 杂 文

大陆杂文发展总述

中国当代杂文创作以1976年"文革"结束为标志,可分为两个时期。

第一时期的(1949—1976)的杂文创作,基本上可概括为:三次理论探讨,两次创作高潮和两次政治重创。三次理论探讨,其核心都是杂文在新时代的合法性问题,其中第二次理论探讨是借引进"苏式小品文"以激活本土杂文创作。两次创作高潮和两次政治重创,则分别为"反右"、"文革"之前与之中——杂文作者或被划为"右派",或受到其他名目政治迫害;而"文革"十年,真正意义的杂文创作实进入了"潜在写作"期。

建国后,"以延安文学作为主要构成的左翼文学,进入50年代,成为唯一的文学事实"。① 而延安时期已经出现的说法"杂文的时代过去了"②,再次以疑问的形式出现。在一篇《杂文复兴》的文章里,黄裳说:"解放以后,大家都在怀疑:是不是杂文的时代已经过去了?问题似乎并未得到结论,然而事实则是杂文的沉默。"③

由于现代杂文与鲁迅的密切关系,所谓"杂文的时代"一般指的是鲁

---

① 洪子诚:《中国当代文学史》,北京大学出版社,1999年版,第3页。
② 罗烽:《还是杂文的时代》,《中华杂文百年精华》,人民文学出版社,2003年版,第182页。
③ 黄裳:《杂文复兴》,《文汇报》,1950年4月4日。

迅从事杂文创作的 20 世纪二三十年代。对于"杂文时代"的提出者而言，那样一个时代是一个政治黑暗的时代，那个时代的杂文，如鲁迅的杂文，则有批判现实的"匕首"与"投枪"的性质。由于"杂文时代"的提出者已经承认了"光明的边区"、"解放以后"这样的前提，因此，即使像黄裳这样的复兴杂文的提倡者，也对杂文的性质功能做了重新定位：杂文不再需要"隐曲"、不再需要"冷嘲"，而应该走"出发于热爱、有积极性的杂文的路"。

许多杂文写作者都感到传统的杂文格调与新的时代有所悖违，认为应该创作一种有别于"杂文时代"的新的杂文。如夏衍所说"假如鲁迅先生还健在，这时候不会再写那样的杂文了，但是他一定还是写他的杂文的，写新时代应有的杂文"。① 冯雪峰也指出，今天仍然需要"适合今天人民所需要的那种形式、内容和精神的杂文"。②

然而，"新时代应有的杂文"、"适合今天人民所需要的那种形式、内容和精神的杂文"并不是招之即来的。一些杂文家，由于无法适应新时代的要求而放弃了杂文写作；另一些杂文家，则有意无意地在探索这种适合新时代的杂文模式。

还在 1949 年 5 月，夏衍接管上海文化机构的时候，就曾应报人赵超构之约，于 1949 年 8 月至 1950 年 9 月，在《新民报·晚刊》开辟了"灯下闲话"杂文专栏，发表了 100 多篇杂文，成为"建国之初成绩最多的杂文作家"③。但由于"有人讲怪话，就主动收摊了"④。秦似也曾在 1950 年 7 月写了一些歌颂性的杂文，如《法源寺内》、《北京这今昔》（在《大公报》发表），"以赤子之心，歌过不少应该歌的德"⑤，但由于杂文的本质终究与歌颂不太相合，秦似的"歌颂性杂文"也难以为继。

诚如袁鹰所说："从 50 年代初开始，连接不断的由思想文化领域的批

---

① 夏衍：《谈杂文》，原载《新民报·晚刊》，1950 年 4 月 14 日，姚春树、袁勇麟：《20 世纪中国杂文史》（下册），福建教育出版社，1997 年版，第 593 页。
② 冯雪峰：《谈谈杂文》，曾彦修主编：《中国新文艺大系（1949—1966）·杂文集》，中国文联出版公司，1991 年版，第 14 页。
③ 蓝翎：《中国杂文大观·三·序言》，百花文艺出版社，1994 年版，第 9 页。
④ 夏衍：《迎新忆旧》，《夏衍选集》第 4 卷，四川文艺出版社 1988 年版，第 119 页。
⑤ 秦似：《秦似杂文集·前言》，三联书店，1981 年版，第 3 页。

判发展而成的大规模的政治运动,造成空气紧张,人们的心理也跟着紧张,报纸杂志上的杂文本来就寥若晨星,到此时更是销声匿迹……"①

1954年2月,应《真理报》邀请,《人民日报》总编辑邓拓为团长的中国新闻代表团访问苏联。1954年4月18日,《人民日报》发表代表团成员、《中国青年报》负责人陈绪宗的文章《小品文——进行思想斗争最灵活的武器》,全面介绍了"苏式小品文"。1954年10月,《真理报》总编辑谢皮洛夫率领代表团访问中国,团员有苏联著名的小品文作家萨斯拉夫斯基。代表团在中国作协与周扬、刘白羽、沙汀、李季等作家举行了座谈,萨斯拉夫斯基还做了《报纸上的小品文》和《笑的意义和可笑的东西的意义》两次演讲。从此,"这种'苏式小品文'就在《人民日报》和其他报纸上更多地同中国读者见面了"。②

由于"苏式小品文"的推动,《人民日报》、《中国青年报》等报纸分别开辟了小品文(也即杂文)专栏。

1956年5月2日,毛泽东在最高国务会议第七次会议上正式宣布了"百花齐放、百家争鸣"的方针。"一条宽广的大道却突然出现在杂文作家面前"③,杂文迎来了新中国成立后的第一次创作高潮。

最早在全国范围内产生影响的杂文名篇是发表在1956年5月6日《人民日报》上的巴人的《况钟的笔》。他所提倡的"笔底下有人"的立场既针砭了时弊,又符合了当时人们的心愿,犹如空谷足音,引起了很大反响,并促使不少杂文家重新开始了杂文创作。

正如当时《人民日报》副刊编辑袁鹰所说:

> 况钟的笔触动了巴人的笔。杂文《况钟的笔》又鼓舞了杂文家的笔。企望了很久的作者和读者,从这篇杂文的发表,似乎都得到一种信息:我们的国家进入新的历史时期,革命和建设仍然需要杂文,读者也仍然喜爱杂文,杂文是不会泯灭、不会消亡,也泯灭不了,消亡不

---

① 袁鹰:《风云侧记——我在人民日报副刊的岁月》,中国档案出版社,2006年版,第94页。
② 袁鹰:《苏式小品文》,《新闻出版报》,1992年4月15日。
③ 蓝翎:《中国杂文大观·三·序言》,百花文艺出版社,1994年版,第18页。

了的。①

1956年上半年，经中共中央批准，在胡乔木的主持下，《人民日报》做了一次重大的改革：由原来基本上按苏联《真理报》模式的四个版扩大为符合中国社会实际和中国报纸传统的八个版，其中第八版是文艺副刊。胡乔木强调杂文是"副刊的灵魂"。在改版第一天(1956年7月1日)刊登的副刊稿约中，第一条就是"短论、杂文，有文学色彩的短篇政论、社会批评和文学批评"。据蓝翎统计：

> 从1956年7月1日起到1957年6月6日止，《人民日报》"文艺副刊"共出303期，(6月7日即出现了反驳"右派言论"的文章，此后的不再计算)"花边"内外大大小小的杂文500篇左右，作者200余人。篇目之多，作者之众，影响之大，实属空前，说它对杂文的"复兴"起了带头作用并不过分。②

"双百方针"的提出，在某种意义上是开了言路。杂文作为发表言论的重要载体，自然得到了报刊媒介的重视。《人民日报》之外，《解放日报》、《新民晚报》、《新华日报》、《长江日报》、《南京日报》、《文艺报》等全国有影响的报纸，闻风而动，纷纷发表杂文。《人民文学》、《新港》、《边疆文艺》、《辽宁文艺》、《贵州文艺》、《陕西文艺》等文学刊物，也纷纷开辟杂文栏目。

许多搁笔多年的杂文家，重新拿起了杂文的笔。如巴人、徐懋庸、唐弢等，当时都发表了很有影响的杂文作品；现代文学史上一批著名作家如郭沫若、茅盾、巴金、老舍、叶圣陶、艾青等也加入了杂文写作的队伍；一批年轻作家如邵燕祥、蓝翎、姚文元等人，也从这时候开始了杂文写作。

特别值得指出的是，在"百花齐放、百家争鸣"的氛围里，出现了一批

---

① 袁鹰：《风云侧记——我在人民日报副刊的岁月》，中国档案出版社，2006年版，第95页。
② 蓝翎：《中国杂文大观·三·序言》，百花文艺出版社，1994年版，第19页。

影响大的杂文作品,如巴人《况钟的笔》《论人情》,钟惦棐《电影的锣鼓》,费孝通《知识分子的早春天气》,徐懋庸《小品文的新危机》等;也出现了一批见解不俗、很有艺术品质的杂文作品,如唐弢《孟德新书》《言论老生》,李健吾《三个好观众》《蛇与爱》,秦牧《宣扬友爱的民族传说》《蛇与庄稼》,周作人的《谈毒草》等。

然而,很快出现了对杂文复兴不利的言论。陈其通等人发表文章指出:

> 有些小品文失去了方向,在有些刊物上反映社会主义建设的光辉灿烂的这个主要方面的作品逐渐少起来了,充满着不满和失望的讽刺文章多起来了。①

针对这种情况,徐懋庸发表了《小品文的新危机》一文,文章指出了一个带有根本性的问题:杂文"是不民主的时代的产物。现在已经是社会主义民主的时代了;那么,这类小品文是否还有存在的理由呢?"

徐懋庸的文章引起了广泛的争鸣。为此,1957年4月15日,《文艺报》编辑部专门召开杂文座谈会。然而,随着"反右运动"的开展,意见出现一边倒的局面,徐懋庸的文章受到了激烈的批判。杂文复兴的局面犹如昙花一现,杂文创作重新回归萧条沉寂的状态。

正如张光年所说:"杂文是'百花齐放,百家争鸣'的急先锋,又是'百花齐放,百家争鸣'的晴雨表。当'百花齐放,百家争鸣'的方针受到抵制的时候,也就是杂文受到抵制的时候。"②

杂文短暂复兴的结果是杂文家遭遇重创。虽然毛泽东曾说过:"杂文家难得,因此,我要保护一些杂文家。"③但是,徐懋庸、宋云彬、秦似、曾彦修、平心、舒芜、陈梦家、吴祖光、李长路、唐达成、文怀沙、鲍昌、蓝翎、邵燕

---

① 陈其通、陈亚丁、马寒冰、鲁勒:《我们对目前文艺工作的几点意见》,《人民日报》,1957年1月7日。
② 张光年:《〈文艺报〉召开的杂文问题座谈会上的发言》,《文艺报》,1957年第4期。
③ 林放:《杂文之春》,《文汇报》,1981年5月3日。

祥、邓友梅、焦勇夫、沈同衡、丁聪等杂文作者却因为发表杂文成了右派[1]。费孝通、黄万里、罗竹风等专家学者也是因为发表杂文被划成右派[2]。

1960年9月,中共中央提出了"调整、巩固、充实、提高"的"八字方针",杂文写作重新得到鼓励,出现又一次短暂兴起局面:《人民日报》开辟了一批有关读书的栏目,重新启动杂文创作的发动机;北京的《北京晚报》《前线》杂志以及各地报刊媒介也发表了一批有影响的杂文。其中比较著名的杂文专栏有阿英的《读书札记》,唐弢的《晦庵书话》,路工的《访书见闻录》,邓拓的《燕山夜话》,邓拓、吴晗、廖沫沙的《三家村札记》,夏衍、吴晗、廖沫沙、唐弢和孟超的《长短录》,宋振庭的《星公杂文》,李欣的《老生常谈》,张黎群的《巴山夜谈》,丹丁的《历下漫话》等。

1962年毛泽东提出"千万不要忘记阶级斗争",杂文创作退潮。"1966年3月28日至30日,毛泽东在杭州、上海三次与康生、江青等人谈话,点名严厉批判了邓拓、吴晗、廖沫沙三人合作的《三家村札记》和邓拓的《燕山夜话》。他说这两部书贩卖了封、资、修毒货,是反党反社会主义的作品。"[3]不久,"文化大革命"爆发,杂文再次遭遇灭顶之灾。

第二时期即从1976年至今的新时期,杂文创作开始了艰难的复兴之路,在新的社会历史条件下实现着它的审美转型。

1979年8月,蓝翎在《有感于杂文的兴废》中提出:"杂文废除不得!我们永远需要杂文!"9月,黄秋耘在《杂文应当复活》中呼吁:"杂文可以复活,也应当复活!"为新时期杂文走向复兴、繁荣摇旗呐喊。

1980年除《人民日报》等报纸开辟"今日谈"等专栏外,第1期的《文艺报》也开辟了"杂感"专栏。《文艺报》编辑部邀请部分在京杂文作家举行一次座谈会,探讨如何办好专栏促进杂文创作,会上部分发言摘要在第

---

[1] 袁鹰:《风云侧记——我在人民日报副刊的岁月》,中国档案出版社,2006年版,第100~101页。
[2] 曾彦修:《中国新文艺大系(1949—1966)·杂文集·后记》,中国文联出版公司,1991年版,第754页。
[3] 张占斌、孙建军:《"三家村"沉冤》,三环出版社,1992年版,第164页。

3期发表,包括《要搞百家争鸣、不要搞一家独鸣》(廖沫沙)、《要惜墨如金,多写短文章》(王子野)、《创造一种新的杂文的文风》(陶白)、《略谈杂文的功过》(曾彦修)、《多来点"温良恭俭让"》(胡思升)、《希望杂文创作出现新的生气》(姜德明)、《杂文如何更好地触及人民内部矛盾?》(冯亦代)、《要有一颗诚挚的心》(王春元)和《读后要让人去想》(叶至善),主张肃清帮八股的流毒,发展、创造和形成一种"讲真话"的杂文文风。这标志新时期杂文创作进入一个复兴的新阶段。

其后,1981年4月《南方日报》"南粤"副刊邀请广州部分杂文作家秦牧、苏烈、岑桑、柳嘉、于厘、马冰山、刘家泽、关振东、何芷、黄树森等人,就如何提高杂文质量、发挥杂文功能举行座谈。4月22日《南方日报》"文艺评论"版刊登了部分作者的发言:《探索和发展杂文艺术》(秦牧)、《杂文杂议》(岑桑)、《杂文的杂与不杂》(柳嘉)、《杂文与时代》(杨群),探讨杂文文体的艺术特征,强调杂文要有深刻思想和艺术魅力。1982年1月18日和11月22日,《新观察》杂志两度召开座谈会,就繁荣杂文创作、提高杂文质量进行探讨。两次座谈会的部分发言摘要分别刊载于《新观察》1982年第4期、第24期和1983年第1期。

巴金在1980年以后的"随想录"创作,开始彻底解剖自己,具有强烈的反省意识,至1986年8月八年中发表了150篇"随想",后结集为《随想录》(第一集)、《探索集》、《真话集》、《病中集》、《无题集》出版,是一部"用真话建立起来的揭露'文革'的'博物馆'"。这不仅是巴金个人杂文创作的高峰,更是新时期文学创作的重要收获。复兴期的杂文创作和理论探讨,为杂文创作的全面繁荣做好了铺垫。

1984年10月2日专门刊登杂文的报纸《杂文报》,1985年1月中国历史上第一家杂文理论刊物《杂文界》在河北省石家庄市的创办,可以说是新时期杂文创作走向全面繁荣的重要标志。《杂文界》不单是"全国唯一正式出版的杂文理论学术刊物,且在研究杂文理论、发表杂文新作、评介杂文作家、培养杂文新人方面做出了明显成绩"[1],推进了杂文学的

---

[1] 李成年:《以文会友遇知音——我与〈杂文界〉》,《空军报》,1996年1月13日。

建立。

杂文理论的体系化和杂文学的建立,是新时期杂文繁荣期的重要特征之一。新时期出现了"新基调杂文"杂文理论,以及杂文创作"淡化政治的观点"的争论。

一系列杂文总集和杂文丛书的出版,是新时期杂文繁荣的另一表现。杂文总集有曾彦修、秦牧、陶白主编的《中国新文艺大系(1976—1982)·杂文集》,张华、姚春树、蓝翎、牧惠主编的《中国杂文大观》(1—4卷),曾彦修主编的《全国青年杂文选(1977—1984)》,以及《20世纪中国杂文精粹》、《20世纪中国杂文大观》、《20世纪杂文选粹》等。杂文丛书主要有:湖南文艺出版社从1986年起陆续推出严秀和牧惠主编的四辑40本"当代杂文选粹"丛书,1989年5月光明日报出版社出版武汉青年杂文学会选编的"青年杂文新潮丛书",1989年8月广州文化出版社出版的"思想者丛书"等。

巴金的《随想录》和获全国首届优秀杂文集奖的十部杂文集:《优乐百篇》、《湖滨拾翠》、《辣味集》、《当代杂文选粹·冯英子之卷》、《各领风骚没几年》、《观海录》、《金台集》、《当代杂文选粹·章明之卷》、《未晚集》、《当代杂文选粹·吴有恒之卷》,是新时期杂文创作中最亮丽的风景,代表了新时期以来整个80年代杂文创作的最高成就。

如果说,新时期以来改革开放的社会大潮为80年代杂文复兴和繁荣提供了契机,杂文家承继了"五四"理性批判精神,致力于对现实和历史中的社会现象、思想现象、文化现象、国民性格以及杂文家自我进行深度分析、批判和解剖。那么,随着改革开放力度加大,处于社会转型期的90年代杂文凸现出阶段性的新特点。

市场经济的快速发展影响着90年代文学语境,政治制度改革中的社会主义法制化进程也对90年代杂文创作产生深远影响。随着人们法律意识增强,维权意识增强,文字官司也开始频繁见诸报端。

剧作家吴祖光的杂文始终洋溢着关注现实人生的火热情怀。1992年,他为两个素不相识的被无故搜身的普通女顾客打抱不平,在《中华工商时报》上撰文发表《高档次事业需要高素质员工》,批评中国国际贸易中心侵害消费者权益,被国贸告上法庭,引发了一场拖了两年多的杂文官司,并且引起香港和海外媒体的关注报道。几经波折,直到1995年5月11日,最终宣布国贸告状无理,正当的舆论监督受到法律保护。

这一场获胜的杂文官司,在某种程度上,可反观出90年代杂文写作环境的复杂和矛盾。也让杂文家针砭时弊的社会批评,下笔更为小心谨慎,甚至有些作者转而更加关注文化反思,以及对现代化进程中"现代性"问题的探讨。使得90年代杂文比起80年代杂文,整体的批判锋芒有所减弱,更注重杂文的知识性和艺术性,而体裁则更为丰富。

"乡土杂文",最早由杂文家张雨生于1989年提出。他认为:"长期偏居一山一水的杂文作家,追逐新闻做杂文,其优势不如记者编辑,抱着史书做杂文,其优势不如学者教授。他的优势在于,懂得乡土文化,熟悉乡土社情,从中寻求思辨,寻求材料,寻求情感,容易获得创作个性。"①湖南省衡阳市杂文学会会长李升平结合自己的创作实践,于1992年开始从事乡土杂文的系列研究,先后发表了《初论"乡土杂文"》《杂文普及与乡土杂文》和《关于"乡土杂文"的再思考》等论文。他认为新时期以来,杂文创作出现了空前的繁荣和发展,主要是由于数量成十倍地增长的地方性的众多报刊普遍刊登杂文,而这些杂文,大都是地方性色彩浓厚的"土"杂文,且大多出自名不见经传的基层杂文作者之手。由新时期杂文创作队伍中不可忽视的"地方军"创作的乡土杂文,立足基层,面向群众,体现民情,通达民意,紧扣民心,因而为人民所喜闻乐见。

《杂文报》和《杂文界》自90年代以来,先后开辟"乡风絮语"专栏,组织了三次征文活动,可谓是对新时期"乡土杂文"的大检阅。新时期乡土杂文的代表作家是江苏省滨海县农民杂文家徐恒足,他被江苏省杂文学会会长姚北桦称为"中国杂文界"的"赵树理"。徐恒足自幼生长在农村,一直在农村工作,与农民有一种息息相通、荣辱与共的感情。他说:"我理解他们,同情他们,尊重他们,有时也'哀其不幸,怒其不争'。在改革开放历史大潮的冲击下,变得最早、最快的是农村,是农业,是农民。我为这种

---

① 张雨生:《乡土孕育杂文——〈虎头石漫笔〉序》,《杂文界》,1989年第5期。

变化欢呼过,也为大潮中出现的一些问题困惑过……我的文章中百分之五十以上的篇幅是在为农民呼喊。"①他的杂文《再说"顶门杠"》、《农民也是大海》、《科技蹒跚下乡难》、《勿忘"浮夸"之害》、《农村"吃喝风"管窥》、《关于种子的联想》、《"白条"兑现之后》等等,都是为农民说话,而深受农民广泛欢迎的篇章。河北省丰南县农民写信给徐恒足,称赞他的杂文"句句都写到我们广大农民的心坎上"。由于农民大都缺少文化,心里有话说不出,乡土杂文正好说出农民心中要说的话,而这样的杂文,是一般知识分子出身、长期在大城市里生活的杂文家写不出来,或是很难写好的。因此,乡土杂文被看做是 90 年代杂文创作繁荣的重要途径而被提倡,《杂文界》编者指出:"杂文这种文体,在写法上,惯于引经据典,间用文言,有些文章偏于深奥难解,影响到杂文在农村的普及。而且杂文作者又多生活在城市,对农村生活缺乏深入的了解和体验,所以,他们的作品还多停留在一部分知识分子之中。如果说,杂文有提高和普及两个方面的话,当前提高是重要的,那么普及问题,特别是向广大农村普及,同样是重要的。"②

在 90 年代"散文热"的大背景下,杂文随笔丛书的出版,也蔚为大观。主要有成都出版社的"当代名家杂文系列"、湖南文艺出版社的"中国当代著名杂文家漫画家幽默小品"丛书、宁夏人民出版社的"中国当代名家杂文精品丛书"、甘肃人民出版社的"名家最新杂感力作"、四川人民出版社的"稻草人杂文随笔丛书",以及群言出版社的王蒙、牧惠、冯骥才、吴增若、高洪波、冯景元的杂文随笔自选集,百花文艺出版社的"当代名家杂文精品文库"、长春出版社的"中国当代杂文精品文库"、敦煌文艺出版社的"当代名家杂感随笔系列"等。

在杂文热中,也有不少作者,或故作闲适,或冒充博雅,或以堕落为潇洒,或以媚俗为时髦,或"满纸空言,甚而至于胡说八道",或热衷于"赏玩琥珀扇坠,翡翠戒指",以致使随笔成为"市井文化的小小点缀"(朱铁志

---

① 徐恒足:《聊发少年狂》,《杂文界》,1996 年第 14 期。
② 本刊编者:《祝"乡土杂文"苗壮成长》,《杂文界》,1994 年第 3 期。

语)。正是在一片略显平庸的杂文创作中,鄢烈山、朱铁志、王向东、朱建国、米博华、蒋元明、冯并、吴非、商子雍等一批承续了鲁迅风骨的青年杂文作者,凸现出来。

作家作品分述(一)

第一节 夏衍、巴人、徐懋庸

夏衍(1900—1995),是建国初期最早写杂文的杂文家。1945年5月,夏衍接受中共中央派遣进驻上海,担任上海军管会文教管制委员会副主任,负责接管上海的文化机构。后任中共上海市委常委、宣传部长、市文化局长等职。他曾于1949年8月至1950年9月,在上海《新民报·晚刊》上开辟了"灯下漫笔"杂文专栏,以黄贲、东峰、钟培、佩芝、一芹等笔名发表了100多篇杂文。他曾专门有一段文字谈写这些杂文的原因和遭遇:

> 全国解放后,我不当记者了,可是一个当惯了编辑或记者的人,一旦放下了笔,就会像演员不登台一样地感到手痒。上海解放后,《新民晚报》继续刊行,当超构同志问我"可不可以给我们写一点"的时候,我请示了陈毅同志之后,便欣然同意了。我写点杂文,当然不只是为了"过瘾"。而陈毅同志比我想得更为全面,他鼓励我写,还说,可以写得自由一些,不要把党八股带到民办报纸里去,和党报口径不同一点也不要紧。最使我难忘的是,他说:"可以用笔名,也不要用一个固定的名字,我替你保密。"超构同志给我辟了一个专栏,大概是叫"灯下闲话",每天四五百字,每隔一两天写一篇。当时上海刚解放,市民思想混乱,黑市盛行,潜伏的特务又不断散布谣言,因此那时写的文章主要从民间报纸的立场,想要匡正一些当时的时弊。当时我四十九岁,精力饱满,尽管工作忙,还是不断地写,记得同年九月我在北京参加第一届政治协商会议,火车上也写,会场上也写,几乎每

篇都换一个笔名,一直写到 1950 年四五月间,大概有一百多篇。为什么不写下去呢? 一则是忙,二则是"密"保不住,渐渐传开了,有人讲怪话,我就主动收摊了。①

虽然夏衍说他的《灯下闲话》是从民间报纸的立场,动机是匡正当时的一些时弊。但事实上,他只不过是通过用笔名的方式隐蔽了自己的共产党人身份,在行文风格上有意区别了党报的风格,但其根本立场仍然是共产党人的立场,这是显而易见的。袁勇麟将夏衍当时所写的杂文的主要内容概括为两方面。其一是"他针对社会谣言盛行,人们思想混乱,以杂文为武器,批驳了国内外敌人对新中国的诬蔑"。其二是"他也在杂文里歌颂新社会、新时代、新生活、新气象,为新生事物摇旗呐喊"②。

很显然,在夏衍的《灯下闲话》里,他批判的锋芒是针对敌人的,这敌人是共产党的敌人;他歌颂的对象是新社会、新时代、新生活、新气象,这新的一切是共产党带来的。这是《灯下闲话》鲜明的立场,一个共产党人的立场。

比如他在《刮目相看》一文中,历数上海在解放四个月以来取得的重大成就以证明"不出三个月内,上海经济总崩溃"、"蒋介石回上海过中秋"的预言是个笑话。《每饭不忘》一文,以上海人吃到东北米的事实来赞扬新中国实行的粮食通盘调度计划,进而指出共产党不仅会打仗而且也能治理国家。《给远行者》一文,专门写给那些对现实缺乏信心的去国者,相信他们会有"铩羽知还的日子"。

当然,夏衍在歌颂新中国的新气象时,也注意保持冷静的态度,希望自己献身的事业能够获得可持续的发展。如在《论恭维》中,作者谈到"连耆老们也对共产党有了新的认识",并为此感到高兴。同时他也表示,不仅要"闻过则喜",也应该"闻誉则思",指出:"一个人经得起骂的考验容易,经得起捧的考验困难,特别是在经过了长期的苦斗而初获成功的时

---

① 夏衍:《懒寻旧梦录》(增补本),三联书店,2006 年版,第 417 页。
② 姚春树、袁勇麟:《20 世纪中国杂文史》(下册),福建教育出版社,1997 年版,第 624 页。

候。历史上被骂倒者少,被捧垮者多……"

《灯下闲话》标志着夏衍的杂文创作实现了一个重大的转型。过去他写杂文是对国民党代表的主流政治进行揭露和批判,现在,他写杂文则是站在共产党的立场上,对共产党代表的主流政治进行歌颂,同时不断提醒胜利者不要居功自傲而丢掉胜利果实,并本着对共产党的事业忠诚爱护的态度对现实中出现的一些贪污腐化现象、官僚主义行为等进行批评。

作为一个有见识有学问并且笔力畅健的杂文家,他的《灯下闲话》不仅内容涉及广泛,可以被作为解放初上海的编年史来阅读,而且确实在当时的社会环境中起到了拨云见日、稳定局面,使社会舆论向有利于新的执政党的方向转化的作用。

巴人(1901—1972),原名王任叔,浙江奉化人。1950年,巴人出任中国驻印尼第一任大使,1953年返国。1954年起担任人民文学出版社副社长、社长和《文艺报》编委。"文革"期间,在饱受凌辱摧残、妻离子散之后,被遣返浙东原籍,生活凄苦,无人照看,导致精神失常,1972年去世。

1956年5月6日,巴人在《人民日报》发表《况钟的笔》一文,是建国后最早出现的产生了重大影响的杂文名篇。文章从昆剧《十五贯》中况钟那枝三落三起的笔谈起,指出况钟之所以三番几次不落笔,是因为"他想到人命关天,要对人负责",进而得出结论:"没有对人负责的精神,不可能作出对工作负责的事。况钟的笔底下有'人',就是况钟用笔的可贵精神。"同时,巴人还写到了另外两种人。一种是"像过于执那样的人",他们"只知大笔一挥,看不到笔底下有'人';或者把任何工作,往上一推,往下一压,自己仅仅经过手,签个名","不研究事情的实质",这种人是主观主义者。另一种是周岑那样的官僚主义者,他们"满足于自己的高官厚禄,闭着眼睛签发文件,而又讨厌下属提出不同意见,为了去掉不顺手的干部,就故意设下陷阱叫你跳下去"。巴人对社会中存在的这两种负面人物的概括准确生动、形象可感,直击本质。通篇对"人"的关注,更是显示了这位杂文作家的慧眼独具、真知灼见。《况钟的笔》一文发表后,脍炙人口,带动了20世纪50年代中期杂文创作的复兴。

《况钟的笔》之后,巴人陆续创作了《作家应该有丰富的知识》、《略谈生活的公式化》、《一反其道行之》、《"多"和"拖"》、《论人情》、《消亡中的"哀鸣"》、《"劳动人民爱美吗?"》等杂文,曾编成《遵命集》、《点滴集》出版。

建国以前,巴人的杂文自觉师承鲁迅,不仅杂文数量大,而且内容战斗性很强。用袁鹰的话说是"笔扫千军"①。建国后,巴人也面临着时代的变化和个人的转型,一度停止了杂文创作。在"双百方针"的鼓励下,重新焕发出杂文创作的热情。但作者自己也感觉到某些上面下来的社会压力,因此常常退却,虽然意识到仍然需要思想革命,但对杂文所持的态度也怀有疑惑。他承认当时杂文面对的是人民内部矛盾,因此,讽刺运用必须有所节制②。身份的变化和思想的疑惑导致了巴人杂文的变化。当时《人民日报》的编辑,发表《况钟的笔》的袁鹰也看出了巴人杂文的变化,他曾经指出,《况钟的笔》这篇杂文,"并不像作者过去写的那样有火药味,言辞也并不犀利泼辣"。③ 他还分析原因,"这些杂文,接触的都是人民内部矛盾,当然文字就不能像'孤岛'时期那样锋芒所指,鬼蜮心惊"。④

如果说新中国成立前巴人的杂文充满战斗性和火药味,那么,新中国成立后巴人的杂文则很注意立场的选择和表达的策略,当他谈到现实中不尽如人意的现象时,他会努力将它作为"人民内部矛盾"来对待。所以,我们读到的巴人的批判不良社会现象的杂文,总是用"我们"、"咱们"来作为主体,有时甚至还将自己的缺点放进去,以表明这些不良现象是产生于"我们"、"咱们"内部的,进而表明了对这些不良现象的态度是"治病救人"而不是"划清界限"。换言之,巴人新中国成立后的杂文是有着鲜明的执政者立场的。所以唐弢认为巴人新中国成立后的杂文表现了作者"对世情的了解往往入扣,找不出过去那种粗疏片面的地方"⑤。

尽管有着鲜明的执政者立场和坚定的党性原则,努力追求表达的全

---

① 袁鹰:《风云侧记——我在人民日报副刊的岁月》,中国档案出版社,2006年版,第105页。
② 巴人:《消亡中的"哀鸣"》,《中国新文艺大系(1949—1966)·杂文集》,中国文联出版公司,1991年版。
③ 袁鹰:《风云侧记——我在人民日报副刊的岁月》,中国档案出版社,2006年版,第95页。
④ 袁鹰:《风云侧记——我在人民日报副刊的岁月》,中国档案出版社,2006年版,第105页。
⑤ 唐弢:《点滴集·序言》,浙江人民出版社,1982年版,第11页。

面,巴人新中国成立后的杂文仍然表现出了其深刻而又与众不同的思想,那就是对"人"、对"人性"、对"人情味"的理解与宽容。对此,巴人自己也有清醒的认识。在编选杂文集《遵命集》时他就说:"这一年多来我的思想的变化,在这个集子里也可以看得出来。我似乎对于'人'这个社会存在,更引起注意和关心了。"①

《况钟的笔》所提倡的"笔底下有人",实际上是针对现实中拥有权力的人"目中无人"的现象而言的。在这里,"笔"其实是权力的代名词。"用笔"比喻的是对权力的运用。有权力的人做出的决策常常"人命关天",所以必须"对人负责"。在当时,巴人的这个立论确实是相当大胆的。因为这个立论与一般的批评官僚主义、主观主义的杂文不同,那些杂文还基本上是就事论事,巴人的思想则超越了就事论事的层面,涉及更本质的问题。

特别值得指出的是,巴人的这种"笔底下有人"的思想是一以贯之的。《略谈生活的公式化》一文,写的是生活方式的变革中,"我们有些改造生活的负责人,常常只看到自己经营管理的方便,而忘却了自己事业的服务的对象"。这个服务的对象,自然就是巴人所关注的"人"。忘记人,也就等同于"笔底下无人"。正是从对人的关心与理解的立场出发,巴人才能提出一些与当时的观念格格不入的思想。《"劳动人民爱美吗?"》正面指出劳动人民是爱美的,甚至是懂得美并能够创造美的,针砭了当时社会现实中害怕美、疏远美的现象。那么,为什么说劳动人民是爱美的呢?这就显示了巴人立论的与众不同,他是从"爱美是人类的天性"这个基本判断进行推论的。虽然他用了不少高尔基、马克思的话作为论据,但其中用得最多的还是"天性"这个词语,他甚至用了一个孩子对社会主义的理解来证明人的爱美的天性。这里,"天性"这个词语可以被看成是巴人所有杂文的关键词。"人的'天性'"实际上就是"人性",就是"人情"。巴人所谓的"笔底下有人"就不仅是提倡权力拥有者要关心人,而且还涉及对"人性"、"人情"这些更深刻的观念的理解。这是巴人杂文思想中高人一筹的

---

① 巴人:《遵命集·编后记》,北京出版社,1957年版,第154页。

地方。

《论人情》一文从文艺创作的角度集中谈了巴人对"人性"、"人情"这些概念的理解。他认为:"人情是人和人之间共同相通的东西。饮食男女,这是人所共同要求的。花香、鸟语,这是人所共同喜爱的。一要生存,二要温饱,三要发展,这是普通人的共同的希望……这些要求、喜爱和希望,可说是出乎人类本性的。"他甚至将"人情"观与当时的无产阶级观有机结合,认为"能'通情',才能'达理'。通的是'人情',达的是'无产阶级的道理'。划清思想界线,就是通过'人情来贯彻''阶级立场'"。

将"人性"、"人情"这些概念纳入无产阶级理论体系,显示了巴人对其党性立场、集团利益的执守,同时也透露了他对某些人类共同思想成果的认同。这种思想在当时确实是不合流俗的,所以,巴人的有关思想很快受到了"围剿",被当作"文艺界修正主义代表",并以"鼓吹人性论"的罪名受到文艺理论界的批判。

徐懋庸(1910—1977),浙江上虞人。在 20 世纪 30 年代是作为"左联"杂文新秀出现的,与唐弢并称"双璧"而名重一时。1949 年以后,曾任武汉大学党委书记、中南文化部副部长、中南教育部副部长等职。1956 年发现《人民日报》出现了杂文,立刻重操旧业,拿起了已经搁下了 20 年的杂文的笔,以"弗先"为笔名写了《想到〈活捉〉》,很快在《人民日报》上发表,从此一发而不可止,从 1956 年 11 月到 1958 年 8 月不到一年的时间里,写了 100 多篇杂文,仅在《人民日报》就发表了 30 多篇,成为 50 年代中期最重要的杂文作家之一。但他也因杂文成为右派。其中《"蝉噪居"漫笔》是他被打成右派的重要根据之一。80 年代,三联书店出版了《徐懋庸杂文集》。

徐懋庸从事文化教育部门的领导工作,曾经写过不少学习马列主义、毛泽东著作的哲学论文。因此,他的杂文具有较强的理论色彩和职业特点。他写杂文的时候正好是"双百方针"发表的时候,党政部门都在鼓励人们发扬民主精神"百花齐放、百家争鸣",徐懋庸专门写了一系列有关民主的文章如《不要怕民主》、《不要怕不民主》和《第三种人的体会》等。民主问题长期以来是一个难度大很敏感的问题,一方面,在既定的体制形态下,这个问题不容易讲清楚;另一方面,由于这个问题直接涉及政治的根本,稍有差池就容易为人诟病,给发言者带来麻烦。所以,徐懋庸敢于直接就这些问题发言,还是颇有勇气的。在这些文章中,他既能站在共产党的立场上,强调政权已经"归于全体人民,阶级之间,既已没有根本利益的冲突",也能注意到"非对抗性的矛盾却还存在,那么,民主就成为正确解决人民内部矛盾,发展人民物质生活和文化生活的手段",在当时的文化语境中,这样的表述还是比较深刻地阐明了民主的内涵与作用的。可以看出理论修养确实给他的杂文带来了深度,这是徐懋庸杂文在当时与众不同引人注意的很重要的地方。

徐懋庸的理论修养不仅给他的杂文带来了思维的深度和清晰度,而且还使他能超越俗见体现真知灼见。他写过一篇《大国主义和大国》的杂文,谈中国"人多"这个现象,既说明了"人多力量大"的正面意义,也提出了"人多需要大"的人口压力。在解释"人多需要大"这个问题时,他不仅列举生活现象,而且提供经济数据,比如我们的年钢产量是400多万吨,如果按人口平均计算想超过美国,就必须达到四万万吨。数字是很有说服力的,能够使人冷静客观不冒进。他也注意运用经济学的理论推理,比如我们国家如果不扩大再生产,停滞就意味着后退,因为每年1000多万人口的增长会使人均收入迅速下降。这些都显示出徐懋庸对学术理论、对专业学科的重视。这就体现了徐懋庸杂文的独特性,他不是人云亦云停留于现象的思考,不像更多的杂文家满足于点到为止的发言,他更乐于借用一些专业知识帮助解释生活中存在的问题,从而将问题引向深入。

虽然徐懋庸的杂文重视理论阐释,但他同样重视形象思维。他写过一篇《武器、刑具和道具》的杂文,从马克思《资本论》物的规定性的原理出发,以刀为例,说明如果用于交战,刀是武器;用于对付没有反抗权力的对方,刀是刑具;用于表演,刀成了道具。这个解说确实很形象,把深刻的原理表达得生动形象。不过,作者的立意不仅止于此,接着刀的例说,他把理论与刀作类比:用于平等的思想斗争,理论是武器,这时候的理论家是战士;用于不平等的权力斗争,刀成了刑具,这时候的理论家是刽子手;用于望文生义、空洞演绎,理论成了道具,理论家成了演员。从一个物的规定性原理出发,写出了理论的三种不同使用方法和态度,概括了三种不同的理论家。看得出来,徐懋庸在切中时弊的同时,确实达到了抽象与形象的有机融汇。

他的杂文还有一个特点就是能将自己的实际工作体会放进去,具有鲜活的感性体验和独特的个性色彩。比如,在那些关于民主的文章中,他就从自身体会出发,写出了为什么有的人既怕民主,又怕不民主,这种复杂的心理其实是有深刻的现实原因的,从根本上与人处于不同的社会身份有关。由于有个人的实际生活体验贯穿他的文章,他的杂文说理就不同于抽象的说教,而显示了血肉的丰满。

第二节 唐弢(1)、秦似

唐弢(1913—1992),原名唐端毅,浙江镇海人。20世纪30年代于上海邮局工作期间即开始了杂文写作并深受"鲁迅风"影响。建国后曾任复旦大学、上海戏剧专科学校教授、上海作协书记处书记、《文艺月报》副主编。1959年以后任中国社会科学院文学研究所研究员。曾主编《中国现代文学史》等。1962年,曾参与《人民日报》著名的杂文专栏《长短录》的写作,以万一羽为笔名发表了《谢本师》和《尾骶骨之类》两篇杂文。

1949年以后,唐弢较有影响的杂文主要发表于1957年以前。主要有《纠正粗暴的偏向》、《发掘的更深一些》、《孟德新书》、《"言论老生"》、《选本》、《从选本说开去》、《"实事求是"》等。这些杂文,主要针对文化界一些时弊发言。

如《纠正粗暴的偏向》,讨论了以反封建的名义否定古代戏曲的做法。这种行为不遵守艺术规律,对民族艺术遗产取滥禁乱改的粗暴态度,应该反对。

《发掘的更深一些》,讨论的是文学创作中如何将素材的意义挖掘得更深的问题。作者专门举了一些事例,比如一个女工选择了布娃娃作为外国朋友送她的礼物,一个农民寡妇19年来保留了一把丈夫生前用过的镰刀,作者分析这些故事蕴含的真实的感情和深长的政治意义:"一个布娃娃,一把镰刀,这上面沾满着深厚的感情,昨天和今天之间的不同的感情。""细小平凡只是表面现象,现象后面隐伏着一些大问题,要求我们作家从政治上去发掘,掘得越深,表现的问题也就越尖锐。"最后作者得出结论:"作家们应该加强自己的政治嗅觉,从现象发掘下去,发掘得更深一些,展示所描写的对象的灵魂,展示作者自己的灵魂。"

《孟德新书》,批评了学术界存在的"趁现成"现象。用曹操的《孟德新书》与战国无名氏所作兵书相同的故事,来类比学术界某些学者通过转述、缩写别人的成果作为自己的著作的现象,进而提倡独立思考做学问的精神。

《"言论老生"》,介绍了"文明戏"中的"言论老生"这样一种角色。他的特点是专发议论:"上得台来,满口'官话',总是长长的一大篇。有时候是'声色俱厉',有时候是'声泪俱下',虽然内容空泛,却的确搬出许多大道理,做到了'慷慨陈词'的地步。"借此批评一些批评家喜欢发表不联系实际的无法反驳、永远正确的大道理的教条主义、主观主义的现象。

《选本》,从有些人只读选本、不读原著的现象谈起,批评了人云亦云的治学态度,提倡追本穷源的治学精神。

《"实事求是"》指出"实事求是"是"一个很高的标准,要做到这一点,在学问和品德上,都非有高度的修养不可"。由于文化学术界的辩论存在许多"意气多于事实,拉扯多于交锋"的现象,所以,作者提出辩论双方至少应该有"就事论事"的态度,而不应脱离问题事实去进行人身攻击。文中作者写道:"大抵往返驳诘,所恃的是真才实学,一离开讨论的中心,即使严词相向,也无非插科打诨,与学术问题无关,只落得'轻薄'两字,算不得什么'争鸣'了。"这篇文章,发表于"百家争鸣"充满火药味的1957年,确有某种令人警醒的意味。

唐弢是位著名的现代学者,读书多、见闻广、知识渊博。他解放后的杂文和此前确有不同,以"学识"丰厚、科学精神见长。

秦似(1917—1986),原名王扬,广西博白人。1949年后历任《南方日报》编辑、广西师范大学中文系副主任、广西大学中文系主任、广西政协副主席等职。建国之初曾写过一些歌颂性的杂文,但很快意识到杂文在当时的不合时宜。直到1956年,在夏衍、林默涵的劝导下,秦似又拿起了杂文的笔,写出了《学习泛感》、《放的早迟》、《办事情和"舞雉鸡尾"》、《比大和比小》等杂文,并因此受到批判和处分。《秦似杂文集》1981年由三联书店出版。

秦似许多杂文有一个共同的主题,就是主张实事求是,尊重事物的规律性。《放的早迟》针对文学上的趋时主张发表意见,认为:"我们固然可以要求一个作家在生活中或者下去'体验'生活之后立即交卷,同时又应该允许作家有暂时不交卷的自由","有放得早的花,也可以有结得迟的果。这才使我们今后的文艺成为蔚为大观,百花齐放"。进而用武则天叫"所有的花在一个晚上都开出来"的做法类比那种"要做到绝对的一律的"的"批评",并对此表示了不以为然。最后得出结论:"灼叶催花的办法是行不通的,好的园丁,应该着意于更勤的施肥和培育,而更重要的是:知道花的长成的规律。"

《从"种芋经"谈起》说的是尊重规律也表现为"尊重经验"。文章用自己种的荔浦芋和"荔浦芋之乡"的荔浦芋相比,说明"前人的经验是有用的。一种作物的生长,有它一定的过程,一定的规律。所谓经验,就是在一定程度上掌握到了事物的规律性。不问规律而盲目地去作,要有好的结果总是不可能的"。

在《比大和比小》一文中,秦似直截了当地指出:"有些道理看去很平常,但说说容易,真的去做就比较困难;比方'实事求是'这句话,难道不是我们常常挂在嘴边的么?但无论做文章或办事情,要真正做到'实事求是',到底仍然不太容易。"

秦似杂文写到了中国当代一个很特殊的作风,即"效尤"、"跟风"。在《办事情和"舞雉鸡尾"》一文中,秦似写到出版界一提倡通俗政治读物,就会出现此类读物大量积压书店的情况,与此同时,读者想买古典文学书却无法在货架上看到。出现了一个得到称赞的昆剧《十五贯》,就"满城争说",结果,"不问什么剧种剧团,在差不多同一个时候,都演《十五贯》"。对此,秦似指出:"顾此失彼,放弃了其他的剧目,就会出现单调的现象。""什么东西只要一成了风,就往往要把别的东西吹掉。"

那么,为什么会出现不按规律做事情、"效尤"与"跟风"的诸多现象呢?秦似也有很深刻的分析。

他在《办事情和"舞雉鸡尾"》一文中指出:这是"眼睛朝天、不看地面",是头脑"热昏昏"的只想"表现政绩"的干部的所为。"一声'得令',便于工作'照本行事'起来,不假思索,不究实际,只求貌似,不顾神离,是问题的症结之所在。"而这种"效尤"一旦到了情况不妙的时候,执行者又可以"把责任一推,'这是按指示作的呀'"。对此,秦似只好作一结论:"这种作风和做法如不改变,所谓独立思考,始终只能是口头上的一句话而已。"

在《比大和比小》一文中,他同样指出中国普遍存在的唯上与媚上的现象,"上面要大,就来个比大,愈大愈好。于是乎许多'千斤县'都在计划里出现了。""上面要小,就来个比小,诀窍也是:愈小愈好。"

而之所以会出现这种唯上与媚上的现象,也是因为"当要大的时候,如果不大,就会犯错误,只要大得可观,哪怕离开了实际的可能,却并不怎么打紧;反之亦如是",是因为"邀功诿过的思想在作怪"。而这些效尤的人还以"矫枉必须过正"、"工作总是在矛盾中前进"为借口。对此,秦似都作了深刻的分析和批评。

这些50多年前的杂文所针砭的效尤与跟风、唯上与媚上的现象至今仍然普遍存在,由此可见秦似杂文确实有很强的生命力。

第三节　邓拓、吴晗、廖沫沙

邓拓(1912—1966),原名邓子健,福建福州人。1929年考取上海光华大学政治法律系,1930年加入中国共产党。1931年转入上海法政学院经济系,1934年插班到河南大学历史系就读,开始研究中国经济史,1937年出版《中国救荒史》,成为中国这一研究领域的扛鼎之作。1937年到达晋察冀边区,先后主持《战线》、《晋察冀日报》等报刊的工作。1944年主持编辑出版了第一部《毛泽东选集》。1949年邓拓出任《人民日报》总编辑,并受聘为北京大学兼职教授。1955年受聘为中国科学院哲学社会科学部委员。1956年主持了《人民日报》改版工作,推动了杂文写作的复兴。1958年在南宁会议上受到毛泽东的严厉批评。毛泽东以"按兵不动,不积极贯彻中央精神"为名,斥责他"书生办报"、"死人办报","同中央唱反调"。后调任中共北京市委书记处书记,负责文教工作。1966年一开始即受批判,5月18日凌晨自杀辞世。

1961年初,《北京晚报》决定开辟"燕山夜话"专栏,请邓拓主笔。邓拓用马南邨为笔名,自1961年3月至1962年9月,为此专栏写了150多篇杂文。马南邨是邓拓办《晋察冀日报》时所在的一个小村庄,邓拓对这个河北阜平县的小村庄充满感情,故用其村名作为自己的笔名。《燕山夜话》这一杂文专栏影响很大,为不少报刊所仿效。1963年,北京出版社将这些杂文结集为《燕山夜话》出版。在为《北京晚报》撰写"燕山夜话"专栏半年后,邓拓又参加了《前线》杂文专栏"三家村札记"的写作,1979年由人民文学出版社将之成集出版。

邓拓的学术背景和政治经历对他的杂文写作有很深的影响。他深入研究过中国经济史,既有经济学的专业知识,也有历史学的学科态度。长期从事政治工作,他对政治自然有很深的心得。这一切使他的杂文既有深刻的政治敏感,也有实事求是的精神。

作为一个政治家,他的杂文不可能没有政治意识。《燕山夜话》里有一篇《事事关心》,开篇引用明代东林党首领顾宪成的对联"风声、雨声、读书声,声声入耳;家事、国事、天下事,事事关心",明确表达了读书与政治有关,读书人要关心国家大事、世界大事的思想。认为"真正有学问的学者决不能不关心政治"。顾宪成这副对联现在广为人知,经常为人引用。然而,在邓拓写这篇文章之前,"这副对联知道的人很少",邓拓引用来倡导读书人关心政治,既别开生面,又顺理成章。从此,人们经常用这副对联说明读书与关心国家大事的联系,由此可见邓拓文章的巨大影响。

确实,邓拓许多杂文都可以作为对当时许多不良政治现象的批评来解读。还在开辟"燕山夜话"专栏以前,他就给《人民日报》写过一篇《废弃"庸人政治"》,指出生活中有一些领导人,"天天忙忙碌碌,做出一些大可不必做的事情。他们不管对什么都不肯放手,都要抓,而且抓得死死的。""结果使自己忙得不可开交,也使这么一大批干部全都陷入日常'公事'中不得解脱。""还自己安慰自己,也安慰大家,说我们做的都是为人民服务的工作,说这些都是必不可少的'政治'工作。"他直接将这种现象命名为"庸人政治",并指出其实质:"凡是凭着主观愿望,追求表面好看,贪大喜功,缺乏实际效果的政治活动,在实质上都可以说是'庸人政治'。"《一个鸡蛋的故事》、《伟大的空话》是《燕山夜话》中脍炙人口的名篇,前者讽刺想凭一个鸡蛋发财的人,"他的计划简直没有任何可靠的依据,而完全是出于一种假设。每一个步骤都以前一个假设的结果为前提。对于十年以后的事情,他统统用空想代替了现实"。后者讽刺某些拉大旗做虎皮的豪言壮语,"所用的许多大字眼,都是重复的同义语,因此,说了半天还是不知所云,越解释越糊涂,或者等于没有解释。这就是伟大的空话的特点"。如果对中国当代历史有所了解,就可以发现,这些写于20世纪60年代初的杂文,确实切中了当时的政治时弊。甚至,直到今天,由于中国政治在某些方面还有着因袭的惯性,这些杂文仍然有强烈的现实针砭意义。

值得注意的是,邓拓还写过一批很能体现其专业素养和远见卓识的杂文,比如《爱护劳动力的学说》、《围田的教训》等。

《爱护劳动力的学说》,讲的是古代文献有关"使用民力"的"限度"的论述。比如《礼记·王制篇》就说过:"用民之力,岁不过三日。"这里的用民力,特指使用民力于治城郭、途巷、沟渠、宫庙之类,也就是指将民力用于基本建设。具体地说,"按照当时社会的生产力水平,古人规定了各种基本建设所用的劳动力,大致只能占总劳动力的百分之一左右"。显然,这篇文章讨论的问题是相当专业的,能从爱护劳动力、有限度地使用民力的角度考虑问题,不是一般人可以做到的,这恰恰来自邓拓治经济史的专业素养,专业的训练使他能够从专业的角度思考问题、提出问题。可贵的是,邓拓虽然是从专业出发,但他并没有让专业成为一种自我封闭的领域,而是尽可能地将专业与社会公共问题沟通,将专业规律转化为普遍规律,所谓"不为不可成者,量民力也"。"有许多事情必须估量自己的能力是否胜任,决不可过于勉强。"这样的总结表面看是陈述一种普遍规律,一旦联系当时"大跃进"给中国带来巨大伤害的社会现实,就会发现这篇文章巨大的现实意义,感受到作者强烈的现实责任感以及对自然规律和社会规律的高度重视。

《围田的教训》,针对开辟围田以求农业增产的现象发表议论。所谓围田,就是"筑土作围以绕田也",就是在湖泊河川地带,排水筑堤,围起一大片肥沃的土地,变为自己的园田。这种做法在当时被广泛采用。表面上看,这种做法能增加耕地面积,增加粮食产量,于国于民皆有好处。然而,针对这种表面看有利无害的做法,邓拓却指出:"围田在许多世纪以来,已经有不少惨痛的教训,这是稍读历史的人都知道的。"进一步,邓拓分析了围田的坏处:"围田和圩田,占去了大片土地,势必使湖泊河川的水面缩小。一旦洪水暴发,被缩小了的湖泊河川更容易泛滥。"作为历史学者,邓拓并不满足于分析和推理,他更重视用事实说话。他以围田和圩田最发达的宋代为例,根据《宋史》的记载,指出:"围田和圩田等等都是与水争地,盗湖为田,其结果必遭水旱之灾,农业生产将受到严重损失。"这篇文章所讨论的历史上围田的教训,同样属于很专业的经济史问题,同时也是很普遍的当时的社会现象。邓拓确实兼有专业知识和现实敏感,能够将专业知识与社会问题融合得恰到好处。严格地说,《围田的教训》这篇文章,涉及的已经不是单一的经济史专业,同时也是生态史专业。经济发展与生态平衡有着深刻的内在矛盾,人们通常只关心急功近利的经济问题,而有意无意地忽略短期内难以看出利弊的生态问题。邓拓早在60年代初就表现出对生态问题的关注,确实体现了他的远见卓识。

远见卓识无疑与深厚的专业知识有关,邓拓的经济学理论修养和历史学专业训练是他的远见卓识的重要保证。人们发现,《燕山夜话》引证的材料浩繁,很多文章的出处在图书资料室很难找到,但编辑们却从未发现过作者在引证方面的差错①。然而,不得不承认,许多受过良好专业训练的人并不能表达远见卓识,这说明远见卓识不仅需要专业知识,而且还需要其他的素质来支持。分析邓拓的杂文,可以发现,专业素养是邓拓表达远见卓识的知识基础,高贵的品质则是邓拓表达远见卓识的人格保证。这种高贵的品质就其根本而言其实是一个立场问题,即思想者究竟是以民为本,站在人民的立场上思考问题,还是以上级意志为本,站在领导的立场上思考问题。邓拓显然是站在人民立场上思考问题的。像《爱护劳动力的学说》一文,将劳动力用于公共设施建设,多用一点似乎也未尝不可,然而,如果站在劳动者的立场上看问题,就有适可而止的限度问题。同样,《围田的教训》,如果站在有能力围田的少数地主官僚的立场上看问题,围田占据有利地势,旱涝无虞,而广大农民则遇旱更旱,遇涝更涝,"围田和圩田在封建时代的农民心目中,就只有坏处而没有好处了"。由此看来,人格、立场是远见卓识的重要保证,如果只是站在统治者的立场上看问题,哪怕拥有浓厚的专业素养,也会因人格造成智障,只看见眼前的利益、统治者的利益、自己的利益,而忘记了人民的利益和长远的利益。

邓拓有一篇《两座庙的兴废》,谈到古北口的杨家庙和潮白河畔的张公庙。前者得到当地文化机关的重视,修得好,参观的人多。后者久已毁坏,无人理睬。邓拓认为,真正值得修的庙应该是张公庙,因为张公能文能武:武的方面,击退了匈奴,为当地带来了和平与安宁;文的方面,他于狐奴开稻田8000余顷,劝民耕种,以致殷富,使北京顺义县许多地方成为北国江南。显而易见,邓拓认为张公庙值得修的理由在于他给人民带来了福利,显示了邓拓看问题、评价问题的一以贯之的民本立场。

---

① 张占斌、孙建军:《"三家村"沉冤》,三环出版社,1992年版,第7页。

邓拓被认为是"新中国建立四十年来首屈一指的杰出的杂文家"①。《燕山夜话》共发行100多万册,译成日文、俄文、德文和英文在国外出版,巴黎第七大学东亚出版中心出版的《中国当代文学史稿(1949—1965大陆部分)》认为:"在中国当代文坛上,恐怕只有这样一部以小块文章而结集成为这样伟大而辉煌的巨著。"

吴晗(1909—1969),原名吴春晗,浙江义乌人。1928年考入上海中国公学大学部预科,第二年升入社会历史系。1930年写成《西汉的经济状况》得到胡适的赏识。1931年经胡适推荐,成为清华大学工读生。1934年留校任教。1937年到云南大学文史系任教授。1943年加入民盟。从1943年起,吴晗发表大量抨击时弊的杂文,后曾结集为《投枪集》由作家出版社出版。1949年吴晗受中共中央之托接管北京大学和清华大学,被任命为清华大学校务委员会副主任、文学院院长、历史系主任。1949年11月,当选北京市副市长,分管文教卫生工作。1955年受聘为中国科学院哲学社会科学部委员。1959年,吴晗响应毛泽东的建议,研究海瑞,先后写成《海瑞骂皇帝》、《论海瑞》等文,并创作了历史剧《海瑞罢官》。"文革"爆发后,吴晗不断被揪斗、毒打。1968年被捕入狱。1969年10月10日在狱中被迫害致死。

1959年,吴晗曾以"刘勉之"为笔名,在《人民日报》副刊撰写"读书札记"专栏,发表了一批知识性的杂文。1960年他的杂文集《灯下集》由三联书店出版。20世纪60年代初期,吴晗参加了《前线》杂文专栏"三家村札记"和《人民日报》杂文专栏"长短录"的写作。1961年,其杂文集《春天集》由作家出版社出版。1963年,其杂文集《学习集》由北京出版社出版。

吴晗是学历史出身的,对明史颇有研究,历史知识极为丰富。他的杂文最突出的特色就是善于利用历史知识和故事来说理。《海瑞骂皇帝》一文就是通过海瑞骂皇帝但终于没有被皇帝所杀这一事实,写出了一个一

---

① 曾彦修:《中国新文艺大系(1949—1966)·杂文集·导言》,中国文联出版公司,1991年版,第20页。

身正气、两袖清风,以至于连无法无天的皇帝也奈何他不得的"清官"形象。通过海瑞深得人民爱戴的事实,如海瑞被人劾奏的时候,一批青年进士为他辩诬申救,认为海瑞是"当朝伟人,万代瞻仰,真有望之如在天上,人不能及者"。海瑞死后,"南京人民罢市,丧船过江岸,穿白衣冠送葬的夹岸,奠祭拜哭的百里不绝",说明真正廉洁自律的人深得人心。《戚继光练兵》一文,用明朝戚继光在北方边防采用不同于南方的练兵方式,指出"实际情况又千差万别,拿此时此地的经验硬功夫应用于彼时彼地,就非碰壁不可"以说明"因时、因地、因人制宜"的道理。

吴晗的杂文于说理之外,有一个特点是比较长于叙述。他不像大多数杂文家只是将历史事实仅仅作为一个说理的论据,他更重视事实的整体环境,包括各种人的反应。《海瑞骂皇帝》一文就很典型。文章叙述了不少海瑞骂皇帝的内容,特别是叙述了被骂的嘉靖皇帝的反应,其中穿插了对话和人物的心理活动,这就使他的杂文内容更为丰满,使读者在获得思想启迪的时候,还能得到一些情感的体验。

廖沫沙(1907—1990),原名廖家权,湖南长沙人。1927年参加革命活动,1930年加入中国共产党。1933年开始在报刊发表杂文,抗日战争和第三次国内战争期间曾在桂林《救亡日报》、重庆《新华日报》等报纸任职。1949年以后,历任中共北京市委宣传部副部长、教育部长、统战部长等职。1962年以繁星为笔名在北京出版社出版杂文集《分阴集》。"文革"期间,被批斗和劳动改造,1978年结束流放生涯,成为"三家村"唯一的幸存者。1990年去世。

与邓拓、吴晗深厚的专业素养相比,廖沫沙是个"杂家"。他做过多年编辑,养成了读书思考的习惯。他的杂文材料来源可能不像"三家村"另外两位作者那样"专业",但由于他好学勤思,也形成了他自己的特点。

如《药也会变么》一文,写当时人们生病喜欢用盘尼西林、金霉素和链霉素三种药,但频繁使用这些药会造成细菌的抗药性。很明显,廖沫沙不是医学方面的专家,他的医学知识是从医生朋友那里获得的。这表明廖沫沙善于学习乐于学习的特点。同时,作为编辑,他对读者心理也比较了解,注意将文章写得生动有趣。如《怕鬼的"雅谑"》一文,引用了明朝作者浮白斋主人写的一个掌故,有引人入胜的效果。《药也会变么》将三种药合称为"潘金莲",也颇有谐趣。

1966年3月28日至30日,毛泽东在杭州、上海三次与康生、江青等人谈话,点名严厉批评了邓拓、吴晗、廖沫沙三人合作的《三家村札记》和邓拓的《燕山夜话》,指出这两部书贩卖了封、资、修毒货,是反党反社会主义的作品①。1966年5月10日,姚文元的《评"三家村"——〈燕山夜话〉、〈三家村札记〉的反动实质》在《文汇报》发表,邓拓、吴晗、廖沫沙以杂文写作的名义陷入了巨大的政治灾难之中。

---

① 张占斌、孙建军:《"三家村"沉冤》,三环出版社,1992年版,第164页。

作家作品分述(二)

第四节　严秀、林放、邵燕祥、蓝翎

严秀(1919—　　)，原名曾彦修，四川宜宾人。1938年在延安加入中国共产党。先后任过《南方日报》总编辑、社长，华南人民出版社社长，广东省教育厅厅长，人民出版社总编辑、社长等职。在建国后五六十年代杂文创作高潮中，曾作《"官要修衙，客要修店"》、《九斤老太论》、《论睁眼看世界》、《论"数蚊子"》等一批抨击时弊的杂文力作，较有影响，也因此在1957年"反右"运动中，被打成出版界的"头号右派"下放在上海辞海编辑所，1979年改正错划，1984年离休。新时期复出杂文界后，创作了大量富有战斗力的杂文作品，分别收在《严秀杂文选》、《当代杂文选粹·严秀之卷》和《牵牛花》三本杂文集中。他不仅是新时期重要的杂文作家，更是新时期杂文繁荣的重要倡导者、组织者，被誉为新时期杂坛的"精神领袖"。

作为一名杂文家，严秀十分推崇鲁迅的杂文。他认为鲁迅"所抨击的那些社会现象，落后、愚昧、专制、残暴、反科学的思想和行为，不幸在我们的新社会里还是存在，有时相当严重地存在。因此，这个时期的鲁迅杂文，对我们今后改造人的灵魂的工作，也就显得非常重要"[①]，从而特别强调杂文的思想教育意义。他的杂文《重谈"雷峰塔的倒掉"》、《竞技者的启示》、《我以我血荐轩辕》，就是受鲁迅名篇《再论雷峰塔的倒掉》、《这个与那个》、《聪明人和傻子》的启发而作。针对贪污盗窃、哄抢国家财物、损公肥私、蚕食集体等破坏现象，在《重谈"雷峰塔的倒掉"》中，提醒国人更要注意十年内乱的严重后遗症之一——"奴才式的破坏"，在今天仍然存在，

[①]　严秀：《略谈杂文的功过》，《严秀杂文选》，人民文学出版社，1985年版，第134~135页。

疾呼:"不准破坏社会主义！救救社会主义！"可见,肃清极"左"思潮影响,反对封建主义流毒,是严秀新时期杂文创作的主旨所在。

在杂文创作的同时,也进行着理论探索。《浅·浮·空·散·板》一文,指出了杂文创作的五个主要缺点,而思想性和艺术性是杂文的两个基本属性。在其为《中国新文学大系(1949—1966)·杂文集》、《中国新文学大系(1976—1982)·杂文集》所撰写的两篇"导言"中,他辨析了杂文的文体特性,回顾了新中国成立以来的杂文发展脉络,特别是指出新时期以来杂文创作中存在三个方面的问题：一、思想性太弱,往往限于就事论事,而未能从思想上作展开的或纵深的剖析与发挥,有浅露之感；二、杂文作者欠缺必要的学识修养,文章内容单薄枯燥乏味,不能融会贯通；三、文风上存在短文长做、平淡无奇、"损"和"油"、逻辑混乱等,影响了杂文思想的深度和广度,损害了杂文的艺术性。并对杂文作者提出了五点要求：一要有比较深厚的生活基础,二要有爱憎分明的热烈感情,三要有比较广播的学识,四要有比较深刻与比较敏锐的观察能力和思考能力,五要有较高的文学艺术修养等。

在理论指导杂文创作的同时,作为新时期杂文界的组织者,严秀还积极扶持青年杂文作者的成长。当他发现《中国新文学大系(1976—1982)·杂文集》初稿中所收青年作者的杂文很少时,在北京召开三次中青年杂文作者座谈会,增补了陈小川、张雨生、商子雍、李庚辰、盛祖宏等人的作品,并在"导言"中对他们作了推荐。为推出更多青年杂文作者及作品,1984年严秀提议并主编了《全国青年杂文选(1977—1984)》,从全国4500余篇应征稿中,选取230篇作品,1986年由中国青年出版社出版。并在这本书的"序言"中,再次对青年杂文作者寄予厚望,并且告诫"任何一个有志于写杂文的人,都应该把鲁迅的全部杂文找来持之以恒地读它几遍"。

同时,严秀也特别关注杂文期刊的成长和发展。如2003年底在《杂文月刊·选刊版》创刊筹备之际,不仅亲笔回信表示祝贺,还提了很多具体建议,如选用文章原则;"不能均是小短文,要短、中、长配合";"战略性、战役性与战斗性三类文章都要有",还提出开会进行"务实"座谈的建议,

"不要首长接见,不要参观游览,不看电影,不参加晚会,一切虚浮的东西全部砍掉"。此外,1985年9月,严秀与牧惠一同主编四辑40本的"当代杂文选粹"丛书,堪称中国当代杂文的人物传,与编年史《中国新文艺大系·杂文集》互相参见,可大体把握当代杂文的总体概貌,并从一个侧面窥见新中国成立以来思想文化的发展轨迹。

林放(1910—1992),原名赵超构,浙江瑞安人。1934年毕业于中国公学大学部经济系,后进入南京《朝报》任编辑。1938年至1946年任重庆《新民报》主笔,每天撰写"今日论语"专栏,期间以《新民报》记者身份访问延安,写成长篇报告文学《延安一日》,得到周恩来和毛泽东的赞赏。1946年到上海参与《新民报·晚刊》创刊工作,并为凤子主编《人世界》撰写"人世点滴"专栏。曾被柳亚子称为当时新闻界的"四大金刚"之一。1949年上海解放后,继续主持《新民报·晚刊》,并辟有"未晚谈"、"时事随笔"、"随笔"等专栏。"文革"中曾被下放劳动。1982年《新民晚报》复刊,重返报社,三开"未晚谈"杂文专栏。其出版的杂文集有《世象杂谈》、《未晚谈》、《未晚谈二编》、《林放杂文选》、《未晚谈三编》等。为缅怀林放一生业绩,《新民晚报》社于1994年设立"林放杂文奖",每两年评选一次,意在弘扬林放精神,繁荣杂文创作。

林放的杂文创作与专栏"未晚谈"密不可分。早在1943年成都《新民报晚刊》创刊时,就以"沙"为笔名辟"未晚谈"专栏,发表了《被忘却的青年》、《救救穷学生》、《文艺无罪》、《冒牌的民选》、《劫收人员》、《准备喝米汤》等富有战斗性的杂文,颇受"鲁迅风"的影响。当时舆论指出"沙先生犀利的文章,就吸引了不少读者"。1960年,在上海《新民晚报》重设"未晚谈"杂文专栏,发表了《雪中送炭》、《答"抱孙主义者"》、《辟鬼话》、《砭"派头"》等杂文,"或是颂扬,或是批评,总之是就事立论,表示个人对于'世象'的见解"[①],大多是针对社会现象的评论。1982年《新民晚报》复刊,林放三辟"未晚谈"杂文专栏。在《暂别归来》一文中,表明专栏沿用

---

① 林放:《世象杂谈·前记》,上海文化出版社,1984年版,第1页。

"未晚谈"旧名的原因有四:一是取"亡羊补牢,未为晚也"之意而用之;二是晚报一般下午三四点钟发行,时当"傍晚",未为晚也;三是古人云,"言之未晚",作者勉力为之,自以为未为晚也;四是《新民晚报》创刊50多年,1966年后停刊15年,只能算是暂别,暂别归来,未为晚也。

最敏锐地接触生活、反映生活,永远处于生活前沿,是林放政论杂文的首要特色,承续了鲁迅要求"言之有物"的杂文观。他认为"杂文并非闲文,不是什么闲情逸致、吟风弄月之文。杂文必然是有志针砭世俗,密切接触生活的。嬉笑怒骂,酸甜苦辣,都有所归指。就今天来说,鞭挞丑陋,激励新风,祝愿我们所生活的社会主义社会日益奔向光明美满之境,这是杂文之所以存在的生命力,也是新历史时期的杂文作者的使命"①。当发现"文革"中作恶多端的造反派分子伪装进步并占据了一定的领导岗位时,杂文《江东弟子今犹在》就不失时机地提出了要彻底清查"三种人"和否定"文化大革命"的必要性和重要性,被称为"杂文界在这方面放出的'第一枪'"②。针对"幼儿园招生登记表"中"父母情况"一栏下的项目:"有无重大历史问题,结论否",《临表涕泣》一文尖锐指出"现在不作兴再搞什么棍子、帽子、辫子那种玩意儿了,而现在却有人想在小公民的幼儿时代就先抓出一条小辫子来,有意无意地散步歧视的偏见,损害儿童的心灵,真不知是何居心?"。在《"精禽"与"斗士"》、《非其鬼而祭之》、《魔鬼还没有忘记"暴食"》、《还想再来一次"一亿玉碎"吗?》等一系列杂文中,斥责了日本文部省篡改历史教科书、电影《大日本帝国》粉饰头号战犯东条英机等卑劣行径,强烈的爱国热情力透纸背。针对那些试图为严重贪污受贿、以权谋私行为开脱辩解,而称之为"腐蚀"的说法,撰文《受贿者如何?》诤言,"再也不必搬出什么某犯利用'小恩小惠'或糖衣炮弹来拉拢腐蚀干部这一类套话,来为这些干部队伍中的害群之马减轻或开脱罪恶了"。

林放的杂文内容上紧贴现实,有感而发;艺术形式上则短小精悍,轻巧灵活。"未晚谈"专栏中的稿件,字数上自我限制为绝不超过700字。

---

① 林放:《杂文之味——序〈公今度杂文选〉》,《文汇报》,1982年9月22日。
② 丹赤:《杂文中的"我"》,《杂文界》,1985年第2期。

因此,"有时写出的是千把字,横删直删,总要删削到700字才送编辑部"。林放对于《人民日报》"今日谈"专栏艺术特色的评论,"文虽短而意味深,寥寥数语,耐人寻思。尽管开门见山,直抒所怀,不屑于在遣词造句、谋篇布局上下功夫,但是作为微观世态的解剖刀来运用,是大大地胜过那种笨重的鸿篇大论的。它以轻巧见长,灵活取胜,'俯拾即是,着手成春'。就一篇看,虽然只是大海的微沤,汇总起来,却成了洋洋大观"①,移用来评价他自己的"未晚谈"创作,应该也是较为适合的。

邵燕祥(1933—　),原籍浙江萧山。一直以诗名世。但早在1946年读中学时就曾在锦州《新生命报》副刊上发表处女作——杂文《由口舌说起》,批评习于飞短流长的社会现象。随后的半年多时间里,在北平《新民报》"北海"副刊上发表了四五十篇小品文,后来自认为颇有几分"遗少"气,从1947年中断小品文的写作。从1984年开始,邵燕祥大量持续地写作杂文。自1986年以来,共出版了18本杂文集:《蜜和刺》、《忧乐百篇》、《当代杂文选粹·邵燕祥之卷》、《绿灯小集》、《小蜂房随笔》、《无聊才写书》、《捕捉那蝴蝶》、《改写圣经》、《自己的酒杯》、《大题小做集》、《杂文作坊》、《热话冷说集》、《邵燕祥随笔》、《你笑的是你自己》、《超越痛苦》、《红尘小品》、《邵燕祥杂文自选集》。1997年作家出版社推出三卷本150万字的"邵燕祥文抄"系列:《史外说史》、《人间说人》、《梦边说梦》,可谓是新时期杂文的总结和集大成者。

相比起严秀、林放对鲁迅杂文风格的继承,邵燕祥对历史、社会、人生,都有自己的独特的观察视角和思维方式,认识到鲁迅精神的三昧之处是基于"他推动社会进步和改革的热忱,也基于他独到的、切实的洞察,独立的、深刻的思考",因此,邵燕祥的杂文常常发人所未发,言人所未言,显示出理性批判的深度。这也得益于他的杂文文体观,"揭示矛盾,分析矛盾,本来正是杂文这种体裁的生命所在。"②邵燕祥的杂文虽然也充溢着

---

① 林放:《〈今日谈〉的魅力》,《未晚谈二编》,上海人民出版社,1990年版,第100页。
② 邵燕祥:《序——读盛祖宏的杂文》,《隐私权·座次学·出国热》,工人出版社,1989年版,第2页。

强烈的批判精神,同是对"文革"和极"左"思潮的批判与否定,他更关注于对事件前因的追溯和对后果的警告,而不是仅局限于对现象本身的批评。如《整人诗话》以辛辣的笔墨,对"左"公们以整人为乐的"嗜好"进行了曝光,不仅于此,还更深刻地指出这一切都是以"革命"的名义进行的,而"革命无罪"正是"左"公们奉行的金科玉律。而《论"七八年再来一次"》一文,则更为犀利地提醒纠"左"往往是局部地暂时地解决一些问题,过不了几年,"左"的思潮又以"反右"的名义,气势汹汹地来对纠"左"的努力加以"纠正"。这使得他的杂文闪耀着理性光辉,具有浓重的论辩色彩。

邵燕祥杂文的论辩性,是建立在理性分析的基础之上的。邵燕祥是一位富于清明理性和深邃思想的杂文家。正是这种理性,使得他的杂文具有很强的说服力和影响力。《乡村来信》就是这样一篇优秀之作。文章开始,作者摘录了一位乡村教师来信中的几句触目惊心的话语。作者在充分肯定这位教师难能可贵的感时忧世精神的同时,也指出了其偏颇之处,整篇文章由点到面,由近到远,由表及里,采取层层递进的写法,将主题开掘得既深刻又富于逻辑性。

邵燕祥是一位诗人杂文家,在他身上,有着诗人的特质,这种特质具体表现为作者对现实生活的一种特有敏感。邵燕祥的杂文,特别是那些类似于鲁迅的《小杂感》式的精短杂文,往往是情与思、诗与文的水乳交融,极富哲理性、文学性。如其《杂文作坊(一至四)》《零言碎语》《闪念录》《大题小做》《这个与那个(一)》《画蔷小集》《语丝》等篇什,无不体现出这一特点,真正做到了诗与政论的完美结合。诗人的敏感、激情、纯真以及自觉的美学追求,和杂文家的锐气、理性、不留情面以及彻底的批判精神交织在一起,形成了"思想和激情的合力",诗与史的笔致。如《闪念录》,这是一首短小隽永、含蓄蕴藉的散文小诗,着墨不多,但立论鲜明,条理清晰,议论一针见血,充溢着战斗激情,是民众意愿要求的具体体现。可以说,正是这些只言片语、尺寸短书,最能体现其诗人杂文家的本色。因此,有论者指出邵燕祥的杂文,"不仅有来自生活的斑斓多彩的思考和议论,更有体现邵燕祥诗人气质的一面,他在文章中烘托出诗的气象、诗的情理、诗的意境,但他绝没有诗的浮躁和浅显,而更多的是一咏三叹的深沉,和那俏皮的时不时冒出棱角的锐利语言,让人读来流连忘返"①。

蓝翎(1931—2005),原名杨建中,山东单县人。1949年6月考入中共中央山东分局领导的干部学校华东大学社会科学院三部,后学校与山东大学合并,就读于山东大学中文系,1953年毕业,当年被分配到北京师范大学工农速成中学任教。1954年10月间,《红楼梦》问题的讨论上升为意识形态领域里的阶级斗争,蓝翎与同学李希凡两人合写的《关于〈红楼梦简论〉及其他》、《评〈红楼梦研究〉》,轰动文坛。蓝翎随后调入《人民日报》社文艺部工作。1957年被定为右派分子,次年下放劳动改造。1961年4月,蓝翎被召回报社,随即被分配到河南商业部门工作。1980年5月蓝翎重回《人民日报》,先后任文艺部编辑、评论组组长、党支部书记、副主任、主任及报社第二届纪委副书记。蓝翎对古典文学悉心研究,卓尔有成,但为广大读者所认同的还是他的杂文。新时期以来,蓝翎创作了大批杂文,先后结集出版了《断续集》、《了了录》、《金台集》、《当代杂文选粹·蓝翎之卷》、《风中观草》、《乱侃白说》、《静观默想》、《神像无神》、《蓝翎杂文自选集》等。

20世纪50年代中期,蓝翎担任《人民日报》文艺部杂文编辑时,不仅为副刊组织了一大批著名作家的杂文佳作,而且自己也创作了《高低贵贱论》、《笔下有冤魂》等名篇,在当时产生较大影响,从一个古典文学研究者转换为年轻的杂文家,出手快,文笔犀利。被打成右派的经历并没挫伤他的锐气。新时期的杂文创作有一些依然保持着50年代杂文的战斗锋芒,对封建残余思想、旧文化、旧习惯进行深入剖析和批判,如《漫话古今考场案》、《从神案前站起来》、《"一言堂"追根》、《"一把手"溯源》、《何物"王子"?》、《何来龙恩》等;还有对社会时弊的针砭和文坛世相的评议,如《"会海"余沫》、《穷放耶?放穷耶?》、《别让钱咬了手》、《拉祖配》、《变脸》、《文态三种》等,语言辛辣,《变脸》中就是讽刺文坛"两面派"的丑陋嘴脸。

新时期以来蓝翎创作的杂文中有相当部分是谈文说艺的随笔和看戏

---

① 林凯:《怨歌》,《文汇读书周报》,1996年4月6日。

听书的偶感。如《作家的真诚和历史的真实》、《山东馒头山西面》、《山药蛋与荷花淀》、《飞天浮想》、《看戏随想》、《听书琐忆》等，也有一系列关于当代杂文史钩沉的文章，如《"双百"下的竞放》、《紧箍中的回旋》、《沉寂中的呼唤》、《移植中的变异》等，这些杂文知识丰富、语言畅达，寓事理于聊天式的漫谈中，如数家常，生动活泼，呈现出与同时期针砭时弊的政论杂文作品不同的审美风格。

第五节　黄裳、牧惠、舒芜(2)、聂绀弩、张中行(1)

黄裳(1919—2012),原名容鼎昌,原籍山东省益都县。抗战期间,先后就读于上海交通大学、重庆交通大学。1943年被征调往昆明、桂林、贵阳、印度等地,担任美军译员。新中国成立后,任《文汇报》记者、编辑。在新时期创作了大量杂文随笔,自1980年以来,结集出版了《榆下说书》、《山川·历史·人物》、《花布集》、《晚春的行旅》、《黄裳论剧杂文》、《写在舞台边上》、《翠墨集》、《银鱼集》、《珠还记幸》、《河里子集》、《惊弦集》、《负暄录》、《笔祸史谈丛》、《榆下杂说》、《春夜随笔》、《黄裳书话》、《妆台杂记》等。

1984年出版的《黄裳论剧杂文》,可谓其集大成者。作者从舞台天地看取人生,又在人生现实中读出喜剧,论剧杂文是黄裳杂文创作的一大特色。黄裳认为旧戏反映了人民的喜怒爱憎,是中国社会相的一部百科全书,是历史和现实的镜子,旧戏与杂文之间存在某种天然的联系。他举例说:

> 鲁迅从故乡农民的社戏中发现了"炼话",这就是经过提炼化为出色的文艺语言的群众口头政论。鲁迅继承了传统,融进了自己的世界观,找到了天才的表达途径,创造了战斗的杂文样式。①

可见,黄裳认为旧戏是一种类似于杂文社会批评的表达方式。他在论剧杂文中提取了旧戏的"杂文形象",把社会批评与文明批评融合在戏剧美学评论中,形成了文体的深沉厚实。《论马谡》、《论蒋干》、《诸葛亮与鲁肃》等,都是脍炙人口的篇章。立足于旧戏,又不囿于旧戏,笔锋不离现实,黄裳论剧杂文发挥了解剖刀和显微镜的作用。

---

① 黄裳:《杂文的历史长河》,《羊城晚报》,1983年7月4日。

唐弢曾说黄裳"爱好旧史,癖于掌故",正是对旧史掌故的兴趣,引发其对旧书的爱恋,书话是为其杂文创作的另一特色。尤其是新时期以来,特别偏重于说书评史。书话是中国传统读书人的文体,古代文论多采用这种样式,黄裳学习鲁迅杂文知人论世的方法,敏于解剖种种人生世相,得其要义而成新体。《关于柳如是》、《陈圆圆》、《杨龙友》、《关于吴梅村》、《春灯燕子》、《晚明的版画》等篇,皆是游历于古人之间,常有历尽沧桑、冷眼看世之态。他善于书话体文字,但不只是沉浸其中,时常跳出来,融会古今。那些关于"善本"、"孤本"的闲话,写得轻松自如,又有浑厚之气。典籍、文物、艺术品、纸墨笔砚等,均兴趣浓厚,但又不是唯古是趋。他的书话多重知识与情趣,以书为题,道天下事,或乐古,或讽今,看似枯燥,但真义尽在其中。既可作美文来读,也有论文效果,历来为人们所称道。

牧惠(1928—   ),现名林文山,原名林颂葵,祖籍广东新会。"文革"中,下放干校八年。1980年调回北京,曾任《红旗》科教文艺编辑室主任、编审。新时期恢复创作自由后,自1985年以来,出版了多本杂文集:《湖滨拾翠》、《且闲斋闲话》、《老虎屁股上的苍蝇和苍蝇庇护下的老虎》、《当代杂文选粹·牧惠之卷》、《碰壁与碰碰壁》、《金瓶风月话》、《"马后炮"与"哑弹"》、《华表的沧桑》、《人鬼之间》、《歪批水浒》、《倒爷与文祸》、《古经新说》、《掺沙的文字》、《说牛头论马嘴》、《读完写下》、《闲侃聊斋》,其中《湖滨拾翠》荣获全国首届散文杂文奖。同时,他还与严秀一起主编了"当代杂文选粹"(四辑),与朱铁志合编《中国杂文大观》(第四卷),编辑出版了台湾两位著名杂文家的作品选《千秋评论——李敖杂文选》和《西窗随笔——柏杨杂文选》,撰写总结当代杂文创作经验的论著《杂文杂谈》等,致力于推动新时期杂文创作的繁荣和发展。

牧惠的杂文很见思想和功力,这与他博览群书而又融会贯通分不开。严秀说:"他的文章是根底深厚的、以思想见解深广见长的杂文,能给人以思想、学术、艺术三个方面的提高和享受。"[①]他在干校期间,不仅读完了

---

① 严秀:《牧惠文章是我师》,《杂文界》,1985年第4期。

《资治通鉴》,重读《纲鉴易知录》,而且读了《史记》、《汉书》、《后汉书》、《明史》等大量正史和一大批野史笔记,具有十分丰富的历史知识。另外,牧惠对中国古典文学颇有研究,出版有《水浒简评》、《中国小说艺术浅谈》、《西厢六论》等学术专著,因此而创作了一批高质量的评论中国古典小说名著的杂文,如《金瓶风月话》、《歪批水浒》、《闲侃聊斋》等。牧惠的这类杂文既评论小说又借题发挥,嬉笑怒骂,纵意而论,不仅没有一般文艺评论的学究气和枯燥味,而且使读者于杂文的荒诞怪异处见出作者学术的严谨缜密,于古典小说的怪论调侃中体味出杂文家的匠心独运,文章熔知识性、学术性、趣味性于一炉,冲破了杂文创作的形格势禁,独辟蹊径,别出机杼。

与其他学者型杂文家相比,牧惠以批判性见长,十分明显地印有鲁迅杂文的色彩和气质。这一点不仅体现在遣词造句上,更体现为始终如一的批判精神。早在1979年和1980年,牧惠写了《文字狱古今谈》、《华表的沧桑》等脍炙人口的名篇。《文字狱古今谈》以丰富的史料、精辟的论述,展示了古往今来文字狱的斑斑血迹。文章形在谈史,实是对"四人帮"及其爪牙的愤怒控诉。《华表的沧桑》通过华表的来龙去脉,揭示出封建统治必然灭亡的历史规律。此中深意,颇耐人寻味。具体看来,牧惠杂文的批判精神集中体现在四个方面:

一、对封建主义、官僚主义的无情批判。封建主义和官僚主义是一个怪胎的两个方面,前者是后者赖以滋生和繁衍的土壤和肥料,后者是前者一切阴暗丑陋方面的集中表现。在《漫话画圈》一文中,作者以丰富的历史知识,写出官场的繁冗、阴险与腐败。着笔之处,使人感到这种"封建专制所固有的财产"绵延千载,于今不绝。又如《寻事人》一文着力写封建社会"寻事人"这种发人深省的社会现象,道出统治者背叛人民的利益、孤家寡人、草木皆兵的虚弱本质。同时,写出封建官场无事生非、处处设防、人人自危的无聊与险恶。这两篇杂文绝非就史论史,分明是在言语之间见出现实,虽不着一字,却尽得风流,使明眼人在会心一笑的同时,明白今天的官僚主义同封建社会的官僚主义不过是"同父异母"之子,有着不可分割的内在联系。

二、对国民性的深刻反省和有力抨击。在《"平反"的贬值》中,作家揭示了一种可怕又可卑的心态:同是受害者,我是冤枉的,而你是应该的,要平反,也不能全平反,而要有所区别,以示"公正"。文章指出:这种人昨天是受害者,明天有了机会,可能会成为更加疯狂的害人者。可怕的是,这种人今天依然活跃在我们周围。与此篇相似的还有《多年的儿子熬成娘》一文,同样精彩,同样振聋发聩。《不伟大,也未必渺小》一文则冒天下之大不韪,竟然为妓女说好话。不仅如此,还要借妓女之口反击嫖客官员说:"我这个婊子的称号,可是凭自己的本事挣来的,不像你那个官,在走后门捞来的!"在作者看来,靠真本事吃饭,哪怕是妓女,也比贪官污吏干净一百倍。同样的观念在《官可白做,强盗不可白做》一文中也有精彩的表述。

三、对科学、民主、法制的执著呼唤。民主与科学是本世纪初爱国青年的浴血呐喊。政治民主化、科学现代化、社会法制化,是以共产党人为主体的优秀知识分子的人生理想。杂文《海瑞墓前的沉思》,为我们展示了一种可怕的观点:有人认为如果不是海瑞的秉公执法,劳动人民就更容易看清剥削阶级的本质,并起而造反,推翻他们的反动统治。由此而论,海瑞不过是以青天的姿态,维护了剥削阶级的统治而已。这真是让人目瞪口呆的逻辑。在《四十七个忍字的背后》中,牧惠从那么多的"忍"字上硬是看出了当代青年不甘盲从的希望,看到了另一种策略的宣战姿态。而《蛇口青年的名片与答丢失的手帕》则以无情的笔调揭露了一些所谓的青年导师骨子里缺乏民主精神的丑陋表演。教育者自身缺乏教育,可见民主的道路多么漫长而艰巨,这是该文以及众多的同类文章给予我们的启示。

四、对人性、人的尊严、人道主义的执著呼唤。一部中国封建社会史,就是一部压抑人性、毁灭人道、践踏人的尊严的丑恶历史。新中国的成立从根本上推翻了封建专制的政治统治,但几千年的历史积淀,使封建专制这个灭绝人性的幽灵依然游荡在人们的思想观念和价值体系之中。牧惠在闲谈中曾经说:在中国,人还不能完全像人那样有尊严地活着。所以,作为匕首和投枪的杂文以及作为战士的杂文家同样不能速朽。这段不经意之间说出的话,其实就是牧惠的杂文观。在这样的主旨下,他写出一批或锋芒毕露、或寓庄于谐的佳作。《人和动物》就是一篇趣味盎然,貌似轻松,实则沉重的文章。人之学动物,实在是它有许多人所缺乏的美德。"猪有臭味,好吃贪睡,但毕竟不会抹黑为白地搞大批判",这分明是对人的批判。以动物入文,是牧惠常用的笔法。例如《蛇的申辩》、《狼与人,人与兽》、《狗道主义中外谈》、《为乌鸦鸣不平》、《某鼠的申诉状》等。在这些文章中,牧惠常常借动物之口,对人类进行反唇相讥。话在言中,却意在言外。《狼与人,人与兽》一文,状写人狼之间的故事,文章行之妙处,笔锋一转,指出印度深山里的"狼人"易驯,在"文革"中成长的一批少情寡义的新"狼人"却不易驯服。不仅如此,这些"狼性"不改的"狼人"至今还把持着不少"羊"的命运。

舒芜新时期的杂文创作,较为偏重于妇女题材。在《"伤心岂独息夫人?"》、《乱离最苦是朱颜》、《古中国的妇女的命运》、《"男性心理"的文野》、《"夫纲"思想的幽灵》等一系列文章中,他从古到今,追根溯源,为天底下被侮辱与被损害的女性伸张正义,抒发愤懑。

无论涉及什么题材,舒芜的杂文总是旁征博引,以史鉴今,辨识深刻,沉郁蕴藉,深邃处可见锋芒,冷静中饱孕情感。正如有论者指出:"舒芜先生学养深厚,读书驳杂,其杂文言简意赅、意蕴深厚,尤其是对知识分子主体意识的呼唤,对十年动乱对人性、人格尊严虐杀的愤怒控诉。对妇女解放问题的长期关注,是其作品的精华所在,其杂文堪称学者杂文的代表作。"①

舒芜自言其杂文"一直是关心着民生国计、世道人心"②,仿效鲁迅始终围绕着个人的觉醒来思考和设计。"从'五四'出发,向前看,想通过马克思主义,追求彻底的个性解放;向后看,想继续'狂人'的事业,在历史的满纸'仁义道德'下面,不断挖掘'吃人'两个大字。"③这是舒芜杂文的中

---

① 夏平:《庚信文章老更成——读〈当代名家杂文精品文库〉》,《杂文报》,1997年3月18日。
② 舒芜:《舒芜杂文自选集·自序》,百花文艺出版社,1996年版,第1页。
③ 舒芜:《谈〈舒芜集〉》,《北京日报》,2002年5月13日。

心理念。他对封建礼教及各种陈腐观念予以猛烈的抨击,对丑恶的社会现象给予无情的鞭挞。

《"人不直立,天生此膝何用?"》一文,谈到封建专制和极"左"路线对中国人性的摧残,达到令人无法容忍的地步。文章源于一则消息:某地曾有一青年农民,曾是土改中的积极分子,只因提意见得罪了村干部,在镇压反革命运动中被诬陷为反革命杀人犯而被判重刑。30多年来他多次向各级党政部门鸣冤,无人受理,直至他在路上拦住某位有关领导,下跪求救,才得以平反昭雪。文中写到,"报上只强调受害者已经感恩戴德,照出他怯生生畏缩缩地贡献锦旗的模样为证。当时他在想什么呢?大概是觉得多亏了那当街一跪,感动了青天大老爷吧。那么,他在精神上不是仍然没有站起来吗?低头贡献锦旗,不仍是变相的跪拜么?"

《无捧无不捧》,则嘲讽了捧人者和受捧者的丑恶世相和奴性心态。舒芜杂文中也充盈着浓郁的生命意识,在现实生活的文化个体与群体、现象与精神的冲突中,去发现潜隐在其中的生命的自由、意义和价值。

张中行(1909—2006),原名张璿,河北香河人。1935年毕业于北京大学中文系,曾在天津、保定、北京教中学和大学,并编佛学期刊。建国后在人民教育出版社任编辑。他兴趣广泛,博览古今中外,被誉为杂家。20世纪80年代以来出版了《文言津逮》、《作文杂谈》、《佛教与中国文学》、《负暄琐话》、《文言和白话》、《负暄续话》、《禅外说禅》、《诗词读写丛话》、《张中行小品》、《顺生论》、《负暄三话》、《谈文话语集》、《横议集》、《月旦集》、《说书集》等。季羡林评价其文章是,"融会思想性与艺术性,融会到天衣无缝的水平。在当今'学者散文'中堪称独树一帜,可为我们的文坛和学坛增光添彩"①。

1986年出版《负暄琐话》后,分别于1990年、1994年出版《负暄续话》、《负暄三话》,其庄重、典雅的叙述,质朴而不失俊俏的文风与纯正、厚实的传统文化功底,倾倒了众多具有一定学养的读者。其中,首先问世的

---

① 季羡林:《我眼中的张中行》,《光明日报》,1995年8月9日。

《负暄琐话》品质最佳,而后两种,则多少有些"为文造情"的意味,行文也不如《负暄琐话》干净、利落。在某种意义上,其《负暄琐话》也可被视为90年代以来,以随笔方式谈论、评说民国人物潮流的滥觞。

首先,"三话"是以"过来者"、"当事人"的身份讲述了许多不见于"正史"的野史、轶事。作者在《负暄琐话·尾声》中透露,写作"琐话"的念头早在多年前就有所萌动,"我还是十几年前,70年代初,长年闷坐斗室的时候,正事不能做,无事又实在寂寞,于是想用旧笔剩墨,写写昔年的见闻……可是说起拿笔,在那个年月,杯弓蛇影,终归是多写不如少写,少写不如不写,于是就只是想了想便作罢"。《负暄琐话》中所呈示的那些"现代硕儒"们的嘉言懿行,都是经过作者精心选择,并不代表这些文化人一生功过是非的全貌,恰如作者在《流年碎影·婚事》中所坦言,"人生的不易,不如意事常十八九,老了,馀年无几,幸而尚有一点点忆昔时的力量,还是以想想那十一二为是",只是以此来得些生的趣味。对于其笔下人物的怪言奇行,作者也并不完全认同,如对于林公铎的上课喜欢东拉西扯、骂人,胡适的"公报私仇"(《胡博士》、《红楼点滴二》),钱玄同的不判考卷,作者就采取了一种微讽、调侃的态度;对于熊十力的治学态度,作者固然钦佩,但对他的学问、学说,却抱有极大的怀疑:"我是比熊先生的外道更加外道的人,总是相信西'儒'罗素的想法,现时代搞哲学,应该以科学为基础,用科学方法。我有时想,二十世纪以来,'相对论'通行了……如果我们还纠缠体用的关系,心性的底里,这还有什么意义吗?"(《熊十力》)

其次,"三话"感染读者的更是在貌似平淡、苦涩的叙述背后所隐藏的浓郁感情。被作者有意压抑,但又时常遏止不住地弥散出来的、似乎没有具体所指却又相当沉郁、令读者不知所措的感情。他自称《负暄琐话》的写作"就主观愿望说却是当作诗和史写的"(《负暄琐话·小引》),常叹息逝者如斯,"常常不免有幻灭的悲哀"(见《周叔迦》),总是念叨"找不到心的归宿"而痛楚地呐喊"吾谁与归?"(《桑榆自语》)。所以,"三话"在描写了若干现代史上可感可传的怪儒奇士之外,还描写、探究了不少历史上、现实中的才女们的爱情生活、情感世界,如《归懋仪》、《张纶英》、《玉并女史》、《柳如是》等,并常对那些终成眷属或比翼双飞的男女流露出一种羡慕。如《才女·小说·实境》中,写道"这就使我又想到陈竹士,据说他与续娶的夫人王倩相伴,室内挂一副对联,词句是:'几生修得到,何可一日无。'意思是居然得到,也就离不开。此亦一境也,在他是'实';他以外的人呢,大多是修而不到,也就只能安于无。每念及此,回首红尘,不紧为之三叹",从类似的慨叹中,可以隐约感到其写作的内驱力,是那份"此情可待成追忆,只是当时已惘然"的忧伤和怅然。正是其杂文于智、趣中,还蕴有浓郁真情、深情,才赢得更多读者、杂文作者的共鸣。

第六节　王小波

王小波(1952—1997),生于北京,祖籍四川渠县。当过知青、工人、大学教师,1984—1988年留学美国,回国数年后辞去大学教职,成为自由撰稿人。1997年4月11日,心脏病突发逝于北京。他一生写作了以"时代三部曲"——《黄金时代》、《白银时代》、《青铜时代》和《唐人故事》等为代表作的长中短篇小说30余部(篇),150余篇、35万字的杂文随笔,以及舞台剧本、电影剧本和社会学著作(与李银河合著)等多种文类。自20世纪90年代后期以来,他"黑色幽默"的文学风格和"爱智恶愚"的价值信念,对人们影响日深。

杂文随笔乃是王小波小说写作的余墨,也是他参与生活的方式——他以此表明"对世事的态度","这些看法,常常是在伦理的论域之内"①。他申明,在此领域里,首先要"反对愚蠢",因为"在我们这个国家里,傻有时能成为一种威慑";其次,他"还想反对无趣,也就是说,要反对庄严肃穆的假正经"②。

当代杂文乃是针砭时弊、干预社会、关切民生的一种文类,王小波杂文的卓异之处在于:他以独有的声腔和文体,把"智慧"和"有趣"破天荒地纳入社会伦理论域。同时,他也一再把道德判断转换为智力判断,由此突破了社会伦理探讨的单一道德向度:

> 伦理道德的论域也和其他论域一样,你也需要先明白有关事实才能下结论,而并非像有些人想象的那样,只要你是个好人,或者说,站对了立场,一切都可以不言自明。③

---

① 王小波:《〈思维的乐趣〉自序》,《王小波文集》第4卷,中国青年出版社,1999年版,第338页。
② 王小波:《沉默的大多数·序言》,《王小波文集》第4卷,中国青年出版社,1999年版,第2~3页。
③ 王小波:《道德保守主义及其他》,《王小波文集》第4卷,中国青年出版社,1999年版,第80~81页。

"智慧"作为蒙昧之敌,在王小波的作品里受到了无以复加的拥戴——它成为道德的前提,更是道德本身,而与道德灌输势不两立:"假设善恶是可以判断的,那么明辨是非的前提就是发展智力,增广知识。""我认为低智、偏执、思想贫乏是最大的邪恶。""假如上帝要我负起灌输的任务,我就要请求他让我在此项任务和下地狱中做一选择,并且我坚定不移的决心是:选择后者。"①显示出他毫不退却的启蒙主义者立场。

但王小波几乎不用"启蒙"这个居高临下的词,而是以中性的"智慧"一词代替。在他那里,"智慧"非关中国传统式的机诈权谋、兵法思维,而与古希腊哲人"探寻万物之理"的超功利求索同义:"追求智慧与利益无干,这是一种兴趣。"②"很直露地寻求好处,恐怕不是上策。"③"智慧永远指向虚无之境。从虚无中生出知识和美;而不是死死盯住现时、现事和现在的人。"④

而追寻智慧之路,"用宁静的童心来看……是这样的:它在两条竹篱笆之中。篱笆上开满了紫色的牵牛花,在每个花蕊上,都落了一只蓝蜻蜓……维特根斯坦临终时说:告诉他们,我度过了美好的一生。这句话给人的感觉是:他从牵牛花丛中走过来了。虽然我对他的事业一窍不通,但我觉得他和我是一头儿的。"⑤

他用如此不竭的热情,恳请读者看到:智慧乃是人类幸福的源泉和爱的渊薮。

王小波的每篇杂文皆是他与社会思潮直接碰撞、对话的结果。概括起来,大体涉及五个范畴:

针对90年代"人文精神讨论"中,知识分子话语凸显的权威欲和泛道

---

① 王小波:《思维的乐趣》,《王小波文集》第4卷,中国青年出版社,1999年版,第24~25页。
② 王小波:《智慧与国学》,《王小波文集》第4卷,中国青年出版社,1999年版,第107页。
③ 王小波:《智慧与国学》,《王小波文集》第4卷,中国青年出版社,1999年版,第106页。
④ 王小波:《跳出手掌心》,《王小波文集》第4卷,中国青年出版社,1999年版,第64页。
⑤ 王小波:《我的精神家园》,《王小波文集》第4卷,中国青年出版社,1999年版,第311~312页。

德化倾向,王小波申明了他对知识分子环境与责任的看法——知识分子的职责是"面向未来,取得成就"①,而非成为辅助权力统治、营造精神牢笼、专事道德判断的"哲人王"。"在我看来,知识分子可以干两件事:其一,创造精神财富;其二,不让别人创造精神财富。中国知识分子后一样向来比较出色,我倒希望大伙在前一样上也较出色。'重建精神结构'是好事,可别建出个大笼子把大家关进去,再造出些大棍子,把大家揍一顿。"②对知识分子来说,"不但对权势的爱好可以使人误入歧途,服从权势的欲望也可以使人误入歧途"③。至于能否创造、创造什么,则主要取决于知识分子"周围有没有花剌子模君王这样的人"("花剌子模君王"的典故出自王小波著名的《花剌子模信使问题》一文,用以喻示无法面对真相、压抑精神自由的反智权力者)④。只要这种压抑自由的反智环境存在着,则知识分子为了保全自身,多数人当然会变得"滑头"。由此可以逆推出一个结论:若有人发现自己被"花剌子模君王"关进了"老虎笼子",则可以断言,他是个真正的知识分子⑤。反智威压固然可怕,但是,"只要你不怕做烤肉,就没有什么阻止你说俏皮话"⑥——王小波如此表述才智之士对人类精神事业的生死相许,同时也含蓄表达了他的个人信念。《思维的乐趣》、《花剌子模信使问题》、《中国知识分子与中古遗风》、《道德堕落与知识分子》、《知识分子的不幸》、《跳出手掌心》、《论战与道德》、《理想国与哲人王》等为此一论域的代表之作。

针对国学热、文化相对主义和狭隘民族主义的泛滥,王小波立足于个人自由、平等和创造的立场,批判中国传统文化的根本弊病——"中国文化的最大成就,乃是孔孟开创的伦理学、道德哲学……这又造成了一种误会,以为文化即伦理道德,根本就忘了文化该是多方面的成果——这是个

---

① 王小波:《跳出手掌心》,《王小波文集》第4卷,中国青年出版社,1999年版,第65页。
② 王小波:《道德堕落与知识分子》,《王小波文集》第4卷,中国青年出版社,1999年版,第70~71页。
③ 王小波:《理想国与哲人王》,《王小波文集》第4卷,中国青年出版社,1999年版,第7页。
④ 王小波:《花剌子模信使问题》,《王小波文集》第4卷,中国青年出版社,1999年版,第46页。
⑤ 王小波:《花剌子模信使问题》,《王小波文集》第4卷,中国青年出版社,1999年版,第50页。
⑥ 王小波:《文明与反讽》,《王小波文集》第4卷,中国青年出版社,1999年版,第356页。

很大的错误。"①孔孟哲学"拢共就是人际关系里那么一点事"②,不能容纳整个大千世界,更不能指望它去拯救全世界——这种想法纯粹是民族虚荣心的产物。他还援引古今大量的荒诞事实和荒谬思路,指出中国传统的思维方式有急功近利的倾向;中国文化对于物质生活的困苦,提倡了一种消极忍耐的态度;中国的文化传统里没有平等——自打孔孟到如今,讲的全是尊卑有序,这也是为什么中国无法产生科学的原因……面对甚嚣尘上的国学热,王小波果敢做出诛心之论:"儒学的魔力就是统治神话的魔力。"③"这些知识的确有令人羞愧的成分,因为这种知识的追随者,的确用它攫取了僧侣的权力。"④现在我们需要警惕的是,"僧侣的权力又在叩门"⑤。此语衡之今日,依然令人心惊。《智慧与国学》、《对中国文化的布罗代尔式考证》、《文化之争》、《"行货感"与文化相对主义》、《人性的逆转》、《警惕狭隘民族主义的蛊惑宣传》等是此一论域脍炙人口的名篇。

针对90年代国内外盛行的"'文革'是一场实现激进民主、抵抗资本主义和'现代性'的伟大实验"这一"新马"派论断,王小波用黑色幽默的笔法,直接诉诸自己创伤荒谬的"文革"经验,将这一浩劫对个人价值、自由、智慧和道德的戕害,举重若轻地勾勒出来。需要注意的是,王小波的反思并非对"文革"作一时一事的具体评价,而是对浩劫背后反智主义文化逻辑的彻底清算。同时,有些篇章还探讨了这样的问题:无论社会环境如何荒谬残酷,个人都需对自己的行为负责,这是人之为人的底线,绝非把责任推卸给"那个时代"所能了事;个人也时刻拥有选择沉默和保持人性的机会,只要他能抵御"话语权"的诱惑,站在"沉默的大多数"一边。《沉默的大多数》、《积极的结论》、《一只特立独行的猪》、《肚子里的战争》、《弗洛伊德和受虐狂》等是其代表之作。

有关文学、艺术、科学和人文的一般性观念探讨,在王小波杂文随笔

---

① 王小波:《我看文化热》,《王小波文集》第4卷,中国青年出版社,1999年版,第84页。
② 王小波:《我看国学》,《王小波文集》第4卷,中国青年出版社,1999年版,第103页。
③ 王小波:《文化之争》,《王小波文集》第4卷,中国青年出版社,1999年版,第86页。
④ 王小波:《文化之争》,《王小波文集》第4卷,中国青年出版社,1999年版,第89页。
⑤ 王小波:《文化之争》,《王小波文集》第4卷,中国青年出版社,1999年版,第90页。

中也占据相当大的比例。有感于中国纯文学的幽闭、世故和说教,王小波尖锐批评其"无智无性无趣",坦陈自己的文学观与之相反——智慧、性爱和有趣,是他写作的价值前提,"我总觉得文学的使命就是制止整个社会变得无趣"①。这是因为,"有趣是一个开放的空间,一直伸往未知的领域,无趣是个封闭的空间,其中的一切我们全部耳熟能详"②。他自称他的小说是对人的生存状态的反思,"其中最主要的一个逻辑是:我们的生活有这么多障碍,真他妈的有意思。这种逻辑就叫做黑色幽默"③。《关于格调》、《〈怀疑三部曲〉序》、《我的师承》、《我为什么要写作》、《文明与反讽》、《有与无》、《我的精神家园》、《生活和小说》等是此一论域的代表作。

有感于社会学研究(让他感到切肤之痛的是他和李银河共同参与的同性恋研究)过程中的阻力与禁忌,他申说人文研究的诚实原则。代表作有《〈他们的世界〉序》、《诚实与浮嚣》等。

有感于我国文化和出版"就低不就高"、将成人当幼童来对待的内在逻辑,他提出知识环境的成熟原则,指出"科学和艺术的正途不仅不是去关怀弱势群体(此处的"弱势群体"指才智方面,非指物质生存能力方面。——引者注),而且应当去冒犯强势群体"④。"现代社会的前景是每个人都要成为知识分子,限制他获得知识就是限制他的成长。"⑤此论题的代表作有《摆脱童稚状态》、《椰子树与平等》、《艺术与关怀弱势群体》等。

在漫谈大众文化和中西日常生活时,揭示隐含其中的传统价值观的压抑性,张扬个人尊严、自由与创造力,也是王小波杂文的重要方面。这些文章为报刊专栏而写,皆短小精悍,举重若轻,直捣问题的核心。例如,他用设问句回答为什么中国没有科幻片:"我这部片子,现实意义在哪里?

---

① 王小波:《文明与反讽》,《王小波文集》第4卷,中国青年出版社,1999年版,第358页。
② 王小波:《〈怀疑三部曲〉序》,《王小波文集》第4卷,中国青年出版社,1999年版,第332页。
③ 王小波:《从〈黄金时代〉谈小说艺术》,《王小波文集》第4卷,中国青年出版社,1999年版,第319页。
④ 王小波:《艺术与关怀弱势群体》,《王小波文集》第4卷,中国青年出版社,1999年版,第452页。
⑤ 王小波:《摆脱童稚状态》,《王小波文集》第4卷,中国青年出版社,1999年版,第260页。

积极意义又在哪里?"①——在如此刻板诉求下是不可能产生自由游戏的科幻电影的。从春运高潮的种种窘况中,他感到中华文化传统里没有"个人尊严"的位置,"一个人不在单位里,不在家里,不代表国家、民族,单独存在时,居然不算一个人,就算是一块肉。这种算法当然是有问题"②。他从对 Internet "不良信息"的控制,步步后退地推导假设,最后引申出一个冷峻的道德难题:在看似"与己无关"的他人权利屡遭侵犯之时,你是否可以无愧地赞成这种压缩?"五十多年前,有个德国的新教牧师说:起初,他们抓共产党员,我不说话,因为我不是工会会员;后来,他们抓犹太人,我不说话,因为我是亚利安人;后来他们抓天主教徒,我不说话,因为我是新教徒……最后他们来抓我,已经没有人能为我说话了。"③王小波的答案不言自明。

因坚决反对伪道学、假正经,王小波一口咬定他的杂文"也没什么正经"。但综上所述可以见出,他的杂文不但"正经",而且简直可以说是布道——布爱智恶愚之道,布精神成熟与自由创造之道。他的杂文游走于个人与人类、外向与内省、幽默与严肃、情感与理智、常识与哲学、逻辑与悖谬……的多重张力之间,形成了他风格独具的"小波体"。

"小波体"的布道,一反惯常说理文章独白式的教师口吻,而用和读者平等聊天的"说书人"口气行文;一反直接说理的中心化论证方式,而以"去中心化"的曲线叙事与故事暗寓,将他的道理、意图点到为止。此种写法的背后,是王小波对个人理性的信赖和对教条灌输的拒绝。

他的文章往往以自身经历或一个故事开篇,经过出人意料的联想、类比或逻辑推论,导向一个貌似怪诞、引人深思的结论。比如,《沉默的大多数》是这么开头的:

---

① 王小波:《中国为什么没有科幻片》,《王小波文集》第 4 卷,中国青年出版社,1999 年版,第 415 页。
② 王小波:《个人尊严》,《王小波文集》第 4 卷,中国青年出版社,1999 年版,第 485~486 页。
③ 王小波:《从 Internet 说起》,《王小波文集》第 4 卷,中国青年出版社,1999 年版,第 396 页。

君特·格拉斯在《铁皮鼓》里,写了一个不肯长大的人……①

《思维的乐趣》的第一句话:"二十五年前,我到农村去插队,带了几本书……"②

《花剌子模信使问题》起首便是:"据野史记载,中亚古国花剌子模有一古怪的风俗……"③看文章的开头和行文的过程,读者无法猜测他最终意图何在,但正是这种摇曳生姿的叙事和意图不明的悬念,引人读毕全文,领会他的谛旨——然而他并不言之凿凿地宣称此一谛旨绝对正确,而只是给阅读者提供一个伦理选项,选择与否全在阅读者自己。这是一位自由主义者的文体态度。顽皮的小说笔法与简朴的哲学思维交互穿插,使他的伦理之辩成为一场清新的旅行。

幽默思维是王小波杂文最魅人之处。它在逗人大笑之际,凸显现实生活的荒谬逻辑,从而爆发出醒世的力量。幽默是内庄外谐,既需以温和宽厚的态度作底,又需有发现"理性倒错"的毒眼和制造"反转突变"的巧智。幽默之"笑"往往产生于对比——经验理性和荒谬现实的对比,僵硬理念和真实经验的对比,惯性思维与意外现实的对比……但这些"对比"唯有以波澜不惊、不动声色的"突转"方式出现,才能产生幽默感。王小波是发现"倒错"和制造"突转"的高手。比如,他讽刺文化生产者为了拒斥批评而把自己的动机神圣化,"就像天兄下凡时的杨秀清"④,笔锋一转,提起北方小城的一群耍猴人:"他们也用杨秀清的口吻说:为了繁荣社会主义文化,满足大家的精神需求,等等,现在给大家耍场猴戏。我听了以后几乎要气死——猴戏我当然没看。我怕看到猴子翻跟头不喜欢,就背上了反对社会主义文化的罪名……"⑤针对以"格调"之名阉割真实表达的文艺假正经,王小波举电影《庐山恋》为"格调高雅"的范例:"男女主角

---

① 王小波:《沉默的大多数》,《王小波文集》第4卷,中国青年出版社,1999年版,第5页。
② 王小波:《思维的乐趣》,《王小波文集》第4卷,中国青年出版社,1999年版,第19页。
③ 王小波:《花剌子模信使问题》,《王小波文集》第4卷,中国青年出版社,1999年版,第45页。
④ 王小波:《论战与道德》,《王小波文集》第4卷,中国青年出版社,1999年版,第76页。
⑤ 王小波:《论战与道德》,《王小波文集》第4卷,中国青年出版社,1999年版,第76页。

在热恋之中,不说'我爱你',而是大喊'I love my motherland!'场景是在庐山上,喊起来地动山摇,格调就很高雅,但是离题太远,"这是因为,"当男主角……对着女主角时,心中有各种感情:爱祖国、爱人民、爱领袖、爱父母,等等。最后,并非完全不重要,他也爱女主角。而这最后一点,他正急于使女主角知道。但是经过权衡,前面那些爱变得很重,必须首先表达之,爱她这件事就很难提到……我记得电影里没有演到说出'I love you',按照这种节奏,拍上十几个钟头就可以演到……"①以一本正经的态度罗列个体情感之上的假正经枷锁,并以假正经逻辑对男女主角的处境进行貌似严肃的思考,已经让人对荒谬的现象忍俊不禁,最后"不经意"抛出的这句"拍上十几个钟头就可以演到",则彻底把假正经之庄严肃穆颠覆干净,还其可笑面目。

  逻辑思维是"小波体"的躯干部分。效果最强烈者莫过于逻辑归谬法——从一个错误的前提出发,经过煞有介事的逻辑推衍,最后得出荒诞的结论,由此揭示出前提的荒谬之处。仍以《关于格调》为例,王小波从格调最为"高雅"、主张男女授受不亲的孟子说起:"孟子说,礼比色重,正如金比草重。虽然一车草能比一小块金重,但是按我的估计,金子和草的比重大致是一百比一……这样我们就有了一个换算关系,可以作为生活的指南……"②接下来他又引入了"定类"、"定序"、"定距"和"定比"四种科学分类法,对"格调"内部"礼"与"色"之比例进行了"细致推算","一份礼大致等于一百份色。假如有一份礼,九十九份色,我们不可从权;遇到了一百零一份色就该从权。前一种情形是在一百和九十九中选了一百,后者是从一百和一百零一中选了一百零一。在生活中,做出准确的选择,就能使自己的总格调得以提高。"③经过这么一番精密的"逻辑论证",假正经的"格调"说便不攻自破了。

  此外,逻辑的客观、明晰与层层推进的力量,构成了王小波每篇杂文的骨骼,同时,它也为读者搭建了一个间隔激情、理性判断的空间。在这

---

① 王小波:《关于格调》,《王小波文集》第4卷,中国青年出版社,1999年版,第350页。
② 王小波:《关于格调》,《王小波文集》第4卷,中国青年出版社,1999年版,第349页。
③ 王小波:《关于格调》,《王小波文集》第4卷,中国青年出版社,1999年版,第350页。

一切的背后,是求真的科学精神、求善的理想主义和求美的诗意心灵的结合,由此可以见出作家王小波辽阔超越的精神视野。对于我们时代所遭逢的重大精神主题,他剑走偏锋地直面、分享并承担在他的作品中,他的批判理性、幽默天才、自由信念和智性思维构成了这些作品难以抗拒的魅力,这也是他引起国人如此持久而强烈共鸣的原因。作为一位文化精英主义者和政治平民主义者,他的杂文深深关切"自由创造"与"权力压抑"之间的紧张关系。他揭示了我们生活中一个习焉不察的真理:权力罪孽的本质不在遥不可及的宏大方面,而在它对每个人的自由创造力的无形戕害——个人创造力乃是个人和宇宙、有限与无限、虚空与意义的真实意义的真实连接点,吞噬它,等于吞噬掉人之为人的根本理由。

王小波的杂文就这样无意间扮演了"重估一切道德"的角色,并提醒人们在智慧的增进中孕育勇气与救赎。这种提醒的背后,涌动着连他自身也无法解释、无法证明的先验存在——一种无目的、无对象、无止歇的大爱。正是此爱,造就了他的智慧与成熟,并将它们缓缓传递至后来者的手中。

第七节 鄢烈山、朱铁志、朱健国

鄢烈山(1952—　　)，湖北仙桃人，南方日报报业集团高级编辑。曾任《武汉晚报》、《长江日报》编辑，《南方周末》编委，是当代青年杂文家中的翘楚。自1984年开始创作杂文至今，在《人民日报》、《求是》杂志、《瞭望》周刊、《光明日报》及香港《大公报》等报刊上发表杂文五六百篇，并在《法制日报》、《南方周末》、《大众日报》、《劳动月刊》等报刊上开辟过多个专栏，其中以激浊扬清、针砭时弊为宗旨的《南方周末》的"纵横谈"专栏影响最广、最受读者喜爱。著有《假辫子·真辫子》、《冷门话题》、《中国的个案》、《此情只可成追忆》、《没有年代的故事》、《痴人说梦》、《半梦半醒》、《追问的权利》、《中国的羞愧》、《一个人的经典》、《丢脸》、《年龄的魔力》、《毁誉之辨》等17种杂文集，其中《一个人的经典》获第三届鲁迅文学奖散文杂文奖。

鄢烈山把杂文创作视为人生的一种存在方式。他把自己写作杂文的心理动因归纳有三：一是心底不服气。"不承认任何人、任何势力比我高贵，不承认谁有正当权力控制我的思想和写作、强制我必须说什么"；一是相信"说了不白说"。"不妄自菲薄，相信自己的言说(社会行为之一种)可以参与并影响社会的进程，有益于世道人心的变化，是水滴石穿中的一滴水"；一是冷静客观地评估社会现状的结果，是对改革开放以来中国社会进步的体认①。因此，他在应邀为人作序时写下了《杂文新概念：公民写作》一文中提出的"公民写作"，也可视为是对他自己杂文创作的概括。

公民立场，没有奴颜和媚骨，没有犹豫和暧昧，充满了强烈的社会责任感、主持正义的良知和疾恶如仇的热心肠，可以说是他杂文的主要特色。

如《哀陈伯达》一文，尽管陈伯达因"文革"而臭名昭著，作者却是以客

---

① 鄢烈山：《憧憬是照亮心空的太阳》，曹保印主编：《精神历程：36位中国当代学人自述》，当代中国出版社，2006年版，第89～91页。

观立场重新评价陈伯达,而不讳言陈伯达的政见和眼光,不是人言亦言地把陈伯达的悲剧命运完全归咎于个人的投机、迎合,而是直指政治体制:

> 我们现在最应当关心的,不是某个人物的道德善恶,而是如何建立一种政治运行机制,引导并保证那些有利于生产力发展,有利于民富国强的政见占上风,得到实施,正是从这个意义上,我为"本来"可以做治世之能人,却做了乱世之"奸贼"的陈伯达惋惜。①

《痴人说梦》则毫不隐讳地直斥"左"派遗风。写作该文是源于一些新闻媒介以显著版面刊登通讯《昨日的梦,今天的梦……》,宣传河南省南街村"向共产主义迈进"的消息,其中把经济发展归功于背"老三篇"、开"讲用会"、"斗私会"之类的搞法,作者与众不同地指出这些做法不符合现代文明准则,带有"原始"的村社制度和"左"的印迹。认为这些年虽提出了"主要是防'左'",但是"左"的一套,在传媒中并没有成为"过街老鼠",因而仍如"城狐社鼠"敢于公然招摇,甚至神气得很。

鄢烈山的杂文具有较丰富的文化底蕴。《研究太监是一门学问》实际上就是一篇带学术性的短论。作者简要地介绍了太监政治的由来已久以及历史上赵高、童贯、刘瑾、魏忠贤等太监强大的政治势力,指出太监政治是中国封建文化最典型的产物,太监人格包含着对知识的敌视、奴才心理、奴性习惯、装神弄鬼、人性异化等内容,研究中国封建文化,不能遗漏"太监学",不仅要研究太监政治的历史演变,而且要从人格心理学与变态心理学的角度,把太监人格作为人性的标本来剖析。《陈奂生主义》一文,则把中国人包藏怯懦、委曲求全、与世无争的处世哲学称之为"陈奂生主义",他希望那些为坚持正义而惨遭歹徒杀害的英雄的鲜血,能唤醒国人的公民意识,塑造有强烈社会责任感和献身精神的民族性格,彻底摒弃那种"只要不是欺我一个人的事,就不算是欺我"的自欺欺人的"陈奂生主义"。《毁誉何人判真伪——西湖之畔的随想》,从清代统治者无比推崇岳

---

① 鄢烈山:《哀陈伯达》,《大公报》,1992年10月12日。

飞等"忠臣",而对陈涉、李贽这样的"叛逆者"不愿重用乃至诋毁查禁,作者犀利地指出隐藏在这种榜样选择和导向背后的帝王心理,让人不免对世代相传的一些道德楷模产生疑虑感。

尽管鄢烈山一直坚持着边缘化写作,因其杂文创作引起强烈的社会反响,他曾被《南方人物周刊》评为"影响中国的公共知识分子50人"之一,也因此而被论者命名为"鄢烈山现象"加以论述①。把其创作以1996年为界分为前后两个阶段:前一个阶段是以'平民写作'为创作追求,后一个阶段则转而追求'公民写作'。前一阶段在价值倾向上明显带有1980年代思想启蒙的风气,作者的身份是"文化人",是知识分子,却采用"平民百姓"的立场和视角去观察问题,体现了对某种社会观、历史观的自觉坚守;1996年以后的写作立场却有了调整,即从"平民写作"转向了"公民写作"。这种转变反映出作者创作思想的发展过程。有关"公民写作",鄢烈山发表了《杂文新概念:公民写作》、《一个公民的杂文写作》和《告别"翻身"观——论"公民"与"战士"的分别》三篇文章对其进行阐述。与"平民写作"、"知识分子写作"相区别,它没有"平民写作"的自我标榜意味和民粹主义嫌疑,也没有"启蒙"、"知识分子写作"的自命不凡和精英主义嫌疑,自由的心态、平等的观念以及法治、人权、宪政等现代意识,清醒地体认到自己作为共和国的一个公民,依法享有思想自由、言论自由,有参与国家与公共事务管理的权利,可以是我所是,非我所非,又有强烈的社会责任感与使命感。同时也与"战士"写作相区别,表明自己有"先胡(适)后鲁(迅)"的倾向。

"公民写作"的提出,是其对新时期以来的杂文理论建设一大贡献。"鄢烈山的杂文写作由一种文学行为而形成'鄢烈山现象',它的产生意义的场所可以说已经越出了文学的边界,更多地介入到广阔的社会现实生活之中,这就是鄢烈山现象的价值、意义之真正所系"②,这样的评价并不过分。

---

① 刘小平:《鄢烈山现象的形成及其意义》,《南方人物周刊》,2006年11月26日。
② 刘小平:《鄢烈山现象的形成及其意义》,《南方人物周刊》,2006年11月26日。

朱铁志(1960—　），吉林通化人。1982年毕业于北京大学哲学系。曾任《红旗》杂志编辑、《体育报》记者,现为《求是》杂志编委、编审,中国作家协会全委会委员。著有杂文、随笔集《固守家园》、《自己的嫁衣》、《被亵渎的善良》、《思想的芦苇》、《精神的归宿》、《克隆魂》、《浮世杂绘——小人物系列杂文》、《你以为你是谁》、《拯救自我》、《自信的位置》、《你笑的是你自己》等。主编《1998年中国最佳杂文》、《1999年中国最佳杂文》、《2000年中国最佳杂文》、《2001年中国最佳杂文》、《2002年中国最佳杂文》、《20世纪中国幽默杂文》、《中国杂文大观》(第四卷,与牧惠、蓝翎合作)、《真话的空间——新中国杂文选》(与牧惠、蓝翎合作)、《中国当代杂文经典》等。获鲁迅文学奖、中国新闻奖、中国报纸副刊金奖、上海"笔会"文学奖、北京杂文奖以及《人民日报》、《光明日报》、《解放军报》、《中国青年报》等报刊杂文奖。

朱铁志从1987年开始杂文创作,他自言"不敢指望揭示真理,但愿能够多说真话,少说废话,不说违背人民意志和自己良心的假话、官话、混账话","努力发出真诚和微弱的呼声,以期唤醒民众对'疗救痛苦的注意'"①。与鄢烈山侧重于时评、政论不同,朱铁志在题材选择和主题指向方面更侧重于社会不同阶层的文化心理,特别是小人物的生活,这大概与他对新时期以来杂文创作中存在着文艺性、文学性不足的认识有关。

借小说笔法写"小人物"系列杂文,可说是其杂文创作的一大特色。《浮世杂绘》就是这样一个收获。

1998年初创作《小款情结》一文,以白描手法塑造了"小款"这一新时期特定的历史形象。该文不仅较为敏感地注意到了小款阶层的存在,而且较早提出"小款"概念,比较全面地为小款画像,这在当时是很有点新意的。此文在天津《今晚报》发表后,受到编者和读者的好评,至少有六家报刊予以转载,在"猫不闻"全国杂文征文大赛中,此文获二等奖。在1998年夏,在天津参加杂文学会组织的杂文创作沙龙活动中,他进一步明确了

---

① 朱铁志:《写在后面的话》,《固守家园》,四川人民出版社,1996年版,第260页。

自己的创新思路,提出继承白描传统、塑造典型形象来增强杂文的文学性,并准备了几十个题目,这可以说是写作这组文章的最初缘起①。1999年元月,上海《文汇报》开设"杂文人物谱"专栏,旨在倡导文艺性的杂文。该栏目选介的第一篇杂文,就是《小款情结》。2000年第一期《新闻与写作》杂志再次刊发此文,并配发评论文章和创作谈。从1999年上半年起,小人物系列杂文开始在《今晚报》首发,随后又在山东《齐鲁晚报》、辽宁《党风月报》发表。《武汉晨报》也选发了其中部分篇什。2000年上半年,其中十篇在《北京青年报》发表。年底,王乾荣先生又为这组文章配诗在《法制日报》重新发表。在此期间,《杂文选刊》(长春)、《杂文月刊》(石家庄)、《广州日报》、《读者》、《作家文摘》、《青年博览》等媒体都对小人物系列杂文进行转载,这些杂文也得到了杂文界前辈的肯定。作者将其自命名为"发现体杂文",就是对生活中人们习焉不察的人和事予以发现,把他们揭示出来,描写出来,使读者有一种"原来是这样"、"我怎么没注意"的感觉。这可以说是朱铁志为新时期杂文创作和理论建设的一大贡献。

如果说杂文对鄢烈山而言是一种生存方式,是由内而外要发人深省,唤起民众;对朱铁志而言,则是思想的体操、精神的锻炼,是由人及己的,"拯救自己的有效手段"。他在《我思故我在》文中,自言:

> 杂文之于我是思想的体操,精神的锻炼……是保持鲜活思想和独立品格的最好载体……杂文之于我,是自身价值实现的有效渠道,只有在不断地写作、不断地自我超越中,才感到自己正在走一条积极向上的人生道路,正一步一步踏踏实实地行进在自我实现的征途中。而这种实现,不是关起门来的孤芳自赏,也不是脱离群众、脱离社会的顾影自怜。我在一封封来自底层的读者来信中感到了作为杂文作者的责任和使命,也感到了自身存在的价值和意义。②

---

① 朱铁志:《浮世杂绘——小人物系列杂文·后记》,福建人民出版社,2001年版,第179页。
② 朱铁志:《我思故我在》,《你以为你是谁·序》,文化艺术出版社,2002年版,第3~4页。

如果说此时杂文写作对他的意义并不纯粹,还有唤醒民众的责任感,那么到了《我的自白》一文时,他已明确意识到"对我而言,少年的抱负、青年的理想、中年的责任,都体现在杂文写作中。不说作品的客观效果如何,单就主观感受而言,杂文的确成了我拯救自己的有效手段",是其"寻找自我、维护自尊的方式与途径"①。如《反省生活方式》一文,从"非典"而及随地吐痰,再到"乱丢纸屑、随地吐痰、大声喧哗、不排队等不文明行为",没有以旁观者看客的身份指手画脚地批评国人道德素养,而是置身于其中的自省式解剖,"笔者凭生于斯、长于斯的切身体会,可以肯定地说:哪里是什么'一定比例',分明是'相当比例'啊!""孟德威先生把'一定比例'中国人不讲文明的原因归结为学校和家长的教育、灌输不够。而笔者以为,那固然是原因之一,但更要命的,是很多中国成年人自己的道德层次和文明水平就非常叫人不敢恭维。"《话说改编热》则以一个"自认还有点审美品位的人"的身份发言,给盲目追"改编"风的文学同行泼泼冷水,"有时我甚至想,真正有出息、有原创力的剧作家是不屑于跟在别人屁股后面蹭饭的,哪怕那个'别人'是一代宗师、世界文豪。其实换个角度考虑问题,名著改编真的有光可借吗?我看也不一定。"看似评别人,其实处处有"我",最后发出"看来,改编这个顺风车,也不是那么好搭的"感叹,不仅是对人言,也是对己所言。

朱铁志杂文创作的内省特征,应该说与他学哲学出身密不可分。这使他早期杂文作品总是追求一种形而上学的哲学境界。他希望通过严谨的推理,睿智的思索,展现理性美。同时也使得他早期的杂文创作具有"逆向思维"的特点:于整个社会思维中,见出别人习焉不察的真知灼见。它使杂文思维空间更扩大,使杂文作者对事物有一个更全面的认识。这种思维方式避免人云亦云、鹦鹉学舌、毫无创见、只是充当政策的传声筒的尴尬境地,也摒弃杂文作品中四平八稳、不痛不痒、暧昧躲闪的"正确的废话"和"无用的真理",而通过科学、缜密的思维方式来表达深刻、独到的见解。如《"暗访"不暗的新闻》,就是针对首都一家大报所发报道《买票当

---

① 朱铁志:《拯救自我·序》,河南文艺出版社,2003年版,第1页。

乘客,谈笑访真情——市长乘车暗访》,指出其自欺欺人行为的形式主义实质,"是真暗访,断不该暗到大报头版。既然轰轰烈烈地上了头版,图文并茂,广而告之,还说什么'暗访'?"削弱了新闻的可信度。《"非抓不可"论》则是对日常生活中经常听到的这种貌似认真负责的说法进行细致深入分析,直言不讳地指出其背后隐含的真正问题;是否带有某种表演色彩,是否包含了某些现象"不抓亦可"的暗示? 带有浓厚的思辨色彩。

朱健国(1952—   ),原名朱建国,湖北洪湖人。曾做过下乡知青、车工、统计员、政工干部、洪湖电台记者、湖北人民广播电台编辑、中国作协湖北分会会员、《南方人才市场报》副总编、《中华读书报》深圳记者站站长、主任记者、《大公报·大周刊》主笔兼新闻部主任。现为自由文化人,创建"中国伪现代化研究工作室",以狐狸方式走刺猬之路——以杂文、人物特写、报告文学、学术专著等方式专攻"伪现代化研究"。著有杂文集《早叫的公鸡》、《钢铁是怎样没炼成的》、《谁逼官贪》,随笔集《不与水合作》,学术传记《中国第一思想犯——李贽传》等八部著作。

朱健国认为当代杂文最致命的弱点是缺乏思想,这点与朱铁志关注杂文的文学性特征略有不同。许多篇章只是古人思想的注释与重复,甚至只是文件和报告的回声,而真正的杂文来自于新的思想和新的思维载体的创造。因此,他的杂文勇于创新,偏爱"早叫",以致因发表于《人民日报》1985年10月16日上的杂文《早叫的公鸡》,而被中宣部全国通报,被停发文章半年。在湖北洪湖电台任职期间,还首创了"广播录音杂谈"的新样式。在调入湖北人民广播电台后,于1987年与同事提出了"广播杂文"的概念,还与《光明日报》、《人民日报》联合举办了两次"广播杂文"的征文活动,并于1991年结集为《中国广播杂文大观》由中国工人出版社出版。尽管由于广播自身的特点,使得广播杂文很难运用报刊杂文所拥有的众多艺术手法,不易写得跌宕起伏、曲折有致,但在一定程度上,拓展了新时期杂文艺术表现形式的新领域。

1992年因杂文《为道台大人落选叫好》一文,惹起事端而辞职南下到广州,成为"体制外"人。1998年5月发表论文《20世纪中国杂文的真相》,首次提出"杂文的真正标准是'体制外思维'",把鲁迅分为"五四鲁迅"与"左联鲁迅"两个鲁迅,认为应当继承的鲁迅精神主体是"五四鲁迅","鲁迅的局限"产生于"左联鲁迅","左联鲁迅"是中国伪现代化第三阶段的萌芽[①]。1998年4月首创"伪现代化"理念,提出"伪现代化与现代化的文化冲突"是世界近500年来的根本冲突。现代性的本质特征是反叛神主宰宇宙论,倡导人的自主自由。这也就是说,自由主义是现代性的灵魂和大本营。而"伪现代化"正是违背了这一现代性灵魂所致——它从推翻压制个人自由的神仙皇帝开始,最终又走到剥夺他人自主的造神运动、专制独裁和科技污染——走向自己追求自由的反面,与自己先前的敌人穿一条裤子。"伪现代化者"大都是由"初级自由主义者"异化而成,他们不知,一个人的自由离不开他人的自主,自由的前提是人人平等,宽容多元,只许自己自主而不许他人自由,便是专制;推翻神的专制建立的人的专制,推翻他人的专制建立自己的专制,这就是"政治伪现代化";从追求科技改造自然造福人类走到科技污染自然危害人类,这就是"科技伪现代化";"伪现代化"就是"政治伪现代化"、"文化伪现代化"加"科技伪现代化"。至此,"伪现代化",成为其杂文创作与社会批评的关键词。

朱健国的杂文创作大体可以1998年为界分为前、后两个阶段。前期尽管也指出杂文思想性的重要,更多的成就还在于对杂文艺术性的创新,如前面提到的"广播杂文"的倡导,还借用自然科学的新观念来烛照时弊人性,使杂文豁然开朗、别有洞天。如《"周期性流行"小考》就是借用医学"周期性流行"理论,对人类社会的病态现象——"焚书病"、"出身病"、"极左病"进行梳理剔抉,深湛透辟。《野酸梨如何变甜》则从梨树嫁接后变甜,谈到一个国家、民族也要不断与先进国家、最新科学接种,才能避免落后于时代潮流。同时,还把意识流、荒诞派等现代艺术掺进杂文,《八个月没有文件呵!》近乎荒诞剧,将一个尖锐的社会问题,用荒诞的风格表现出来,其讽刺性更强,也更引人深思。《我哭吴起》的自哭自诉,《一个颠倒"相当"的梦》中现实与梦境的交叉,《夜访范仲淹》的奇境,《〈辞海〉历险

[①] 《文学自由谈》,1998年第5期。

记》中的意识流,都使朱健国的杂文具有魔幻现实主义和黑色幽默的风韵;后期则是坚持"体制外写作",倡导坚持"鲁迅风"社会批评的必要性。2003年《杂文选刊》第八期发表200多字的短文《"公民写作"扼杀杂文》,对当下流行的以新闻时评为主的"公民写作"杂文进行批评,认为"表面上,现在是'时评热'淹没了杂文,实质上却是所谓'公民写作'论在帮忙向杂文套绞索。昔日仅仅是'体制内'压制'鲁迅风',今朝则有了同盟军:一些'杂文新秀'顺应'既得利益','与时俱进'地以'公民写作'的'时评热'或'小杂文'取代'鲁迅风'",在杂文界和学界引起极大反响,鄢烈山等人著《"公民写作"扼杀杂文?》等文进行反驳。朱健国在《"公民写作"与"新犬儒"——与笑蜀等友人商榷》一文中,笔锋犀利地剖析时下"自由主义"和"新左"两派中都有人力主提倡"公民写作"的原因有四:其一是不求甚解,其二是"好心浮夸",其三是"新犬儒",其四"新左温"(新左派中的温和派)与"自由温"(自由派中的温和派)合流,从而提出"'轨道外的思考'('体制外思维')常常既有公民意识,又有超越公民意识的更广阔的自由,比如,以鲁迅风杂文笔法写作,可以比'公民写作'的'时评'表达一些更深刻的思想,既避免'易碎'与'泡沫',又不至于'赤膊上阵',可以尽可能少的牺牲争取较大的效益。在一个与鲁迅时代没有本质区别的'新世纪',我们还是且慢'公民写作'为上?"

台、港等杂文发展总述

1949年以后的台湾杂文可以分为20世纪50年代、60—70年代和80年代以后三个阶段。50年代的台湾杂文有鲜明的"反共"色彩。当然,在这一时期,也有一批疏离台湾主流政治的杂文家,其中影响最大的有何凡。

何凡,原名夏承楹。1934年毕业于北平师范大学外文系,1948年到台湾。他从1953年12月1日开始在《联合报》副刊撰写"玻璃垫上"专栏,持续到1984年7月12日,历时30年7个月,创下台湾报纸定期专栏时间最长的纪录,共计发表专栏文章5500篇,总字数500多万。其杂文"大抵以社会动态、身边琐事、读书杂感、新知趣事为题材,信手拈来,娓娓而谈"。[①] 他的杂文着眼于与大众息息相关的小事、杂事和趣事,有意回避宏大的严肃的话题,但仍然得到读者持久的喜爱。作家吴鲁匠称何凡是"最早灌输现代化观念,提倡改善生活素质的一人",他的杂文"长于说小道理,说的可能是柴草的琐碎,但是那些正是一个现代化的文明社会的基本要求"[②]。林海音说他的杂文是一部"台湾社会进化史的抽样"[③]。

六七十年代的台湾杂文的重心转移到关注台湾自身社会问题上,出现了柏杨、李敖这样以社会批判为己任、追求言论自由并与台湾"政府"直接交锋而产生了极大影响的杂文作家。此外,一批在现代文坛已经建立了文学声誉的老作家如台静农、林语堂、梁实秋也成为台湾杂文界的主力。

台静农,安徽霍邱人。抗日战争时期曾在北京辅仁大学、齐鲁大学、

---

① 姚春树、袁勇麟:《20世纪中国杂文史》(下册),福建教育出版社,1997年版,第1033页。
② 姚春树、袁勇麟:《20世纪中国杂文史》(下册),福建教育出版社,1997年版,第1033~1034页。
③ 姚春树、袁勇麟:《20世纪中国杂文史》(下册),福建教育出版社,1997年版,第1034页。

山东大学、厦门大学任教,抗战胜利后到台湾任台湾大学中文系教授,著有《东坡杂文》等著作。其杂文被认为"思极深而不晦,情极衷而不伤,所记文人学者事,皆关时代运会"①。

林语堂,从1965年2月10日开始为台湾"中央通讯社"撰写"无所不谈"专栏,1966年由美国回台湾定居,到1967年,共写180篇杂文,1974年结集为《无所不谈合集》,由台湾开明书店出版。他自称"书中杂谈古今中外,山川人物,类多小品之作,即有意见,以深入浅出文调写来,意主浅显,不重理论,不涉玄虚"。袁勇麟认为"他晚年的杂文仍保持机智幽默的风格,文章中不乏妙语如珠"②。

梁实秋,1949年到台湾,历任台湾师范大学教授、台湾大学教授、台湾编译馆馆长。在台湾期间,翻译出版了《莎士比亚全集》37卷、撰写了《英国文学史》,还创作了大量"雅舍小品",结集为《秋室杂文》、《雅舍杂文》、《实秋杂文》多种。以深厚的学养和温厚的性格写杂文,梁实秋形成了自己独特的杂文风格。他谈读书、谈考试、谈早起、谈时间、谈友谊、谈礼,这些话题都是老生常谈,观点也不求标新立异,但梁实秋仍然能谈出趣味、谈出境界,以过来人的目光看人生情态,社会万象,显示了一位成名作家非同寻常的人生经验和艺术功力。其杂文语言融中国文言的典雅、现代白话的平易、英语的智性与高贵于一体,堪称达到了炉火纯青的境界。袁勇麟认为其杂文"表现出作者的秋毫之察、哲人的通达之见和智者的幽默与雍容","机智闪烁,谐趣迭生,风趣中不失仁蔼,谐谑中自有分寸"③。

80年代以后,台湾的集权体制已经走到末路。杂文在这个过程中仍然起到了重要的文明启蒙的作用。

龙应台的杂文如她的书名一样是一把野火,既焚烧了许多老旧的荆棘,也照亮了前途的光明。1987年台湾宣布解严,党禁与报禁纷纷开放。

---

① 姚春树、袁勇麟:《20世纪中国杂文史》(下册),福建教育出版社1997年版,第1036页。
② 姚春树、袁勇麟:《20世纪中国杂文史》(下册),福建教育出版社,1997年版,第1047页。
③ 姚春树、袁勇麟:《20世纪中国杂文史》(下册),福建教育出版社,1997年版第1045~1046页。

台湾杂文在新的形势下失去了那种一人发声、万人倾听的影响力。杂文开始寻找新的生命动力,随着两岸文化交流的日渐增多,台湾杂文也在实现它的转型。

香港特殊的人文环境决定了香港杂文的独特性。它不像台湾那样与大陆形成过两岸对峙。它在政治、文化方面都更具有包容性。英国的政治文明、中原的传统文化和广东的市民文化共同建构了香港的文化空间。政治上左、中、右各派人物都能在香港找到自己发展的天地。诚如南思在《香港,香港》一文中所说:

> 香港有自由,有富人吃鲍翅、坐轿车的自由,也有穷人粗茶淡饭、搭巴士的自由。但绝没有被随意抓去"坐牢"的自由,也没有"构陷加罪"的自由;更重要的是有其"言论自由"。不管是左中右人士,都允许有自己的政治见解、发表言论的自由。热衷政治的,可以樽前论时事,甚至唾沫四溅,面红耳赤;不问政治的,可以"躲进小楼成一统",不管他娘屁事,没有人横加干涉。

20世纪50—70年代香港较有影响的杂文作家有老作家曹聚仁和叶灵凤。曹聚仁是国学学者,对中国古代和近代的学术思想有专门研究。他同时有志于做一个中国现代史的史学家。因此,他的杂文侧重于历史掌故,有引古证今的特点。叶灵凤在香港出版了《文艺随笔》、《香港方物志》、《晚晴杂记》等作品,他博览群书,精通香港掌故与风物,以此为题材写出来的杂文引人入胜。曹聚仁和叶灵凤承续的其实还是现代中国的杂文传统,传达"史识"与"理趣"。

真正具有香港特色的杂文作家是三苏和梁厚甫。三苏原名高德雄,1918年生于广州,1944年到香港,长期在报社任职。他与梁厚甫被认为是《新生晚报》的一对"鬼才",创造了一种"怪论","就是正言若反的杂文,讽刺幽默的文章。""这些怪论是用'三及第'的文字来写的,就是文言、白话加广东话。香港的居民多数是广东人,说广东话,用广东话写文章,容易受到欢迎。香港又是长期受到封建文化影响的地方,文言文的遗留也就不足为奇。虽然如此,时代的文字到底还是白话。就这样,形成了一种文字上特殊的三结合。"①内容上这些怪论杂文以社会现象为题材,"论尽香港",入木三分,"月旦时事,运笔如刀,在嬉笑怒骂中说尽人间世相。"②这种怪论杂文从形式到内容港味十足,得到了香港读者的欢迎,广为流行,经久不衰,到70年代,还派生出一种新"三及第"文体,即英文、白话加广东话。由此可见三苏创造的怪论杂文的影响是多么深远。梁厚甫早期曾与三苏一起写怪论杂文,60年代移民美国之后以"自由记者"、"自由作家"的身份写特约评论,因为材料新、信息量大、见解独到,并且行文精简明快、说理清晰,在某种程度上还延续了怪论的风格,产生了很大的影响,获得了很高的知名度。

香港有"报纸城"的称号。据官方1983年的统计,香港有69家报纸。大量的报纸需要大量的专栏作家,从而造就了大量的"爬格子动物"。杂文是最适合报纸专栏的一种文体,杂文副刊是每张报纸不可或缺的重要组成部分。因此,香港杂文也异常繁荣。用黄维樑的话说:

> 自1970年以来,报纸和杂志上的框框杂文,作者日多,读者日众,也许称得上香港文学中最重要的文类。这些框框杂文,每篇短则二百字,长则千字,无所不谈,充分表现香港这个自由开放社会的精神。香港报刊每天登载的杂文,字数不会少于半部《红楼梦》。③

在另一篇专门谈香港杂文的文章里,黄维樑指出:

> 香港杂文的内容,极为丰富多样。有严肃载道的,也有轻松言志

---

① 柳苏:《三苏——小生姓高》,《香港文坛剪影》,三联书店,1983年版,第64页。
② 姚春树、袁勇麟:《20世纪中国杂文史》(下册),福建教育出版社,1997年版,第988页。
③ 黄维樑:《香港文学与中国现代文学的关系》,《台湾香港与海外华文文学论文选》,海峡文艺出版社,1988年版。转引自姚春树、袁勇麟:《20世纪中国杂文史》(下册),福建教育出版社,1997年版,第989页。

的;有的大至宇宙,有的小至苍蝇;有的是"个人社论",有的是谈艺录;众专栏作家有的摆其龙门阵,有的"八卦"一番,gossip 一番。有的如蒙田那样写个人情绪变化,有的则如培根那样提供知识和智慧。①

许迪锵则列举了香港杂文家的不同风格:

> 与各种内容一并展现的,是种种不同的风格。李国威的不事雕饰、绿骑士的亲切、陈辉扬的雅致、陆离的直率、康夫的苦涩、肯肯的轻灵,都是作品上鲜明的标签。于辛其氏因事见情,感慨系之的传统写法之外,亦有游静无一定起承转合可寻的现代感。戴天每出之以寓言而极尽挖苦之能事的评议,与张文达的婉讽和平实,各具面貌。即使如女作家中,既有钟晓阳的摇曳生姿,亦不乏柴娃娃的爽朗明快。②

1978 年以后,在香港繁星点点的杂文家中,吴其敏、曾敏之、高旅、张文达等人以文史功夫见长,他们的杂文相对传统。梁锡华、陈耀南、黄维樑、张五常、潘铭燊、梁巨鸿、陈永明、刘绍铭、董桥被认为是学者杂文家,他们多有留学欧美的经历,杂文题材已经不局限于传统论政或人生修养,文字表达也追求中西文学的汇通。小思、钟晓阳、柴娃娃、秦楚、圆圆、农妇、林燕妮等女作家也颇负盛名,用袁勇麟的话说就是"不论写身边琐事,还是谈社会人生,都个性活现,代表了城市女性的不同形态,显示了香港女杂文家的创作实绩。"③

1976 年以后,中国与世界的联系日渐加强,人才的流动日趋正常,逐

---

① 黄维樑:《香港式杂文》,《香港文学初探》,香港华汉文化事业公司,1985 年版。姚春树、袁勇麟:《20 世纪中国杂文史》(下册),福建教育出版社,1997 年版,第 993~994 页。
② 许迪锵:《散文(二)》,《联合文学》,1992 年第 8 卷第 10 期。转引自姚春树、袁勇麟:《20 世纪中国杂文史》(下册),福建教育出版社,1997 年版,第 994 页。
③ 姚春树、袁勇麟:《20 世纪中国杂文史》(下册),福建教育出版社,1997 年版,第 1028 页。

渐出现了一批旅美杂文家如林达、薛涌、黄全愈、木心等人。

　　这些杂文家大都在大陆生活多年,对当代大陆社会有很深入的了解,同时,在美国生活多年,注意观察,成为美国社会、美国文化、美国政治的有心人。这方面的知识,使他们获得了一个很重要的发表言论的参照系。他们关注大陆社会民生、文明进程,也由于互联网技术的发达,他们能够及时地获得大陆的资讯。因此,他们虽然生活在国外,但议论大陆时政,言说大陆民生,毫无隔膜之感。而对发达国家和政治文明的亲身体验和有心观察,又使他们的发言有的放矢,言之有物,毫无空疏、空洞、空话之嫌。随着大陆政治文明的进展和新闻出版的进步,他们也获得了言说的空间。他们的杂文越来越多地出现在大陆的媒体中,得到越来越多的读者的关注,对中国的社会文明进程产生了重要的影响。

作家作品分述（三）

第八节　柏杨、李敖、龙应台

柏杨(1920—2012)，原名郭立邦，后改名郭衣洞，河南辉县人。1942年以后先后就读于兰州大学、东北大学。1946年毕业后曾任沈阳《东北青年日报》社长、辽东学院副教授。1949年到台湾，历任中学教员、成功大学副教授、《自立晚报》副总编辑、台湾艺术专科学校教授等职。最初从事小说创作。1960年以柏杨为笔名在《自立晚报》撰写"倚梦闲话"杂文专栏。1968年因"大力水手漫画"事件被捕入狱。1977年经多方营救出狱。出狱后柏杨在《中国时报》开设"柏杨专栏"，继续写了大量杂文。1981年，柏杨在美国洛杉矶、纽约等地以"中国的酱缸文化"为主题发表演讲，反思中国的文化传统。1984年，柏杨在美国爱荷华大学以"丑陋的中国人"为题演讲，批判中国国民性。这些演讲在华人社会造成强烈震撼，同时正好呼应了"大陆正推向高潮的文化反思运动"[①]。

柏杨的杂文曾结集成数十个集子公开出版，主要有《丑陋的中国人》、《道貌岸然集》、《鬼话连篇集》、《大愚若智集》、《早起的虫儿》、《按牌理出牌》等。其中，《丑陋的中国人》影响最大。这本书以柏杨在爱荷华大学的演讲题目为书名，收入了柏杨的三篇演讲和26篇杂文，1985年在台北出版，很快有了中国大陆版、韩国版、日文版、英文版。柏杨杂文的关键词是

---

① 朱洪海：《"适时出现"的柏杨》，柏杨：《丑陋的中国人·附录》，古吴轩出版社，2004年版，第183页。

"丑陋的中国人",他对中国历史文化有一个较为宏观的把握,将其与社会生活中的感性现象联系起来,侧重于反思中国传统文化和中国人性格,影响了整整一代中国大陆的"80年代人","为年轻一代对传统的反思提供了一个非常重要的支持和佐证,就像是火柴一样点燃了某种东西,所以郁积在那里的材料突然间发光了……它的意义是非常大的。"[①]"为'八十年代人'的人文启蒙,给予了完整的、重要的弥补。"[②]

在《中国人与酱缸》这篇演讲中,柏杨提出了中国"酱缸文化"的说法。认为最能体现酱缸文化特色的就是中国的官场。由于酱缸文化的影响,中国人自私、猜忌、不会笑,不坦荡、不开朗,没有分辨是非的能力,整体上是一盘散沙。在《丑陋的中国人》这篇演讲中,柏杨将前面的演讲精神进一步延伸,认为"中国传统文化中有一种过滤性病毒,使我们子子孙孙受了感染,到今天都不能痊愈……使我们中国人具备了很多种可怕的特征。"

柏杨共列举了这样几种特征:一是脏、乱、吵;二是窝里斗;三是不认错;四是心口不一;五是掩饰错误,讲大话、空话、假话、谎话、毒话,心灵完全封闭,不能开阔;六是内心不平衡,容易膨胀,不能平等待人待己,不是自卑就是自傲;七是明哲保身,神经质的恐惧;八是没有独立思考,缺乏鉴赏能力,没有是非,没有标准。柏杨的这些总结无不来自他对中国人、中国社会、中国历史的长期的研究,来自他丰富的亲身体验。任何一个结论都有大量事实做依据,因此,深深击中了中国人的内心,引起中国人强烈的共鸣和痛苦的反思。

柏杨的分析既深刻又生动。比如,他谈到中国数千年制度没有改变,改朝换代的标志只是烧房子:"一代一代下来,并不能在政治思想上有任何新的建树,而只以烧房子来表示不同。这使我们中国这个古老的国家,几千年竟没有留下来几栋古老建筑。"谈及中国的官场,他指出:"中国官僚有他的特征,效忠的对象绝对不是国家,也绝对不是领袖,他只效忠于

---

① 朱洪涛:《"适时出现"的柏杨》,柏杨:《丑陋的中国人·附录》,古吴轩出版社,2004年版,第183页。
② 陈晓明:《柏杨,依然在影响"八十年代人"》,柏杨:《丑陋的中国人·附录》,古吴轩出版社,2004年版,第186页。

给他官做的人。""以官的标准为标准,以官的利益为利益。""中国人永远就在这种官场关系里,是非不明地反反复复……""一个人的官性太兴旺的时候,人性就消灭了。他没有人性,而只有做官的官性,必须等到有一天他退休了,人性才能回复。"

针对中国人的诸多劣根性,柏杨有一个建设性的建议,就是要"培养我们的思考能力"①,"成为一个够格的鉴赏家",因为"有鉴赏能力的社会,才能提高人们对事物好坏的分辨"。"才不至于什么事都可打个马虎眼儿,大家胡混,酱在那里,清浊不分,高下不分,阻碍我们的发展和进步。"②

柏杨杂文还有一特点,就是穿插许多警句。这些警句包含哲理意味,又渗透着柏杨的对社会人生的观察,还具有柏杨鲜明的个性色彩。比如,"中国人的美德多得很,可惜都在书上。"(《人生文学与历史》)"中国人最大的特点是聪明过度,中国社会正是由这种无数聪明过度组合而成。而聪明过度是吝啬同情心的。"(《人生文学与历史》、《沉重的感慨》)"爱国人士最喜欢自诩中国是礼义之邦,我想仅是纸上作业,古书上倒是说过,中国确是礼义之邦。但在行为上,我们的礼义却停顿或倒退在一片蛮荒阶段。如果不能实践礼义,再写三千万本书,再写三千万篇文章,蛮荒仍是蛮荒。"(《到底是什么邦》)"用中国的一个沙粒跟洋大人的一个沙粒较量,中国人沙粒不弱于洋大人的沙粒,但用中国的一堆沙粒跟洋大人一堆沙粒做成的水泥较量,水泥可是坚硬如铁。"夸张、比喻与讽刺混合运用,有一种特殊的修辞效果,加强了柏杨杂文的感染力。

李敖(1935—),吉林省扶余县人,生于哈尔滨。在北京上小学和初一,之后到上海、台湾读了中学,先后就读于台湾大学法律专修科和台湾大学历史系,1959年毕业。1961年考入台湾大学历史研究所读研究生,1963年休学,出版第一本著作《传统下的独白》。1961年11月于《文

---

① 柏杨:《丑陋的中国人》,古吴轩出版社,2004年版,第49页。
② 柏杨:《丑陋的中国人》,古吴轩出版社,2004年版,第31、32页。

星》杂志发表《老年人和棒子》,揭开60年代台湾"中西文化论战"的序幕。此后出任《文星》总主笔,陆续发表《播种者胡适》、《给谈中西文化的人看看病》、《中国思想趋向的一个答案》等文,激烈抨击与否定中国传统文化,主张"剪掉传统的脐带",表达"全盘西化"的思想主张。1965年,在《文星》发表《我们对国法党限的严正表示》,导致台湾当局下令封闭《文星》杂志。1971年被捕入狱。1976年出狱。1979年在《中国时报》撰写专栏文章,出版《独白下的传统》等著作。1981年再度入狱。1982年出狱。1988年,由牧惠选编的李敖杂文集《千秋评论》由湖南文艺出版社出版,这是大陆出版的第一本李敖杂文。1996年李敖在台湾"真相"电视台开讲"李敖笑傲江湖"。2000年竞选台湾地区领导人。2004年在香港凤凰卫视主持《李敖有话说》。2005年回大陆,在北京大学、清华大学、复旦大学发表演讲。李敖著作等身,是台湾最有影响的评论家之一。

李敖许多杂文反复表达的一个思想就是"言论自由"。他有一篇短文《谈蝉》,采用托物言志的手法,写蝉在树上呼啸不休,"宁鸣而死,不默而生",正是对"言论自由"的执著追求。"虽然遭了杀身之祸,可是它们却是九死不悔的。"这篇写于1955年的杂文所表达的思想在李敖的杂文里反复出现,事实上也成为李敖人生的真实写照。《一种失传了的言论道具》写古代有一种"诽谤之木"。皇帝设立这种道具的目的在于鼓励自由发表言论,所谓"言之当者,朕有厚赏;言之不当,朕不加罪"。对此,李敖强调,"这种'不加罪',是无条件的;不能先立下'要相忍为安'、'要动机纯正'、'要善意批评'、'要有建设性意见'等等条件。因为一有了这些条件,就没有了真的言论,就失掉了'求言'的根本意义。"文章结尾,李敖写道:"我小时候,经过天安门,望着那高耸入云的华表,只觉得它美,不知道它的意义。现在,我'读书破万卷',我懂了。我知道它是一种沦落了的象征,一种失传了的言论道具。它是中国的眼泪,中国人的十字架。"《论唱反调》专门介绍美国最高法院大法官霍姆斯,推崇他独持异议的姿态,进而认为知识分子是天生的反对派,因为其"首要目标在追求真理","必须站出来,保护小百姓,指导小百姓,使小百姓不受一党独大的伤害"。

李敖是历史学家,他的思想有丰富的历史知识支持。其杂文广征博引,左右逢源,用古今中外的"史实"来表达他的"史识"。他自称"读书破万卷",不能说是自吹自擂,而是名实相符的结论。《骂总统的自由》写的是北洋军阀统治时期比国民党统治时期更有言论自由。李敖不是信口开河,而是以具体事实作为依据。他专门例举两段在袁世凯统治时期大骂袁世凯的文献,一则来自1912年《少年中国周刊》中黄远庸的文章《遁甲术专门之袁总统》,另一个来自1914年民权出版部出版的一本书《破涕录》中的作品。像这样的例证在李敖杂文里比比皆是,尤其是李敖援引的许多文献往往很生僻,没有很高深的专业水准不会接触。这实际上成为李敖杂文一个令人佩服的重要性质。

李敖的杂文文如其人,率性、泼辣、大胆,说的是赤裸裸的真话,尖锐、刻薄,得理不饶人,绝不持妥协和中庸的姿态,毫无温柔敦厚的意味。《蝙蝠和清流》就明确表示这种态度和方式是他的自觉选择。文章从蝙蝠唯一能飞的哺乳动物这一特性,写到《伊索寓言》关于蝙蝠的故事:在鸟群中称自己是鸟,在兽群中称自己是兽,概括出蝙蝠的骑墙性格。进而将蝙蝠比喻为两头讨好的政治上的"中间势力",并对这种品性表示了明确的憎恶。

《讲理与讲礼》也认为:"中国民族对'讲礼'很拿手,对'讲理'却不在行。""'礼'在许多点上,就跟'理'发生冲突。"原因何在? 李敖分析:"冲突的原因在'礼'是讲谁大谁小的;'理'却是讲谁对谁错的。讲谁大谁小,就没有是非可言,一切都是听凭摆布,一切都和稀泥,这就叫'礼之用,和为贵'。"

正是因为洞悉了中国式"讲礼"的弊病,李敖才选择了西方式的"讲理"。为"讲理"而不考虑"讲礼",强调大节的"讲理",而不惜在小节方面"非礼",宁做真小人,也不做伪君子。

李敖的杂文有其幽默的一面,但他的幽默也是与刻薄的挖苦联系在一起的。比如上面关于蝙蝠的文章,专门写到中国人与西方人对蝙蝠的不同观察结果。中国人看到蝙蝠夜里飞行自如,就用蝙蝠屎做成中药"夜晚砂"治眼病。西方人却知道蝙蝠是靠雷达式的耳朵与皮肤感觉飞行,不会将蝙蝠屎当眼药,"所以可以少吃大便"。这里的幽默与刻薄浑然一体。

《讲理与讲礼》对中国人"重礼轻理"不以为然,结尾一段:"在中国式的'讲理'中,最多孟夫子这种'理不直而气壮'的角色,用这种态度讲谁对谁错,没有真理,只有无理取闹。这种人不适合讲理,而适合打架,你打我一拳,我踢你一脚,这才真叫'礼尚往来'呢!""礼尚往来"的成语用在这里,确有令人失笑喷饭的效果。

龙应台(1952—   ),原籍湖南衡东,生于台湾高雄县大寮乡。1974年台湾成功大学外文系毕业。后获美国堪萨斯州立大学英美文学博士学位。先后在纽约市立大学、梅西大学英文系任教。1983年任台湾"中央大学"外文系客座副教授。1984年在《新书月刊》发表文章批评《孽子》,开始文学评论活动。1984年11月开始在《中国时报》发表《中国人,你为什么不生气》、《生气,没有用吗?》、《生了梅毒的母亲》等文章,在台湾引起巨大反响,被称为"龙卷风"。1985年这些文章结集为《野火集》出版,不到一个月印刷24次,不到半年卖出十多万本。1985年任台湾淡江大学外国文学研究所研究员。1986年侨居瑞士苏黎士。1988年入西德籍,任法兰克福大学教授,兼台湾《中国时报》驻法国、瑞士特派员。2000年以来在大陆《南方周末》等报刊发表大量专栏文章。著有《野火集》、《龙应台评小说》、《目送》、《亲爱的安德烈》、《孩子,你慢慢来》等。

龙应台杂文有些话题与柏杨、李敖的话题是一以贯之的。比如,《野火集》第一篇《中国人,你为什么不生气》里也写到柏杨反复写到的丑陋的中国国民性:"在台湾,最容易生存的不是蟑螂,而是'坏人',因为中国人怕事、自私,只要不杀到他床上去,他宁可闭着眼假寐。"《难局》表达了"个人至上"的思想:"我很怕听人说'学校荣誉',因为我知道,为了这么一个抽象的框框,有多少'不听话'、'不受教'的学生要受到残酷的压制,多少特立独行的个人要被塞进框框里,呼吸不得,动弹不得。"

这与李敖的反复言说异曲同工。但是,龙应台杂文涉及更多与普通老百姓生活直接相关的社会问题,如《中国人,你为什么不生气》中所写:"西方人来台湾观光,他们的旅行社频频叮咛:绝对不能吃摊子上的东西,最好也少上餐厅;饮料最好喝瓶装的,但台湾本地出产的也别喝,他们的饮料不保险……"《生了梅毒的母亲》中指出:"为了多赚几毛钱,有人把染了菌的针筒再度卖出,把病毒注入健康人的身体里去。为了享受物质,有人造假的奶粉,明明知道可能害了千百个婴儿的性命,为了逃避责任,有人在肇事之后,回过头来把倒地呻吟的人瞄准了再碾过一次。我们的子女坐在教室里,让毒气给轰倒。我们的朋友喝了伪酒而失明。我们的兄弟,被车撞断了腿,每天拄着拐杖,一跛一跛上学校。而我们自己,心平气和地吃喝各色各样的化学毒素,呼吸污浊的空气,在横行霸道的车辆间仓皇怯懦地苟活。"

这些与老百姓生活直接相关的治安问题、环境问题、教育问题、健康与卫生问题,更容易引起读者的认同感,引起读者的共鸣。这使龙应台杂文与柏杨、李敖有一个明显的不同:龙应台具有很鲜明的草根精神,柏杨、李敖却有浓厚的精英意识。

同样是在对民众进行民主启蒙,龙应台与柏杨、李敖的姿态也是不一样。柏杨、李敖是精英的呐喊、英雄的疾呼,有一种孤胆英雄但也孤芳自赏、孤注一掷的意味,龙应台却实现了从精英向公民的转型。

杨泽认为李敖是刺客型文化批评家,"他们对中国历史有种根深蒂固,近乎非理性的迷执;由于对封建体制,所谓'吃人的礼教',存着'必欲毁之而后快'的怨怼心态,他们是复仇的人……敢冒各种反传统、反群众的大不韪小不韪","作为一个喝过洋墨水的自由派作家,龙应台不可能像传统文人那样唱高调,筑起一道与世隔绝的高墙。贫困的出身,加上以劳动阶级为主的生长环境,让她更像是野地的稗子,具有十分务实的性格,立论处处充满'卑之无甚高论'的合理性与现实感。相较于前人自我放逐,反体制的游击战略,龙应台一开始就站在历史的亮处,置身群众中间摇旗呐喊,很自然地融入代表全民心声的合唱曲中"[1]。

林达一针见血地指出龙应台杂文旨在公民意识的建构,"龙应台不是简单地冲击集权政府,促使它的解构,而是提前让民众理解,民主不仅是

---

[1] 杨泽:《天真女侠龙应台——走过野火时代》,龙应台《野火集·纪念版序》,文汇出版社,2005年版,第3页。

一个政治制度,它也是一种生活方式。固守中华文化圈传统社会的许多旧观念,并不利于这个制度的存活和生长。这个方向的批判,其实需要更大的智能和勇气"。"在集权社会的末期,站在民众的立场,把矛头直指专制政府,虽然被政府所不容,可是你的身后自有万千民众的支撑。龙应台从一开始就放弃有利地势,选择站在一个孤立的位置。不仅批评政府,更多的是尖锐刺向每一个人的内心:你有没有为一个民主的公民社会做好准备,你自己是不是一个合格的公民?假如不是,先改变你自己。面对中华文化圈,龙应台不避讳她的思想的异文化源头;面对民众,她紧追不舍地指出每一个人的弱点和未尽的公民责任。"①

---

① 林达:《龙应台的启示》,龙应台《野火集·附录·野火二十年》,文汇出版社,2005年版,第199页。

第九节 曾敏之、梁羽生、金庸、董桥

曾敏之(1918—   ),生于广西罗城,1934年到广州半工半读并开始文学写作。1939年考入桂林广西建设干部学校。1941年任《柳州日报》采访主任。1942年再到桂林,先后做《文艺杂志》编辑和《大公报》记者,发表了不少小说和散文。1945年任重庆《大公报》记者。1948年调任香港《大公报》华南版主编。1950年后曾任中国新闻社、《大公报》、《文汇报》广州联合办事处主任,《作品》编辑和暨南大学中文系副教授。1957年被划为"右派"。1978年重返香港,曾担任《文汇报》副总编辑、香港作家联会会长、《香港作家》杂志社社长等职。有杂文集《观海录》、《当代杂文选粹·曾敏之卷》、《观海录二集》等多部,其中,《观海录二集》曾获全国优秀散文杂文(集)奖。

曾敏之的杂文写作资源主要有三个方面。一是中国历史文献。他博览中国古代历史,善于从历史文献中取材。《从焚书谈起》取材于秦始皇焚书坑儒的典故,但不是落入俗套,而是侧重于秦始皇留下了一批有关律令、经济的书籍,这批书籍后来被萧何获取,对刘邦政权的稳定起了重要作用。文章以这个故事强调文治的重要,显出思想的推陈出新。《言与行》用清代唐甄文章中的两个故事来说明"令行则治"的道理,小故事说明大道理,颇有说服力。正是因为曾敏之杂文对古代历史文献运用自如,袁勇麟指出:他"出入文史,纵横古今,形成气势沉雄、笔力刚健的杂文风格。"[①]二是抗日战争时期,曾敏之在桂林从事文化活动,与许多现代文化人有较多的接触,对中国现代文化历史、文化名人相当熟悉,这也是其杂文取材的一个重要来源。他的笔下经常出现他直接接触过的郭沫若、茅盾、柳亚子、端木蕻良、聂绀弩等现代文人形象,由于是直接接触,所以写得很实在,不仅有文学价值,而且有史学价值。如《茅盾的几首诗》中写茅盾当年在桂林作为文化界领袖人物的时候曾写了一首表达家国忧恨的

---

① 姚春树、袁勇麟:《20世纪中国杂文史》(下册),福建教育出版社,1997年版,第1002页。

《无题》诗,由于作者当年也是桂林文化城中的一分子,所以写起来很是真切,对人物心理的表达入木三分。三是他有香港、大陆长期生活的体验,对大陆与香港的社会现实都有深入的观察,形成了他的杂文鲜明的现实感和强烈的入世精神。诚如袁勇麟所说:曾敏之"在历史与现实之间出入往返,谈古论今,爱憎分明。他的许多杂文围绕着国家长治久安这个中心,论述了权与法、奢与俭、贪与廉、言与行、毁与誉、破与立、摹仿与创造、功成身退与选贤任能等一系列关系,思考着国家民族的前途命运。"①《谈改革》历数唐宋到清代著名的改革运动,以说明改革必须顺应人心,法令制度必须随着客观形势的改变而有所改变。《功成身退与选贤任能》从大陆现实中老干部退休现象谈起,联系《三国演义》中徐庶走马荐诸葛以及唐代阎立本推荐狄仁杰的故事,以赞扬老干部退位让贤,选贤任能的行为。《谈"以人划线"》涉及中国政治的一个弊端,即宗派主义意识,文章既写到《后汉书》中杨震的故事,又联系了当代社会现实中的实际,对"以人划线"的中国式宗派主义进行了深刻的批判。

金庸(1924—),原名查良镛,著名武侠小说家。浙江海宁人。早年在香港《大公报》、《新晚报》任职,1955年开始武侠小说创作,共创作武侠小说15部,是当代最有影响的武侠小说大师。1959年创办香港《明报》,任主编兼社长历35年,期间创办《明报月刊》、《明报周刊》、新加坡《新明日报》及马来西亚《新明日报》等,组建明报报业集团,是香港最有影响的传媒集团之一。金庸除武侠小说之外,为《明报》写作了大量时事评论,是香港最重要的社评家之一。其部分杂文作品收入《三剑楼随笔》和《金庸散文集》中。《三剑楼随笔》②,是金庸、梁羽生、陈凡三人合作,于1956年在《大公报》副刊开设的专栏文章的合集。《金庸散文集》③是中国内地唯一一本得到金庸先生授权正式出版的散文作品集,收录了金庸从20世纪50年代以来在报纸杂志发表的近百篇文章。

---

① 姚春树、袁勇麟:《20世纪中国杂文史》(下册),福建教育出版社,1997年版,第1002页。
② 学林出版社,1997年版。
③ 作家出版社,2006年版。

金庸对历史人物的品评是独具慧眼的。他写过《郭子仪的故事》、《代宗·沈后·升平公主》、《马援见汉光武》、《马援与二征王》等杂文。在《郭子仪的故事》一文中，他明确表示："用现在的历史观点看来，郭子仪仍旧是一个值得赞扬、值得钦佩的人。"为什么呢？金庸的理由是"他在中华民族受外族围攻时保卫国家，收复被侵略者占领了的京都；他使人民免于被外族劫掠之苦，得到了相对的安居乐业"。这当然是郭子仪的大节，是他得以在历史上留名并被后人所推崇的原因。但如果仅仅这样评价郭子仪，那么，就只是一种历史评价而非文学审美。金庸写郭子仪，既写出了郭子仪的大节，同时更写出了郭子仪的个性。金庸欣赏那种有个性有才能的历史人物。他专门将郭子仪与同时代另外一位名将李光弼作对比，写出了郭子仪博大的胸襟和政治风度，表现郭子仪"为人宽厚，对部下与士卒极好"的品格。即便是"郭子仪单骑退敌"的故事，一般人偏向于认同郭子仪勇敢的结论，但金庸更愿意从中挖掘郭子仪"孤立敌人，争取同盟的识见"，以及郭子仪临危不惧、决断从容的风采。从这样一篇短文，可以看出金庸对待历史和历史人物，既有其充满现代意识的独到的见解，也有一种尊重个性、欣赏趣味的格调。《马援见汉光武》一文专门对比了马援眼中的刘秀和公孙述两位皇帝。尽管两位皇帝对马援都求贤若渴，但两者之间，马援扬刘秀贬公孙述。因为公孙述大搞无谓的礼节，弄得大家都像木偶一般。刘秀却"既随和，又有幽默感"，"坦白之极，什么话都说，性格随随便便"。看得出来，马援的识人倾向很为金庸所欣赏。事实上，金庸在本文末也表达了他的观点："做领袖的人如有风度有见识，自能使人一见钦佩，这在古今都是如此。"

金庸的杂文虽然不像内地杂文家那样有鲜明的社会批判倾向，但其中同样蕴含着深刻的民本意识。他写有一篇《民歌中的讽刺》，列举了大量古代文献中的民歌，这些民歌有一个共同的主题，就是表达了对荒谬的社会现象和腐败的政治现状的批判。比如有一首讽刺明代奸臣严嵩的民歌："可笑严介溪，金银如山积，刀锯信手施。尝将冷眼观螃蟹，看你横行到几时。"还有一首是讽刺大小官吏搜刮民财贿赂上司的现象："知县是扫帚，太守是畚斗，布政是叉袋口，都将去京里抖。"正如金庸所分析："这些讽刺政治的民歌一般都很沉痛,但其中总也带着几分幽默。"

金庸的一些杂文表达了他对某些美好品德、美好的境界的向往。《圣诞节杂感》一文引述了狄更斯、欧·亨利、丹蒙·伦扬的几个小说的故事,以表达对那些脱俗的,真正的爱心、善良以及柔情的向往。与此同时,作者对现实中的功利原则不以为然。文章写道:

> 我们生活在这个十分重视金钱和物质的社会里,友情和善意常常被利害关系和钞票的数字所破坏。许许多多人一早起床就陪着算盘、计算机、收银机、红色绿色的钞票;许许多多人觉得世界上最重要的是马票头奖。新年是很好的节日,但人们总是爱把"恭喜发财"和它联系在一起,红封包裹包着的是"利是",买花来插是图吉利,是为了卜占发财的兆头。发财当然不坏,金钱和物质也决不能轻视,但总得有一个日子,让每个人多想到一些亲谊和友情,少计算一些利害和金钱吧!中国人的"中秋节"是这样一个可爱的节日,这是"团圆"和"月饼";"清明"和"重阳"也是可爱的节日,大家想看那些已经逝去了的亲友,这是"旅行"和"纪念"。外国人的圣诞节也是这样的节日,大家互相赠送美丽的卡片和礼物,整个社会浸沉在一种温暖喜悦的气氛之中。

如此看待节日的内涵,既显示了作者见解的新颖独到,也体现了作者对清明纯真的人生美好境界的向往。

金庸杂文有一种需要品味才能够感觉到的幽默。《月下老人祠的签词》写的是杭州一座司天下男女姻缘的庙宇。作者将月下老人比喻为"天下婚姻总管理处处长",这个比喻就很有幽默的意味。更为幽默的是文章列举了许多杭州月下老人的签词,如"逾东家墙而搂其处子则得妻,不搂则不得妻"。作者解为"鼓励男子去大胆追求"。另一签:"仍旧贯,如之何?何必改作?"作者解为"别三心二意了,还是追求你那旧情人吧。"还有一签引用的是孔子的话:"后生可畏,焉知来者之不如今也?"作者解为"好的人有的是,你哪里知道将来的没有现在的好?"这些签词五花八门,稀奇古怪，作者的解释符合本义又贴切人情，确实令人开心解颐。《谈谜语》一文同样列举了大量有趣的谜语，称得上妙趣横生。结尾说："杜甫有一句名句'无边落木萧萧下'，以这句诗作谜面打一个字，答案是'日'，因为六朝时，东晋之后是宋齐梁陈，齐梁的皇帝都姓萧，萧萧之下是陈，陈再无边和落'木'，变成一个'日'字。这种谜语，真是有点匪夷所思了。"匪夷所思这个词，在这里用来，真是恰到好处，将这个谜语的难度和深奥表达得淋漓尽致而又含蓄幽默。

梁羽生(1924—2009)，原名陈文统，1924年4月5日生于广西蒙山县文圩乡屯治村。1940年初中毕业考上平乐高中，1941年转学到桂林高中。1945年考入岭南大学，先读化学系，后转入经济系。1949年大学毕业考入香港《大公报》，先做英文翻译，后做副刊编辑。1954年开始写作武侠小说，直到1983年封笔，共写了35部武侠小说，是港台新派武侠小说的奠基人和代表作家。1956年与金庸、陈凡在《大公报》副刊开设专栏《三剑楼随笔》。1998年，出版散文集《笔花六照》。

作为武侠小说大师，梁羽生的百科知识丰富，文史修养极其深厚，这不仅从他的武侠小说可以看出，他的杂文更是明证。《三剑楼随笔》收有梁羽生27篇杂文，包括《才华绝代纳兰词》、《闲话杨朱一局棋》、《闲话怪联》、《梦的化装》、《辩才无碍说玄奘》、《爱之神的神话》、《数学与逻辑》等。仅从标题，就可以看出梁羽生杂文内容涉猎广泛。中国古代诗词、西方小说、对联、围棋、象棋、精神分析学说、科学史等等，包罗万象。梁羽生本人就是诗词楹联的高手，也是象棋、围棋的爱好者，这方面的知识极其丰富，所以，他谈棋谈联谈诗词的杂文写起来得心应手，堪称左右逢源，如数家珍，是这个题材领域的文章珍品。他谈西方文学的文章，同样引人入胜，充分显示了他作为一个小说家善于说故事的才能。

值得注意的是，梁羽生谈文学的文章，常常将中国文学与西方文学汇通，两相比较，颇有学贯中西的意味。如《爱之神的神话》，先从中国掌管姻缘的月老写起，重点落到西方爱神丘比特，讲述了阿波罗和丘比特的爱情故事，阐明了其中的隐喻之义，尤其推崇了西方爱情神话中的人情味，认为"丘比特更接近'人'"。《水仙花的故事》也是从中国元代诗人丁鹤年咏水仙花的诗说起,指出水仙花在中国被比喻为清丽绝俗的仙女,引出水仙花在希腊神话中的比喻成美男子的不同喻义,然后重点讲述希腊水仙花的故事。文章叙述故事娓娓动人,用极其简略的文字将繁复的希腊神话讲述得简明扼要,然后又引出以水仙花为题材的西洋诗歌,再与中国的水仙花神话进行比较。作者丰富的文学知识令人惊讶,其叙述和阐释的能力又如此卓越超群,一千多字的空间,浓缩了大量的信息,而文字又是那么平易近人,可读性、知识性、趣味性集于一身。至于《凌未风·易兰珠·牛虻》、《纳兰容若的武艺》、《一部嘲讽武侠小说的小说》等谈论中西小说和历史人物的篇章,则使读者意识到梁羽生的武侠小说并非单纯的游戏之作,其中有许多关于人生、关于艺术、关于文学的充满真知灼见的思考。可以说,读了梁羽生的这些杂文,能有助于更深地领会他的武侠小说创作。

董桥(1942—   ),福建晋江人,台湾成功大学外文系毕业后到香港。曾在英国伦敦大学亚非学院做研究多年,又在伦敦英国广播电台中文部从事新闻工作。曾任《读者文摘》中文版总编辑、香港《明报》总编辑、《明报月刊》总编辑、《苹果日报》社长。自1977年开始,董桥在香港、台湾和大陆出版《这一代的事》、《乡愁的理念》、《旧情解构》、《从前》、《故事》、《旧时月色》等各类散文集数十种。

在《静观的固执》一文中,董桥明确表示他把对未来的希望寄托在文化理念之上。他认为:

> 政治是一种"行动的人生";文化却是"静观的人生",在朝的政治行动可以颠倒乾坤,在野的文化静观始终是一股制衡势力,逼人思其所行。我常觉得,人生"行动"的余地和机缘毕竟不是太大太多,客观环境往往只容许人生退而不受静观其变;而知识的唯一好处,大概就是教人怎么转圜的余地,不是教人怎么开拓冲刺的空间。

这番话说的是董桥对海峡两岸和香港前途的思考,其实也未尝不可以当作董桥杂文的"自况"。董桥的杂文并不刻意表现他的学问积累,也不正面探讨社会问题。与多数执著于社会批判的杂文不一样,董桥杂文更乐于表达的是蕴含着诗意的文化意味和人生况味。

董桥更倾向于从文化角度观察现代社会的缺陷:"整个世界的节奏已经不太容许一个人隐居山林独善其身了。"(《新的灯影》)"绝大多数的期刊似乎都比较注重具体的现实问题,对于超越的、空灵的但实则触及现代人灵魂最深处的许多问题都不大关怀。""政治经济盘算的是怎么支撑到这个星期六的中午一点钟;文化理想营造的则是可以延展到下一个世纪的精神世界!"(《让政治经济好好过个周末》)"现代社会各行各业都注重专业知识,专业人员在市场上的身价虽然比过去要高,可惜知识越到尖端,精神天地越发狭窄,身心都困在专业的围城里,入业愈专,去趣愈远,终臻忘人忘我,生意消散,连人味都稀淡了。遑言自己专业里的'发明'!这是'专业'跟'学问'分家的悲剧。""有专业而无学问,比如有围城而无城门,进出两难,也看不到城外是火还是水,围城里的安危祸福就更费思量了。"(《如观火观水也》)

董桥认为"学人笔下的深情依旧重要",他推崇张中行的观点:"就是治学的冷静,其大力也要由热情来。"董桥杂文对文化的眷恋和对人生的体验是以深情为基调的。他的文化眷恋的一个重要表现是怀旧,是渗透在他所有文字里面的沧桑感觉。他认为:"怀旧是常情"、"怀旧的幽情总甩不掉"、"各色翻译在变迁,风习故事也在变迁;不变的是历代百姓怀旧的幽情。"(《新旧》)他在给女儿的信中写道:"那天看到你收到男朋友送你的玫瑰,你的脸是那么亮,你笑得那么开心,我心中一惊,好久好久才想起你小时候在妈妈怀里的那张脸!"(《父亲加女儿等于回忆》)"我们这一辈人都年过半百,经历了一些忧患,涉猎的知识半新半旧,心灵深处长存一丝不着边际的头巾意识,因缘际会,偶然也按捺不住或中或西的雅兴。难得一次洋溢文化气息的夜宴,酒酣灯昏之际,难免领略到那么一点点六朝余韵。现在加快,印象最深的竟是深宵人散时心中的牵挂。"(《酒肉岁月太匆匆》)"我在朋友的书房里借来那本书,彻夜读完,思绪起伏,想到国破的山河和文物的命运。"(《温润是君子的仁》)正是因为有深情,有浓浓的沧桑情怀,董桥的杂文才能散发出醇厚的诗意。如《这一代的事》中,董桥回忆自己的少年时候:

  小时候父亲一出门,总是偷偷翻遍橱里的旧书和存画,宋代花鸟明人山水清朝碑帖自忖都可以闭着眼睛临出来。壁灯如梦:瞄一眼案头青花笔筒里那一丛粗粗幼幼的毛笔,想起童年,竟无端讨厌起何绍基来了。父亲啜了一口茶说:"到了台北赶紧先去看宋伯伯,知道吗?""知道了。""国家多难,生活更应该朴素,专心向学。""是。"蛙鸣越来越闹,窗外又下起冷雨了。

家事、国事、天下事;风声、雨声、读书声,以这样的面目出现,使董桥杂文于理性之外深沉着动人的魅力。

董桥杂文还有一个为读者称道很多的特点,就是经常会出现妙语和妙喻,有时候两者是一体的。诸如:

  人一开始学会穿衣服遮羞之后,恋爱就离不开政治手腕。政治是管理别人的艺术或科学。爱情离得开"管理"吗?说一对男女相处得幸福,意思是说这两个人很懂得互相"管理"的艺术。
  文学教你怎么说"我爱你";政治教你怎么解释"我爱你";历史则教你从别人对另一个别人说的"我爱你"之中学会什么时候不说"我爱你"。
  ——《父亲加女儿等于回忆》

  中年最是尴尬。天没亮就睡不着的年龄。只会感慨不会感动的年龄;只有哀愁没有愤怒的年龄。中年是吻女人额头不是吻女人嘴唇的年龄;是用浓咖啡服食胃药的年龄。中年是下午茶:忘了童年的早餐吃的是稀饭还是馒头;青年的午餐那些冰糖元蹄葱爆羊肉都还没有消化掉;老年的晚餐会是清蒸石斑还是红烧豆腐也没主意;至于八十岁以后的消夜就更渺茫了：一方饼干？一杯牛奶？总之这顿下午茶是搅一杯往事、切一块乡愁、榨几滴希望的下午。

——《中年是下午茶》

还有如，"世间花草树木最能体贴人心，现代都市高楼大大林立，再不小心珍惜绿色生命，语言文字一定都随着枯死了"。（《留住文字的绿意》）"中国人谦词多如牛毛，似宜降瘟，免得真情越耗越薄。"（《艳妇急曰：药渣，药渣！》）"政治语言不掺入点点文学意境，不啻绵绵情话而不穿插厮磨温存的小动作。"（《布什的点点繁星》）这些妙喻造就的妙语，实现的是妙趣横生、余韵绵长的诗意效果。

大陆读者最初知道董桥是因为柳苏在《读书》写了一篇《你一定要读董桥》。柳苏认为董桥的文章"散发的书卷气，有古代的，也有现代的，他的文章既显出中国人的智慧，也不乏英国式的幽默。文字精致，文采洋溢"[1]。此文还专门谈了许多董桥杂文的"野"，我将这个"野"理解为行文的"放荡"与"出格"、思想的自由与奔放，是"天作野合"、"自成野趣"的"野"，是有文采却有野趣、有格调却能够出格、有理性还可以风流的"野"。杨照也有文论董桥的散文，称之为"华丽而高贵的偏见"[2]，也可以认为是董桥杂文的知音之论。

---

[1] 柳苏：《你一定要看董桥》，三联书店，1993年版，第227页。
[2] 杨照：《华丽而高贵的偏见——读董桥的散文》，《董桥散文精选集·附录》，广西师范大学出版社，2003年版，第216页。

第十节　林达、薛涌

　　林达和薛涌都是旅美作者,都是20世纪90年代离开大陆到美国求学和生活。90年代后期开始在中国大陆出版大量著作,发表大量文章,以自己在美国学习和生活的体验,向大陆读者介绍异质的文化,并对大陆出现的各种社会问题进行剖析。

　　林达,一对旅美夫妻的笔名。两人都是上海人,生于1952年。曾有在黑龙江小兴安岭插队的经历,回上海后做过工人。1978年考上大学,曾在大学任教,后辞职。1991年双双到美国。1997年开始,陆续在中国大陆出版了《历史深处的忧虑》、《总统是靠不住的》、《我也有一个梦想》、《如彗星划过夜空》、《带一本书去法国》、《扫起落叶好过冬》、《在边缘看世界》、《西班牙旅行笔记》等著作。近年来经常在国内报刊发表杂文。

　　林达的著作常常以美国社会现象为材料,目的在于帮助中国大陆读者了解美国的社会和美国的制度。如果说龙应台当年回台湾写的杂文是烧了一把"野火",那么,林达的著述则更像是"盗火"。不过,相对而言,林达更喜欢用长篇叙事的文体进行宪政叙事,而将短篇的杂文文体主要用于谈论有关环保、公民意识、中国人文化性格等话题①。

　　林达的杂文温和委婉,往往以叙事引起读者的兴趣,通过叙事阐明想要表达的道理,有一种长袖善舞,从容不迫的姿态。《红杉树上的女孩》从一个漂亮女孩朱丽亚·希尔在一棵红杉树上住了两年这件离奇的事谈起,设下了故事的悬念,继而介绍红杉树的独特性质以及朱丽亚所居住的那棵红杉树的具体情况,最后点出了朱丽亚在这棵树上居住两年的目的是为了保护红杉树。作家娓娓叙来,在引人入胜的叙事中说理,颇有"润物细无声"的效果。《一支藤的故事》讲述100多年前日本人将克株带到美国参加博览佳会,最初,人们只注意到克株的好处,它能够遮阴纳凉、美

---

① 本书所论及的林达的杂文主要收录在《扫起落叶好过冬》(三联书店,2006年版)、《在边缘看世界》(云南人民出版社,2001年版)两本杂文集中。

化环境,还能成为家禽家畜的饲料,于是,克株在美国得到大面积的繁殖。然而,物极必反,克株的疯狂繁殖使美国人失去了对它的控制能力,它甚至能吞下森林、电缆和火车铁轨。于是,美国人经过长期的努力,耗费了大量的财力和人力,才将克株的疯狂繁殖控制住。这实际上是一个典型的外来物种侵害案例,作者将它叙述得一波三折,曲折动人。《从〈花木兰〉引起的风波谈起》也是在对《花木兰》引起的风波的叙事中讲述文化多元化的道理。《听一次演讲后的随想》写的是听龙应台演讲的感想,表示自己听了演讲后深受触动,作者写道:

> 我们和一些朋友们曾经有感于国人的讨论一度都在"形而上"上兜圈子,却很少有人顾及制度层面的"形而中",因此,才试着介绍制度的发源地在制度层面的建设和思考。在最后触及到了制度渐进的根源时,才又反过来看到,这种制度思维的产生,与来自不同文化的人和不同的思维习惯是分不开的。在这个异质的文化中,表面上时时能够感受到的是本能一般的对自身的自讽自嘲,而不是对他人的苛求;这种文化性格来源自一种深层的有敬畏、能自省的精神。而这种精神和写之如影随形的对他人的尊重,以及成为民族性格的幽默能力,才产生和较为顺利地维护了这样一种宽容的、让和自己不一样的少数人也有生存空间的制度。

这番感想,实际上又进入了制度文明的文化心理、文化性格等基础层面,再次重复了中国近代以来的从技术到制度到文化层层递进的思想进程,引人深思。《读〈我们仨〉》写的是读杨绛写的《我们仨》的读后感,因为阅读发现了"坚持亲情的可贵和珍重",并引发出这样的反思——我们也许有了我们重视的脊梁骨和犀利,可是和钱钟书、杨绛、圆圆一家相比,却失落了温良、敦厚、谦和、幽默、宽容、平稳。这不仅是两代人不同的个人素质,更是在知识阶层中所表现出来的不同时代的文明厚度。这样的反思在当代杂文领域也许是罕见的,但必须承认,它是深刻和珍贵的。

薛涌(1961—),1983年毕业于北京大学中文系,分配到《北京晚报》社,主持"百家言"栏目。后来调到中国社会科学院政治学研究所。1989年开始学习英语,1994年赴美国。1997年获耶鲁大学东亚研究硕士学位,1999年至2000年赴日本进修,现为波士顿萨福克大学历史系助理教授。近年在《南方周末》、《南方都市报》、《新京报》、《中国新闻周刊》等报刊上发表大量杂文,有《直话直说的政治》、《右翼帝国的生成——总统大选与美国政治的走向》、《草根才是主流》、《中国不能永远为世界打工》、《美国是如何培养精英的》、《精英的阶梯:美国教育考查》、《谁的大学》、《中国文化的边界》等多种著作出版。他的杂文产量高、影响大,被一些读者认为是"中国民间意见领袖"、"在美国的中国公共知识分子"、"中国大陆媒体上的第一个职业评论家"。

薛涌自称"是一个标准的政治动物",其多种著作都有一个副标题《薛涌美国政治笔记》,主要内容是向大陆读者介绍分析美国的政治文化。比如他的第一本书《直话直说的政治》就是有关美国的时评文章的汇集,分为三部分:第一部分是美国大选,第二部分是美国教育、社会和媒体,第三部分是伊拉克战争和美国政治。郑也夫认为这些文章"信息量很大。讲述了很多美国社会中堪称要害的常识"[1]。第二本书《右翼帝国的生成》"探讨自1960年代以来在美国的南部和内陆地区兴起的草根的保守主义运动"[2]。尽管文章写的都是美国的政治文化,但作者的目标很明确,就是为了帮助中国人理解一个"陌生的美国",希望能"帮助中国人改变对世界的看法"[3]。同时,薛涌也写了大量直接针对中国大陆社会现状发言的杂文,以实现其自我期许的"做一个在美国的中国公共知识分子"的愿望,"用知识来对现实说一些话"。

虽然薛涌对许多社会问题都能作出敏锐及时、充满真知灼见的发言,"给人的印象是'对什么都专业'",但认真推究,其最有思想活力的发言领域还是在大学教育和中国社会发展战略这些地方。

---

[1] 郑也夫:《薛涌其人其文》,《南方周末》,2004年10月7日。
[2] 薛涌:《右翼帝国的生成·后记》,广西师范大学出版社,2004年版,第145页。
[3] 何三畏:《薛涌:在美国做中国知识分子》,《南方人物周刊》,2004年第7期。

关于大学教育,薛涌主要以美国大学教育为范本,对中国大陆的大学教育进行了全方位的批评。在《"通识教育"的革命》《大学教育要有"核心课程"》《大学为什么要尊文史》《在哈佛必须学什么》等文章中,他表达了一个核心观念,就是大学应该以通识教育为本。因为"大学是学生塑造自己人生的起点,当然要让学生的人生道路越走越宽,而不是越走越窄。大学的职责是向学生展示人生的道路,帮助他们发现自己的才能。当学生明智地做出了选择后,路要自己走。这才是所谓专业发展的阶段,要留给本科以后的教育。所以,大学的基础,是'通识教育'"。(《"通识教育"的革命》)那么,如何实现通识教育,他指出"'通识教育'的根本,又是所谓'核心课程',以文史、科学、语言训练为主",他告诉读者:美国一流的大学通常都有核心课程,哈佛大学最新的核心课程设计包括七大领域:文化传统与变迁,道德生活,美国,世界中的(各种)社会,理性与信仰,生命科学,自然科学。(《在哈佛必须学什么》)这些核心课程的基本目标是一个:培养学生共同的价值观念,帮助学生理解人类共同的经验,掌握分析世界的基本工具。(《大学教育要有"核心课程"》)这个基本目标可以具体分解为四大目标:一,培养全球性的公民;二,发展学生适应变化的能力;三,使学生理解生活的道德面向;四,让学生意识到他们既是文化传统的产品,又是创造这一传统的参与者。(《在哈佛必须学什么》)在谈论这些美国大学教育的理念和做法时,薛涌目的明确,就是要指出中国大陆大学教育的一些弊端。比如,他讲了一个清华大学学生的例子。这个学生在清华学热能,"实际上学的就是锅炉。五年下来,不仅毫无乐趣可言,而且一毕业就发现他学的那种锅炉已经被淘汰了,而大学又没有为他干其他事情进行任何准备"。对此,薛涌认为"这种专业教育,还是计划经济的一部分。但计划赶不上变化"。(《大学教育要有"核心课程"》)针对中国教育中"隔行如隔山"的观念,他认为:"'隔行如隔山'固然不假,但对山的态度有所不同。美国大学的通才教育是要让学生具有这样的信心和能力:不管生活中碰到的山有多高,我都能爬过去!中国大学的专业……大家心甘情愿地被'山'给隔开。殊不知,安于被山隔开的人,就像那些被崇山峻岭锁闭的偏远山区一样,最后总是事事落后于人。"(《大学为什么要尊文史》)

关于中国社会发展战略,在《中国不能永远为世界打工》《再论中国不能永远为世界打工》《低薪危机》《两种计划经济》《垃圾中生活的人不是垃圾——Pawar 女士与印度的崛起》《拆迁中的中国经济》《两位美国穷人的命运》等文章中,薛涌发表了与众不同的看法。众所周知,中国经济的发展很大程度上建立在中国取之不尽的廉价劳动力基础之上。这是许多人津津乐道的地方,也是他们对中国经济未来乐观的基础。但薛涌认为,"如果劳动力价格长期被压得过低,就将会给中国未来带来长远的危机"。这是因为,"廉价劳动力的一个结果,是劳工收入太低,无法对自己和自己的下一代投资,劳动力素质无法提高,出现了笔者所谓'盲流的孩子还是盲流,民工的孩子还是民工'的局面。最终的结果,是劳动生产率的停滞"。同时,"由于劳动力过于廉价,在中国的厂家宁愿通过降低自己生产体系中的技术含量来追求效益……这就创造了一个'低技术陷阱',使中国的企业缺乏技术创新的动力"(《低薪危机》)。正是因为看到了表面繁荣下的危机,薛涌才没有像一般人那样盲目乐观,不会轻易认同"中国的企业很快就会征服世界"的观点。他不仅以推理的方法指出危机的可能性,而且,作为一个历史学专业的学者,薛涌指出了一个长期以来人们忽略了的历史事实,那就是目前中国的经济奇迹,"并非史无前例的现象"(《两种计划经济》)。

薛涌在思考中国的国家发展战略时,有一个很独到的思路,那就是国家的发展是与国民的整体利益特别是与弱势群体的利益联系在一起的,所以国家必须保护个人的利益,从而超越了国富民穷或者贫富分化的思维模式。他指出:"充分的市场竞争,是发展的基础,也是社会公平的基础。最充分的竞争,是排斥垄断的竞争,是使最小的经济体有参与机会的竞争。要想保护市场的充分竞争,我们的国家和社会就必须保护这些最小经济体的利益。为什么?因为'小的是美好的':最小的经济体最有效率。"(《再论中国不能永远为世界打工》)他专门将中国近 30 年的经济发展模式与印度进行了比较:中国的经济发展归功于先进的基础设施,印度的发展得益于完备的法制和小民百姓的利益得到有效的保护。从这里可以看出,薛涌虽然讨论了大量中国的经济问题,但他的深刻之处却是看到了经济与政治的内在联系,看到了中国普通老百姓政治权力的缺失所造成的根本危害。

  薛涌的杂文为中国杂文界带来了一些新的东西。一是新的制度资源。长期以来,杂文家们虽然敢于针砭时弊,但却总是局限于既定的制度思维中。薛涌的杂文不仅提供宏观制度模式,而且对具体问题也常常能提出制度上的方案,比如教育券这样的教育制度思路。二是务实的思想原则。杂文家通常只提出问题不解决问题,只思考宏观问题不思考具体问题。薛涌的杂文却乐于提出解决问题的具体方略,将思想落到问题的实处,具有一定的可操作性。三是率直泼辣的文风。薛涌的杂文无论是涉及人或事,都是真实的人、真实的事,无论是高官还是名人或者大师,薛涌都能够指名道姓,就事论事。不像当代诸多杂文家习惯"将真事隐去、托贾雨村言",对所论人与事掐头去尾,造成神龙见首不见尾的形势,结果许多文章只有少数人能够明白来龙去脉,多数人有如堕入云里雾里,不明真相。这实际上也损害了杂文的思想质量。

  这种对思想落到实处,思想能够具体影响社会、影响事件的追求,也导致了薛涌杂文文学性的减弱。因为文学有务虚的一面,有超越现实面向终极的一面,薛涌虽然是文学专业出身,但他更喜欢思考政治文化问题。他的杂文文学的成分已经大大减少,时论的品质高度加强,是典型的文弱论强。薛涌杂文最重要的价值并不在文学领域,而在政治领域、社会公共领域。事实上,有眼光的读者也是从这些方面肯定薛涌的价值。

第二章 随 笔

大陆随笔发展总述

作为当代散文、尤其新时期散文的一个重要组成部分,当代随笔是学人、作家进行社会干预、文化批评时的思想表达,以及品味人生趣味、雅俗境界时的随心絮语。

无论着力于批评议论,还是偏向于情趣流露,"独立思考"的精神和"自由言说"的勇气都是当代随笔的题中之义。换言之,随笔是写作者学养、见识、胸襟和个性的集中展示。虽然与同在散文母体下的其他文体有着割不断的联系,尤其与杂文和艺术散文的亲缘关系更近,但比较区分,我们不难发现随笔所独具的文体特征。和杂文相比,虽同样偏爱议论,随笔往往立场更客观超远、笔调更含蓄温和;而较之于艺术散文,随笔虽不排除抒情因素,但表现出思想大于情感的倾向。因而,在散文门下,随笔是偏重于"审智"、主理、具有个性色彩的那类文章。这类文章在20世纪20年代曾繁荣一时,90年代又迎来了新的热潮。然而,它在当代中国的发展道路颇为坎坷,90年代的繁荣中也暴露出了诸多问题。

与抒情散文不同,随笔富于智性,既重知识,又重理趣,呈现出知性大于感性的特点。随笔最早发端于16世纪的法国,蒙田是它的鼻祖。而后流传到英国,由培根、兰姆发展壮大。"五四"前后,西方随笔译介到我国。

周作人、梁遇春、林语堂、梁实秋等人的小品文,就是借鉴于西方、又得益于明代小品、经过了"本土化"的随笔。这些作品往往以辨析和说理见长,除在审美上求得愉悦外,还表现出"审智"倾向;一般突显出作家"个人"的性情和趣味,透过文字,读者会看到一个个生活中的"个人",而不仅仅是讲史论道的学者;大都崇尚家常的、即兴的絮语笔调,文字"略如良朋话旧,私房娓语"①;通常具有闲适幽默的风格,既化解了时代现实的沉重,又化解了随笔寓理的厚重。因此,现代随笔虽然创作于政治斗争、阶级斗争、文学论争等最为激烈的时代,却没有火药味,而总是不温不火、庄谐同存,笔调多平淡冲和,态度皆举重若轻。作者上天入地、旁征博引、深入浅出,往往在闲谈中显出知识的渊博和对人生哲理的洞察。

20世纪三四十年代,随笔是与以朱自清、俞平伯等人的创作为中坚的抒情散文并存发展的另一支散文流脉,后由于文学的政治化取向,二者都走向了式微。

"十七年"期间,当代散文延续的是"延安散文"的审美风范,呈现出情绪乐观昂扬、富于时代气息、偏重客观叙事、教育功能大于审美功能等特征。从总体上看,前"十七年"散文将创作主体的"个人性"融入了"时代性"中,"群体意识"被张扬,"个体意识"则渐渐消遁。在书写时代豪情与政治激情的"合唱"中,因不合于时代主潮,极见个人睿智、极具个人笔调的随笔自然萎缩。此期,坚持随笔写作并卓有成绩者,首推秦牧。

但秦牧随笔与二三十年代现代随笔间的联系已被切断——在艺术资源和精神资源的继承上,其更多汲取的是"延安散文"的营养,现代随笔中的"个人神情"多为"时代精神"所遮蔽。因而虽然同样以知识、理趣见长,秦牧随笔并非现代随笔的后裔,而仅仅是现代随笔的"变种"。换句话说,因为作为"我"的秦牧的经常缺席,出席的只是一个知识、哲理的传播者。秦牧的大部分随笔更像是科普小品,公共性压倒了个体性。

就前"十七年"散文而言,个性的消遁是其通病。以秦牧、杨朔、刘白羽为代表的"三大家"散文模式,从一个角度来说显示了前"十七年"散文

---

① 林语堂:《论小品文的笔调》,《人间世》第6期,1934年6月20日。

的实绩,从另一个角度来说则成为其桎梏。"三大家"虽在文章意境、行文结构以及情感理趣上刻意求工,但写作宗旨皆是为政治服务,并且,他们的作品无一不堕入"入境——铺排——显志"的三段论里,并因此将各自的"小我"隐身于时代的"大我"中。客观地说,这是"工具论"情势中,散文由"主观化"转向"客观化"的不得已妥协——尽管这种妥协是作家经过认识上的转变而做出的自愿选择。对随笔而言,即便承载了丰富的知识、精深的思想,"小我"不在场的遗憾依然难以弥补。因而,秦牧的知识小品虽然赢得了"百科全书"的美誉,但并不能算是成功的"随笔"。事实上,在前"十七年"特定的政治、文化氛围中,作为文体样式的随笔已经被悬搁起来。所幸秦牧独辟蹊径,以知识小品勉力填补了它所留下的文体空洞。虽然与现代随笔间没有直接的承继关系,但在思想性、知识性、趣味性上,秦牧作品还是发扬了随笔的文体优长,在当时普遍抒"大我"之情的散文创作潮流中保持了智性特色。其中,《社稷坛抒情》、《天坛幻想录》、《土地》、《古战场春晓》等,在今天看来,依然可称为当代随笔的佳作。

秦牧随笔经由公开发表、正常传播,在当时产生了极大影响。格外值得一提的是,另有一位"地下"写作者的札记,也可列入前"十七年"随笔的范畴。它就是近年被发现、并被整理出版的张中晓的《无梦楼随笔》。

《无梦楼随笔》大约写于20世纪50年代末期至"文革"前两年,是作者张中晓在"胡风案"受审期间保外就医的几年中写下的思想札记。从某个角度说,它并非严格意义上的随笔,而只是一些散简断章,只是随时、随地记下的杂感。然而,这些片断性的文字"不乏对哲学、文学、社会、人生等方面的问题所阐发的精深见解,也偶尔有对自己当时处境的描述和世故、失望甚至绝望、挣扎的情绪的表露"[①]。它已经初步散发出学识、思想、理性的光芒,同时极具个人色彩,与完整成型的随笔在本质上是接近的。因而,《无梦楼随笔》可被看做断章式、语录式的随笔。它所表达的一个知识分子对社会人生的独立见解、逆境中生活的勇气,是当代随笔的宝

[①] 路莘:《张中晓和他的〈无梦楼随笔〉》,张中晓遗稿、路莘整理:《无梦楼随笔》,上海远东出版社,2004年版,第156页。

贵的精神财富;它那亦议亦叹、亦文亦白、不拘一格的文风,则在当代文学作品中独树一帜、不可多得。

此外,早在现代文学史上开创随笔体式、提出理论见解、确立个人风格的周作人,在新中国成立之初为《亦报》、《大报》等写作的数百篇小品文,成为前"十七年"唯一保留了现代滋味与风趣的"絮语"型随笔。可惜在周作人浩繁的散文作品中,其影响有限,而其作为随笔的独特性,也较少获得研究者的关注。

即便有秦牧、张中晓、周作人等人的实践,前"十七年"的随笔佳作依然凤毛麟角,整体看来,随笔写作依然不成阵势。及至"文革",情况更不乐观。作为主流的抒情散文尚且无路可走,更勿论随笔。在文学园地荒芜的十年里,随笔失去了生存和发展的可能,终至绝迹。从目前研究到的资料来看(尚未发现"潜在写作"),随笔在"文革"中已经绝迹。直到"文革"结束,巴金的《随想录》问世,随笔写作方得以复兴。

巴金的"随想",是以一个知识分子的道德良知所做的剜心剖肉式的自我批判和社会批评。《随想录》不但恢复了散文"说真话"的品格,而且以肃清"文革"流毒、直指当下问题、防患于未然为目的,在深刻的反思与诚恳的批评中,直言不讳、纵横议论,显示出独立思考的精神、坚持自由言说的勇气和深重的社会责任感。因而,《随想录》的价值不仅仅局限于文学领域,而且扩展到伦理学、社会学、心理学等领域,通过对社会道德规范、知识分子责任等问题的探讨而获得彰显。由此,《随想录》成为具有实效的自我批评与社会批评。事实上,优秀的随笔就应当具备超越文学欣赏层面的价值。因为审智、议论、批评的特色,随笔自然会对思想的、文化的问题有所担当。从这个意义上说,巴金的《随想录》堪称当代随笔的典范之作。

较之于《随想录》,汪曾祺和张中行的随笔轻盈得多。如果说巴金是以真诚和良知赢得了读者,汪曾祺和张中行则是以学养、见识服人;如果说《随想录》的写作目的在于对世道人心的"疗救",汪曾祺和张中行的作品则更多指向"滋润"。作为中国传统文化培育起来的作家,汪曾祺随笔受唐宋散文和明清小品影响颇深。其作品或深入历史文化、或关注风情民俗,谈书论学、烹茶煮饭、植花养鸟,无所不包、无所不容,尤擅述掌故、作考证,文字雅洁、文风轻淡,是当代不可多得的文化随笔。张中行影响广泛的随笔多取材于老北大的名人轶事。作为老北大生活的见证人,张中行的随笔无疑具有的一手史料价值。但其价值还不止于此,而更在于作品中高扬的那种追求真理、独立不倚的人文知识分子精神。在对这种精神的追忆、怀恋、礼赞中,张中行叙旧故、引经书,徐徐道来,娓娓而谈,接续了现代随笔的絮语笔调。

总体看来,20世纪80年代里,虽然产生了《随想录》,批评类随笔并未就势繁荣;虽然出现了汪曾祺、张中行两位随笔大家,文化随笔的写作也未蔚然成风。主要原因在于:消除"三大家"模式的消极影响、释放压抑已久的真情、坦示被"大我"遮蔽的"小我"、寻觅生活中的诗意、书写个人内心体验,是80年代散文创作者的普遍要求。因而,主情的、性灵的散文获得了发展与壮大,成为80年代散文的主流。孙犁、杨绛、陈白尘等"老生代"作家的回忆性散文,以宠辱不惊的襟抱、取信后世的真诚,恢复了人文合一的追求;张洁、贾平凹、宗璞等中青年作家,开始注重书写自我经验,经营诗意的、纯美的境界;赵玫、刘烨园、胡晓梦等"新潮散文"的代表者,则将情绪作为高于一切的原则,尝试叙事、表述方式的创新……具有不同审美取向和艺术追求的作家群体,皆在试图接续"五四"散文传统,使散文回到最具"个人性"的日常生活和内心体验中。或许是出于对长期以来"大我"话语的厌倦,80年代的散文写作者更愿意返回自己的内心世界,而对较为公共的话题表现出一定程度的淡漠。以思想性、文化性见长的随笔因而并未得到格外垂青。然而,与前"十七年"及"文革"十年相比较,80年代的随笔写作已经渐归正途。精神的高贵、生活的情趣、絮语的笔调等,在巴金、汪曾祺、张中行的作品中都获得了实践。

80年代的随笔虽取得了一定成绩,但在散文家族中,它的发展还算不得繁盛。90年代开始,随笔突然"热"了起来,不仅那些二三十年代受到左翼文学排挤的作家如周作人、梁实秋、林语堂等人的作品在"重写文学史"的呼声中被重新发掘出来,而且以余秋雨为代表的当代作家的创作也受到读者广泛而热烈的认可。随笔的繁荣直接推动了90年代散文的发展,引发了人们对散文领域的关注,显示了散文区别于小说、戏剧、诗歌的文体活力。事实上,人们通常所说的 90 年代的"散文热",更多表现为随笔的"热"。

表面看来,90 年代随笔的升温来势突然而迅猛。事实上,它是这一文体经历了 80 年代的思想解放、艺术观念自由、题材范围拓展等方面准备后的必然结果。虽然各种思想与艺术取向的创作都依然存在,但总体看来,审智是 90 年代散文发展中的主导倾向,思想型作品受到了读者更大程度的肯定。90 年代以来,不仅以写情感、情绪见长的"女性散文"转向了哲思,早期长于审美体验再现的贾平凹开始倾心于议论,而且素来钟情于理性思辨的余秋雨、周涛、史铁生、张承志、张炜、刘亮程等人进一步将散文作为了公共知识分子表达人文思想的凭借。他们的写作共同构筑了 90 年代散文丰厚的人文内涵,使其呈现出由"审美"到"审智"的转向。尤其以余秋雨为代表的"文化随笔"写作,不但接续并发展了现代随笔的美学品格,而且使"审智"的随笔成为 90 年代"散文热"的主体。

一个值得注意的现象是:20 世纪 90 年代,很多学者或学者型作家加盟随笔创作队伍。除以《文化苦旅》引发"随笔热"的余秋雨外,还有金克木、柯灵、李元洛、范曾、潘旭澜、贾植芳、李敬泽、钱理群、赵鑫珊、赵毅衡、王充闾、毛志成、谢泳、刘长春等人。这些学者在学术研究之余,将自己的学术心得与人生感悟有效结合起来,或钟情于历史人物、历史事件的评说,或着力于文化现象的反思,或偏重于思想机锋的展示。潘旭澜的《太平杂说》、谢泳的《书生私见》、王充闾的《淡写流年》、王开林的《新文化与真文人》、王元化的《思辨录》《九十年代反思录》等作品,以极具个人性的眼光重新审视历史,试图在对历史现场的还原中发掘被掩埋或误读的某种历史精神。余秋雨的全部作品、阿城的《闲话闲说》、李敬泽的《看来看去或秘密交流》、刘长春的《墨海笔记》、李国文的《大雅村言》、马丽华的《走过西藏》等作品,倾力于对文化类型和文化进程的考察,尤其关注民族文化精神和知识分子的精神传统。周国平的《迷者的悟》、赵鑫珊的《三重的爱》、钟鸣的《旁观者》是以文学的方式对人生哲学问题的思考和叩问。钱理群的《学魂重铸》、韩少功的《大题小做》、赵毅衡的《豌豆三笑》、许纪霖的《暧昧的怀旧》,以及毛志成、张汝伦、陈思和、王富仁、王若水等人的作品,围绕知识、道德、教育等问题,展开了社会批评与文明批评。汪曾祺的随笔则独树一帜,在对由饮食文化、地方风情所生发的人生趣味的持续品评中,恢复了明清小品的闲适轻淡格调,同时还表现出任心随性的达者情怀。学者们对历史的叙述代表了一种现实立场,对现实的评说则提供了一种历史态度。在他们对历史问题及现实人生的干预与深究姿态中,90年代随笔以"文化散文"、"学者散文"的形式繁荣起来,并且在一定程度上恢复了现代随笔的文化品格。不过,除在重知识、理趣、启悟与认知上与现代随笔一脉相承外,90年代随笔还表现出了新的艺术倾向。

不同于现代随笔对现实社会问题所保持的远观态度,90年代随笔积极参与了对当下现实的审度与评点。作家们不仅通过随笔来表达"小我"的智性见解和个人情趣,而且试图借助它来完成"大我"的家国责任与社会担当。需要说明的是,这里的"大我"与前"十七年"抒情散文中的"大我"形象有别。在前"十七年"抒情散文中,"大我"是劳动人民,是泛化的社会公民;而在 90 年代随笔中,"大我"则是具有天下情怀的公共知识分子。在余秋雨等学者笔下,知识需要转化成可以指导社会实践的力量。因而,90 年代随笔是学者的人间关怀的外化。此外,虽然以审智为主导倾向,90 年代随笔依然具有很强的抒情性。现代随笔以节制抒情的理性议论为主要美学原则,创作主体的态度尽量中和,作品的主观色彩主要通过文字中的个人神情、个人风格体现。较之于现代随笔,90 年代随笔因增加了抒情要素,主观色彩更为浓重,总是不乏感喟与浩叹。

这些新的艺术特质的注入,使得 90 年代随笔的批判性、参与性都有所增强。由此,现代随笔的闲适格调不再是 90 年代随笔的主流。林语堂式的"超远"立场被众多作者直指现实的忧患、叹息、呼告所替代,他们以随笔作为社会文化与道德、人类文明与良知的载体,表达自己对当下问题的关注,唤起了身处问题中的读者的共鸣和热烈回应。

但是,随笔在为 90 年代散文争得光荣的同时,也在客观上为其造成了文体泛化的流弊。90 年代的"随笔热"起源于读者对随笔佳作的认可,同时也因众多写作者的"跟风"心态而不断升温。这使得"随笔"的内涵被误读为随便、随意的文字,似乎任何作品都可冠之以"随笔"之名。在众多写作者那里,不但现代随笔的宝贵资源被忽视,而且 90 年代优秀随笔的精神品格也没有得到进一步深入发展。因此,与余秋雨等人"文化随笔"的繁荣相左的局面是:90 年代的散文创作出现了大而无当、粗而不精的走向。尤其 1992 年贾平凹的"大散文"观的提出①,在匡正散文创作中存在的浮靡甜腻之风的同时,也因内涵的歧义性助长了散文文体的泛化。首先,贾平凹认为"散文就是一切文章";其次,他坚持散文在内容上要求大气,求清正,求时代、社会、人生的意味,在形式上求大而化之。显然,"大散文"观包含范畴"大"与内容"大气"的双重含义。这一观念提出后,得到了诸多创作者的支持,但遭到了学术界的质疑。刘锡庆率先以"艺术散文"观反驳"大散文"观,由此开始了新时期散文思潮中反响最大、持续时间最长、最难取得共识的一次论争。早在 1985 年,刘锡庆就提出过"艺术散文"的观念②,其实质是倡导狭义散文的繁荣。1993 年,针对贾平凹的"大散文"呼吁,刘锡庆重申自己的"艺术散文"主张,再次将抒发感情、表现个性、袒露心灵作为限定"散文"的概念范畴。其实,贾平凹与刘锡庆在散文的"大气"追求上并无分歧,双方争论的焦点在于散文究竟是不是一切文章。刘锡庆指出:"大散文"不等同于"大"散文,散文范畴的过"宽"过"大"、难以进行审美规范,是使散文始终作为一个文类、而非独立成为文体的重要原因③。而散文若要"弃类成体",则必须进行"文体净化"。因为在"大散文"观的旗帜下,"跨文体写作"非但没有实现贾平凹所期望的"大气象",反而因"大而无边"的、杂乱的、缺乏文学性的作品的泛滥,影响了 90 年代散文的内在品质,也直接导致了随笔写作中存在的文体泛化、个性缺乏等缺陷。

综观 90 年代随笔,文史难分的现象较为普遍。这一现象在历史文化随笔中表现得尤为突出。许多作品以对历史资料的复述为主要内容,不

---

① 贾平凹:《〈美文〉发刊辞》,《散文研究》,河北大学出版社,2001 年版,第 5 页。
② 刘锡庆:《论散文创作》,《散文新思维》,河北教育出版社,1998 年版,第 6 页。
③ 刘锡庆:《当代散文:更新观念,净化文体——为〈散文百家〉作》,《散文百家》,1993 年第 11 期。

但创作主体的个性被淹没于史料中,而且读多便极易产生千人一面的雷同感。此外,篇幅过长也是90年代随笔较为常见的问题。似乎篇幅不长则不足以对应历史的厚重或人物的分量。90年代随笔,多摆出煌煌大论的架势,少则几千字,动辄一两万字,且有越写越长的趋势。过长的篇幅使得随笔这种轻盈的文体变得沉重。如果能克服文体泛化的流弊,更为自如地展示个性,缩短篇幅,当代随笔当有更大的作为。

作家作品分述(一)

第一节 秦牧、周作人、张中晓

秦牧(1919—1992),原名林派光(曾改名林顽石、林觉夫),广东澄海人。生于香港,少年时代曾侨居新加坡,1931年"九一八"事变后回国。其文学成就主要在散文创作上。解放前即出版有《秦牧杂文》;建国后前"十七年"有《思想小品》、《贝壳集》、《星下集》、《花城》、《艺海拾贝》、《潮汐和船》等文集先后问世;新时期以来又有《长街灯语》、《晴窗晨笔》等多种文集出版。《秦牧文集》(十卷本)收文甚全;《长河浪花集》或《秦牧散文选》是其较好的散文选本。《古战场春晓》、《社稷坛抒情》、《天坛幻想录》、《花城》等几篇作品是其代表性随笔。

秦牧的随笔接近于知识小品,是现代随笔的当代变种。他呼唤"海阔天空的散文领域",提出:"除了国际、社会斗争、艺术理论、风土人物志一类的散文外,我们应该有知识小品、谈天说地、个人抒情一类的散文。"①在20世纪五六十年代文学所处的政治语境中,秦牧的随笔观既显出了理论勇气,也通过了实践检验。

秦牧以说古论今、谈天说地的方式向读者介绍与他的话题相关的历史记载、见闻和传说,"知识性"成为其作品的第一标志。在20世纪60年代,读者的视野较为狭窄,信息也相对闭塞,秦牧的知识小品适时为读者开启知识之窗,客观上起到了普及知识、滋润知识荒漠中枯索的心灵的实效。他明确指出:"丰富的生活知识材料,对一个散文作者是十分重要的。

---

① 秦牧:《海阔天空的散文领域》,《秦牧全集》第1卷,人民文学出版社,1994年版,第547页。

只有这样,对一个道理,发挥起来,才能够有丰富的联想。我们必须是深入生活斗争的战士式的文学工作者。广泛的直接知识,感性知识,不到生活实践中就不会知道。"①因为注重知识性,秦牧的作品有学者化倾向,被誉为"小百科全书"。

不过,秦牧随笔的成功不仅仅源于其知识的丰富,同时还源于他善于从知识中发现哲理,并且他所发现的哲理永远是沐浴着先进的、崇高的思想的光辉的。显然,如果没有先进的、崇高的思想作为内核,秦牧随笔的影响将会大打折扣。对散文的思想性,秦牧有这样的认识:

> 思想是一切的灵魂。思想像一根线串起了生活的珍珠。没有这根线,珍珠只能弃散在地……在先进、成熟的思想的指导下,丰富的生活知识、大量的词汇就能够活跃起来了。②

基于这样的认识,秦牧随笔总会在知识材料的基础上进行分析与议理。譬如,由前苏联国际礼节中最珍贵的赠品不是金银珠宝,而是最普通的东西——面包和盐,秦牧联想到缅甸的泼水节、藏族的哈达、彝族野生的"仙人果"等,发现这些平凡的东西,在隆重的场合体现着最崇高的价值。于是,他得出结论:平凡的东西,常常就是最崇高最宝贵的东西。伟大就寓于平凡之中。进而又联想到群众——最寻常的人,是历史的真正创造者(《面包和盐》)。

另如,作者小时候吃菱角,形成了菱角有两个角的概念。后来在广西见到三个角的,不禁小小吃了一惊,在重庆又见到四个角的,便大大吃了一惊,而回家查辞书,得知浙江嘉兴还有没有角的圆菱角,他便惊不胜惊了。从中,他认识到:事物往往有复杂多样的表现形式,但形式不能改变本质。由此他又想到人也是一样,一个人的性格往往有多重性,但本质却只有一种——人都是善的、美的(《菱角的喜剧》)。

---

① 秦牧:《散文创作谈》,《秦牧全集》第2卷,人民文学出版社,1994年版,第424页。
② 秦牧:《海阔天空的散文领域》,《秦牧全集》第1卷,人民文学出版社,1994年版,第548页。

秦牧得出的种种结论是否严密精确不在我们的讨论范围内,我们所看到是:秦牧总是寻找着事物的规律性,在对规律性的揭示中弘扬此一规律的社会意义和现实价值。这种思路的确赋予了作品一定的哲理内涵,也确立了其创作的一贯特色。

然而,由于他所认识的哲理只符合于革命理念,有时又流于肤浅,虽然在五六十年代的红色氛围中,这种闪烁着进步的、崇高的思想光辉的哲理令读者如沐春风。但今天看来,其生命力并未因此而长久,反而成为一种局限。

一般论者认为秦牧随笔除具"思想性、知识性"特点外,还富于"趣味性"。然而,"其'趣味性'基本上还是'附着'在知识性之上而没有上升为一种'独立'的美学品格。"①秦牧随笔所谓的趣味在于知识本身的趣味。真正属于秦牧的艺术创造性其实体现在两个方面:一为艺术解谜法,二为"平民化"的言说方式。

艺术解谜法,是秦牧随笔惯用的结构方法。他的作品往往从令人疑惑或惊讶的问题入手,层层深入,而后以问题的圆满解决、疑惑的彻底消除告终。以《天坛幻想录》为例,这篇随笔就是通过不断的设谜和解谜结构成篇的。第一次设谜:"为什么呢?为什么圜丘的各种石料的数目,一定要和'九'字发生关联呢?"解谜:"这谜语,我想是和人类思想发展史有一点儿瓜葛关系的。"第二次设谜:"为什么会有这种奇特的巧合呢(指古代西欧和中国古人皆认为天有九重,编者注)?"解谜:"我想,这和'九'字对于人类的巨大魅力,关系极大。"第三次设谜:"用'九'字来形容事物的极致,可以说是世界上无数地方人们共同的历史习惯了。那么,这个'九'字的魅力,究竟又是从何而来的呢?"解谜:"'九'只要再加上一,就变成十了。不论是十、百、千、万,都是以一字开头的。这个'一'字,真是可大可小。""为了避免进位之后,重新回到'一'这么一个可大可小的位置上去,世界各地的先民就不约而同地,以'九'字作为事物极致的形容词了。"经过这三次设谜解谜,秦牧得出"十分神秘的事物原来出自异常平凡的事

---

① 刘锡庆主编:《新中国文学史略》,北京师范大学出版社,1996年版,第241页。

物"、"有一种东西是真正伟大的,那就是历史发展的规律"等结论。一方面,秦牧凭借艺术解谜法吸引读者读下去,另一方面他则通过聊天的方式缩短了与读者之间的距离。秦牧说:"每个人把事物和道理告诉旁人的时候,可以采取各种各样的方式。这里采取的是像和老朋友们在林中散步,或者灯下谈心那样的方式。"[1]因为以通俗易懂、明白晓畅的语言,促膝长谈的亲切避免了灌输说教之嫌,加之知识本身的趣味性,秦牧随笔才易于为读者接受。

事实上,真正让秦牧的随笔享誉文坛的是他兼顾知识、思想,平易和抒情的作品。并且,这样的作品在他的散文创作中所占比例极低,著名者有《古战场春晓》、《社稷坛抒情》、《天坛幻想录》、《花城》等几篇。其他作品多隐匿了作者的主体情感,而流于置身事外的泛泛评介。其"自我"被"知识"和"思想"所替代,形成了一种"自我替代"的散文创作模式。

周作人(1885—1967),原名槐寿,自号启孟、启明(又作岂明)、知堂等。浙江绍兴人。作为"五四"新文学运动的领军人物之一,周作人在新文学理论、创作与翻译方面皆有建树且影响深远。仅就创作而言,周作人早在20世纪20年代初即已成名,以散文成就最高。新中国成立后,他继续散文写作,其中包括随笔若干。这些随笔主要创作于1949至1952年间,发表在上海《亦报》与《大报》上。比较有代表性的作品有《苍蝇之微》、《臭豆腐》、《吃豆腐》、《谈天》、《新妇子》等。

虽然用周作人自己的话来说,其新中国成立后的随笔写作是"以工代赈",为生计谋的"风干的谈话"。但这些作品皆短小精炼,述掌故、谈风俗、作考证,多富于趣味,偶小有幽默,文字简单,文风平淡,从中可见现代随笔的风姿。

在《拿手戏》中,周作人为自己的随笔定下两个标准:一是有意思,二是有意义,亦即有趣与有用。综观其随笔作品,大都符合这两个标准。因此,有趣与有用可以被视作周作人随笔的主要特征。

---

[1] 秦牧:《〈花城〉后记》,《秦牧全集》第1卷,人民文学出版社,1994年版,第566页。

周作人随笔写作的灵感多为读书所得,也有来源于生活经验者。其读书拾零的文字善于信手拈来、旁征博引,但绝无板起面孔掉书袋之嫌。因为他所征引的多为与日常生活联系紧密的有趣的故事,这使得旁征博引本身便充满了趣味。譬如《盐茶》,谈中国人吃茶的风俗,从汉代说起,历陈唐、宋、明代的具体吃法。"唐人煎茶多用姜盐",以薛能之诗与苏东坡之说为佐证;明朝"改用整片的叶茶,开水冲了吃",以田艺衡《煮泉小品》做依据;而海丰人民间仍存盐茶古风的考证,来源于《广东海丰过新年》,盐茶待客加熟芝麻多寡成为感情薄厚的标志一说则趣味盎然。尤其《海丰竹枝词》中那句"厚薄人情何处看,看它多少下油麻",倍增文趣。另如《避讳》一文,将对避讳的学理化解释融汇在小笑话的讲述中:一为田登讳灯为火,留下"本州依例放火三日"的笑话;一为冯道的门客读《老子》,将"道可道非常道"中的"道"改为"说"的笑话。善于选取趣味性材料,缩短了作者的博闻广识与读者无所知之间的距离,在亲近一笑的瞬间,读者便心领神会了周作人随笔的丰富与风趣。

而在日常生活经验里,即便豆腐、萝卜、白薯、公鸡、麻雀这些不足为奇的东西,也成了周作人趣味的载体。从这类随笔中,我们时时能够体味到一个擅长发现生活趣味的人在闲话家常中流露出的幽默感。物价上涨时,豆腐显得"既不经吃也不便宜","这时候只有买臭豆腐最是上算了。这只要百元一块,味道颇好,可以杀饭,却又不能多吃,大概半块便可下一顿饭",于是周作人得出结论"这不是很经济的么"(《臭豆腐》)。对于自己喜爱的炖豆腐,周作人更有一番认识:"将豆腐先煮一过,加上笋干香菇,透味炖成,风味甚佳,有些老太太能吃长素,我颇疑心大半是因为有这一碗菜,而霉货与干菜也是一半的原因。"(《吃豆腐》)至于活动在身边的公鸡与麻雀,在周作人笔下更是趣味无穷:"每到相当时候如不给撒点红高粱之类,公鸡便会飞上窗沿来,看里边的人为什么那么怠惰,还有一群揩油的麻雀,常停在黄刺梅丛中等候,这时也有一两只飞近门来,碰着玻璃发出声响。公鸡平常见了猫和小孩子要追了去啄或是脚踢,对于麻雀却并不排斥,让他们一同吃着,有人开门出去,麻雀才成阵的逃去,但仍旧坐在黄刺梅枝上,看人也颇信任似的,大概谅解主人们是无机心的吧。"(《冬天的麻雀》)这样的文字,取材微小,看似琐碎,却包含了作者对生活本身的浓厚趣味以及书写时的自得其乐、分乐于人。

除了有趣,"有用"亦为周作人随笔的题中之义。其"有用"主要体现在所述掌故、所谈风俗本身的知识价值上。譬如《新妇子》一文。"新妇子"是什么?作者从《太平广记》的鬼怪故事说起,以设悬念、揭谜底的方法告诉我们,"新妇子"是唐代俗语,乃现今"洋娃娃"之意。一如作者慨叹"假如不是《太平广记》中无意采录此故事,这句话也将湮没不传了",读者慨叹的该是假如周作人不转述,"新妇子"之意怕所知者越发少了。对于民间风俗,自20世纪20年代始,周作人就表现出了格外的关注。其新中国成立后的随笔中依然保持了这种态度,《洗三的咒语》记录了北京市民"洗三"风俗中稳婆的祝词,《老棉鞋》描述了北方风物与生活风情,《石板路》、《桥与天灯》、《埠船与航船》再现了江南水乡的旧时生活场景,而《饼斋的名号》、《我的酒友》、《许寿裳之死》等作品则是现代文人的轶事。以上各类文章,都具有一定的资料价值,可作为研究民风民俗、现代文学的材料或参照,实现其"有用"价值。

事实上,除了"有趣"与"有用",周作人随笔还有一个风格特征——"有味"。与其建国前的味道不同,新中国成立后,周作人的文字基本去除了"涩味",而只留下了"简单味"。这种变化或许是时代要求使然,或许是周作人早年关于"简单是文章的最高标准"(《〈希腊的神与英雄〉译者附记》)的认识的深化。作者发表于《亦报》、《大报》上的数百篇随笔,皆使用了纯熟的白话,很少文白杂糅,也几乎见不到欧化痕迹。这些平淡、自然的"絮语"所产生的简单味道可被看做是周作人文字越发老道的标志。

当然,为稻粱作文,以每周一篇的速度来"生产",尽管周作人读书万卷、腹笥充盈,有时也难免有凑字凑句之嫌或牵强附会之意。《儿歌中的吃食》、《古药方》、《吃饭与筷子》、《世界第一名花》等,或纠缠于引证与转述,或故意揶揄,就不见其佳。

张中晓(1930—1966或1967),生于浙江绍兴,逝于上海。少年时代家境贫寒,自学成才,十五六岁开始在地方报纸发表诗歌。1952年出任上海新文艺出版社编辑,此后三年发表多篇文学评论。1955年受胡风案株连入狱,1956年保外就医回乡休养,1966年调回上海新华书店储运部劳动。在返乡休养的十年间,张中晓如饥似渴地读一切能够读到的书,并做了《无梦楼文史杂抄》、《随思录》、《狭路集》等三本笔记[①]。"文革"结束后,作为遗稿的这三本笔记历经20多年辗转,终于由路莘整理为《无梦楼随笔》问世。

按照张中晓自己的记录,《无梦楼随笔》主要写于1956年至1963年间。正如整理者所指出的那样,面对这部遗稿时,我们面对的其实是"苦难中的孤独灵魂"。而这个"苦难中的孤独灵魂"在恶劣环境中依然保持着的独立思考精神以及思考得来的种种洞见,则是其留给后人的最为宝贵的财富。

作为"胡风反革命集团"最具"反革命的敏感"[②]的分子,张中晓的罪证主要在于他认为毛泽东的文艺观有时代局限性。他因对文艺问题的独立思考而获罪,在后来遭受政治迫害后却不改其志,在极端的精神寂寞与生活困窘中,始终保持着知识分子最为宝贵的独立思考精神,在众声诺诺的时代,发出了极度稀缺的、属于自己的声音。正因此,《无梦楼随笔》问世后,其作为精神高标的价值甚至超出了其文学价值。它既是特定时代里知识分子精神的旗帜,又成为当下知识分子的精神图腾。不过,即便仅从思想性与艺术性角度着眼,《无梦楼随笔》亦堪称"随笔"这一文学样式之翘楚。

由于是随读随想随记的思想札记,《无梦楼随笔》的形式迥异于一般意义上的"随笔"作品,它不具有明确的线索与完整的结构,而呈现出随意性、片断性,那些零散的只言片语是通过整理者以数字编码的形式排列、展示出来的。同时,由于作者当时读书条件的限制,无法专门地、系统地

---

① 也可说是四本笔记,因为《无梦楼文史杂抄》共两本。此外,《随思录》原名《拾荒者》。见路莘:《张中晓和他的〈无梦楼随笔〉》,张中晓遗稿、路莘整理:《无梦楼随笔》,上海远东出版社,2004年版,第150~152页。
② 这是《关于胡风反革命集团的第三批材料》中权威按语对张中晓的评定。见何满子:《〈无梦楼随笔〉的诞生》,张中晓遗稿、路莘整理:《无梦楼随笔》,上海远东出版社,2004年版,第138页。

去读某一方面的书,而只能饥不择食地读所有能读到的文字,因此其所读之书领域跨度很大,所做笔记内容也就颇为驳杂,涉及古今中外的诸多历史、文化问题。无论从形式上还是从内容上看,《无梦楼随笔》都更像作者为未来完成一部巨著所准备的材料。但是,正因为范畴宽广、内容驳杂、形式自由,作者对历史、现实、真理、人性、道德、文艺等问题的思考才更为无拘无束,并易于融会贯通。这使得这部不具随笔形式、皆为断章的《无梦楼随笔》,具备了睿智之思、随性之谈的"随笔精神",在本质意义上成为随笔匮乏的年代里的真正随笔。

理性力量与思想火花,是《无梦楼随笔》最为独特的价值。全书的文字片断无一着意于叙事或抒情,而皆执著于对历史、文化、人生等问题的哲学的、终极的思考与追问。虽然事实上作者所有的思考都指向现实的困厄,但却无一拘泥于现实中的一时一境,而皆抽象为具有普泛价值的智力成果。其中,既包括人类思想问题,如"哲学的任务是在于使人有力量(理性)改变外来压迫与内在冲动","真实是存在的,真理也是存在的,但在人的认识和实践活动中,它都是有限的东西。只有在全人类和全历史中,它才接近无限和绝对"。"在哲学家的心灵中保持人类理智的清醒,在艺术家的心灵中保存人类感情(爱)的温暖和意象的欢乐。"也包括对民族文化的反思,如"庄子——消灭了人生的庄严感,彻底的虚无主义,市侩主义和厌世主义。""孔子执著一种僵硬的、漫无边际的区别,庄子是消灭这区别。""中国人由于长期停滞所产生的人生哲学,主要集中地表现在老子的'静'和'俭'中。""中庸并不是和谐。"还包括对现实人生原则的自我解答,如"理性主义不切实际,实际主义缺乏道德标准","保存自我的存在(生存)不是使我们心灵完全孤立,不是做一个与世无涉的隐士,而是在利己和利人的大海中游泅。"凭借这些务虚的抽象思考,张中晓完成了对现实苦难的超越。因此,生活的困窘、病痛的折磨、精神的寂寞都变得微不足道了,思想的活力与思辨的力量在《无梦楼随笔》中获得了彰显。

不过,并非所有的抽象思考都归功于智力,《无梦楼随笔》尤其可贵处还体现在作者说话的勇气上。正如审查材料对张中晓"反革命的敏感"的判断,《无梦楼随笔》的确时时流露出一种当时鲜见的怀疑精神。"人们口中越是说绝对、完美、伟大……大吹大擂,则越应当怀疑那种神圣的东西。因为伟大、神圣之类的东西在人间根本不存在。欺骗性与冒险性是狼狈为奸的。""流氓哲学与政治哲学之间,相隔不是万重山而是一张纸。""一切美好的东西必须体现在个人身上。一个美好的社会不是对于国家的尊重,而是来自个人的自由发展。""使人行动起来的主导原因,往往是一种盲从,而不是出于确信。""廉价的信徒同时也是廉价的叛徒。"结合这些文字产生的时代语境,除了钦佩作者的真理性认识外,我们不得不赞叹他说话的勇气。

无论具有普泛价值的哲学思考,还是同时具有针对意义的大胆文字,在张中晓笔下都被安排得相当干净、简练。这些文字既富含了一针见血的犀利、直达本质的深刻,又充满了信马由缰、"衣不纽扣"的自如。

综而言之,《无梦楼随笔》既是中国当代知识分子独立思考精神的标志,又是人类思维所能达到的高度的范本,还是集哲理与趣味为一体的优秀的随笔片断。

第二节　巴金(2)、柯灵、潘旭澜

巴金的创作开始于解放前,以"小说"和"散文"两条线平行发展。新中国成立后,在小说和通讯、报告、散文等文体上仍笔耕不辍,成就斐然。"文革"期间,巴金被迫停笔十年。

"新时期"伊始,年过七旬的巴金重新提笔,创作了随笔集《随想录》。

《随想录》从1978年底第一篇《谈望乡》开笔,到1986年9月最后一篇《怀念胡风》煞笔,陆续在香港《大公报》和《文汇报》上发表,共计150篇,42万多字。后按照发表的时间顺序分为《随想录》、《探索集》、《真话集》、《病中集》、《无题集》五集——统称《随想录》。

早在"五四"时期,巴金即以惯写"黑暗"和"痛苦",长于抑郁、哭诉的笔调而成名,新时期以来,他的《随想录》再次将笔触指向"黑暗"与"痛苦",并直刺造成及姑息"黑暗"和"痛苦"的人性。《随想录》不仅使"说真话,抒真情"魂兮归来,重新成了文坛旗帜;而且,"把心交给读者"的写作态度,更成了一切散文写作的圭臬。

巴金将《随想录》看作自己"这一生的收支总账"。① 他这样介绍自己的写作动机:

> 十年浩劫教会一些人习惯于沉默,但十年的血债又压得平时沉默的人发出连声的呐喊。我有一肚皮的话,也有一肚皮的火,还有在油锅里反复煎了十年的一身骨头。火不熄灭,话被烧成灰,在心头越集越多,我不把它们倾吐出来,清除干净,就无法不作噩梦,就不能平静地度过我晚年最后的日子,甚至可以说我永远闭不了眼睛。②

---

① 巴金:《〈无题集〉后记》,《随想录》(合订本),三联书店,1987年版,第899页。
② 巴金:《〈无题集〉后记》,《随想录》(合订本),三联书店,1987年版,第899页。

本着这样的目的,巴金在反思历史灾难、批判封建主义残余的同时,也对以自己为代表的知识分子的懦弱进行了剜心剖肉式的自省。

这种批判与自省精神,使《随想录》在新时期文学中开风气之先,第一次表达了对灾难中"我"的愚昧、胆怯行为的忏悔意识,并以一个知识分子的良知和道义反思自己理应承担的角色和站立的岗位。因此,《随想录》的价值主要来自于理性精神和责任意识。

这种理性精神和责任意识具体表现在两个方面。

其一,坚决干预历史进程的姿态。面对历史的悲剧,巴金执著于再现历史真相、挖掘悲剧根源、"警醒后世"的态度,坚信人的理性力量能匡正历史的错误,避免悲剧再度发生。因此,作为身处历史中人,历史责任意识是他们共同记录既往历史以及创造新的历史的关键。

在《随想录》中,巴金多次呼吁要建立一个"文革"博物馆。他从"我"做起,将自己在历史浩劫中亲历的人、事和自己对于人、事的看法、感受诉诸笔端,为的是为"用真话建立起来的揭露'文革'的博物馆"[①]尽一份绵薄之力。由于在《随想录》之前,干预现实的文学作品在新中国文学史上屡遭厄运,在思想解放刚刚开始之际,多数作家在评价历史、表现现实时还心有余悸、裹足不前,《随想录》所表现出的对历史问题及其现今意义坚决干预的姿态就显得尤为可贵。

其二,为匡正社会风气而实践并倡扬说"真话"精神。《随想录》被称为"说真话的大书",一方面因为它是巴金"把心交给读者"的书,另一方面则因为它是反复呼唤"真话"精神的书。巴金在《随想录》中坚持"讲自己心里的话,讲自己相信的话,讲自己思考过的话"[②],写真人真事,抒发真情。无论是尽量保持平静叙述的《怀念萧珊》、《纪念雪峰》、《怀念胡风》等忆念散文,还是针砭时弊的《长官意志》、《衙内》等社会批判文字,皆以真话、真情打动人心。同时,巴金还在不断地论证和倡扬"真话"精神。《探

---

① 巴金:《随想录》(合订本),三联书店(香港)有限公司,1988年版,第220页。
② 巴金:《随想录》(合订本),三联书店(香港)有限公司,1988年版,第506页。

索集》中有《说真话》、《再论说真话》、《写真话》,《真话集》中又有《三论讲真话》、《说真话之四》、《未来(说真话之五)》等篇章对多年以来"假大空"遗风给予抵制和打击。

散文本是尚真实的文体,小说、诗歌、戏剧虽允许虚构,但也需要艺术真实及指向生活本质的真实为依托,方有对人类精神的澡雪或引领作用。然而,不正常的、非逻辑的历史,让20世纪中期的文学走了一大段歧路。这种情况下,巴金提出"真话"精神,则意义非凡。在巴金的倡扬及思想解放的深入下,新时期文学渐渐恢复了说真话的传统。

此外,除思想上的启示力量,《随想录》在艺术上达到了无技巧的化境。巴金说过:"艺术的最高境界是无技巧。"①《随想录》即是他随心所想、随手而录的"无技巧"艺术的实践。

《随想录》中无论议论、批评性随笔,还是忆念性叙事散文,文字皆简单素朴,不事雕琢,皆为大巧不工之作。《长官意志》、《十年一梦》、《紧箍咒》等文章,风格如良朋交谈,无所顾忌。这类文章在《随想录》中居多,主导了《随想录》的讲谈风格。而另外一些作品,如《怀念萧珊》、《小狗包弟》、《怀念老舍同志》、《怀念胡风》等,则以叙事、抒情为主,情动于中,笔为情遣,娓娓而诉,深切感人。这些文章之所以能打动人心,依赖的不是叙事、遣词、造句等写作技巧,而是作家"衣不纽扣"②的坦诚和刚健的人格精神。

因此,从这个角度来说,《随想录》是巴金追求"无技巧"的自由之境的成果,也是随笔"人文合一"文体要求的体现。

柯灵(1909—   ),原名高季琳,浙江绍兴人。1924年即发表文学作品。1931年冬到上海,长期从事报刊编辑工作,并参加电影、话剧活动。建国后历任《文汇报》副社长兼总编辑,同时兼上海"作协"、"影协"的领导工作。他虽写有小说和电影剧本,但其主要文学成就仍在散文上。

---

① 巴金:《随想录》(合订本),三联书店(香港)有限公司,1988年版,第218页。
② "衣不纽扣之心境(unbuttoned moods)"是林语堂提倡的小品文的个人笔调。林语堂:《论小品文的笔调》,《人间世》第6期,1934年6月20日。

早在20世纪三四十年代,散文便为他赢得文名,建国后尤其是八九十年代以来,他笔耕不辍,著有多种散文随笔集,再次展示了自己博学广识、豁达风趣的一面。其散文集有:《晦明》、《市楼独唱》、《文苑漫游录》、《柯灵散文选》、《中华散文珍藏本·柯灵卷》、《浮尘小记》、《明月天涯》、《百年悲欢》、《煮字人语》、《燕居闲话》等。其中,《柯灵散文选》、《中华散文珍藏本·柯灵卷》是较好的选本。《龙年谈龙》、《戏外看戏》、《乡土情结》等,则是其随笔代表作。

建国后,柯灵的随笔写作可以分为五六十年代和八九十年代两个阶段。

五六十年代的随笔,有较明显的时代烙印。面对改天换地的巨变,作者指点江山、追昔抚今,沉浸在对新时代的惊奇与陶醉中,作品无不洋溢着昂扬乐观的情绪。因此,赞美和感叹是此期作品的主调——讴歌时代的《飞》,数点革命历史的《红》,是这一时期代表作。

八九十年代,柯灵经过"文革"十年沉寂,迎来其创作的第二个黄金期。此期随笔,呈现出与此前作品(五六十年代)迥然不同的面貌:经历了荣辱沉浮,作者从对时代的"宏大赞叹"中归位于对现实人生的体察,在纵横历史、钩沉旧事中表达着自己对人生的理解。这个阶段,他的取材、笔法都更为自由、随性,其随笔佳作也多于此间问世。

柯灵的随笔,赖于个人丰厚学养,以富含历史、文学的知识见长。《龙年谈龙》,从生肖到宝剑、从植物到美食、从一部文学作品到另一部文学作品,极尽侃侃而"谈"之能事,完成了关于龙的成语、龙的传说、龙在中国的文化意义的集中检阅。《戏外看戏》,涉及戏剧的起源、西方戏剧的历史、中国戏曲的特色、戏剧的主体等具有学术价值的话题,集知识性与趣味性于一身。《乡土情结》,则从中国古典文学到历史掌故,从现实生活到迷信故事,凡与思乡恋家相关的事例,作者都信手拈来,如数家珍,说明了"乡土情结"的普遍性。除了说历史、述掌故外,古典诗词还经常被柯灵引用、化用。譬如《乡土情结》,在开篇指出每个人心中都有一方故土后,说:"良辰美景奈何天,洛阳秋风,巴山夜雨,都会情不自禁地惦念它。"①另如《无名氏》中,谈到年少时代被无名艺人的表演征服,后来再看任何辉煌的演出,便都"有一种近似曾经沧海、除却巫山的心情"②。再如《遥寄张爱玲》里,"文革"被描述为"彩凤折翼,灵犀失明"的时代;《早熟的悲欢》里,自己投稿后的情形则"杳如黄鹤"。从这些自然、贴切、得体的诗词化用中,我们可以看到,成型的知识储备是柯灵随笔最为有益的资源。

叙议相间,是柯灵随笔的另一优长。其作品叙述处自然生动,议论处水到渠成,在叙述与议论间纵横开阖、张弛有道。以《龙年谈龙》为例,在大段铺排与龙相关的日常生活片断、寓言传说后,作者自然而然地由叶公好龙的故事展开了议论:

> 例如民主、自由这样的东西,供在玻璃橱窗里,当作政治摆设,或者挂在口边,作为茶余饭后的清谈,是很有趣的,很能装点文明风雅,但一遇到真价实货,就难免步叶公后尘,"失其魂魄,五色无主"了。③

紧接这段恰到好处的议论,作者开始了关于哪吒闹海故事的叙述,并在三言两语的叙述后不无诙谐地议论哪吒勇气的来源:"他不但是陈塘关总兵李靖的公子,地道的高干子弟,而且是乾元山金光洞太乙真人的弟子转世,很有来头的原故。"④

随后,又谈及《西游记》对龙王形象的不敬、魏征斩龙的传说以及《柳毅传》柳毅做乘龙快婿的故事等,并再发议论说:柳毅的一念之善——"无意中由攀龙而乘龙,为后世的登龙术多开了一条门路,很值得投机家焚香顶礼,表示感谢。"⑤

这几段叙述与议论的转换,不着痕迹、浑然一体。见闻之广、思路之

---

① 柯灵:《乡土情结》,《中华散文珍藏本·柯灵卷》,人民文学出版社,1998年版,第225页。
② 柯灵:《无名氏》,《中华散文珍藏本·柯灵卷》,人民文学出版社,1998年版,第167页。
③ 柯灵:《龙年谈龙》,《中华散文珍藏本·柯灵卷》,人民文学出版社,1998年版,第188页。
④ 柯灵:《龙年谈龙》,《中华散文珍藏本·柯灵卷》,人民文学出版社,1998年版,第189页。
⑤ 柯灵:《龙年谈龙》,《中华散文珍藏本·柯灵卷》,人民文学出版社,1998年版,第190页。

宽、笔墨之自由,都达到了相当的高度。其他如《画意绵绵》、《乡土情结》、《如果上海写自传》、《戏外看戏》等作品,也无一不在叙述与议论间收放自如。

叙述也好,议论也罢,上穷碧落下入黄泉,纵横历史穿越古今,柯灵最终都要落实于现实人生,表达个人对人生的理解。这种理解主要集中在两个方面:其一,对底层社会、小人物的钦佩、感激,《无名氏》《画意绵绵》可资代表;其二,对虚与委蛇、蝇营狗苟者的厌恶、鄙视,《龙年谈龙》、《回看血泪相和流》表现突出。在柯灵眼中,莎士比亚、莫里哀、王实甫、关汉卿等人,自然文采绚烂、光芒万丈,然而,那些难以数计的草台班子和无名艺人"自甘雪中送炭,不屑锦上添花",更值得人钦服。同样,梵·高身后的盛誉固然是对其画作的公正评判,但给予梵·高盛誉、使其画作价值连城者又有几人是他真正的知音?与其热闹时锦上添花,不如潦倒时雪中送炭。那些在巴黎蒙马特街头怀才不遇的画家,那些在中国村镇从事画像、雕刻、纸扎工作的普通工匠,更值得关心和祝福。对这些默默无闻的小人物,柯灵心怀无限感激与深情。感激于他们用多彩的劳动装点了人们的生活,钦佩于他们无荣无辱、安闲自得的人生状态。在他们身上,柯灵发现了最朴素、最平凡,同时也是最稳定、最深刻的美。因而,他将自己最诚恳的赞美献给了这些人。而对于生活中的另一类人,柯灵则给予了俏皮的讽刺。前面提到的《龙年谈龙》中的当代"叶公"、"哪吒",《回看血泪相和流》中那些逆境里暴露人性弱点的文人等,就是柯灵讽刺的对象。其讽刺偏于含蓄、俏皮,而不尖酸刻薄,是一种智者的委婉与达者的宽宥。

委婉与宽宥,成就了柯灵沉静如水的文风。他的随笔在叙述上不铺张,议论上也很节制,因多谈论掌故、钩沉旧事,有时难免要感时伤怀、情感波动,或遇到以讹传讹之事,则需勘误、匡谬。无论哪种情况,柯灵的表达都极为节制。《遥寄张爱玲》,深情款款、娓娓诉说;《想起梅兰芳》中,与往昔攻击梅兰芳者辩驳,亦不做怒目金刚。有时,他还小有幽默。当然,也是颇为含蓄的幽默。《早熟的悲欢》中,青年时代的作者偶然看到自己一年多前投出、而后已忘记的文稿早已发表,他的感受是:"天可怜见!这戏剧性奇遇给我的惊喜,恐怕只有母亲忽然找到失散已久的儿女才能相比。"①《回看血泪相和流》里,提及建国前自己因舞文弄墨而两度入狱,他则解释说:"这好比飞蛾扑火,还可以说是咎由自取。"②这类幽默在柯灵随笔中并不少见,虽然不够直接,但正是因为它的含蓄,才使作品更富于回味。

作为新文学资深编辑、中国现当代历史的见证人,柯灵笔下的中国现当代文坛、社会,无疑具有一定的资料价值。但这还远远不能说明柯灵随笔的贡献。事实上,平和沉稳的心气、干净精妙的文字,才是柯灵随笔长久的审美魅力所在。

潘旭澜(1932—2006),福建南安人。自1946年在泉州读初中时开始发表散文习作,1952年考入上海复旦大学中文系,毕业后留校任教。主攻方向为中国现当代文学。出版有《艺术断想》、《长河飞沫》等多部研究专著、评论集。20世纪80年代后期以来,涉笔散文随笔创作,数量不多,但影响颇广,结集为《咀嚼世味》、《小小的篝火》。1997年起,潘旭澜在《随笔》、《黄河》等报刊,陆续发表根本否定"太平天国"运动和洪秀全功绩的系列随笔,并于2000年结集出版为《太平杂说》。《太平杂说》自面世以来不但被海内外十几家报刊选载、连载,而且获得了诸多文化界著名人士的支持和肯定,为潘旭澜赢得了当代随笔领域内的盛名。

《太平杂说》由35篇文章组成,约15万字,文字量并不多;就太平天国运动这一话题的选择而言,也算不得新鲜。并且,在有关这一历史事件的浩如烟海的史料中,潘旭澜也并未从历史学家的角度提出新的发现。然而,作品之所以引起广泛社会反响,尤其在知识界获得如潮好评,关键在于作者以崭新的视角提出了崭新的结论,从人类文明社会进程的角度,将半个世纪以来关于太平天国的定论——"可歌可泣的农民起义"、"伟大的反帝反封建的革命运动",进行了全面的颠覆。

---

① 柯灵:《早熟的悲欢》,《中华散文珍藏本·柯灵卷》,人民文学出版社,1998年版,第194页。
② 柯灵:《回看血泪相和流》,《中华散文珍藏本·柯灵卷》,人民文学出版社,1998年版,第213页。

事实上,与其说《太平杂说》是对既定的由阶级斗争派生的神话的解构,不如说它是对历史原貌的一次"还原"。因为还原历史比虚构小说还要困难,尤见潘旭澜勇气与见识的可贵。因此,除具有优秀文学作品的文学价值外,《太平杂说》所坚持的还原历史的态度、严谨求真的精神,以人为本的思想等,意义更为重大。与以往有关"太平天国"的作品相比,《太平杂说》以科学缜密的态度和人道主义精神,突破了美化"太平天国"的传统观念,将史料置于清末的时代背景下,在对太平军主要领导人物洪秀全、杨秀清、石达开等人的出身、经历、性格、心理等诸因素的分析比较中,探寻历史的真相和定位,尝试对历史事件、历史人物进行合理的把握与推断,既以历史的眼光考察相关人事,又用人性和情感的天平来检验历史的合理性与合法性。

依据史实,潘旭澜从"天父下凡"的假托、"太平天国"的称号、洪秀全造反分起因及目的说起,就太平军的制度、宝座争夺引起的内讧、"天国"内妇女的生活、李鸿章的苏州杀降等话题一一说开去,层层剥笋、节节深入,呈示了洪秀全等领导阶层的残酷、凶暴、腐败,揭示出所谓的这一场"可歌可泣的农民起义"、"推动社会进步的运动",不过是一场权力之争、利益角逐、贪恋荣华、鱼肉百姓的骗局。其在本质上是反文明、反人类的,是对社会生产力和民族生存的巨大破坏。一些著名的篇章如《天王进城》、《遥想天京》、《天堂与坟墓》、《天堂的妇女》、《王爵奇观》、《岂可讳言》等,从不同角度说明了太平天国领导集团的先天缺陷以及"天国"统治的黑暗。《天王进城》揭露了洪秀全进南京城后烧杀抢掠、大兴土木的恶行;《天堂的妇女》呈现了"天国"的妇女没有人身自由、人性被禁锢、负担沉重的苦役、冲锋陷阵等事实,反驳了"太平天国妇女的解放是人类史上最先进的妇女解放运动"的说法。在《天堂与坟墓》、《王爵奇观》、《岂可讳言》等文章里,潘旭澜进一步指出,洪秀全、杨秀清等人,在本质上极端仇视知识文化,对近代文明亦无知而且毫无兴趣。他们"定都"南京后所实行的文化专制、蒙昧主义政策,比起清政府来有过之而无不及,这在事实上使太平天国运动成为历史进步的阻力。这些关于导致太平军失败的原因及后果的精彩论述,是《太平杂说》最为精辟深刻之处,也是作品最为成功之处。

　　在潘旭澜的"还原"下,太平天国运动的真相渐次清晰,太平军失败的真正缘由浮出了水面,关于这一历史事件的讳言或谎言也一一不攻自破。通过严谨可信的史实、富于辩驳色彩的文字、沉着老辣的笔调,《太平杂说》破除了历史的迷障,指出,重要的除了历史本身外,还有叙述历史的态度,从而获得了文学史与思想史上的双重价值。

第三节　张中行(2)、金克木

张中行的随笔可分为两类：一类试图以"诗"和"史"的笔法介绍一些自己熟知的文化名人的事迹，为当代人呈现了现代学者们治学与为人的整体风貌；另外一类则仰仗其腹笥丰盈，信手拈取文化知识或掌故，谈禅论佛，评儒论道，具有审智特点，富于文化理趣。这两类作品使他的随笔被誉为"现代的《世说新语》"[1]，而他本人则被惊叹为"出土文物"[2]。简言之，随笔是张中行探求人生的文字形式，无论忆旧人还是说世事，他都以人生天地如白驹过隙的态度，本着"顺生"但需"继往"之心，在微微的苦涩中试图完成某种超脱。

对"可传之人"、"可感之事"及由此生出的"可念之情"的追忆及"逝者如斯"的慨叹，是张中行随笔的主要内容。

"可传之人"，在他笔下多达几十。他们之所以"可传"，不仅仅因为学问和盛名，更主要的原因在其为人。章太炎的正气、倔强，黄晦闻的爱国之情和身世之感，马幼渔的宽厚待人但不失原则，林宰平的为人谦和、律己谨严等，合而构筑了中国知识分子的人格精神。无论出于有意还是无心，张中行确实提供了那个"王纲解纽"时代的学者群像。并且，他尤其关注这些学人的"怪"言"怪"行，譬如熊十力不在意日常生活的享用，但对自己的学问却认真到极端，为坚持己见竟与废名动手（《熊十力》）；胡适以和易近人、爱人以德著称，担任北大中文系主任时解聘教授多少有公报私仇之嫌（《胡博士》）；周作人"大事糊涂，小事不糊涂"，态度虽素温和，晚年却有"破门声明"，逐弟子出门（《苦雨斋一二》）等等。在张中行的"琐话"中，我们对20世纪上半期的这些文化名人特立独行、坚持真理的精神人格有了虽不够全面却具体而微的了解。

而在那些记"可感之事"的作品中，红楼精神是一以贯之的主题。在

---

[1] 吕冀平：《负暄琐话·序》，《负暄琐话》，黑龙江人民出版社，1989年版，第2页。
[2] 王尧：《乡关何处——20世纪中国散文的文化精神》，东方出版社，1996年版，第198页。

张中行看来,红楼精神至少表现在三个方面:一、散漫。这种散漫其实正是老北大"自由之精神"。二、严正。表现为"吾爱吾师,吾更爱真理"的治学精神。三、容忍。只要术业有专攻,则瑕不掩瑜。譬如不因顾颉刚口才不佳,孟心史照本宣科,钱玄同不批考卷等影响他们的威信。基于以上几点,红楼内外的"可感之事"便有了精神依据。回首往昔见闻,张中行怀念这种自由、独立、博大的红楼精神,禁不住问:"我有时想到红楼的昔日,旧的风气还会有一些吗?"怀旧与忧虑之情溢于笔端。有论者道:"这种文化之至美,由于时代的变迁,人为的原故,已然和还在一步步地消亡。年青一代,话及此义,瞠目茫然,莫说领略,根本不能听懂这都说的是什么。这是堪忧的。一个伟大民族创造的这种美,如果没有了,这个民族将是什么样子?我是想象不出的。"①正因如此,张中行才常常发出"逝者如斯"的感叹,让人在欢畅的阅读中体味到一种"俱往矣"的苦涩,而很少"数风流人物,还看今朝"的期许。

前人已作古,来者尚可追否?张中行虽然没有评价现世,但在客观上,其随笔却起到了"文化的缅怀将唤醒可能会丧失的文化良知"的实效。这使其作品与余秋雨作品殊途同归,在精神指向上获得了同构。不过,在同样关注知识分子的人格精神的前提下,张中行随笔和余秋雨随笔在表现上又存在着巨大的差异性。首先,二人着眼点不同。张中行着眼于亲历性的回忆,余秋雨的视角则是一种"不在场"的回望和遥想。其次,二人选材的角度不同。张中行以单个的现代文化名人的轶事为题,余秋雨则将文化名人所体现的文化人格作为一个整体加以描述。再次,二人的叙事态度不同。张中行以超然世外的旁观者姿态隐藏起热心,尽量保持冷峻和平静;余秋雨则以磅礴的主体热情由旁观转向参与,毫不保留地表达作家的情感和评价。应该说,在众多学者加盟散文创作队伍的世纪末,二人代表的正是可构成对比的学者随笔的两种美学品格。

张中行随笔表现出的美学品格是书卷气重,"透出理趣和淡雅的文化

---

① 周汝昌:《〈负暄琐话〉骥尾篇》,《负暄琐话》,黑龙江人民出版社,1989年版,第214页。

品位"①。不过,虽旧学根底扎实,西学造诣亦深厚,在引领读者进行文化漫游时,张中行的随笔却未因此而凝重板滞。他的作品篇幅皆不长,文字素雅平易。写人偏于庄重,但不乏幽默;记事则以趣见长,常令人忍俊不禁;谈儒论道,则征引自如,纵横开阖。风格虽倾向于冷隽,却非无情。相反,他的文字中隐含着一种深深的忧伤和一声声叹息,虽情动于衷,却又发乎情止乎礼。季羡林对张中行随笔的评价可谓道出了"真义":"信笔写来,舒卷自如,宛如行云流水,毫无斧凿痕迹,而情趣盎然,间有幽默,令人会心一笑……行文节奏短促,思想跳跃迅速;气韵生动,天趣盎然;文从字顺,但决不板滞。有时宛如大珠小珠落玉盘,仿佛能听到节奏的声音。"②

金克木(1912—2000),字止默,笔名辛竹。祖籍安徽寿县,生于江西,逝世于北京。1935年到北京大学图书馆做图书管理员,自学多国语言,开始翻译和写作。自20世纪30年代就开始发表作品,一生笔耕不辍,除梵学研究专著、翻译作品及诗集外,另有散文随笔集《天竺旧事》、《燕口拾泥》、《燕啄春泥》、《文化猎疑》、《书城独白》、《无文探隐》、《文化的解说》、《旧学新知集》、《圭笔辑》、《长短集》等。其随笔以文笔清秀、寓意深刻著称。

金克木的随笔取材极广,其过人之处在于无论怀人记事还是谈学论道,都闪耀着智性和诗性的光芒。寥寥千言谈寂寞,竟在古今中外的名人和文学作品的人物中援引十几人的寂寞为佐证,从李白、鲁迅、屈原、陶潜、欧阳修、苏轼、龚自珍到卢梭、哈姆雷特、堂吉珂德、马尔克斯、夏目漱石、恺撒、鲁滨逊,又从儿童、老人到动物,谈遍了寂寞的类型,阐明了寂寞的与生俱来性(《寂寞》)。读这样的文章,读者无法不钦佩作者学识的广博、思维的缜密和结构篇章的巧妙。无论谈坐井观天(《坐井观天记》)、书海无涯(《"书读完了"》),还是论新旧转换(《反传统的传统》)、自知之明(《人苦不自知》),无论阐释阿Q的符号意义(《阿Q——辛亥革命的符

---

① 洪子诚:《中国当代文学史》,北京大学出版社,1999年版,第378页。
② 季羡林:《我眼中的张中行》,《季羡林散文全编》(三),中国广播电视出版社,1999年版,第218页。

号》),还是评说《学衡》和《新青年》的对抗(《历史的幽默》),他都信步古今,纵横中西、挥洒自如。正如论者所言:"金克木先生写散文,当然出经入史,旁征博引,但决不是以艰深饰其浅薄,而是通畅中蕴含深奥,随意中透出匠心。总之,他是大手笔写小品文。"①

  值得一提的是,赖于文学、哲学和佛学的修养,除在随笔中表现出的学者的理性与渊博、哲人的敏锐和机锋以及诗人的敏感和创造力之外,金克木还创造了一种独特的随笔语体:对话语体。《"重理轻文"一夕谈》通过甲和乙的对话来探讨理科和文科的价值,但二者剑拔弩张的论辩却不是为得出统一的结论。《闲话哲学》、《北京对话》、《与诗对话:〈咏怀〉》、《范蠡、商鞅:两套速效经济软件——读〈史记·货殖列传〉》等也采用了这种语体。此种笔法类似于《后赤壁赋》中,苏东坡假借主人与客人间的问答来阐述自己的宇宙观的策略,其实,金克木也不过是假借一场论辩阐明对一个问题的不同见解,在肯定与否定的互相驳诘中引起读者思考并加深读者的认识。这种让学术思考与现实发生密切联系的态度体现的是作为学者的金克木于书斋之外的现实襟抱,并尤其显出其随笔内在精神的可贵。

---

① 龙协涛:《华梵灵妙·前言》,海天出版社,2001年版,第2页。

第四节　王充闾、卞毓方、王开林

王充闾(1935—　　)，生于辽宁盘山。毕业于沈阳师范学院中文系，做过中学教师、新闻记者、副刊编辑，后从政。现任中国作家协会主席团委员、辽宁省作协主席，任南开大学客座教授，兼任辽宁大学、沈阳师范学院、辽宁师范大学中文系教授。20世纪50年代初开始文学创作，出版有《清风白水》、《沧浪之水》、《春宽梦窄》、《沧浪之水》、《何处是归程》、《淡写流年》、《一生爱好是天然》、《一夜芳邻》等十几种散文随笔集和诗词集《鸿爪春泥》，学术著作《诗性智慧》等。其散文随笔集曾获鲁迅文学奖、冰心散文奖、辽宁文学奖等多种奖项。《春宽梦窄》、《一夜芳邻》较为集中地收录了其代表性随笔作品。

王充闾随笔多是其寻访前代文人遗迹、参观已故作家旧居的叙议、兴叹之作。偶有地方志类作品，也多从当地历史文化、尤其文化名人的角度切入，谈其历代变迁。因而，其此类作品迥别于游记，是围绕着"文人"与"人文"话题的文化随笔。满怀对高雅文化与独立人格的倾心，王充闾随笔表现出以下几个特点：

一、平和的叙事态度与娓语式笔调。在面对自己所理解和认定的伟大的人或事的时候，人们通常会情难自抑，壮怀激烈。忧患与悲叹是当代历史文化随笔较为普遍的情感态度。王充闾随笔则不然。作者一边追寻着自己景仰的前代文人的踪迹，一边暗暗进行着自我身份认同，尽管也为英雄扼腕、为才子击节，但其叙事态度却偏于平和，情感表现含蓄蕴藉，不作金刚怒目，亦不作含泪悲歌。无论去异国拜谒勃朗特三姊妹、易卜生、杰克·伦敦、契诃夫、泰戈尔等人的故居或陵园，还是在本土遥想易安居士、苏东坡、陆放翁、王勃、纳兰公子等人当年的得意失意，皆以絮谈笔调娓娓道来，不急不缓，不温不火。因此，读王充闾随笔，有风烟俱净感。其字里行间，流露出的都是一种宁静。宁静当然不等于无动于衷，节制也不等于无情。王充闾对笔下的人物所倾注的感情，是真挚而又深切的。他能够感人物所感，思人物所思，尽量缩短时空的距离，尝试走进人物的生活中,重现、品味他们的抱负与意绪,从而使作品成为自己与前代文人获得精神沟通的媒介。尤其那些絮谈主人公爱情际遇的作品,最为深切感人。《梦寻》中陆游与唐琬的爱情悲剧,《情在不能醒》中纳兰性德对亡妻的追念,在作者平静深情的叙述下,都具有催人泪下的力量。这是因为,尽管作者没有放任自己的感情,但他却以最虔诚的态度向笔下的人物和读者们献上了一炷心香。

二、童话笔法。无论选取哪一位前代文人作为自己随笔的主人公,无论他(她)是命运多舛还是一帆风顺,王充闾的写作都着力于对现实人生的美化和净化。他仿佛一个童话作家,偏爱表现趋近完美的精神境界,同时避免强调达到这种境界的艰难和代价。《生命保鲜》里,作者对易卜生的孤标傲世、特立独行表示激赏。《"马背上的水手"》里,作者为我们呈现的是杰克·伦敦自由的、浪漫的、探险式的生活。《一夜芳邻》尤其具有童话色彩。这是对勃朗特三姊妹致敬之作,在表达感佩、惋惜之情的同时,将她们描绘得如同不食人间烟火的仙子。即便悲剧意味浓重的《终古凝眉》,也未曾大肆渲染李清照的悲苦境遇,而是一则描述李清照追求灵魂自由的童话。王充闾更为强调的是天才的孤高、生命的质量,因而有意无意地弱化了人物所遭受的心灵磨难、所经历的生活艰辛。对于笔下人物的人生苦难,他仅点到为止,而将其超凡脱俗的生存方式和生活境遇作为神化的对象。通过对中外优秀文人艺术化的人生摹写,王充闾随笔完成了对人生的艺术化表现。

三、善于蓄势。王充闾在随笔中的蓄势,即为自己作品的正题打下全面伏笔,从而巧妙地切入正题,自然地起承转合。王充闾很少起笔便入题,而通常先顾左右而言他。其随笔的开篇处往往如同音乐的前奏,或体育比赛前的热身,直待笔势蓄足,方才笔锋渐转,渐入正题。譬如《梦寻》开篇,先谈梦的奇妙、梦的成因、梦的价值,千余字后,方道:"我敢说,古今中外的诗人中,陆游堪称是最善于做梦的一个。"[①]由此开始了对陆游雪国耻梦、念知己梦的寻证。另如《青天一缕霞》,从云朵说起,将萧红的身

---

① 王充闾:《梦寻》,《一夜芳邻》,河南文艺出版社,2002年版,第142页。

世比作飘逝的流云,又将萧红的奇思妙想与云朵的千变万化相类比。再如《千载心香域外烧》,作品第一、第二小节谈作者欲拜谒王勃墓的急切心情,第三小节开始才转入对王勃生平、轶事的追索。其他如《香冢》《远村的呼唤》《撑篙者言》《龙湖之会》《春梦留痕》等作品,也无一不是先铺后染,慢谈缓叙,渐入佳境的。

四、善于通过讲故事笔法或通过自由遐想,增加叙事的生动性。譬如《寄情濠上》中,作者在谈及庄子与惠子共同观鱼、庄子"梦为蝴蝶"等话题时,用的是绘声绘色的说故事笔法,增加了作品的可读性与趣味性,避免了由于读者对话题的熟悉而可能导致的兴味索然。再如《春梦留痕》里,依据苏东坡的诗作,作者描述其谪居岭南时的醉酒之态为"拄起拐杖,疾步趋行,闹得鸡飞狗跳,活像着疯中魔一般",真可谓形神俱备了。而《青天一缕霞》中,作者仰望呼兰的云天,猜想萧红在浪迹天涯的十年中,可能见过的形形色色的云朵,则完全是自己的遐想了。无论讲故事还是自由遐想,为的都是下一步由此及彼的议论,并使这议论不至于流于空泛。讲故事笔法增加了叙事的生动性,自由遐想则使作品结构纵横开阖、神思收放自如。

五、文笔清丽,文风轻淡。虽然从本质上说随笔是理性思辨的产物,王充闾随笔却充满了诗意。文笔清丽与文风的轻淡使得随笔这种不算轻松的文体,在王充闾笔下变得轻盈起来。与当代随笔作家不同的是,虽然同样关注奇人奇事,王充闾的热情却不仅仅集中于对人、事的追索与议论上。在追索和议论人、事的过程中,他常常宕开一笔,以轻灵、秀美之笔体物赋情。《一夜芳邻》这样描写哈沃斯的暮色:"远处的山影茫然,淡成似有若无的一袭青烟。广袤的荒原上一簇簇、一片片的石楠花开得正闹,仿佛遍地覆盖着一层红紫斑驳的地毯。"[1]《青天一缕霞》中,作者描绘云的"地方性",有"轻快感、温柔感、音乐感"的"青岛上空的彩云"、"关中一带抓一把下来似乎可以团成窝窝头的黄云"、"透明、绮丽的南国浮云"、"素

---

[1] 王充闾:《一夜芳邻》,河南文艺出版社,2002年版,第1页。

朴、单纯,仿佛高山雪水洗涤过的热带晴云"①。《远村的呼唤》则有这样的清晨:"推开窗扇,几棵高大的芒果树立刻把遮天的浓绿罩在了我眼前,上面有几只鸽子般大小、却是花脖彩尾的大鸟,在悦耳地欢叫着,像是在相互对歌,又像是呼唤着远方来客。一些在屋脊上、草坪上、卵石小径上啄食、跳跃的山雀自是不甘寂寞,也在那里'唧唧'、'啾啾'地叫个不停。"②看到这些词工句秀的段落,往往会产生在读一篇抒情散文的错觉。然而,这些作品又实在是关于前代文人的随笔,只是它们如同一幅幅不着重色的水彩,诗情画意尽在其中。于是,在王充闾笔下,情致化的风景与艺术化的人生交相辉映,智识与情趣同出,哲理与境界共在。

卞毓方(1944—　　),江苏盐城人。1970年毕业于北京大学东方语言系日语专业,1982年毕业于中国社会科学院研究生院国际新闻专业。现供职于《人民日报》文艺部。20世纪90年代末期以来,其文化随笔引起人们关注,现已出版《雪冠》、《岁月游虹》、《长歌当啸》等多部作品集。其中,《长歌当啸》最具代表性。

卞毓方的文化随笔以写人物见长。其所涉笔的人物,既有文天祥、毛泽东、蔡元培、陈独秀、鲁迅、胡适、周作人、郭沫若等历史文化名人,也有马寅初、梁实秋、巴金、冰心、金庸、李敖、季羡林、金克木等现当代作家和学人。对历史精神的追索,对人物成长历程的复述,对伟大心灵的叩问,是卞毓方作品的主要内容。

为复现人物的精神轨迹,相关史料的广征博引是必不可少的手段之一。回顾北大精神及其实践者们的《煌煌上庠》、盛赞鲁迅的元气及热肠的《凝望那道横眉》、惋惜周作人大才却失节的《高峰堕石》、惊叹马寅初坚持真理的《思想者的第三种造型》等作品,无一不构建在可靠的资料基础上。这些作品有史有据,既增加了可信度与说服力,也满足了读者的文化期待。但是,卞毓方最有特色的作品并非以史料为主体、借助史料说话,

---

① 王充闾:《何处是归程》,东方出版中心,2000年版,第373页。
② 王充闾:《一夜芳邻》,河南文艺出版社,2002年版,第27页。

是将个人见闻感受或听来的轶事传闻推置前台、将史料作为背景。以《韶峰郁郁湘水汤汤》为例,这篇追寻毛泽东旧踪的作品叙事,主要是由"我"的亲历性记忆和一些"据说"的事件构成的。"我"几次上韶峰的经历、大学时代"反修"会议上惹祸的即兴发言、毛泽东逝世对"我"造成的情感冲击等,都是作家极具个人性的感受,在反观一个时代、一段历史、一个伟人时,成为庞大的历史文化记忆的个人化注脚。这个注脚避免了将个人淹没在史料中的可能,消融了个人与历史间的距离,发挥了散文的文体优长。除却"我"的亲历性见闻,轶事传闻的组织是卞毓方随笔的另一类历史文化注脚。还是《韶峰郁郁湘水汤汤》中,长沙车站的巨型火炬,其火焰直冲九霄的造型,据说是特定年代为避免"风向"问题引发"方向"错误而做出的选择;毛泽东教导毛岸英的油画,据说本于一张照片,摄影角度使得毛岸英形象高于毛泽东,因而特做一幅在构图上进行了重新修正的油画;50年代末,毛泽东返乡请父老乡亲吃饭,调笑说自己的干娘——"韶峰"没有来,也是源于传闻。这些轶事传闻虽然不及引经据典的材料可信,但却别具一种亲切感与趣味性。它们是正史之外的民间想象,有所依据,但难免夸大或虚饰。但正是它们,在正史严肃的面孔背后,做了个小小的鬼脸,让历史变得鲜活有趣,让伟人、名人变得可亲可爱。借助这些轶事传闻回到伟人的时代、探询伟人的心灵,令卞毓方随笔生动起来。这类作品的代表作还有《蔼蔼绿荫》、《北大三老》等。

事实上,无论权威史料、还是街谈巷议,卞毓方所使用的都不属鲜为人知的材料,而往往是人们耳熟能详者。这些材料在他笔下得到的只是复述。不过,见闻乏新并没有影响其随笔的可读性,因为笔意的恣肆汪洋弥补了这方面的不足。卞毓方随笔笔意的恣肆汪洋主要表现在三个方面:多有穿越古今的幽思,擅作历史还原的假想,偶有精当新鲜的议论。面对在历史谬误中遭受厄运的伟岸的灵魂或因生不逢时而凋零的绝世的才华,卞毓方常常在扼腕叹息中生出物是人非的历史沧桑感。《韶峰郁郁湘水汤汤》中刘少奇故居的冷清、《沧桑诗魂》里郭沫若寄情山水的行吟、《梦灭浮槎》中胡适去国时的悲凉、《高峰堕石》中周氏兄弟人间尚未消除的隔阂……"欲问前朝事,无语对暮霭",是作者在面对历史人物、历史事件时的最恰且的情绪表达。而在为前人分忧之际,卞毓方又常常以假想的方式让静态的历史生动起来。譬如《梦灭浮槎》中,对胡适在新中国成立前夕登船辞国的画面,作者做出了如下复原:"有一刻,他想对满目疮痍的家园说声'再见',不知是海风太大,还是那两个字重如磨盘,咂了几次嘴,竟然没能送出口。""身后有人饮泣,胡适没有回过头去。"①再如《瀛海征帆》中,激烈批评过冰心诗作的梁实秋与冰心相遇在同去美国的甲板上,两人的对话与心态,也被作者给予了复原化表现。对历史场景的假想,让卞毓方随笔在密密的史料中,透出一丝缝隙,留给了作者和读者共同的自由呼吸。既然面对的是历史,就难免要指点江山、臧否人物。由于卞毓方笔下的人物多是"须仰视才见"者,或在人格上、或在见识上、或在学问上为世人楷模,虽然作者尽量尝试着与他们平等对话,倾慕与钦佩依然成为其作品主导的情感基调。不过,这并不妨碍作者某些精当或新鲜的见解的表达。在品评周作人的茶酒之论时,作者说:"一个散却硝烟、抖落褊狭的社会,休闲才有资格升为正经。人们也才会有雅兴、幽情,咀嚼周作人笔下的清韵。""这是社会成熟的标志。"②在评价余光中作品时,作者则提出自己的新见:"余光中散文中最好的篇什,应属于那种'登高大招'的吟啸。"③这类智性的或极具个人性的议论虽不多见,但它们如散金碎玉,一旦出现,便让卞毓方的随笔熠熠有光。

　　历史沧桑感、历史假想、精见新见等,让卞毓方随笔笔意恣肆汪洋,蒙太奇手法则令其在表现形式上时有新意。《梦灭浮槎》《蔼蔼绿荫》《隔岸听箫》等作品,都采用了蒙太奇手法,在现场叙事与历史追忆间随机跳跃、自由出入。对于叙事形式历来相对古板的散文而言,蒙太奇手法不仅顺利完成了时空转换,节省了笔墨,而且在阅读上给人带来了惊奇、新鲜之感。

　　总体看来,卞毓方的随笔能够回荡在历史资料与文学叙述之间。但其缺点也是非常明显的。其一,其大多作品有泥于史料之感,作者往往成

---

① 卞毓方:《梦灭浮槎》,《长歌当啸》,东方出版中心,2004年版,第67、73页。
② 卞毓方:《高峰堕石》,《长歌当啸》,东方出版中心,2004年版,第97页。
③ 卞毓方:《隔岸听箫》,《长歌当啸》,东方出版中心,2004年版,第154页。

为史料的转述者,而未超越史料,让史料服务于个人的性情或发现。其二,作品篇幅偏长,语言欠精炼。虽偶有佳处,毕竟寥寥。其三,惯于使用成语。因而难以看到作者个性语言的想象力、表现力与新意。

王开林(1965—　　),生于湖南长沙。1986 年毕业于北京大学中文系。现供职于湖南省作协,兼《文学界》执行主编。20 世纪 80 年代,王开林即作为"新艺术散文"的代表作家,在文坛崭露头角。而其在散文领域更大的影响,则在 90 年代以来的历史文化名人随笔。迄今,王开林已出版散文随笔集《站在山谷与你对话》、《灵魂在远方》、《落花人独立》、《火焰与花朵》、《穿越诗经的画廊》、《表演与旁观》、《天地雄心》、《生命如歌》、《纵横天下湖南人》、《心灵的巷战》、《不疯魔不成活》、《大变局与狂书生》、《新文化与真文人》等十余部。其中,《天地雄心》、《新文化与真文人》是其较有代表性的历史文化随笔集。

王开林的历史文化名人随笔着力于记可传之人、可感之事,扬天地正气。无论涉笔政治名人曾国藩、李鸿章、左宗棠、谭嗣同、秋瑾,还是面对文化名人陈寅恪、辜鸿铭、梁漱溟,王开林作品皆以人物生平为线索,前溯家世背景,后叙平生大事。从出生到求学,从立业到精进,从成功到磨难,直至人生终点,有类于人物传记。其与人物传记最大的区别在创作主体态度上。人物小传通常会尽量保持一种客观的叙事态度,王开林的人物随笔则表现出鲜明的主体立场。因为作者记可传之人、可感之事的目的即扬天地正气。因而,除极具史料价值外,王开林随笔还满蕴浩然之气。

读王开林随笔,相当于与他笔下的人物共同做一次人生的和思想的漫游。因其笔下人物大多是才学可钦、人品可敬者,在一览人物生平时,读者就不仅仅受到情感上的震动,而会更多获得思想上的启迪、精神上的澡雪。此即王开林随笔的重要价值所在。《义无再辱》将脊梁硬挺的文人作为主人公,从屈原到贾谊、从文天祥到陈天华、从王国维到老舍,盛赞极端高洁的知识分子精神。在作者看来,"当肉体的保存和精神的救赎发生避无可避的巨大冲突时,绝大多数人会选择前者,放弃后者","但某些优秀的知识分子会毅然选择后者,放弃前者,让肉体下沉,让精神拔地飞升"①。肉体下沉与精神飞升,其实是王开林随笔最为经常触及的话题。在其作品中,肉体下沉并不仅限于狭义的自杀,而且包括肉身的自囚、自苦。相应而来的,则是精神的自守、自尊、自律、自持。《不信书信运气》中,曾国藩兵败欲求死、生活上严律家人与自己;《天地雄心》里,谭嗣同在变法失败后拒绝远走,甘愿流血舍生;《悲欣交集》中,李叔同弃红尘遁空门,断绝俗缘坚持清修;《陈寅恪:不成疯魔不成活》里,陈寅恪遭病厄不改学术志向,陷困顿不俯就政要权贵。他们淡看了自己肉身的安逸,"不侮食自矜,不曲学阿世",坚持个人操守,从而获得了精神的圆满与升腾。将这些人物作为作品主人公,述史兼以议论,既见得作者的史识,又可读出作者的当下关怀。对正气威威、有所坚持者的致敬,其本身就意味着对当下日渐稀缺的这种精神品格的弥补。

在有些作品中,对历史教科书上已有定论的人物,王开林还提出了相反的看法,以新的读史视角表达了个人的独立见解。譬如《佯狂未必不丈夫》虽在总体上肯定章太炎的胆识、文才,却也不避批评其与孙传芳、杜月笙交往的瑕疵。再如《器识与命运》一文,作者将"戊戌变法"领袖康有为列为"陋儒",认为他狂傲孤高、偏执褊狭、背信弃义、祸人家国。尤其对康有为逃亡海外、渐失壮心的情况,进行了激烈的指斥:"他对得起死去的'六君子'吗?他对得起拥戴他的人吗?他对得起谁?"这种质疑与批评虽有据可依,但相当主观化的情感态度却为个人所有,是作者个人的声音。这在当代关于历史文化人物的随笔中并不多见。

在当代同类题材的随笔中,王开林随笔的可读性较强。其一源于其取材易于引起读者兴趣、立意又颇高,其二则是因为其语体有似于评书。语言简练,用词准确,表意清楚,亦文亦白,行云流水、收放自如。王开林笔下:李叔同"披剃出家,皈依三宝",为的是"远离浊世,寻找净土","钻研律部,发挥南山奥义,精博绝伦,海内宗仰"②。易顺鼎丧母后自号"哭庵"

---

① 王开林:《义无再辱》,《天地雄心》,东方出版中心,2004年版,第8页。
② 王开林:《天地雄心》,东方出版中心,2004年版,第334页。

很可理解,因为"孝子哭慈母之颜不可见,忠臣哭昏君之心不可回,英雄哭用武之地不可得,志士哭天下之事不可为,四者本无高下之分,只不过伤心人各抱琵琶,曲调各异而已"①。这种文白夹杂、对仗工整的语言表述,在王开林随笔中俯拾即是。

此外,王开林随笔中还间有小调侃。譬如《不信书信运气》中的古文今译就被用作调侃手段,曾麟书得知曾国藩靖港之战兵败欲死之事,给儿子所写的措辞严厉的信,被作者解释为:"你堂堂男儿,报国捐躯,死哪儿去不行?"再如《辜鸿铭:菊残犹有傲枝雪》、《张竞生:性博士》等作品,对奇人奇事的选材与叙事态度本身就营造出了轻松幽默的氛围。这种小调侃在缓解历史的严肃感与沉重感的同时,还产生了戏剧化的"间离"效果,使读者能够暂时走出特定的历史情境,以自己的理智对作品中的人物、事件进行审视和判断。需要指出的是,王开林随笔中的小调侃并非都能起到积极效用,其在历史叙事中经常使用的当下语汇,譬如"造血功能"、"猫腻"、"抹脖子"、"死翘翘",以及意指中国文人喜欢自比诸葛亮的"'老亮'情结"等,非但未能产生幽默感,反而显得油滑、轻浅,并且常常不符合文境、文气、文风,突兀而别扭。

---

① 王开林:《天地雄心》,东方出版中心,2004年版,第313页。

第五节　余秋雨(1)、刘长春

余秋雨(1946—　　)，生于浙江余姚，毕业于上海戏剧学院戏剧文学系。历任上海戏剧学院院长、教授，上海戏剧家协会副主席。1962年开始发表文学作品。1992年，其散文随笔集《文化苦旅》问世，余秋雨的名字和文字顷刻走近亿万读者心灵。此后，又相继有《山居笔记》、《霜冷长河》、《千年一叹》、《行者无疆》等散文集出版。2004年，又推出自称"是一种新的文体"①、书写"记忆片断"的"记忆文学"《借我一生》。因余秋雨的作品多做历史、文化的反思，故被学界称为"文化散文"。

余秋雨的"文化散文"表达着一个知识分子对人类文明的忧患之心，笔法沉郁苍凉但字里行间又富含着浪漫的激情，精神的厚度和文笔的潇洒不仅为他个人赢得了声誉，而且为惯写凡人琐事、习于寓理抒情的当代散文提供了一种新的写作范式。他的成功所产生的示范、导向作用，使"文化散文"创作在中国20世纪90年代文坛蔚然成风。由此，悖论产生：余秋雨的"文化散文"冲破了旧的散文格套，但又成为散文写作的新格套。而由余秋雨随笔所引发的由文至人的评论在四五年内竟形成了五本文集②。一个作家的影响达到如此程度，这在当代中国文坛尚属首例。此即人们所说的"余秋雨现象"。无论从文学的、社会的，还是文化的角度来看，余秋雨都是一个值得研究的对象。

作为研究戏剧理论的学者，余秋雨涉足散文领域是为了舒展在文化重负下日渐丧失活力的身心。其实，世纪末许多学者加盟散文创作队伍的原因也约略如此。余秋雨自问："我们这些人，为什么稍做一点学问，就

---

① 余秋雨：《余秋雨有话说》，《南方周末》，2004年7月22日。
② 这些评论文集分别为：《感觉余秋雨》，文汇出版社，1996年版；《余秋雨现象批判》，湖南人民出版社，1999年版；《秋风秋雨愁煞人》，中国文联出版社，2000年版；《世纪末之争的余秋雨：文化突围》，浙江文艺出版社，2000年版；《审判余秋雨》，四川文艺出版社，2000年版。

变得如此单调窘迫了呢？如果每宗学问的弘扬，都要以生命的枯萎为代价，那么世间的学问，又是为了什么呢？如果辉煌的知识文明总是给人们带来如此沉重的身心负担，那么再过几百年，人类不是就要被自己创造的精神成果压得喘不过气来了吗？"①于是，他"把想清楚了的问题交给课堂，把能够想清楚的问题交给研究，把想不清楚的问题交给散文。想不清楚，动笔为文不是不负责的，而是肯定苦闷、彷徨、混沌、生涩、矛盾的精神地位和审美价值。"②他要通过散文倾诉自己的"想不清楚"，表现自己"想不清楚"的、"苦闷、彷徨、混沌、生涩、矛盾"的生动的人性。这是在书斋中苦坐太久了，在历史文化中埋头太深了之后，一个学者从书斋走向广场的需要，也是他在历史和文化中自由行走的需要。唯其如此，文化对人的积极意义才能最大限度被发掘和利用，文化对人的消极意义才能被发现和消解。

余秋雨最成功的散文当属《文化苦旅》中那些徜徉于"人文山水"，以人类历史的价值坐标去对待各种文化现象，关注处于隐蔽状态的文化，表现诚实的理性，关注群体人格的作品。③王安忆的评价极为精当："我想《文化苦旅》至少是有一种勇敢，它的勇敢在于，它不避嫌疑地让散文这种日见轻俏的文体承载起一些比较重大的心灵情节。"④这些"比较重大的心灵情节"即对中华文明兴衰的凝视与深究，对建构知识分子健康的群体人格的思索与呼唤。它使余秋雨随笔在进行文化漫游的过程中体现出感性的忧患情怀和理性的启蒙精神。余秋雨曾说他的散文"至少有一个最原始的主题：什么是蒙昧和野蛮，什么是它们的对手——文明？每一次搏斗，文明都未必战胜，因此我们要远远近近为它们呼喊几声"⑤。为此，他为远祖战胜自然而后代彼此征战的人类扼腕（《白莲洞》），为中华文明遗存的损毁或流失掬泪（《风雨天一阁》《道士塔》），为那些在贬官生涯中困

---

① 余秋雨：《文化苦旅·自序》，知识出版社，1992年版，第2页。
② 余秋雨：《山居笔记》，文汇出版社，1998年版，第21页。
③ 余秋雨：《我的自白》，《文论报》，1995年1月15日。
④ 王安忆：《重大的心灵情节》，《新民晚报》，1993年4月15日。
⑤ 余秋雨：《文明的碎片·题叙》，春风文艺出版社，1994年版，第3页。

厄的学子文人浩叹(《苏东坡突围》、《柳侯祠》、《流放者归来》等),为个性化文化因生命的终止而不得承传悲呼(《藏书忧》)。作为人类精神智慧和行动实践成果的文明,在余秋雨的笔端被一一检阅着,又在他的忧思中呈现出其固有的庄严。然而,仅此还不足以构成余秋雨随笔的价值,余秋雨随笔最为可贵处在于对知识分子群体人格的关注。

　　面对历史文化的遗存,余秋雨最为经常思考的是"基于健全人格的文化良知,或者倒过来说,基于文化良知的健全人格"(《风雨天一阁》)。因为一代代知识分子不仅承担着传承传统文化的责任,而且负载着延续民族文化精神的使命,在那些因文化而著名的自然景观或文化风习的背后,总是活跃着使之著名的知识分子的身影,因而余秋雨的"文化苦旅"就成为一个后代知识分子进行自我身份认同之旅。都江堰的李冰,阳关的王维,柳侯祠的柳宗元,洞庭湖的范仲淹,黄州的苏东坡,西湖的白居易、苏东坡、林和靖,天一阁的范钦,乃至于握着毛笔或喜欢藏书的一个个、一代代知识分子……因为自然和历史都留有他们的印迹,于是对在"文化苦旅"中寻找身份认同的余秋雨来说,"这些城,这些楼,这些寺,早在心头自行搭建"。(《阳关雪》)一旦抵至"这些城,这些楼,这些寺"前,在文化缅怀中,余秋雨与一代代文人所进行的精神对话就开始了。而所有的对话都指向一个中心问题:知识分子健全的群体人格。所谓对话,其实是问而不答或余秋雨的自问自答。对话开始后,余秋雨所做的第一件事往往是进行身份认同。譬如登天一阁时,在强烈的书生身份的认同下,他庄严地放慢了脚步,并不断自问:"你来了吗?你是哪一代的中国书生?"来到柳侯祠,在寥无一人的清晨里,静听回廊间自己脚步的回响,"从漫漶走向清晰,又从清晰走向漫漶",这种感受既是实写,也是虚指。而游西湖,因未去看雷峰塔,便成了他"欠西湖的一笔宿债"。

　　对余秋雨而言,自我身份认同是一种资格认证,当他确认自己与前代文人有着相似的身份后,便获得了评论这类人的资格。因此,一旦在与前代文人的精神对话中实现了自我认同,余秋雨随即便会以评论者的身份开始进行他者间人格比照,或批评在文化重压下委顿的个性化人格,或颂扬"健全而响亮的文化人格"。《西湖梦》是他直指中国文人文化人格的代表作之一。在他看来,作为"中国文化人格的集合体"的西湖边上,"最能让中国文人扬眉吐气的,是白堤和苏堤",因为它们是白居易和苏东坡"纯粹为了解除当地人民的疾苦"而兴修的水利,体现的是"中国历代文化良心所能做的社会实绩的极致"。余秋雨盛赞这种积极入世,讲究效用的文人情怀"在美的领域真正卓越到了从容"。而对隐居西湖边梅妻鹤子的林和靖,余秋雨则犀利地指出:"这种自卫和自慰,是中国知识分子的机智,也是中国知识分子的狡黠。不能把志向实现于社会,便躲进一个自然小天地自娱自耗。他们消除了志向,渐渐又把这种消除当作了志向。安贫乐道的达观修养,成了中国文化人格结构中一个宽大的地窖,尽管有浓重的霉味,却是安全而宁静。于是,十年寒窗,博览文史,走到了民族文化的高坡前,与社会交手不了几个回合,便把一切沉埋进一座座孤山。""结果,群体性的文化人格日趋黯淡。"在两种文人人格的对比中,余秋雨明确表达了他的知识分子需有效服务于社会的主张。

知识分子需有效服务于社会,这是余秋雨对知识分子群体人格的期望。《笔墨祭》中,他批评"过于迷恋承袭,过于消磨时间,过于注重形式,过于讲究细节"的中国传统文人群体人格,因为它使得"再强悍的文化个性也在前后牵连的网络中层层损减",终导致"本该健全而响亮的文化人格越来越趋向于群体性的互渗和耗散"。《都江堰》里,他高扬李冰父子为民造福的实绩:"实实在在为民造福的人升格为神,神的世界也就会变得通情达理、平适可亲。中国宗教颇多世俗气息,因此,世俗人情也会染上宗教式的光斑。一来二去,都江堰倒成了连接两界的桥墩。"《阳关雪》中,他则激赏王维乃至唐人的襟怀气度:"在南北各地的古代造像中,唐人造像一看便可识认,形体那么健美,目光那么平静,神采那么自信。"事实上,余秋雨的视界并不仅仅局限于知识分子的群体人格,在尊重生命的前提下,他关注着作为"人"的整体人格精神。在对祖先历史的假想中,他说:"白莲洞已经蕴藏着一个大写的人字。……时代到了这一天,这群活活泼泼的生灵要把它解析成许多闪亮的亮点。有多少生灵就有多少亮点,这个字才能幻化成熙熙攘攘的世界。"(《白莲洞》)健全的人格来源于生命的活力,因此,余秋雨作为学者的人间关怀既对应着个人的社会角色定位及社会责任意识,又对应着强悍、硬朗、刚健、响亮、飞扬的生命本身;其随笔则以理性的力量产生了内在的庄严。

因提出一些重大问题,余秋雨随笔以庄严的忧患震撼了读者的心灵。但这只是其作品成功的重要因素之一。除此之外,我们至少还应看到另外两个因素,其一为浩大的抒情,其二为虚拟的想象。余秋雨随笔提出的虽皆是理性问题,但在对问题的陈述、分析中,却总是充溢着诗性的激情。面对"人文山水",遥想使山水"人文"了的昔人,余秋雨的感情总是饱涨于赞叹、诘问、忧伤、感喟之中。《都江堰》起笔:"我以为,中国历史上最激动人心的工程不是长城,而是都江堰。"这种极具个人性、主观性的评价完全发乎情感,无关历史的、科学的结论。不过,这种情感性并不排斥理性,它以造福于民作为理性的标准,这是基于人性要求的理性。《苏东坡突围》里,他愤笔直书:"贫瘠而愚昧的国土上,绳子捆扎着一个世界级的伟大诗人,一步步行进。苏东坡在示众,一个民族在丢脸。"《道士塔》中,想象中王道士粉刷着莫高窟的壁画,他道:"'住手!'我在心底痛苦地呼喊……我甚至想向他跪下,低声求他:'请等一等,等一等……'"除不用任何修辞的直接表达外,在情绪情感的抒写中,余秋雨喜用排比,以让自己的感情一波追逐一波,波波迭起,层层推进。《莫高窟》第三部分,余秋雨使用的是大排比,三段文字分别以"它是一种聚会,一种感召"、"它是一种狂欢,一种解放"、"它是一种仪式,一种超越宗教的宗教"等句式为开头,从而完成了阔大而整齐的大排比。《苏东坡突围》的第二部分也使用了这样的大排比。余秋雨以五段形式较为整齐、情感态度一致的文字来陈述健全的文化人格所受到的围攻和艰难的挣扎。大排比为余秋雨的抒情带来了赋的气势,其文因此而文气畅达,浩浩荡荡。小排比则更为常见地在余秋雨随笔的局部产生一唱三叹,荡气回肠的美学效果。

余秋雨的抒情虽属直抒胸臆,但不流于简单直率,而是通过曲折婉转、逐层渐进的方式表达自己的情绪和感受,并极尽语言智性的逻辑与诗性的华美。因此,他的作品易于令读者受到感染、感动。

能够让读者受到感染和感动的散文作品自然不在少数,余秋雨随笔何以更受欢迎呢?这就要说到其虚拟的想象了。余秋雨长于以虚拟的想象做还原历史场景的假想,从而使自己的作品富于戏剧性和情节性,因而也使之具有可读性。散文自然是尚真的文体,但并不反对自由想象所呈现的艺术真实。余秋雨随笔中对历史还原的假想基本属于艺术真实范畴,因为作者的"不在场"和对所描述历史场景的未加考证是明确的,所以并不存在欺骗读者的嫌疑。不妨略举两例。《道士塔》中,余秋雨设想:"王道士每天起得很早,喜欢到洞窟里转转,就像一个老农,看看他的宅院。他对洞窟里的壁画有点不满,暗乎乎的,看着有点眼花。亮堂一点多好呢,他找了两个帮手,拎来一桶石灰。草扎的刷子装上一个长把,在石灰桶里蘸一蘸,开始他的粉刷。第一遍石灰刷得太薄,五颜六色还隐隐显现,农民做事就讲个认真,他再细细刷上第二遍。这儿空气干燥,一会儿石灰已经干透。什么也没有了,唐代的笑容,宋代的衣冠,洞中成了一片净白。道士擦了一把汗憨厚地一笑,顺便打听了一下石灰的市价。他算来算去,觉得暂时没有必要把更多的洞窟刷白,就刷这几个吧,他达观地放下了刷把。"《阳关雪》中,他又假想王维"缠绵淡雅地"写下"劝君更进一杯酒,西出阳关无故人"后,"瞟了一眼渭城客舍窗外青青的柳色,看了看友人已打点好的行囊,微笑着举起了酒壶"。在《白莲洞》、《风雨天一阁》、《十万进士》、《一个王朝的背影》等多篇散文中,都能见到作家这类虚拟性想象。余秋雨通过虚拟性想象将历史现场化、人情化了,呆板的历史资料因他的想象而在瞬间鲜活起来,具有故事性和形象性。虽然这样的想象超越了现存的历史知识的界限,但是,"散文艺术作为作家的不可重复的精神人格的艺术创造不能完全用学术理性来衡量,它有它自身的一套价值体系,那就是个人的生存状态、全部生命的感觉、情感和自由。"[1]

余秋雨以理性的沉思和诗性的艺术创造了属于自己的散文题材和语体,他宏大的文化视野、深沉的忧患意识以及健硕的人格精神既成为后来诸多"文化散文"写作者的路标,又在无形中推动了散文文体的泛化。评论界对其散文看法不一。有盛赞他"可能是本世纪最后一位大师级的散

---

[1] 孙绍振:《余秋雨:从审美到审智的"断桥"——论余秋雨在当代中国散文史上的地位》,《当代作家评论》,2000年第6期。

文作家,同时也是开一代散文新风的第一位诗人"①者;有肯定其"从审美的此岸架设了一座通向审智的桥梁",但又认为"过分发达的情感因素"使得"他的审美追求就窒息了他的审智追求"②者;有指出"故事+诗性语言+文化感叹"③是余秋雨随笔一条有效的流水生产线者。应该承认,余秋雨以随笔的方式所表达的对中国文化的关怀,具有相当的开创性与深刻性。但其作品也有模式化之嫌,并且在《文化苦旅》之后,学术性越发显强,文学性则逐渐减弱。从《山居笔记》开始,余秋雨随笔的篇幅越写越长,其中的信息量不断加大,还经常采用分节论述的形式,这使得其作品更为接近论文,而有偏离散文之嫌,同时渐趋薄情寡彩。

刘长春(1951—)生于浙江台州,原籍浙江温岭。现为中国作家协会会员。现已发表作品百余万字,游记,以"墨海笔记"系列文化随笔最具影响力,也最能代表其文学成就。"墨海笔记"的写作始于新千年其于《东海》杂志所辟专栏,后结集为《墨海笔记》出版。其中,《没有飘散的灵魂》、《狂士之风》、《民间的坚守》等篇章广为人知。

源于个人偏好与专长,刘长春的文化随笔选取了一个独特的题材:书法家的书法艺术及由此反映出的精神世界。沿着中国书法发展史的线索,他"一路颠簸着,一路感触着,一路记下了关于书法、人生、历史的一些思考"。"于笔飞墨舞的世界里,孤独地走进了历史的长卷,度过了近1000个难以忘怀的有月无月之夜,感叹于历史的漫长,生命的短暂,人生的无常,呼唤着艺术的灵魂、社会的良知与民族坚挺的人格。"④品字察人、以字论人,他相对系统、完整地检视了魏晋至当代书法家们的独特创造,触摸了他们的灵魂。

从书法史中透视精神史,将书法还原为人生志趣与人格情操,这就给

---

① 楼肇明:《文化接轨的航程》,《王朝的背影——学者随笔·序》,北京师范大学出版社,1993年版,第10页。
② 余秋雨:《余秋雨有话说》,《南方周末》,2004年7月22日。
③ 朱国华:《别一种媚俗》,《当代作家评论》,1995年第2期。
④ 刘长春:《墨海笔记》,人民文学出版社,2002年版,第387页。

刘长春的文化随笔以超越史料的自由,不纠缠于表层和细节,而去探询一种精神遗存。因此,书法只成为一种凭借或依据,刘长春"醉翁之意不在酒",他真正想要探讨的是中国文人的思想与心灵。他深知:"在古代,书法几乎是每个文人终身从事的事业,尽管有人说过那不过是雕虫小技,但是仍然乐此不疲。这除了书法的实用价值与欣赏价值以外,还与书法是修炼与陶冶人的文化修养和人的性情精神有关。"①所谓书为心画、字如其人,无论品读褚遂良所摹《兰亭序》,还是赏阅张旭的狂草、徐渭的行草,他都"看见了他们身上闪耀着的人性真实的光彩","听见了他们内心澎湃着的正义的呼声。"②因此,对书法家的书艺漫评就上升为了对其人格精神的一种要求。

在《没有飘散的灵魂》、《狂士之风》、《二王风流》、《民间的坚守》、《那个时代那些人》等诸多作品中,刘长春所推崇的是一种独立的、创造的、自由的精神品格。创作主体意志的介入与表现,令其文化随笔摆脱了"文化"的羁绊,而与创作主体的情感、旨趣、志向发生了血肉联系。这种血肉联系成就了其字里行间暗涌的生命激情,完成了主体与对象的灵魂对话及精神同构。具体到作品,米芾"故作异","细审他的每一个字,结体左倾右倒,没有一个平衡安详的结构"是一种桀骜不驯;徐渭"忍饥月下独徘徊",不纳达官巨贾之金,不为其写字③,是一种洁身自好;王羲之"俱变古形",不信守钟繇、卫铄的法度,"乃于众碑学习焉",是创造精神的觉醒④;王献之孤高自许,与其父之字相较时,敢于说自己的字"故当胜",是自我意识的彰显……至于张旭、八大、石涛、金农、邓石如、顾炎武、康有为、梁启超、章太炎等,刘长春亦是将其书法等同于其生命形态与心灵回响,而因为"什么都可以模仿,唯有心灵不能模仿",这些书法作品在被刘长春品藻时亦即是其作者被臧否时。

臧否人物多于谈书论艺,从这个角度来看,"墨海笔记"系列有类于历

---

① 刘长春:《墨海笔记》,人民文学出版社,2002年版,第15、18页。
② 刘长春:《墨海笔记》,人民文学出版社,2002年版,第387页。
③ 刘长春:《墨海笔记》,人民文学出版社,2002年版,第53页。
④ 刘长春:《墨海笔记》,人民文学出版社,2002年版,第35页。

史人物传记。而作家臧否这些历史人物,其实是借他人酒杯浇自己块垒,目的始终在于言一己之志。他所肯定的人物往往处于入世与出世的两难中,难中见"狂",而这种"狂"恰是最能令他击节赞叹、大书特书之处。"我说的是一种狂士之风:狂放、狂怪、狂态、狂言、狂笔……粗砺得有点刺人,猛烈得让人踉跄,就像我曾行走在戈壁大漠中遭遇的那种狂风,卷起漫天飞沙,就这样,不期然而然地扑打我的脸面,摇撼着我的灵魂。"[1]而他之所以强调这种狂士之风,是为了从历史精神中谋求一种现实感受,从而印证灵魂的可接续性。因此,往往在文章的结尾,刘长春就会笔锋突转,从遥远的历史记忆中回到当下现实,直言"面对汹涌而来的商品经济浪潮,当我们中的一些人骇然于某些国人精神的迷乱,道德的沦丧和人格的堕落的时候,我的这些不算多余的文字,我的这种追怀玄远的渴望,也许会唤起人们对古典和准古典人格的尊重和敬仰,记起那些没有飘散的灵魂"[2]。并希望"在商品经济浪潮冲击下的艺术家们,能够在各种威胁利诱面前,坚持艺术的高贵性"。

因个人的人格理想、爱憎情绪的融入,行文中,刘长春的文化随笔抒情性颇强。但总体看来,他的抒情是节制的。那是暗中涌动的情感激流,只激荡在叙述中,刚刚冲向岸边就收了势头。譬如描述颜真卿笔下的"耳"字:"笔走龙蛇,气贯日月,也许是兴奋之极,一个'耳'字末笔势如破竹,一笔而下,竟占据整整一行,夸张到了极度,痛快也到了极度,有如江中轻舟,千里一日,让人'即从巴峡穿巫峡,便下襄阳向洛阳'。"[3]再如表达对"乐伎"薛涛的同情:"今人当然无法明白,不明白在这苍茫的天穹之下,无论一轮圆月还是一眉瘦月,曾经这样无情地抽打人心。一个柔弱无依的女人,就像一直寻找归家的飞鸟,找不到可以落脚的地方;只有苍白如水的月色,漫无边际的黑夜,和梦中的等待,从此夜到彼夜的等待。"[4]无论叙写欣赏的愉悦还是诉说一种忧伤,作者都仅在文字上打磨,而不在

---

[1] 刘长春:《墨海笔记》,人民文学出版社,2002年版,第39~40页。
[2] 刘长春:《墨海笔记》,人民文学出版社,2002年版,第18页。
[3] 刘长春:《墨海笔记》,人民文学出版社,2002年版,第218页。
[4] 刘长春:《墨海笔记》,人民文学出版社,2002年版,第146页。

情绪上放任。

　　由于驾驭的史料偏多,成就的篇幅偏长,刘长春部分作品文气不畅,有"断"、"硬"之感。而每当他转换角色,由历史解说者回到现实发感者时,笔意、语式、文风便转俗,这种类型的文章结尾有蛇足之嫌。此外,系列随笔虽成体系、有气势,但立意与笔法的重复,读多了便使人缺乏新鲜感受。

第六节　汪曾祺、阿城、林斤澜

汪曾祺(1920—1997)，江苏高邮人。20世纪40年代就读于西南联合大学时，即开始了文学创作。其作品引起广泛社会反响则在1980年短篇小说《受戒》的发表。此后，汪曾祺一手写小说，一手写散文，表现出旺盛的创作活力。由于早年师从沈从文，其作品在文学观念、笔法风格上深受沈从文的影响。在新时期文坛上，他的随笔写作独树一帜，数量既丰，质量亦高。《蒲桥集》、《汪曾祺散文》是其代表性作品集。

虽然汪曾祺的散文写作体类颇广，不乏叙事、抒情散文，但主体却是随笔。

淡入淡出是汪曾祺随笔的基本特征。本着"把散文写得平淡一点，自然一点，'家常'一点"①的观念，无论涉及何人何事，他都几乎不做道德评价，也很少流露热烈的感情，而总是保持着宽厚、平实、幽默的态度，急徐有致、娓娓而谈。文中的情致、文笔的清淡、文风的亲切与文字的雅洁成为其作品的特色。

情致是汪曾祺随笔的基点。所谓情致，即趣味与格调相统一的另一种表达。汪曾祺出生于书香之家。文章出众的祖父，与多才多艺的父亲，无疑给他以最直接的传统文化的熏陶。尤其从父亲那里，汪曾祺继承了旧式文人的浪漫、风雅的情致。虽然建国后的政治运动基本摧毁了旧时文人自为生活的风雅方式，但文化精神本身的生命力还是被延续下来。

在《香港的高楼和北京的大树》中，汪曾祺指出自己的散文"大概继承了一点明清散文和'五四'散文的传统。有些篇可以看出张岱和龚定庵的痕迹"。这种"痕迹"具体表现在其作品常流露的传统文人的风雅情致上。

在《多年父子成兄弟》中，他不厌其详赞美父亲于绘画、养花、放风筝等活动中营造的生活之"趣"；在《沈从文先生在西南联大》、《西南联大中文系》、《闻一多先生上课》、《金岳霖先生》、《吴雨僧先生二三事》等关于西

---

① 汪曾祺：《〈蒲桥集〉自序》，《汪曾祺全集》第4卷，北京师范大学出版社，1998年版，273页。

南联大人与事的回忆中,他表达着自己对名士风度的钦许;在《下大雨》、《云南茶花》、《北京的秋花》、《草木春秋》、《草木虫鱼鸟兽》等文章中,他听雨观花,表现出雅癖与雅好;而在《菌小谱》、《家常酒菜》、《食道旧寻》等篇什中,对粗粮细做的研究更见得他经营生活的智慧与精细。

这些氤氲着风雅之气的作品,既体现了汪曾祺皈依传统的古典文人情怀,又体现了其艺术追求。

传统的文人情怀不但使汪曾祺乐于追求人生的风雅,而且使其在历史文化面前保持了从容平静。同样谈文化、述掌故,与同期其他作者的同类作品相比,汪曾祺随笔的主体基本隐遁,他只是历史文化的远观者,而非借古说今的评论者。换句话说,历史与文化永远是汪曾祺欣赏的客体,而不能化作促使其主体情感澎湃的动力。而他之所以会谈及某些历史文化话题,只在于话题本身的有趣,而无意于当下意义的生发。《八仙》猜想中国人将八个并不相关的人并称"八仙"的由来,意在考察一种羡慕逍遥自在、长生不死的民族文化心理。《严子陵钓台》信手征引掌故、传说、诗文等,目的并不在考证钓钩的长短、钓台的有无、严子陵"以足加帝腹"事迹的真假、后人对严子陵褒贬不一的评价孰是孰非等,而在说明桐庐山水之美以及中国知识分子在立功与隐逸间徘徊的双面人格。《诗与数字》论及中国诗以数字入诗,指出这是表达虚指意义的独特现象。《对仗·平仄》是学话,亦属文论。《句读·气口》是关于中国戏曲艺术的随谈。而汪曾祺为一些专书所做的序言,更是着意于传统文化与现世人生之趣味的随笔。譬如《〈吃的自由〉序》,说到中国过去重吃羹汤的习俗,历数苏东坡的炖猪头、杏酪、玉糁羹,古诗中"三日入厨下,洗手作羹汤"的名句,《水浒传》里"调和得好汁水"的林冲的徒弟,《饮膳正要》中专为元朝皇帝所炖的驴皮汤等。论及关于饮食文化的古书,则列举出《随园食单》的食谱、《红楼梦》的茶具等。《〈中国京剧〉序》则从京剧唱词、唱腔、唱法、演员等几个方面入手,对京剧文化进行了整体观览与品评。其他如《书到用时》、《栈》、《宋朝人的吃喝》、《紫薇》、《杨慎在保山》等,也都引经据典,活泼生动、妙趣横生。这些随笔作品富含了丰厚的文化信息,但皆无意于借题发挥进行当下批评。创作主体的非功利态度,使其作品在审美领域获得了更大的自由。既然不着力于借古说今,而只是学话随谈,阅读汪曾祺的历史文化随笔,便成为一种古典文人情致的体验与漫游,成为对其淡入淡出的从容自得、逍遥自在的风雅趣味的欣赏与玩味。

虽然皈依古典是汪曾祺随笔的情怀和趣旨所在,但在选材与叙述上,他却经常保持平民立场,从而建构了自己沟通雅俗的平民话语。其选材始终立足于日常生活,关注着竹篱茅舍、小桥流水,以清淡之笔写平常人事。尤其地域文化风情随笔,最能体现他亲近日常与世俗的民间立场。《胡同文化》考察胡同命名之由,有学理色彩,而谈及民风民俗时,却深入到市民精神的内里,由北京人舍不得"挪窝儿"、理想的住家是"独门独院",但却讲究"处街坊"等日常行为方式,指出胡同文化的精义是"忍","穷忍着,富耐着,睡不着眯着"。如果说在《胡同文化》这类探究地域文化精神的作品中,汪曾祺已经显示出其文化视野的阔大,即不仅对士大夫式的雅文化兴趣浓厚,而且对市民阶层的俗文化有所关注的话,在谈及地方食文化的随笔中,其钟情于日常"俗趣"的倾向就更为显明了。《故乡的食物》最能代表汪曾祺亲近日常生活的民间立场:"最是暖老温贫之具"的炒米、应急充饥的焦屑、端午节的鸭蛋、飘雪时的咸菜慈姑汤,还有虎头鲨、昂嗤鱼等等,都是名不见经传的民间小吃,难登大雅之堂,并不符合中国风雅文化中"食不厌精,脍不厌细"的食文化标准。但是,它们所具有的来自民间的平易性却有着巨大的亲和力;同时,它们所负载的民风民俗又有着雅文化不能表现的民间的欢乐。在汪曾祺看来,风俗是一个民族集体创作的抒情诗,它反映着一个民族对生活的挚爱以及对"活着"的欢悦。为此,他对民间生活持有发乎内心的热爱和欣赏。《四方食事》、《五味》、《食道旧寻》、《昆明菜》、《手把肉》、《豆汁儿》等既是在写"吃"之"俗趣",更是在写一方水土一方风俗;《闲市闲民》、《美国女生》等,则是真正领会了普通人生活的简单明净之美的作品;即便《沈从文先生在西南联大》、《闻一多先生上课》、《金岳霖先生》、《吴雨僧先生二三事》等,汪曾祺也都着眼于所见之人、所历之事的趣味。在他笔下,无论城市的还是乡村的生活,无论普通人还是名学者,都无本质的差别,因为他所关注的是生活本身的"生趣",以及人生内在的欢乐和人性的美好。雅俗的自然转换使汪曾祺随笔淡而有味,可雅俗共赏,沟通了古典文人趣味和当下平民话语。因此,他的作品才能生出亲切,并常有童心和幽默。

  无论记人事、写风景、谈文化、述掌故,汪曾祺的随笔都不以主题的宏大、意旨的深刻见长,而以对平常人事的平常心态显示出一种从容自在。"世间小儿女"是他关怀的对象,节制的感情与晓畅的语言则是其表达关怀的方法。《老董》记述了午门历史博物馆的工人老董的几个生活片断:年轻时候曾经"阔"过、中年时一日三餐凑凑合合但很"安然"、发怒时脸色铁青、老来一个人在传达室骂街。作者以极为平淡的笔法叙述着老董的生活琐事,没有任何评价,却暗含了一种历史沧桑感。《午门忆旧》征引历史掌故、旧戏曲唱词、民间传说,娓娓叙述廷杖大臣之由示辱到酷刑的历史演变过程、五凤楼与燕子李三式的飞贼们的故事等,篇尾追忆到自己当年在此工作的感受:"我有时走出房门,站在午门前的石头坪场上,仰看满天星斗,觉得全世界都是凉的,就我这里一点是热的。"显然,当年旧事里饱含着作者的孤独、苍凉、苦闷,但作者的追忆仅此而已,再无赘言。这种点到为止的含蓄,可谓"不着一字,尽得风流"。《马铃薯》追忆了自己被下放时在农业科学研究所画马铃薯的往事。无论说明马铃薯品种、状貌、习性、产地等常识的科学口吻,还是介绍自己吃马铃薯经验的客观态度,都使文章保持了始终的淡然。尤其结尾:"我希望中国农民会爱吃罗宋汤和沙拉。因为罗宋汤和沙拉是很好吃的。"①这种毫无修饰、平淡至极的笔调,在当代散文中堪称罕见。如果在写作中需使用生僻词语或家乡土语,汪曾祺总要解释清楚。《我的祖父祖母》中,有"看青(估产)"、"同事(配药的店员)"、"相公(学生意未满师的)"、"'马杌'——较大的方凳"、"针箍子(即顶针)"、"香蕈(即冬菇)"等词汇,《我的父亲》中则有"小唢呐(海笛)"、"瓜鱼(即水仙鱼)"等字样,括号或破折号后的文字即是对前面的方言俚语的说明。这种不厌其烦的解释使其本不艰涩的文字变得更为通俗,文风更为亲切。

  需要说明的是,文笔的清淡与文风的亲切并不与字句的讲究构成矛

---

① 汪曾祺:《马铃薯》,《汪曾祺全集》第4卷,北京师范大学出版社,1998年版,第135页。

盾。清淡的笔调指的是汪曾祺散文不过分放肆情感与笔墨，并尽量避免使用生僻字句所形成的平易性。字句的讲究却是其文求雅洁的刻意追求，是点到为止的简约、纯净与朴素。譬如《我的家》中，描述植物繁茂的自家花园的一角，他只用寥寥数语便交代清晰：

> 金鱼缸的西北边有一架紫藤。盛花时，紫云拂地。花谢，垂下一根一根长长的刀豆。
> 鱼缸正北，一棵白丁香，一棵紫丁香。
> 丁香之左，一片紫苏。
> 往南，墙边一丛金雀花。

这段文字笔墨简洁，语言晓畅，同时不失雅致和清新。而短短几句话中，"一架"、"一根"、"一棵"、"一片"、"一丛"等量词的使用既准确又传神，并使紫藤、丁香、紫苏、金雀花的形貌富于诗意。

再如《胡同文化》中，为说明北京人的方位意识极强，汪曾祺仅举两例："过去拉洋车的，逢转弯处都高叫一声'东去！''西去'以防碰着行人。老两口睡觉，老太太嫌老头子挤着她了，说'你往南边去一点。'这是外地少有的。"为说明北京人对生活的物质要求不高，则这样描述："有窝头，就知足了。大腌萝卜，就不错。小酱萝卜，那还有什么说的。臭豆腐滴几滴香油，可以待姑奶奶。虾米皮熬白菜，嘿！"其语言之简洁、生动、形象、有趣，由此可见。而这种简洁老道、形神毕现的语言，恰是当代汉语写作所缺乏的。从这个角度说，汪曾祺的随笔不但恢复了现代随笔表现个人趣味的美学品格，而且在对简练、雅洁的文字的讲求中，为纯净的汉语写作提供了摹本。

在汪曾祺身上，古典文人的风雅和立足民间的朴素，纯净的汉语写作与放弃技巧的化境等均得到了完美的结合，有论者认为："他的杰出性在于，恢复了传统的艺术品格，将非我的艺术，还原到真我的性灵世界。当代文学的这种精神上的调整,可以说是从他开始的。"①此言实不为过。

阿城(1949—　),原名钟阿城,祖籍四川,生于北京。1968年中学未毕业即赴山西、内蒙古插队务农。后又到云南建设兵团当工人。1979年回京,20世纪80年代中期开始发表小说并移居美国,2000年后又回到北京生活。阿城发表于1984年的处女作《棋王》,奠定了其在当代小说界的地位,与后来的《树王》、《孩子王》合称"三王"。另有系列小说《遍地风流》及杂论《文化制约着人类》等。90年代以来,偶尔写有随笔,出手不凡,《闲话闲说——中国世俗与中国小说》与《威尼斯日记》是其代表性的两本随笔集。

阿城的随笔作品不算多,但却是那种少见的轻盈、随性的文字。这使他的随笔在当代文坛上卓然成一家,无论内蕴的思想价值还是独特的表述方式,都不具有可重复性、可替代性。

虽然同样将"文化"作为话题,不同于90年代以来大多文化随笔之处在于:阿城所关注的不是文人文化,而是世俗文化;同时,他的文化关注虽然也饱含忧患,但这种忧患只在其字里行间若隐若现,大多则被其轻松幽默所遮蔽。因而,其作品总是轻松中深蕴沉重、沉重处见得轻松。

《闲话闲说——中国世俗与中国小说》,看似在谈世俗生活与小说发展的关系,其实意在说明新中国建立后的前27年里政治运动对世俗生活的破坏,以及民间日常生活中自为的世俗空间的不可或缺。在对历次政治运动及其后果的回顾中,阿城说:

> 扫除的"旧"里,有一样叫"世俗"。一个很明显的事实是,一九四九年以后,中国的世俗生活被很快地破坏了。
>
> 我的经历告诉我,扫除自为的世俗空间而建立现代国家,清汤寡水,不是鱼的日子。②

---

① 孙郁:《古魄新魂》,《当代作家评论》,1997年第4期。
② 阿城:《闲话闲说——中国世俗与中国小说》,作家出版社,1998年版,第16、18页。

在这个基本的文化立论下,无论傣族发生大瘟疫时捉"琵琶鬼"的巫俗,还是知青岁月自己在乡下干活儿,只有"抽烟是苦久了歇一歇的正当理由"的往事,或者专制时代只有疯傻的人不必开会、不必学习文件的"自由"等,都是阿城给出的一些有悖于世俗精神的反面证明。这些反面证明提供了世俗生活被挤压的特殊时代里,人们身体不自由与精神受限制的实况,是阿城推出发展世俗生活这一正面结论的依据,不过,阿城并未就此做任何渲染、生发,而只在三言两语的往事追叙后轻轻一问:"设若世俗的自为境地只剩下抽烟和疯傻,还好意思叫什么世俗?"[1]这类文字看似轻淡,实则针针见血,往往是阿城随笔内里的深刻性所在。

在阿城眼中,"世俗既无悲观,亦无乐观,它其实是无观的自在。"[2]它代表一种生机与活力,代表一种健朗的文明和生活方式。我们常常会在阿城作品中读到"元气"二字,它既是阿城赞赏世俗生活与世俗精神的理由,也是其对世俗生活与世俗精神的要求。老庄孔孟哲学服务于世俗生活的实用部分、美国选举对竞选者婚姻道德高于普通民众的要求、香港饭馆里看似俗气的色彩与喧哗的人声等,皆为阿城所提倡的"元气"。这里的"元气"意指饱满的世俗精神,即人类天性中的酒神精神,和有朝气的、刚性的、热烈的、实用的现实生趣。因为认为中国文化"基本是世俗文化","是一种很早就成熟了的实用文化"[3],阿城格外关注一切文化形式的"实用"价值。如果不能满足"自在"、"自为"的实用乐趣,文化形式的意义就失去了依托。这种认识应用于对知识的态度上,使阿城与余秋雨不谋而合地要求知识要作用于现实人生。不过,不似余秋雨气势上的咄咄逼人,阿城总是显得心平气宁,他说:"我所重视的是每个人对知识的运用,而并非谁是知识分子。"[4]在他看来,文化的目的在于致用,用在世俗生活的"自在"与"自为"上。只有致用的文化所衍生的世俗的热闹,最为

---

[1] 阿城:《闲话闲说——中国世俗与中国小说》,作家出版社,1998年版,第22页。
[2] 阿城:《闲话闲说——中国世俗与中国小说》,作家出版社,1998年版,第89页。
[3] 阿城:《闲话闲说——中国世俗与中国小说》,作家出版社,1998年版,第25页。
[4] 阿城:《威尼斯日记》,作家出版社,1998年版,第57页。

"铺张而有元气",方能满足阿城对文化与生活关系的想象。由此,在轻松、随性的外表下,阿城随笔蕴含了一个宏大的文化命题。

虽然深蕴着宏大的文化命题,但阿城随笔并不着力于说事论理,而只是在随兴漫谈中讲一点心得。《闲话闲说——中国世俗与中国小说》是来源于阿城在一些公开或私人的场合的演讲、谈话,因而具有一种对象化、口语化的闲谈风格。《威尼斯日记》是作者个人化的旅行笔记兼思想杂感,因不需拘于他人意愿,兴之所至便随手笔录,也来得轻松自然。叙述口吻的自然随意,使得读阿城随笔有如与之相向聊天,是一种轻松愉快的体验。这种体验全在一个"闲"字。虽然一个是"讲谈"的集成,一个是游历中的杂感,在"闲话"这一点上,《闲话闲说——中国世俗与中国小说》与《威尼斯日记》中的作品并没有明显的风格分野。二者所涉及的都是作者感兴趣的"闲话",又常常在一个较为集中的话题中荡出"闲笔",任性说开去,与读者共享一种随心随兴的闲情。作为内蕴着对世俗文化的赞赏与相应而生的忧患的作品,阿城随笔并非无功利的消遣,但其不以引导、评论为目的的"闲话",在阅读中确实产生了接近于无功利审美享受的实效。因并不以大量的史料、事例等来兴谈文化问题,阿城随笔淡化了90年代随笔潜在的文化强权色彩,其作品的价值不在促使读者思考,而多在博人会心一笑。

最常令人会心而笑的,是阿城那些具有轻幽默色彩的妙言高论。无论表述一种深刻的文化见识,还是调侃一些生活现象,阿城都长于运用形象性、趣味性类比。譬如解释"一人得道,鸡犬升天",他说:"都成仙了,仍要携带世俗,就好像我们看中国人搬进新楼,阳台上满是旧居的实用破烂。"[1]论及作文与做人,他:"好文章不必好句子连着好句子一路下去,要有傻句子笨句子似乎不通的句子,之后而来的句子才似乎不费力气就好得不得了。人世亦如此,无时无刻不聪明会叫人厌烦。"[2]议论皇帝在皇家收藏的画上印收藏章,则调侃:"以清高宗(俗称乾隆皇帝)最为讨厌,看

---

[1] 阿城:《闲话闲说——中国世俗与中国小说》,作家出版社,1998年版,第41页。
[2] 阿城:《威尼斯日记》,作家出版社,1998年版,第10页。

过就盖,好像政府单位的收发员。"①这些精彩的类比,显示了作者绝妙的想象力、内在的幽默感和形象的表现力,让阅读既轻松又惊喜。

阿城随笔的叙事方式也非常有趣。其叙事多呈片断,拒绝一气呵成的长论,并且重点在一种"叙"的语调而非"事"之本身上。因而,分割着看,他的作品片断性很强、每个片断篇幅皆极短小,如果再荡开"闲笔",实际涉及"事"的部分就少而又少。在这样一种安排下,每有所感,他总是点到为止,或者欲言又止,作品似乎总含未尽之意。然而,整体看,其所有随笔作品又有着一种内在的连续性,即对自为的世俗生活的关注、对饱满的世俗精神的期许。无论《闲话闲说——中国世俗与中国小说》还是《威尼斯日记》,通篇围绕的都是"世俗"这个话题。因此,其作品既可以从任意一个片断看起,也可以被作为一部完整的文本来分析。

此外,阿城随笔的语言也极具个人性。他喜欢用短句、短语,表意极扼要,笔墨极经济。譬如交代建国后几年间世俗生活空间被压缩的过程,只寥寥几笔:"互助组,合作社,初级社,高级社,人民公社,一级比一级高级,超现实,现代,直到毛泽东的'五七'指示,自为的世俗生活早就消失了。"②评价孔子的影响,说:"孔子是非常清晰实际的思想家,有活力,肯担当,并不迂腐,迂腐的是后来人。""后世将孔子立为圣人而不是英雄,有道理,因为圣人就是俗人的典范,样板,可学。"③赞赏作家苏童的语言能力,是"如此饱满,有静气,令人讶异"。谈到文人对世俗艺术的态度,也简要至极:"我希望的态度是只观察或欣赏,不影响。"④读这样的文字,会发现,恰当的短句对表达而言,是如此简洁、凝练、精妙、有力、有趣和有回味。而只有文字功夫老到的作家,方能如此简而不寡。

虽然阿城的随笔作品数量有限,但其独特的文化关注与语体风格无疑丰富了90年代随笔的品类。

---

① 阿城:《威尼斯日记》,作家出版社,1998年版,第23页。
② 阿城:《闲话闲说——中国世俗与中国小说》,作家出版社,1998年版,第17页。
③ 阿城:《闲话闲说——中国世俗与中国小说》,作家出版社,1998年版,第31页。
④ 阿城:《闲话闲说——中国世俗与中国小说》,作家出版社,1998年版,第77页。

林斤澜(1923—2009),浙江温州人。1937年参加工作。1950年发表第一个剧本,从此走上文学写作的道路。1961年开始以写作为专业,在北京市作家协会工作至离休。先写剧本,后学习写散文和小说。散文是短文,小说爱写短篇。世纪之交,出版文集,收小说、散文、文谈三类文字。人民文学出版社2007年出版的《林斤澜散文》,是其代表性散文作品集。

林斤澜的随笔多以某些地方的风俗习惯、起居饮食为对象,或执著于对衣、食、住、行等现实生活趣味的关注,或表达对业已消逝的旧日文化风习的怀念。前者以《温州小吃》、《山水之"寓"》、《霜肠》、《随笔四篇——衣食住行》、《花生米、豆腐干、火腿、稀粥》等为代表;后者以《藏龙卧虎》、《北京的树》、《岁灯》、《头彩》等为代表。此外,还有一类杂感,如《座右铭》、《普通话》、《骆驼》、《闻鸡起兮》、《疣》等。林斤澜随笔的趣味主要体现在前两类作品中,其锋芒则隐现于最后一类作品中。

《山水之"寓"》列举诸种在温州游玩时所遇的美食,畅谈旅游与饮食的一体价值,说明了山水之"乐"与人生之"趣"的关联。其中,介绍吃"港蟹生"的程序是:"洗净、暴腌、斩块,浇上作料,醋不可少,胡椒粉尤其重要。"三言两语却详细周到。描述汪曾祺吃汤圆的过程是:"一勺下去一只,瞪目、愣神,飞快又一勺,当机立断:'我吃得完!'"简洁活泼而又形神毕现。而探讨起馄饨汤头的讲究,则幽默地指出蒿子嫩尖"担任升华的角色",并打趣道:"天保佑本地四季包括落雪时节,蒿子一律生长冒尖。"① 如此津津有味、不厌其详地介绍地方小吃的做法、吃法,林斤澜的目的当然不仅仅在于追忆与温习。事实上,他是将山水之乐寓于美食中,再借助美食来寄托、提升山水之乐,从而表达自己对人生趣味的独到理解与体会。同样涉笔饮食文化,与《山水之"寓"》不同的是,《温州的小吃》、《霜肠》等作品在关注人生趣味的基础上,深蕴了对渐趋衰落的民俗文化的忧患之情。《温州的小吃》赋予"小吃"以独立个性,从"小吃"中研讨地方风习的变迁。《霜肠》追念旧北京亲近平民的食物,一句"霜肠先在城里,后在城外消失了"的客观陈述,饱含了历史沧桑感与文化兴叹。而作者对恢

---

① 林斤澜:《林斤澜散文》,人民文学出版社,2007年版,第113~115页。

复旧日民俗文化的活力的渴望,也都隐含在了字里行间。

如果说《霜肠》尚且以含蓄、节制的态度表达着林斤澜对传统文化的依恋,对忽略传统的当下生活的忧心的话,《藏龙卧虎》、《北京的树》、《岁灯》、《头彩》、《瓜子和灯花》等作品,则直接阐明了他的文化态度。《藏龙卧虎》由作者对北京胡同的认识说起,立意新颖、角度独特。在林斤澜看来,"胡同"与"墙"是可以构成互换关系的符号,因为胡同是由墙造就的。在别人高谈北京的胡同文化时,林斤澜却从另外一个角度盛赞城墙文化,并由此生出感叹:"现在外围的城墙已经扒光,护城河堵的堵死,堵不得的掩盖在地下。不知后世子孙怎生议论?看来现代化的规模,干城墙的事!碍得着什么!白白毁掉了八百年京师的罕世一宝。"①在此,林斤澜一改自己一贯温情脉脉的文风,而以金刚怒目之状,直呈了自己的忧怀与愤懑。由此,其此类作品的价值便不仅仅局限于某种文化趣味上,而是既成为某些历史文化遗存"立存此照"的底片,又成为一个人文知识分子对社会发展进行微弱干预的凭借。

事实上,林斤澜随笔干预现实的倾向更多体现在《普通话》、《骆驼》等作品中。这类作品以讲故事的叙述方式,涉及了移民方言、环境保护、国计民生等多种现实主题,并多含批判锋芒。但与那些谈论饮食文化、民俗文化的作品相比,这类作品在见解上显得平平,笔力上也不够成熟。林斤澜所擅长的,还是那些具有日常性、平易性的温和话题。需要说明的是:由于文体意识淡薄,下笔过于随意,林斤澜的随笔有时芜杂散漫。

---

① 林斤澜:《林斤澜散文》,人民文学出版社,2007年版,第134页。

第七节　李国文、毛志成、李敬泽

李国文(1930—　　)，原籍江苏省盐城县，生于上海。1947年入南京国立戏剧专科学校，1949年投奔革命到北京，进华北革命大学学习。1957年开始发表小说，后被打成"右派"，长期搁笔。新时期以来，重新提笔写作，长篇小说《冬天里的春天》于1982年获首届茅盾文学奖。20世纪90年代以来，李国文致力于随笔写作，取材广泛，文风泼辣，《皇帝与作家》、《嘴巴的功能》、《话说"文人无行"》等作品获得了各界好评。

李国文的随笔作品取材虽然广泛，涉及中外历史事件、历史人物、文学名著、社会现象等，但方向却明确而集中，都以文化心理分析为核心目的与实质内容。文化心理分析是一个宏大而且极具难度的命题，它需要在掌握材料的基础上运用理智说话，而不能仅仅依靠想象、修饰成文，或是流于简单地对史料、掌故的梳理或把玩。李国文即凭借观察力、辨析力、判断力，在对历史的深度阅读中，结合个人的现实经历、体验，完成了对这一命题的深入思考。文人文化心理、小人文化心理以及我们民族文化心理是他思考的三个基点。

作为文人的一员，身处文人群落，李国文最熟悉的一类人莫过于文人。因此，对文人文化心理的分析是其随笔着墨最多处。《皇帝与作家》、《刘项原来不读书》、《嵇中散之死》、《诗人的感觉误区》、《隐赋佳话》、《文学的魏晋》、《闲话建安七子》、《话说"文人无行"》、《得意与忘形》、《关于交椅之类》等数十篇作品，都将文人的文化心理作为论说对象。并且，一反90年代大多文化随笔瞩目文化伟人、高扬某种文化精神的立意，李国文极其吝惜赞美的笔墨，而着力于对文人心理弱点的揭示与批评。

《刘项原来不读书》指出"人来疯"——即出风头的欲望是文化人与生俱来的弱点。《诗人的感觉误区》则分析这种弱点所导致的文人的"缺乏清醒"、"不肯安生"的精神状态。此外，李国文还指出：文人具有两面性，依附性与独立性，而后者往往屈服于前者。《闲话建安七子》中，作者直言建安文学之前的清客、幕僚们，其职业身份压倒了文学身份，文学不过是其谋生手段。在谋生第一的前提下,文人便往往成为权力的附庸。《皇帝与作家》进一步围绕文人与权力之间的关系问题,专门探讨了御用文人的特殊性。《试论"雅努斯"现象》则以顾准、歌德等人为例,全面论证了文人的两重性格。然而,在李国文看来,出风头的欲望、爱膨胀的神经、软骨症的发作,还都算不得文人最糟的一面,文人相轻的阴暗心理才是其最为致命处。自负是文人的通病,因而他们经常轻视甚至敌视同行,对同行缺乏宽容的态度。怕对方比自己出色而使用各种办法打击对方的恶性竞争,即《文人相嫉》中提出的"黑色嫉妒"。而那些自封或人封的大师、自称或人称的经典、自以为或人以为的不朽传世,则是《话说"文人无行"》冷嘲的对象。对于文人这一特殊群落,李国文弃其文而论其行,分析其心理弱点、消解其头上的神圣光环,有治病救人之意,亦有重新阐释之功。

文人一旦相轻,就极易产生小人现象。对小人现象的描述以及对小人文化心理的分析,是李国文随笔常见的另一话题。在诸多历史事实、文学经典、民间传说中,李国文发现了小人现象的普遍存在,因而他总结说:"凡有人类活动的场合,只要存在着攸关到每个人的物质和精神利益,在进行分配的时候,就会有小人出现的可能。"①无论苏东坡的对立面,还是剽窃别人诗句的宋之问,无论《红楼梦》中的赵姨娘,还是《圣经》里记载的犹大,所有小人行事的手段都如出一辙,即先暗中作祟,以在对方没有防范的情况下取胜,一旦成功,则以最具污辱性的手段泄私愤。对此,李国文认为"就因为他们灵魂中永远摆脱不了的文化弱势"②,才对比他们强的人嫉恨得无以复加。说到底,这是一种施虐欲望的发泄与满足。李国文的分析可谓入木三分。那些躲在暗处的文化心理的弱势者,其刁钻狭促的阴暗心理第一次在随笔中得到了系列讨论、受到了不断的讨伐。

除分析文人文化心理与小人文化心理外,李国文随笔还多次触及了民族文化心理。《嘴巴的功能》、《屁股的功能》、《丫环漫谈》、《吹的学问》、《胡椒八百石》等,都在国民性问题上摆出了深究的姿态。《嘴巴的功能》

---

① 李国文:《大雅村言》,东方出版中心,2000年版,第330页。
② 李国文:《大雅村言》,东方出版中心,2000年版,第409页。

从中国人的吃说起,对"吃文化"与"吃心理"进行了区分,并着重分析了"吃心理"下暗藏的贪欲、乃至于残念。文章巧妙地由贪吃谈及贪官,指出小农心理是那些贪官贪赃枉法的深层动力。《胡椒八百石》以唐代贪官元载为例,重申了这一认识。元载倒台时,其全部财产被查抄没收,赃物中竟有"钟乳五百两,胡椒至八百石",以今天的计量单位换算,八百石相当于60多吨,这无疑是个令人瞠目结舌的数字。而钟乳、胡椒不过是两种香料,不是生活必需品,也不能作金钱使用。从中,我们看到的是一种占有欲,是"经不起物质诱惑而堕落"的"小农意识的基因"[①]。作为国民劣根性的小农意识,是李国文批判民族文化心理的焦点所在。在他笔下,这种民族文化心理的负面因子并非孤立存在的,事实上,它往往会催生小人心理。《屁股的功能》即就这一点深入下去,"凡草根阶层出身的统治者,大至国君,小至里长,都会有一种天生的对于知识、文化、文明、科学的怀疑和拒绝的情绪,小农经济思想所形成的偏执、愚昧、狭隘、短视、封闭、保守、局限、畏缩心态,更加深了对知识分子的排斥与嫉恨的程度。"[②]《丫环漫谈》则就古典文学作品中关于丫环们争宠的描写,深究底层人的奴隶心态与排挤同类心理。它与《嘴巴的功能》所谈及的"虐吃法"相呼应,表达了作者对国人受虐与施虐心理倾向的忧虑。这些作品所关注的国民劣根性话题,既是对鲁迅精神的继承,也是作者个人清明的理性的体现,既是对中国人心理上的历史文化尘埃的扫荡,也充满了对健全的民族文化心理的期待。

李国文随笔以刺世之作居多。细读之,不难找到其刺世的根源,那就是"文革"创痛与文坛丑态。无论就历史事件、文学经典来批评文人心理、小人心理,还是国民心理,李国文都常常走出具体的历史、文学情境,而宕开一笔、触及个人生活现实。被触及的生活现实有二:其一是"文革"记忆,其二为文坛现状。对这两种现实的揭示与批评总是穿插在其历史叙述与文学阐释之间,从而完成借古讽今的意旨。李国文随笔中处处流露

---

① 李国文:《大雅村言》,东方出版中心,2000年版,第96页。
② 李国文:《大雅村言》,东方出版中心,2000年版,第169页。

出这样一种认识：历史悠久的文人的弱点、小人的无行以及国民劣根性，其在当代历史上的夸饰性爆发即"文革"中人性恶的泛滥；这种流毒绵延至今，在当下文坛依然以各种形态表现出来。因而，无论高谈建安七子、魏晋文学，还是阔论嵇康的孤标傲世、犹大的卖主谋私，作者的醉翁之意皆在警醒世人、匡扶人心。《皇帝与作家》、《闲话建安七子》等作品提到"文革"中红卫兵焚书的恶行，《犹大之悔》、《屁股的功能》、《小人礼赞》等篇章则提出忏悔问题。这些与"文革"相关的文字都颇为尖锐，尤其关于"直视自己的勇气"的话题，是对巴金、季羡林等人在同类话题中表达的反省意识、耻辱意识的难得接续。在提醒人们反思"文革"中的人性恶的同时，李国文还立足当下，将当下文坛的不正之风与古代历史及当代浩劫勾连起来。《丫环漫谈》谈到的文坛同行互相倾轧，《关于交椅之类》嘲讽作家们争排座次、评大师，《嵇中散之死》调侃钟会的附庸风雅等，都是于说古之中论今，对时下文坛之怪现状旁敲侧击或顺手一击。《隐赋佳话》中，有一段对当下文坛风气的较有代表性的批评。作品讲的是宋代袁淑读谢庄《赤鹦鹉赋》后，将自己同题文赋隐藏起来的故事。叙事完毕，作者俏皮地说："也许古人不如后人聪明，感到自愧弗如的同时，其实是可以通过关系啊、活动啊、疏通啊、红包啊种种台面下的手段来弥补的；作品不够，公关来凑，已是公开的秘密。君不见如今种种评奖，打通关节已是不可或缺的一环。"[①]这段文字简洁而又直接地揭示了当下文坛盛行的不正之风，既是逼真的行状图画，也是罕见的刺世良言。总体看，无论"文革"创痛还是当下见闻，都是李国文随笔写作的重要动因和警醒后世的目的所在。

因致力于对文人心理、小人心理、国民心理的批判性文化分析，李国文随笔多讽刺、调侃，笔锋犀利、尖锐，有时偏于刻薄，有嬉笑怒骂之风。譬如为消解文人的特殊贡献、深度意义、神圣价值，《闲话建安七子》中，将文人定位于皇家盛世的"帮衬"者，讥诮他们"卖老、卖俏、卖苦、卖骚、卖病、卖隐，乃至于卖寡廉鲜耻，卖死猪不怕开水烫的'舞翩跹'"，评价他们

---

① 李国文：《大雅村言》，东方出版中心，2000年版，第39页。

"一是耐不住,二是不怕丑,三是挺自得"①;《话说"文人无行"》里,描述所谓文坛隐士,实际"虽欲隐而难耐寂寞,时不时在小楼上用望远镜东张西望"②。这类文字在李国文随笔中俯拾皆是,其形象化勾连的手法,将文人内心的幽暗与行为的可笑,勾画得形神俱肖。除尖刻的讽刺外,李国文随笔还多有小幽默。有时,这种幽默表现在用现代语汇叙述古代生活上,譬如《屁股的功能》中,宝玉挨打后,"慰问团一拨一拨,志愿者一批一批";《诗人的感觉误区》里,谢灵运过的是"雅皮士"的生活;《皇帝与作家》里,汉高祖可以成为作家协会第一号会员;《闲话建安七子》中,曹植说到建安文学的繁荣景象,"不免为他老爹的气派自负"等等。有时,这种幽默蕴含在口语化表达里:谢灵运爱"闹闹情绪、甩甩架子"、小文人"不知道自己吃几碗干饭"、白居易修长堤在逐利阶层眼中"傻不唧唧"、小人得志便"人五人六"、国门打开后当代作家们"新、马、泰平趟"等等。有时,这种幽默凭借精妙的比喻获得实现。《诗人的感觉误区》中,封建统治者看诗人,如同"墙上挂的一幅字画,蛋糕上嵌的一颗红樱桃"③;《胡椒八百石》里,元载把玩库存的胡椒800石、钟乳500两,"那种视觉上的满足,感官上的乐趣,收藏上的欣慰感,与老农民站在大禾场上,看着黄澄澄稻谷的快乐;与地主老财半夜三更点着灯到地窖里,看一个个金元宝的享受,是一回事。"无论古今语汇的套用,还是口语、比喻的运用,都为李国文随笔带来了幽默的效果,使之文字明白晓畅、句式变换多样、文风活泼轻快。

虽然有以上诸多的优点,李国文随笔的缺点也是显而易见的。其一,入题慢。其作品往往拉拉杂杂篇幅过半,方文对其题,仿佛酒过多巡方言正事,对于不胜酒力的听者来说,心领神会的难度被增加了。其二,篇幅长。篇幅一长,枝蔓即多。这既可以说其下笔万言、汪洋恣肆,亦可说其节制不够。其三,偶有词粗失雅现象。用词凭意气,激烈处不够文雅,不仅使批评的力度减弱,而且与其自然大气的整体叙述格调相左。

总体看来,李国文随笔讽刺篇多而赞誉篇少。他以清明的理性,从自

---

① 李国文:《大雅村言》,东方出版中心,2000年版,第53页。
② 李国文:《大雅村言》,东方出版中心,2000年版,第66页。
③ 李国文:《大雅村言》,东方出版中心,2000年版,第35页。

己身处的文人群落入手,分析文人心理,进而到小人心理、国民心理,清理了几种类型的文化心理积垢,表现出直言的勇气与深重的忧患。可贵的是,其文化心理分析的作品虽主要诉诸理性,但未因此而理胜于辞,而是辞理并茂,从而成为当代随笔中既具识见,又有趣味、文采的作品。

毛志成(1940—   ),生于北京。首都师范大学中文系教授,中国作家协会会员、北京作协理事。青年时代即开始文学创作,长于小说、随笔写作。出版有长篇小说《琼楼隐事》等、中短篇小说集《乌纱苍春秋》等,另有杂文随笔集《学会沉默》《昔日的灵魂》《毛志成杂文精品选》《尚未嚼烂的文化碎屑》《长长短短说古今》等。20世纪90年代中后期,其杂文随笔产生了较为广泛的影响。《尚未嚼烂的文化碎屑》收录了其最具代表性的作品,可视作其随笔精品的选粹文集。

毛志成的随笔是典型的杂家杂谈。其话题涉及政治、科学、传统文化、文学艺术、社会伦理等多个领域,既有对时事话题的评议,又有对人生百态的描摹。透过毛志成的作品,我们看到的不仅是一个涉猎深广的学者形象,更是一种对社会人生关怀至深的知识分子品格。因为其作品蕴含了对健康人性、理性社会和终极价值的关怀。在《官僚主义必然意味着血腥》《千载谁识一个"民"字?》等作品中,作者竭力提倡实现民主、强化法制。在《两个阴暗的物种——宦官、外戚小考》中,作者则着重考察了中国社会注重裙带关系的历史渊源及其恶性后果。《人类还能生存多久?》与其说是文化随笔,不如说是自然科学小论文。通过一系列确凿的数据,作品说明了环境恶化问题的严峻性。《假如认真想走进东方——"中国式"发微》从心理习惯、行为习惯入手,研究了"中国式"的文化性格,将一个虚化的中国形象具象化。《冷眼看中国影视》《呼唤〈红楼梦〉研究的视角更新》《反刍大观园——中国的古典建筑观》《深读"木"文化——中国古建筑发微》等,兼及文学、美学。《有的人死》《告别将死之人的时刻》等,则通过对生死的探讨,触及了社会伦理与人生终极等问题。在对社会人生问题的广泛关注中,毛志成随笔行使的是社会批评与文明批评之责,隐藏着的是作者的忧患之心。

棒喝日益物化的世界和日益物化的心灵,渴求某种精神的高度、寻找人类的精神家园,是贯穿毛志成随笔的主题。因而,其作品总是保持了一种质疑、追问、批评的姿态,保持了一个知识分子的社会关怀。《有的人死》讨论的是"死的质量"话题。在作者看来,死而无畏与死而有畏的人都同样值得尊重,因为前者是具有大智慧的智者,后者是真实的人。但作者更为赞赏的是前者,认为他们是"精神贵族",譬如海明威、川端康成、老舍。这些人有勇气结束自己的生命,是因为他们的死"是对世界现实、人类现实的微笑式俯视和蔑视"①。他们的"死的质量"是某种精神品位的标志。通过死,他们获得了永生。在这篇文章里,作者对死而无畏的人表达了景仰,对死而有畏的人给予了理解。显然,他是想借"死的质量"来树立一个精神高标,确立生有价死无憾的精神品位。《深读一个"度"字》集中批评了当下普遍存在的"人见利而不见害,鱼见食而不见钩"②的"超度"、"无度"现象。《"天问"征答》则在假想中,追问古今中外那些高尚的、卑劣的灵魂复活后如何相互面对。说到底,作者所进行的是精神对话与问答,他所关注的是人的心灵的性质。《权当是寓言》、《世界病了,急需医治——杂议心理健康》等作品,也都在不懈地进行着社会批评和文明批评。这种批评不求全面、精确,但求率性直接、一针见血、畅快淋漓。

而毛志成最好的随笔也恰是那些率性之作。尤其是那些流露"我"的性情、表达"我"的真实、坚持"我"所认识的真理的作品。《我本无畏,但我多次恐惧——尘寰散记》与《"真人"寻迹——尘世散记》即代表。《我本无畏,但我多次恐惧——尘寰散记》记述了作者平生感受过的十种恐惧,有的源自外界,有的则来自人心。正如作品指出的那样:"最善于为别人制造恐慌感的,往往是人,也只能是人。"通过对目睹死亡过程、"文革"中经受折磨、医院里被误诊、密友对自己的疏远等事件,作者不仅真实地呈现了"我"在特定情形下的恐惧心理,而且对恐慌的策源地——人心提出了质疑,进而将笔触指向人性的幽微处,探讨了人性恶、信任危机等问题。

---

① 毛志成:《尚未嚼烂的文化碎屑》,北岳文艺出版社,2003年版,第75页。
② 毛志成:《尚未嚼烂的文化碎屑》,北岳文艺出版社,2003年版,第114页。

其中不乏真知灼见。《"真人"寻迹——尘世散记》也以"我"的亲历性事件和具体感受为中心，表达自己对"真人"——有真性情、真想法，活的真实的人的敬佩及期待。这类作品是"我"对世界的体认，也是"我"对社会人生的洞察，既能令人触摸到作者贲张的血脉，又富含冷静深沉的哲思。较之于同期其他作家的随笔作品，更具个人色彩和自我意识。

毛志成的随笔不仅紧贴当下生活，敢于率性直言，而且在表现体式上也富于变换。《权当是寓言》采用了寓言的形式，《"天问"征答》则完全由预设和假想支撑，《闲言碎语——随笔十则》、《尚未嚼烂的思想碎屑——灯下偶记十则》是纯粹的随感杂记，《中国古今散文辨迹》、《且说"京味文学"》、《呼唤〈红楼梦〉研究的视角更新》等又是有板有眼的文艺性论文。其作品在写法上可谓不拘成法，任心而谈。此外，故事性与趣味性也是毛志成随笔的重要特色。通常而言，随笔是尚议理的文体。毛志成的作品却偏爱讲故事，一个个故事往往是其作品的主体。尤其其《告别将死之人的时刻》、《世界病了，急需医治——杂议心理健康》、《尚未嚼烂的思想碎屑——灯下偶记十则》等世相类随笔，皆寓理于事。叙事篇幅较大，议理仅点到为止。而小故事中常有嘲讽或自嘲则增加了毛志成随笔的趣味性。《"真人"寻迹——尘世散记》中记述的某青年作家扔掉了"我"的赠书，并坦言其"无聊"；《我本无畏，但我多次恐惧——尘寰散记》里，追忆幼年时不知恐惧，观看枪战时受伤竟一无所知；《某种文坛的陷落》以新的视角读《红楼梦》，从体制上、文风上将大观园中的文学活动与当下文坛相类比……如此种种，无不令人忍俊不禁。这种小幽默为毛志成随笔赢得了大自在，使其动静相宜，趣味横生。

当然，毛志成随笔也存在较为明显的缺陷，如总体上语言过于直白。有些篇章所谈问题不够精深、流于泛泛，个别作品火气过重等。

李敬泽(1964—)，生于天津，祖籍山西芮城。少时随父母先后迁居河北保定和石家庄，1980年考入北京大学中文系。大学毕业后，先后任《小说选刊》、《人民文学》杂志社编辑。出版有《颜色的名字》、《看来看去或秘密交流》、《纸现场》、《河边的日子》等散文和文艺理论批评文集。

其中,《看来看去或秘密交流》是其文化随笔的代表性作品集。

李敬泽的文化随笔往往着眼于历史还原,在回到历史现场的过程中拾取一些遗失的"秘密",从而试图消除某些既定的历史偏见与文化误解。让人们看到,在被讲述的、被认定的"历史"的背后,其实有无数的暗流在涌动,有"无数匿名个人的平凡生活"①,是它们确定了历史的面貌和文化的轨迹。

因为在探寻"秘密",李敬泽随笔的第一个特点即偏爱细节。在对历史现场的还原中,李敬泽长于用细节说话。《沉水、龙涎与玫瑰》将汉代的阔大与宋代的精致落实于焚香闻香这个细节上。西域使者献香汉帝,因分量不满一斤遭拒,但其暗留在宫门处豆大一粒的香气,竟"闻长安四面数十里中,经月乃歇",这样的记载呈现的正是汉代的浑朴豪迈和神话精神;而宋徽宗在将龙涎香分赐给大臣近侍后,因发现其"芬郁满座",又命得赐者将香交回,恰说明宋代人退隐室内精于细微的趣味。经作者筛选,两代焚香闻香的史料中的细节,成为了两代气象的复述。《布谢的银树》通过一棵传说中的银树的具体样貌、构造、用途来再现元代的繁盛。那是一棵传说中的银子长成的树,枝叶间结满银子的果实,树下四头银狮的口中分别流出酒、马奶、蜜做的饮料和一种米酒,树梢上一个飞翔的银天使在吹响手中的小号。这棵树在蒙古大汗的宫廷里。事实上,酒和饮料是从连接酒窖的管道里输送出来的,小号则是由一个蹲在银树的隐秘洞口里的人吹响的。这棵银树则是由一位法国的金银匠纪尧姆·布谢打造的。作者不厌其烦地描述这棵银树,并将它与基督教试图征服蒙古人的宏大叙事并置,其实是从侧面交代了元代的雍容繁华与宽容大度,以及基督教进军失败的必然。《静看鱼忙?》中,从16世纪欧洲人对中国的想象乃"水面上到处都是鱼鹰"这一细节入手,谈及明朝的沿海贸易、外交政策、东西方文化传播的误差等,意在说明"'真实'取决于什么人看、什么人写"②。在对细节的关注中,李敬泽的随笔所涉及的一些宏大的文化命题

---

① 李敬泽:《看来看去或秘密交流》,中国青年出版社,2000年版,第272页。
② 李敬泽:《看来看去或秘密交流》,中国青年出版社,2000年版,第75页。

便有了具体而微的着陆点,并且给我们以逼近某段确凿、亲切的历史真实的可能。这段历史可能是被遮蔽的,也可能是被忽视的,它们在李敬泽作品中得到复述,不断提醒我们:历史是在无数温暖的细节中发生和运行的。

回到历史现场并不意味着完全值得信赖的历史书写。相反,在文学的干扰下,李敬泽笔下的历史真实仅仅表现为细节真实,除了那些史料细节所还原的片断式的历史现场外,李敬泽随笔更多提供了一个文学想象场。正如他自己所说,他的作品"最终是一部幻想性作品"①。在幻想中,那些逝去的事物被生动展现,诗意与趣味便自然富含其中。譬如《沉水、龙涎与玫瑰》中,在对焚香之境的"幽"、"静"、"暗"大事铺陈后,作者进一步展开了他的想象:"于是,主人就该出场了,——他已经站在那儿,或者坐在那儿,他的背影瘦削,他当然是瘦削的,就像精神是瘦削的一样,他怎么可能肥胖呢?他想必是穿着长袍,穿着长袍的瘦削的背影落寞、修洁。"这是一种中国想象,它是文学想象,更是文化想象。从客观上说,焚香闻香虽有条件者即可为,但在中国传统文化中,它更是一种审美行为,是文人们实践"境由心造"的文化符号。因此,李敬泽关于主人形象的想象既是主观臆断的,又是有据可依的。另如在《八声甘州》中,关于利玛窦、鄂本笃追寻马可·波罗踪迹、寻找其笔下的"契丹"和"汗八里"的想象,具体细致到他们询问路人的话、临死前的心理意愿等,都使作品成为颇具故事性的文学文本,而非单纯的历史记忆。其他如《布谢的银树》中布谢修剪银树时的眼神,《乔治·钦纳里之奔逃》中庆幸太太没能上船来澳门捉他时的欢欣,《飞鸟的谱系》中小斯当东所感受的皇帝的大手的坚硬温润等,都在对历史细节的穷追不舍中旁逸斜出,让作者的想象越过漫漶的历史记忆,完成文学的讲述。

细节的深究与想象的升腾使李敬泽随笔兼具可信性与可读性,尤其那些学理色彩颇浓的理性论析与感受细密的感性表述,是其作品中最具流光溢彩之处。

---

① 李敬泽:《看来看去或秘密交流》,中国青年出版社,2000年版,第272页。

读李敬泽随笔,时常遭遇看似随意但却洞穿本质的思想。这类思想或表现为对待生活的哲学态度,或表现为探讨问题的学术立场。《静看鱼忙?》中,在言罢不同时代、不同国度之人眼中的桂林风景后,作者说:"我觉得一个人看到什么、看不到什么,与眼无关,而关乎心。"①显然,这是生活中的禅意与了悟。《布谢的银树》中,作者指出:"那棵银树也是一台有着神奇魔力的双面镜子,东方和西方、中国和欧洲,在镜子的两边互相凝望,他们看到的景象是相似的,唯一的区别是,他们都以为在镜子中看到的是对方。"②这样的议论则富含了文化理性,是以研究的态度得出的结论。而《雷利亚、雷利亚》中涉及礼仪问题时作者提出的"国家利益"和"地缘政治"对君主思想的支配作用,《静看鱼忙?》里谈到明代沿海走私贸易猖獗时论及"民间利益"与"国家意志"之间的角力等,阐发的也都是作者对政治、经济问题的学术见解。这些学术见解的阐发往往只是点到为止,因而作品并不死板凝滞,而是气血活络。

除适度的精彩议论外,让李敬泽随笔气血活络的还有他的语言。李敬泽的语言既富于感性灵动,又幽默活泼。他长于修辞,尤其擅用通感。请看这几段话:

> 清冽的酒顺着喉咙冲向我的胃,然后像礼花一样亮晶晶地炸开。
> ——《雷利亚、雷利亚》
> 她的脸轮廓坚决甚至残忍,那双黑色的眼睛在阴影下跳荡不定,像敏感的猛兽,暴烈而脆弱,一头美丽的猛兽。
> ——《雷利亚、雷利亚》
> 冬日的阳光坚脆,能听见阳光落下时发出玻璃般的脆响。
> ——《利玛窦之钟》

在这几段充分感觉化的表述中,作者感觉的触角伸向四面八方,或者

---

① 李敬泽:《看来看去或秘密交流》,中国青年出版社,2000年版,第69页。
② 李敬泽:《看来看去或秘密交流》,中国青年出版社,2000年版,第48页。

将不可视的感觉化作视觉图像,或者将可视的图像化作听觉、触觉乃至某种直觉。于是,最细微的感觉传达出了最诗意的判断,而不时跳动的小幽默,又常令人忍俊不禁。关于宏大的文化命题的探讨也因此而轻松愉快、趣味盎然。

正是通过对历史细节的关注、想象的自由介入、理性的约束和感性的描述,李敬泽随笔方游弋于宏大与具体、幻想与现实、学术与文学之间,成为既还原、补充了历史,又丰富、启迪了现实的作品。自由穿梭自然是一种由才华而来的特权,但对自由之度的把握也是好随笔写作的关键,如果能够多少再节制一些,李敬泽的随笔将去杂乱而更趋纯净。

第八节　周国平、赵鑫珊、钟鸣

周国平(1945—　　)，生于上海。1962 年至 1968 年就读于北京大学哲学系，毕业后分配在广西深山中工作。1978 年考入中国社会科学院研究生院，先后获硕士、博士学位。现为中国社科院哲学所研究员。除哲学专著、诗集外，著有散文随笔集《只有一个人生》、《今天我活着》、《人与永恒》、《迷者的悟》等。其中，《迷者的悟》是其自选的代表性作品集，也是其"很希望它得到流传"的文集。《思考死：有意义的徒劳》、《从生存向存在的途中》、《没有目的的旅行》等则是其随笔代表作。

特殊的职业身份与专业背景，使周国平执迷于形而上的哲学思考。他的随笔既可以被看做是哲学化的文学创作，又可以被读为文学化的哲学笔记。关于自己的写作动机，周国平自陈："我写作只是顺应我的性情，本来就喜欢思考一些人生的大问题，凡有感受和体悟，又喜欢用尽可能贴切的语言记录下来。""我自知执迷太深，唯有努力用哲学的智慧疏导生命的激情，以慧心驯化痴心，才能达到这个别人不求而自得的境界，获得一颗平常心。"[①]而他的"平常心"，是通过在人生的"迷"与"悟"之间游走而获得的。因而，对人生终极问题的追问与思考、对人生悖论的表现，是周国平随笔最为与众不同之处。

因为认识到"死是每种人生哲学不可回避的根本问题"[②]，在对人生终极问题的追问中，周国平始终保持了对生的意义、死的归宿等问题的深度关注。《人生贵在行胸臆》、《思考死：有意义的徒劳》等作品都是这种关注的表达。在由十个部分组成的篇幅颇长的《思考死：有意义的徒劳》中，作者以密不透风的阵势、穷追不舍的架势发出了对死的必然性、普遍性、合理性、相对性等问题的疑问。在周国平看来，死亡之所以迫人思考，在于它既是确凿无疑的，又是最不可思议、最令人难以面对的事实。因为人

---

① 周国平：《迷者的悟》，陕西人民出版社，1995 年版，第 1 页。
② 周国平：《迷者的悟》，陕西人民出版社，1995 年版，第 115 页。

人都不可能永生，死亡的必然性和普遍性便成为先哲说服人们平静接受死亡的理由。然而，必然性与普遍性只意味着即使不愿意也只好接受，却"并不能成为使我们愿意的理由"。死亡的焦虑始终在周国平心中潜伏着，"时常隐隐作痛，有时还会突然转变为尖锐的疼痛"①，在意识到死亡不但终结了人生所有的可能，并且在"本质上是孤单的，不可能结伴而行"后，质疑死亡的合理性，便成为周国平哲学思辨的一个基点。而之所以不能认为死亡是合理的，在于作者珍视独一无二的"自我"。"自我意识强烈的人本能地把世界看作他的自我的产物，因此他无论如何不能设想，他的自我有一天会毁灭，而作为自我的产物的世界却将永远存在。"既然不能说服自己平静接受死亡，周国平只好改换思路，衡量永生是否值得向往。而在对永生的设想中，他得出了"没有死，就没有了生的意义"的结论，并进而指出："思考死对于生却是有价值的，它使我能以超脱的态度对待人生的一切遭际，其中包括作为生活事件的现实中的死。"②由此，关于死的徒劳的思考获得了相对性的价值和意义。

  探讨人生的"无聊"，是周国平随笔的另一个主题，其多篇文章涉及"无聊"这一话题。《自我二重奏》里，他描述道："不知道自己究竟要什么，找不到自己真正想做的事，只觉得心中弥漫着一种空虚怅惘之感。这是无聊袭来的时候。"《没有目的的旅行》中，他直接判断："我们心不在焉又身不由己，这种心境便是无聊。"《从生存向存在的途中》则解释了无聊产生的原因："并不是疲倦了，因为我们有精力，只是茫无出路。并不是看透了，因为我们有欲望，只是空无对象。"虽然以如此多的笔墨来说明、探讨"无聊"，周国平的目的却不在"无聊"本身，而在于追求一种超越"无聊"的神性的、不朽的人生价值。因此，他呼吁："人必须自己设立超出生存之上的目的，""为生命加一个意义"，"一事物的意义须从高于它的事物那里求得，生命也是如此。"③然而，尽管寻求本身会使人感到生存是有意义的，但在周国平这里，越是追问，越是会陷入终极的迷惘，因此"人是注定要无

---

① 周国平：《迷者的悟》，陕西人民出版社，1995年版，第144页。
② 周国平：《迷者的悟》，陕西人民出版社，1995年版，第158页。
③ 周国平：《迷者的悟》，陕西人民出版社，1995年版，第93页。

聊的"、"人生终究还是免不了无聊"①、"无聊是人的宿命"②。这一结论无疑流露出作者心中终极的悲观,但从另一个角度看,这种无可排遣、无可释解的"无聊",其实恰是一个追问却不能获得圆满答案的灵魂的苦闷和寂寞。由于死亡的不可抗拒、自我的无法永恒,周国平深切感受到人生是一次逆旅。《没有目的的旅行》里,他指出:在人生的逆旅中,孩子之所以不会感觉到无聊,在于其"沉浸在过程中",目的与过程不分,因此能随遇而安;而成人们的"无聊","生于目的与过程的分离,乃是一种对过程疏远和隔膜的心境"③。这样的推论似乎说明周国平反目的,重过程,主张从过程中获得意义。但他很快笔锋一转,申明人们对过程的看重其实只是一种不得已的自我安慰。"看破目的的缺如而执著过程,这好比看破红尘的人还俗,与过程早已隔了一条鸿沟,至多只能做到貌合神离而已。"④因此,一个刚刚获得答案的追问重新被迷惘包围。

在探讨生死、追问意义等形而上话题上,周国平善于在界限模糊处沉思,给予分辨、判定;而在给出一个似乎明确的判断后,又总是再模糊判定后的界限。这并不意味他思想深处矛盾重重,而说明他感受到了人生无处不在的悖论。越是要追根问底,越是会发现答案的不可得,即便有所参悟,也仅只是"迷者的悟"与"迷中求悟"。因为大彻大悟是不可能的,"平常心"便尤其显得可贵。也只有一颗"平常心",才使他不致迷失于人生的悖论中,而能以超脱的眼光领略"进一步"或"退一步"的富于禅意的人生境界。

虽然对彼岸问题的玄想与深究构成了周国平随笔的主调,但他有时也会把目光投注于此岸人生。以富于哲理和机趣的语言来谈论女人、幸福等话题。《性爱五题》、《家》、《现代:女性美的误区》、《男人眼中的女人》、《女人和男人》、《调侃婚姻》、《宽松的婚姻》等作品围绕两性关系而展开,对有弹性、灵性的女性美与张弛有度的婚姻生活等,发表了富于趣味

---

① 周国平:《迷者的悟》,陕西人民出版社,1995年版,第94~95页。
② 周国平:《迷者的悟》,陕西人民出版社,1995年版,第99页。
③ 周国平:《迷者的悟》,陕西人民出版社,1995年版,第97页。
④ 周国平:《迷者的悟》,陕西人民出版社,1995年版,第99页。

的个人见解。《自我二重奏》、《人生寓言》、《与命运结伴而行》、《幽默和自嘲》、《论嫉妒》等作品则或以寓言故事,或以断章、格言的形式,简洁、生动地表达了作者对幸福、欢乐、痛苦、成功、失败等人生问题的认识。在这类作品中,悲观的周国平成为一个洋溢着生命热情的人,他似乎要在人间烟火中穷尽人生的各种可能性。这类作品中经常有神来之笔,譬如:"男人通过征服世界而征服女人,女人通过征服男人而征服世界。"①"沉默是神的来临的永恒仪式。"②"幽默是一种轻松的深刻。"③这类充满智慧的判断句式既出其不意又顺理成章,在周国平随笔中极为常见。

无论指向人生的终极迷惘,还是流连于现世感悟,周国平的随笔都给人以智性的乐趣与享受。不过,智力上的优越感有时也会产生盲目判断的鲁莽,《困惑与坦然》、《旅＋游＝旅游?》等作品中,对修车人收入的不平、对旅游者旅游方式的嘲笑,即显出其以己度人、主观臆断的急躁。

赵鑫珊(1938—   ),生于江西南昌,1961 年毕业于北京大学。1978 年至 1983 年,在中国社会科学院哲学所从事现代西方哲学研究。1983 年至今,在上海社会科学院从事东西方文化比较研究。著述 40 余部,内容涵盖了量子物理学、生物学、数学、哲学、文化史、音乐、建筑、文学等诸多领域。其随笔在 20 世纪 90 年代中后期受到读者的喜爱与欢迎,有《三重的爱》、《人类文明的功过》、《病态的世界》等随笔集多种。《赵鑫珊散文精选》是其作品的代表性文集。

作为一个学者,赵鑫珊在学术研究的同时不辍笔耕,进行了大量的随笔写作。其直接动因在于"这种文学形式极放松,极自在,天和地也极广阔","用不着去采访他人,跑图书馆查资料"④,便可纵横天地、怡情得趣。而更为深层的原因则是为了安顿自己的灵魂,关照自己的灵魂状态。随笔是赵鑫珊生命形态的展示,也是其不安的灵魂的安居所。正如赵鑫珊

---

① 周国平:《迷者的悟》,陕西人民出版社,1995 年版,第 306 页。
② 周国平:《迷者的悟》,陕西人民出版社,1995 年版,第 285 页。
③ 周国平:《迷者的悟》,陕西人民出版社,1995 年版,第 318 页。
④ 赵鑫珊:《赵鑫珊散文精选》,复旦大学出版社 1997 年版,第 112 页。

自陈的那样,随笔用恬淡培养了他的性情,用静漠安顿了他的精神,已成为他的生命自救的途径之一。因而,其随笔既有智性的光辉,又具穿心的力量。

在安顿灵魂的过程中,赵鑫珊随笔执著于对形而上世界的探询。他始终思考着人在世界上"诗意栖息"的可能。如何能在心胸上阔大、在精神上博大,如何获得与宇宙间的沟通与对话,如何确认自己生命的价值与意义,是赵鑫珊随笔最为经常触及的问题。他惯于将世界的结构看成是多重的,因而其对人生的认识便是一分为二的。在其代表作《我是六重偶然产物》中,作者从宇宙的起源说起,纵谈自己来到这个世界的偶然性。在举出六点理由,即谈完六重偶然性后,生命的"偶然"看似已经成为全文的结论,作者却笔锋一转,转论生命中的"必然",并且指出"偶然是被动的,消极的,没有意义,没有价值的。只有必然才是主动的,积极的,有了意义,有了价值。"①从而使一篇谈论形而下话题的作品获得了形而上价值。赵鑫珊的另一篇随笔代表作《我与贝多芬音乐——发生在潜意识深层的朦胧故事》,同样在呈现现实人生的基础上,进行了意义探寻。作者在回顾贝多芬音乐给自己的启示的同时,何尝不是在启示读者?对作者而言,贝多芬音乐是一种返回到自己内心世界的自由过程,它"教一个弱小、迷惘和孤苦无告的灵魂学会抬头仰视浩博的天宇,用审美的眼光去看取悲剧性的人生世界,在自己的内界筑起一座永不陷落的要塞。""也许,这个世界本来就无所谓有什么意义的,然而人又不能睁着眼睛活在这个无意义的世界上,于是他就挖空心思指出、造出一些意义来。"②以内心的广阔去弥补外界的狭小,以内心的丰盈去填充外界的枯索,从而为人生确立意义。这既是一种生活的智慧,也是一种哲学的境界。因为这种智慧与境界的存在,赵鑫珊随笔便成为智者的沉思,充满思想的机锋和审智的乐趣。无论谈自然观,如《海洋风景的四重结构——我的自然观》,还是谈自然哲学观,如《寻找自然界因果链的快乐、幸福和满足》、《"心有天

---

① 赵鑫珊:《赵鑫珊散文精选》,复旦大学出版社,1997年版,第5页。
② 赵鑫珊:《赵鑫珊散文精选》,复旦大学出版社,1997年版,第12、10页。

游"——自然哲学观念探险》,无论谈科学观,如《精神探险的勇气》,还是谈艺术观,如《我和〈普朗克物理哲学世界〉——我存在的证据和理由》,赵鑫珊随笔都偏于表现一种务虚的关怀,都在为"诗意栖息"寻找途径和理由。

虽然赵鑫珊更迷恋于在形而上世界里进行哲学思考,但对于现实社会的热点问题,他也保持了干预的热心。因而,其随笔中也有一部分务实之作。单看下列作品的题目,我们就能知道其务实类作品所关注的问题:《世界饥饿和下一次绿色革命——人类同大自然最重要的对话之一》、《地球生态环境里头有诗意》、《道罗定律·生态危机·热力学第二定律》、《我和鸟类世界》、《我对实验动物的思考》等。人口爆炸、生态危机、科学道德等有关人类发展的实际问题,也被赵鑫珊纳入视野,给予了关注。在他看来,和谐是天道也是人道,因而,其作品即便落实到现实热点问题,也富含着哲学的、诗意的内涵。

作为哲学的、诗意的作品,赵鑫珊随笔恰到好处地将理性认识与感性表现结合在了一起。一方面,它们是智者对世界的了悟,另一方面,又是诗人对世界的期待。读赵鑫珊随笔,常常遇到其对某些词义的新界定。譬如:"祈祷是你的灵魂挣脱了有限的躯壳,通过诗的情绪在同上帝或永恒进行交谈:面对生之不易、死之可期的荒诞,潜心对人生真谛的探索。"①"所谓浪漫化,原是低级的自我向更高、更完美的自我跃迁。追求浪漫化的诗意世界,即是同功利化、机械化和满是污浊的现实世界相抗衡,使短暂重归永恒,使有限的东西融化到无限中去。"②这种新阐释是作家结合个人的人生体悟,对原有词义的拓展。它们既经过了理性过滤,具有一定的普泛意义,又是感性的、个人化的表达。读赵鑫珊随笔,还经常会遇到一些数学定律或数学公式。出于对数学的热爱和迷恋,赵鑫珊喜欢用数学推理和演算的方法,来表达自己对这世界的分析和判断的逻辑性与可信性。《数学猜想与白日梦》、《哦,愿我的内心有个避难所或防震

---

① 赵鑫珊:《赵鑫珊散文精选》,复旦大学出版社,1997年版,第261页。
② 赵鑫珊:《赵鑫珊散文精选》,复旦大学出版社,1997年版,第11页。

棚》《海洋风景的四重结构——我的自然观》《布尔——研究人类思维规律的哲学家》等诸多作品中,数学方程式都被直接引入到文学作品中。这种做法表面看来奇怪而又死板,实际上未尝不是诗人式的创新。我们不妨将其理解为哲学家与诗人在理性推断与感性表达间达成的妥协。

以思想性著称的赵鑫珊随笔,事实上也长于以文学性和艺术性的语言来造境。在崭露思想机锋的间隙,天地美景、旧日人事常常是赵鑫珊宕开一笔插入的内容。《我与贝多芬音乐——发生在潜意识深层的朦胧故事》中那暴雨来临前的云势、羊群,《音乐与人生——我和古琴曲〈平沙落雁〉》里故宫的飞雪,《夜半醒来,我才像个哲学家》中初秋海滨的夜空等,无不是作者在探讨宇宙、人生的意义的间隙,给予自己和读者的放松与余裕。由此,作品中形而上的思考变得疏朗,在意义追问与人生审美之间,一切都显得张弛有度、缓急有致。

赵鑫珊随笔以学识广博、境界阔大、文字清丽赢得了大批读者。但是,其有些作品有浅易之嫌。

钟鸣(1953—   ),生于四川成都,1970 年至 1975 年在北方服兵役。1977 年考入于西南师范大学中文系,1982 年毕业后,先后在大学和报社任职。20 世纪 80 年代以诗歌写作为主,80 年代末开始随笔写作。1991 年花城出版社结集出版了随笔集《城堡的寓言》,1995 年东方出版社结集出版了随笔集《畜界·人界》,1997 年上海东方出版中心出版了《徒步者随想》,1998 年海南出版社出版了集随笔、小说、诗歌、文论、传记、注释、翻译、文献、新闻、摄影、手稿等多种形式于一书的《旁观者》。在《城堡的寓言》与《畜界·人界》中,钟鸣确立了一种借物寓言型随笔写作体式。这既使他的作品在当代随笔界独树一帜,又使对其作品的阅读成为一种新颖、惊奇的感受。

钟鸣的随笔写作是一种极具文体自觉意识的写作。他始终主张划清随笔与散文的界限,让随笔作为独立的文体存在。在他看来,散文母体"由于侵入其他文体而溃散和肢解",因而"其他文体"应尽早脱离散文母体,获得自己的独立价值,恢复散文母体的原貌。在他看来:"随笔已由于它传统的使命感和在现实中逐渐成为'一种非寓言的反论符合'而成熟起来,以至成为知识分子的文体或知识分子的写作风格","随笔一开始就积极地向预言靠拢,它建立在对新旧事物的准确观察、已具相当规模的知识结构和道德的认识论之上。像《圣经》里说的预言——如灯照在暗处。"①

基于这种认识,钟鸣的随笔在具有博学、睿智、唯美、怪异等特色的同时,自然具有预言与隐喻的性质。尤其他所热衷谈论的动物世界,事实上与人的世界构成了相互对应、比附的关系。读钟鸣随笔,我们不难发现:他笔下的猫、鼠、豹、狮子、蠹虫、乌鸦、孔雀,还有政治动物、一元论动物,以及那些人们闻所未闻、见所未见的动物,往往非常像人,有着人的奇思怪想、奇谈怪论或奇行怪癖;而他笔下的人,也有着令动物们感到不可理喻的思想行为。于是,动物与人相互猜测、又相互攀比,相互吸引、也相互排斥,相互憎恶、并相互异化。表面看来,动物与人身处两界;细加沉思,就会发现,他们其实不分彼此、浑然一体,乃属一界。《鼠王》所描述的阴森恐怖的老鼠的世界,正是人的世界的映像;《检举箱》中,作为"一只钉在墙上活吞吞的动物",检举箱"流播戚里间,代小人之过、泄私愤、揭露、坦白、吃纸、咬耳朵、宣布隐私、恶意中伤",已经具有人的性格;《率然》所直刺的"首鼠两端"、"瞻前顾后"、"左右逢源"的国民性格,又与动物的胆怯、狡黠多么类似。这种言此意彼的写作,让钟鸣随笔既具文化隐喻意义,又具文化批评锋芒。由此,读钟鸣的随笔,既是一次对知识典籍的点数,又是一种智力游戏,同时还是一种文化反思。这种阅读效果是钟鸣所期望的,因为他理想中的随笔正是这样一种富于理性色彩与启蒙精神的文体。

理性批判色彩与启蒙精神的注入,使钟鸣由史料、典籍获得了沉思生命的乐趣与烛照现实的动力。他有意选取怪异、生僻、奇险、诡秘的材料,给予巧妙的解释与重构。其选材的角度与叙述方式显然暗含了自己对这世界的理解,既愤世嫉俗,又有救世意识。虽然钟鸣随笔充满奇异、睿智、机敏,是独特的、真正的个人化写作,彰显了一个文体主义者和启蒙主义者对当代随笔的贡献,然而这并不等于说,他的作品是具有典范意义的或

---

① 佘树森、陈旭光:《中国当代散文报告文学发展史》,北京大学出版社,1996年版,第306页。

接近完满的。钟鸣随笔的弱点在于他过于迷恋想象性解释。虽然总是沉湎于浩繁的引经据典、钩沉梳理工作中,钟鸣却无意于对史料的考据与确证,而是经常创造性、想象性地、"为我所用"地重述历史,因此如果以求证的态度去读他的作品,读者就陷入了他的圈套。这种智力游戏色彩使他的作品具有某种先锋性,但同时也常常消解了他所使用的史料的可信性。此外,大量的注脚和英语也常常打破阅读其随笔的顺畅感。虽然对史料进行想象性运用与加注脚的写作方式是钟鸣刻意所为,也因此使其随笔产生了陌生化效果,从而与众不同,开启了新的文风,但过度运用下的泛滥之势,却不是值得提倡的。

第九节　谢泳、张炜

谢泳(1961—　　)，生于山西榆次，1983年毕业于晋中师专英语系，留校任学报编辑。两年后调山西省作家协会《批评家》杂志社，后为《黄河》杂志副编审，现为厦门大学教授。中国现代知识分子的生活与精神世界，是谢泳的研究兴趣所在，也是其随笔的主要话题。20世纪90年代以来，出版有随笔集《旧人旧事》、《学人今昔》、《教授当年》、《书生私见》、《逝去的年代》等，在社会各界引起了广泛影响。

谢泳关注的是现代自由主义知识分子在时代更换中的精神状态。所谓现代自由主义知识分子，指的是那些在新中国成立前即在专业领域有所建树，有着独立意志、自由精神的学者。他们大多受过良好的学术训练，有出众的学术能力、远大的学术抱负，对社会、人生有独立的见解并有所坚持。然而，在从旧时代走向新时代的过程中，随着政治压力的加大、社会尊重的丧失，他们的独立意志、自由精神经受了严峻的挑战，大多数人放弃了原有的学术思想、人生信条。对于这种转向的发生以及转向真诚与否，谢泳存有疑虑，他说："我想从他们的经历中感受一个时代是以怎样的方式和力量，使这一批留美博士放弃了自己早已经形成的价值观念，他们的转变有多少是出自真诚，又有多少是出自无奈！"①其随笔即是这种感受与由感受产生的"私见"。

谢泳选择研究对象的角度较为独特：不关注得意者，而留心失意者。并且，他将顺应与不顺应时代的自由主义知识分子一并看作失意者。因为无论顺应与不顺应，对坚持独立见解的他们来说，都意味着悲剧。从这个意义上说，陈垣、杨树达、贺麟、顾颉刚、汤用彤、金岳霖、胡适、冯友兰、吴恩裕、王瑶、吴晗、钱钟书、张东荪等人，无一不是失意者。因为谢泳发现，他们的转向并非出自真诚，而是出于恐惧。对新的政治要求的真诚折服可以获得幸福，而对其恐惧则只能令人忧郁。谢泳所着力研究和表现

---

① 谢泳：《书生私见》，上海文艺出版社，1998年版，第13页。

的,就是失意者的恐惧心态。

谢泳将每个失意的个体都作为"一代"自由主义知识分子的代表,考察其在新时代里转向的普遍性,从而透视一个时代的整体精神面貌。在多篇作品中,谢泳都强调了自己这种"整体观"。《金岳霖的理想和无奈》里,作者自陈对冯友兰的兴趣在于"想从他的经历中看一代知识分子的坎坷人生"。《周一良:毕竟是书生》中,他又说:"周先生的遗憾不仅是他个人的,而是一代知识分子的共同命运。"①《顾颉刚的恐惧》中,谈到20世纪50年代对胡适的批判时,作者指出:"对顾颉刚来说,他的内心不仅是痛苦的,而且是恐惧的,这在很大程度上代表了他同时代许多旧知识分子的心态。"②将个体整体化,由个体行为探询普遍心态,这类笔墨在谢泳随笔中较为常见。这是因为,在一体化时代里,任何个人都不是孤立的,从个人的际遇中,不但可以考察一代人的遭际,进而还可以感受外在于个人的时代的力量。譬如被陈寅恪寄予厚望的学者周一良,因能够顺应时代,在同代知识分子中,其"文革"前遭受的灾难还不算多,"但恰恰是在他这种还算顺利的学者身上,让我们感到一个时代是如何将一个学养极好的学者变得平庸起来的"。③ 在谢泳笔下,一个学者的经历已足以呈现一个时代的狂澜,当众多学者的转向被作为群体现象而获得关注时,值得关注的,就不仅仅是学者本身,而更应该有他们背后的大时代了。尤其当我们得出判断:他们的转向不是出自真诚,而是出自无奈之时。

在考察一代人的精神变迁及时代问题时,谢泳化零为整,由个别到一般。而在感受他们的精神时,他又巧妙地化整为零,将自由主义知识分子作为"人",而非"学者"来考察。由此走近一个个丰富的个体,抵达他们内心隐秘的角落。在谢泳看来,不但陈寅恪的不合作、顾准的反叛、储安平的以君子之腹度小人之心、钱钟书的退守自闭等,皆为个性使然,那些"转向"者的"转向",尤其源于个性。"我常常想这样一个问题:在同样的历史条件下,同样面临政治压力,同样面临生存危机,这时决定一个知识分子

---

① 谢泳:《书生私见》,上海文艺出版社,1998年版,第97页。
② 谢泳:《书生私见》,上海文艺出版社,1998年版,第20页。
③ 谢泳:《书生私见》,上海文艺出版社,1998年版,第100页。

选择的动力是什么？过去的理想、文化的传统能起多大作用？也许这是难以说清楚的。但有一点，我觉得可以说，也容易找到相应的历史事实，那就是一个人的个性。个性这东西，有时候和信仰和传统是分裂的。"①因为认识到个性与信仰、传统的分裂，谢泳才逼近了自由主义知识分子作为"人"而非"学者"的内心真实，也才有理由解释他们的转向。周一良"小心谨慎"，解放后"原罪"思想沉重，因而放弃了学术研究，卷入"梁效"写作组，成为"御用"文人（《周一良：毕竟是书生》）；汤用彤虽曾"独立不倚，极高明而道中庸"，但谨小慎微，所以解放后主动检讨自己过去对佛教的认识和评价（《汤用彤的顾虑》）；金岳霖因性格比较软弱，于是先后参与了对杜威、胡适和罗素的批判，参与了对梁漱溟、费孝通、章伯钧的批判，主动放弃自己的学术观点，尽可能迎合时代（《金岳霖的理想和无奈》）；吴晗的学术出身可能使其感到压抑，后来其介入政治最深，身不由己，独立性丢弃得便最彻底（《吴晗的悲剧》）。无论出于何种原因、无论以怎样的方式，这些与时代达成表面平衡的知识分子，其内心始终是痛苦的。谢泳尝试回到"人"基点，不因其研究对象是学者便提出更高要求，他所进行的是理解人性弱点与理想信仰间的冲突的努力。

因为理解，所以同情。对自由主义知识分子独立性的丧失，"痛心"是作者基本的情感态度。即便偶有对个别学者的批评，作者的态度也并不激烈。"不平庸，不听话，就难以生存，想到这些我们也就不能再苛求一个学者的委曲求全了。"②因此，自由知识分子们屈从于政治压力，更多被理解为求生的智慧。"恐惧"、"顾虑"、"无奈"、"遗憾"等，成为谢泳此类随笔中出现频率极高的词汇，也成为读者把握作者情感倾向和评价态度的关键词。自由主义知识分子们的选择究竟在多大程度上反映了自己的真实心理，是作者有所怀疑并慎重对待的。

既然要慎重对待，仅有理解和同情是不够的，更重要的是理性分析，从而得出可以令人信服的结论。谢泳随笔长于对人物的心理分析。其中

---

① 谢泳：《书生私见》，上海文艺出版社，1998年版，第29页。
② 谢泳：《书生私见》，上海文艺出版社，1998年版，第100页。

包括对个人心理性格的分析,也包括对民族文化心理的分析。前者如《顾颉刚的恐惧》中,谈到顾颉刚非但未责怪学生对其学术成果的批判,反而将这种批判理解为"关系太深,故不得不做过情之打击",理解为学生不得已的自保。由此,作者推断:顾颉刚、乃至于其他人对胡适的批评,也都是出于恐惧下的自保,而非发自真心。后者如《吴世昌的选择》中谈及中国知识分子的家国情感,作者说:"中国的自由主义知识分子,他们对国家的情感太深了,特别是像吴世昌这一代出生于1910年前后的知识分子,他们看见了外面的世界,又眼见着中国前进的艰难,对于国家的强大和统一有强烈的愿望,这种情感,有时几近于宗教性的情感,带有殉道的色彩……"①此外,《张东荪这个人》、《再说张东荪》、《晚年曹禺》、《王瑶曲折的学术道路》、《尹达的学术道路》、《钱钟书:书生气又发作了》等篇章,也无一不涉及个人的或民族文化的心理分析。谢泳随笔中的分析段落虽往往仅三言两语,但皆有理有据,既说明了环境的压力与读书人理性破碎间的必然联系,又显示了作者缜密的、感性与理性并重的思维方法。

无论"痛心"的悲叹,还是理性的推断,谢泳关注现代自由主义知识分子的目的都不仅仅为接近历史真实,而更在于反观当下、启示今人。"我对逝去的文人生活多少有些怀恋,尽管那样的生活不曾属于我,我还是希望能从资料中发现一点对今日生活有启发的东西。""我下笔的时候,总有一个当代生活的参照,我是在新和旧、今与昔这样的对比中,重新发现旧日生活的色彩的,我以为我们今日要向前走,最需要做的一件事就是先退回到50年前,从那里开始,重新认识我们今后要走的路。"②因而,谢泳的随笔不属于文坛轶事或学林掌故。对50年前的人和事,他不是以远观的立场去审美,也不是以玩赏的态度去品味。他时刻以当代知识分子的身份高扬知识分子独立的精神传统,沟通过去与现在的联系,渴望传统的接续。其随笔的选材、议论,既是对逝去的美好的礼赞,也是对消磨美好的历史的反思,还是对当下生活的提示与期待。其每篇作品都渗透着、流露

---

① 谢泳:《书生私见》,上海文艺出版社,1998年版,第139页。
② 谢泳:《书生私见》,上海文艺出版社,1998年版,第1~2页。

了"让历史告诉未来"的当下意识。《关于蒋梦麟的一件旧事》则是其这种意图的最为明确的表达。1945年,做了"行政院"秘书长的蒋梦麟依然兼任北京大学校长一职,这违反了他于1929年参与制定的大学组织法。法令规定:大学校长"除国民政府特准外,均不得兼任其他官职"。朱家骅、傅斯年两教授力主蒋梦麟辞职,并不因为蒋梦麟的位置而允许其不守自己定的规矩。对此,谢泳议论道:"当时的知识分子确实是有理想的一群人,他们无论在大事小事上,总想给国人树立一个按规矩行事的榜样。""一个时代知识分子的品格大体代表着当时正统文化所认同的价值标准,这些人身上体现出的精神和气质,还是今日知识分子的一面镜子。"①显然,作者对50年前自由主义知识分子旧事的兴趣,既表达了其对知识分子精神传统的敬意,也暗含了对当下知识分子精神状况的不满。其大部分随笔皆意在说明:在缺乏共同背景、经历的前提下,精神资源的中断虽不可避免,但接续已是当下知识分子的任务与必然。由此,谢泳就不仅仅考察了50年前自由主义知识分子的精神变迁,而且表达了一个当代知识分子的精神立场。

  谢泳随笔篇幅多短小,情感偏蕴藉,文字皆晓畅。其作品多为千余字之文,至多三五千字,并且三五千字者并不常见。在有限的篇幅内,谢泳说人叙事,往往仅点到为止,并不多做评论。他尽量保持平静,凡有可能展开议论处,即为其收笔处,因而其作品常因戛然而止产生余音绕梁、回味无穷之效。例如,《顾颉刚的恐惧》中,平静陈述一二事实后,作者即收尾道:"顾颉刚的后半生基本还在做学术工作,但他在50年代的恐惧感,却为我们分析当时知识分子的心态,提供了一个极好的例证。"②《杨树达的屈辱》中,杨树达不齿与个别人同评为湖南大学最高级教授,但是他提出的异议无人理会。按照常规,此处作家正该发表议论。谢泳却只是淡淡说了一句:"越到后来,他(指杨树达,编者按)认为不可能的事早已习以为常了。"至此全文结束。《吴恩裕的学术转向》里,因政治学在中国消失,

---

① 谢泳:《书生私见》,上海文艺出版社,1998年版,第147页。
② 谢泳:《书生私见》,上海文艺出版社,1998年版,第22页。

吴恩裕转而研究红学。谢泳依然用一句看似平淡的话为文章结了尾:"吴恩裕还做了红学研究,更多的学者则是什么都不能干了。"①以上例子中的评价态度与结尾方式,在谢泳随笔中不胜枚举。事实上,这种不置一词的平静叙事并不代表作者没有情感态度。恰恰相反,作者全部的深意都蕴含在这种特殊的叙事方式中。与激情澎湃的类型相反,谢泳将内心的惊涛骇浪遮掩起来,让其暗里涌动在选材、叙事的过程中。这种用事实说话的态度,一方面使作品产生了含蓄蕴藉、沉郁苍凉之美;另一方面又将思考的余地留给了读者。本着"尽可能写得简单一点"、"多有平常心"、"多说家常话"②的创作态度,谢泳随笔的文字明白晓畅,显示出其运用白话写作的自然与纯熟程度。并且,文字的晓畅与篇幅的短小、情感的蕴藉相得益彰,共同增强了其随笔的可读性、好读性。

张炜(1956—   ),原籍山东省栖霞县,生于山东省龙口市。1980年毕业于烟台师专中文系,同年开始发表小说、散文、文艺杂论等。毕业后从事档案资料编研工作,1984年起任山东省作家协会专业作家。20世纪80年代末90年代初,《古船》、《九月的寓言》等长篇小说为张炜赢得了文名;而其90年代以来创作的《融入野地》、《抵抗的习惯》、《守望的意义》等随笔作品,则进一步确立了其"作家"身份,显示出其精神上的超拔。

在随笔中,张炜守护着心灵的家园,拒斥工业文明,蔑视物欲横流,提倡内省修心,检验知识分子"灵魂的性质",强调知识分子的担当精神,坚持着文学的神圣性。因此,其作品呈现出理性大于感性的特点,并且也更适于放在当下语境中做社会的、文化的解读,而不适于做唯美主义欣赏。

首先,张炜的随笔始终贯穿着一个"寻找故地"的主题。他常常这样表达:"寻找一个去处成了大问题。""一个人只要归来就会寻找,只要寻找就会如愿。"③在对"故地"的寻找中,他将属于大地和泥土的乡村文明作为自己的精神支撑,忠诚地反顾和礼赞着生其身、修其心的故地。他的故

---

① 谢泳:《书生私见》,上海文艺出版社,1998年版,第49页。
② 谢泳:《书生私见》,上海文艺出版社,1998年版,第1页。
③ 张炜:《融入野地》,作家出版社,1996年版,第6~7页。

地在实指上可理解为那个影响他一生的"渤海湾畔的一片莽野",在虚指上则可理解为以乡村文明为依托的人性的美善。因此,张炜总是在对城市文明的拒斥和对乡村文明的依恋中,完成其寻找与回归故地的旅程。《融入野地》即是典型代表。作品开篇即说:"城市是一片被肆意修饰过的野地,我最终将告别它。我想寻找一个原来,一个真实。"这个"原来"与"真实"既是丛林,是田野,是泥土,是庄稼,是没有被城市文明染指的乡村文明;又是他独守的美与善,是他最初的来路和最终的去处。在他看来,简单、真实与落定的安稳是在万物急剧循环、生生灭灭中能够永恒者,但永恒者并不易捕捉,挣扎在城市的深渊中,人容易迷失本心。即便城市拥有丰富的物质、先进的技术、繁荣的商业、活跃的市场,他依然断言:"一个现代人即便大睁双目,还是搅不开无形的眼障。"而只有回到连接了人的血脉、长出人的第一绺根须的故地,生存的焦虑和惶惑才能够得以解决。在城市文明中的无根的飘摇,使张炜成为"故地"的守望者。显然,张炜所执著的,是对一个理想的原初世界的寻觅与守望。在《融入野地》、《守望的意义》、《纯美的注视》、《夜思》、《独语》等作品中,张炜都反复强调了守望的意义,并指出了完成守望的途径——自省与修心。《融入野地》中,他呼吁"将内心修葺得工整洁美"。《守望的意义》里,他指出:"守住生发你生命第一瓣叶芽的泥土,挖掘它的隐秘,也许才更为重要。"《夜思》中,他感叹:"人守住了内心的某种严整性,始终如一,真是一场苦斗和拼争。"《独语》里,他则直接表达个人的"洁净"立场:"我有眼力,并懂得洁净是世界上最宝贵的东西。"这些作品不但一再将故地作为人最终意义上的情感寄托与精神家园,而且为生活于消费时代的人们尤其是知识分子指出了自我完善的途径。

对知识分子精神本源的追问,是张炜随笔的另一项重要内容。在缺少知识分子的遗憾中,张炜坚持以"灵魂的性质"作为衡量知识分子的依据,提出知识分子应是战士的口号。与张承志一样,张炜也以鲁迅的身影作为度量中国知识分子的参照。但二者的区别在于:张炜的"夜读鲁迅"

系列作品是他"读了伟大的心灵,自己感动,就记下来"①的文字,在仰视鲁迅时,张炜以钦佩和感喟成篇,不似张承志有仰视之外的将心比心,以血试血。握着被鲁迅温热的笔,张炜的文风也偏于犀利尖锐,《夜思》《独语》《再谈学习鲁迅》《谈不沦为匠》等作品都颇具批评的力度。《独语》中,他阐述了艺术是战斗的观念,毫不客气地批评世态人心:"爬着走的人多了,站着行的人就容易辨认了。我越来越相信这个时代的独特性和残酷性,相信它提供了某种方便,即指认和识别变得不再繁琐。"指出在消费时代里文学尤其应该维护正义的责任,并以绝不屈服的姿态表达了要背负起文学责任的决心。《再谈学习鲁迅》里,他则赞美"仇恨"的姿态:"仇恨是人性的力度,是做人的原则,是一种道德的召唤,真正的艺术家,有力量的艺术家,要学会仇恨,这也等于说,要学会挚爱。""学会仇恨"给予了张炜批评的力度和自由。他指出文学界"文学艺术空前的自由度"实质为"恶俗文学"泛滥,并高举反对匠人文学的旗帜,倡扬作家文学。《谈不沦为匠》是一篇直接批判匠人文学的作品,可以被看做是其文学理想宣言。文中,张炜以"心灵的性质"作为区分作家与匠人的重要指标,并言明自己的最高理想是成为一个作家,而不是职业写作者。因为在他看来,作家是知识分子中匡扶社会并对正义、伦理等人类的精神资源有所担当的一群。为此,他多次并多处提醒同行,同时也自我激励。《独语》里,他热情地振臂高呼:"文学在今天尤其应该维护神圣的正义。"《冬令絮语》中,则理智地分析道:"生活中实际上只有两种人在努力进取:一种是有知之前的乐观者,他们的热情既虚幻又不耐久;再一种就是历经了一切之后,从绝望中走出来的人——因为他终于发现,绝望也帮不了人类,悲凉也没有太大的诗意。"显然,他本人属于后者。通过强化文学有补于世道人心的功能、呼吁知识分子承担灵魂导师的责任,张炜的随笔既成为一种热烈的呼告,又成为其文学观念的外化。

以故地为心灵归宿,也以其为心灵防线,在对文学品级的要求、对知识分子心灵的检验中,张炜随笔安顿着自己的灵魂也安顿着读者的灵魂。

---

① 张炜:《纯美的注视》,上海远东出版社,1996年版,第354页。

台湾随笔发展总述

　　台湾的随笔早在20世纪20年代就产生了。1925年2月11日至1926年2月16日,张我军在《台湾民报》相继发表了《狂犬病的流行》、《糟糕的台湾文人》等多篇"随感录"。这些文章与稍早几年大陆《新青年》上的《随感录》文风很相近。赖和在20年代发表了《无题》、《忘不了的过年》、《前进》等散文,这些作品与鲁迅、周作人等的早期散文在精神上是一脉相承的。在上述的散文作品中,既有"投枪"、"匕首"类的"硬议论"的杂文,也有不拘一格、随意而论、见解睿智、富有知性的"软议论"的随笔。在其后的嬗变过程中,尤其是五六十年代以来,台湾的随笔有了长足的发展,并臻于成熟。其代表性作家有梁实秋、林语堂、台静农、杨逵、王鼎钧、言曦、子敏等。

　　梁实秋的随笔谈天说地、论古道今、旁征博引,但不卖弄学问,表现的是自由洒脱的人生襟怀、恬淡心境和生命意识。他对世态百相的观照玩味,达到了无处不往、无所不在的境界。衣食住行、生老病死、吃喝拉睡,无所不谈,内容博杂而有情趣。

　　台静农有着阔大的文化视野和传承人文精神的自觉意识。在一系列谈文论艺的随笔中,他谈古论今,深入浅出,笔锋恣肆,内容涉及多个领域,见解深刻而独到,学理情交融,具有极高的文化品位。这类作品具有深刻的学理性。作者引经据典,纵横捭阖,谈论书画,论述作家,评说历史,"拉杂写来",洒脱而灵动。这些表现着自己的情绪与襟怀的文字,一方面形成自我与人物的和谐,另一方面则体现为借人咏己,呈现出其散文含蓄蕴藉的独特风格。

　　林语堂的随笔散文深具知识性、趣味性和艺术性。他喜欢海阔天空地率性而谈,上到宇宙之大,下至苍蝇之微,悉在闲谈的领域之内。他善于捕捉日常生活中不和谐的、有幽默感的琐碎事,在看似漠不经心的表述中创造出幽默情境和氛围,从而形成亦庄亦谐、妙趣横生的林氏幽默。他以亲切自然的笔墨娓娓而谈,平中有奇,时时又飘逸着诱人的幽默气息,显示出卓然的智慧和平和、淡泊的心境。

王鼎钧结集出版了20余种散文著作。他的散文大多是对人生澄澈的观照,无论说理以及记事、抒情,都显示出对人生的独特领悟,强烈而鲜明的"我"随处可见。其《开放的人生》、《人生试验石》、《我们现代人》号称"人生三书",在读者中有广泛影响。在这些作品中,他以自己的人生经验为蓝本,表现了人生各个层面,意蕴深远。在王鼎钧的散文中,还有乡土爱国情怀的自然流露。《山里山外》、《海水天涯中国人》等散文集突出地表现了作者深藏于心的真挚热烈的怀乡爱国情愫,在严谨的写实和浪漫的激情之中真切地展示了民族的过去和现在。王鼎钧的一些散文在文体上突破了散文与小说、散文与诗的界限,虽是散文体式,却有小说的叙事特点、人物框架结构和诗的语言色彩、意境,这对于丰富和发展散文文体,有着积极的意义。

言曦的随笔散文以真诚、质朴的文字抒写"身边琐事",在对身边事物的描写中显示出对人生敏锐的观察力。他的作品世事练达、温雅隽永,在平实素朴之中透露不凡情趣。他的文字亦庄亦谐,平实而不乏情趣,温雅中透着热烈,情感真挚,令人可亲可近。即使是议论性较强的文字,也同样是从容不迫、挥洒自如,寓深理于浅文之中。

作家作品分述(二)

第十节　梁实秋、林语堂

梁实秋(1903—1987),名治华,北京人。早年就读于清华学校。1923年赴美留学。回国后参加新月社活动,主编《新月》月刊。1949年赴台,长期在台湾师范大学任教。梁实秋在文学上有多方面的造诣,除了散文和新诗创作外,还兼擅评论,是著名的文学评论家。在哈佛读书时,即师从新人文主义的代表人物白璧德,醉心于传统的带有贵族气息的古典主义,主张播扬古典文化和恢复往昔的社会秩序,强调文学的理性精神、高雅标准、内在纪律和普遍人性论。他一生坚持这种文学信仰并身体力行,从而成为白璧德人文思想、文艺观在中国最杰出的代表。基于这种思想,他与鲁迅为代表的无产阶级革命文学尖锐对立并爆发论战。也正是从这一文学观出发,他抨击古典主义以降的浪漫主义、唯美主义、印象主义、表现主义,讽刺国民党的三民主义文学。他的文学观集中地体现在文艺论集《文学的纪律》中。梁实秋又是杰出的翻译家,他以一人之力完成了莎士比亚全部戏剧 37 种的翻译工程,加上他翻译的莎氏三种诗集,汇成《莎士比亚全集》40 卷出版,这在中国现代翻译史上是极为罕见的。

最能显示梁实秋文学成就的还要算他的散文创作。自 1927 年出版第一本散文集《骂人的艺术》直至 1987 年病逝绝笔,梁实秋结集出版了《谈徐志摩》、《清华八年》、《秋室杂文》、《谈闻一多》、《秋室杂忆》、《西雅图杂记》、《雅舍小品》、《看云集》、《槐园梦忆》、《梁实秋杂记》、《白猫王子及其他》、《雅舍小品续集》、《雅舍杂文》、《雅舍谈吃》、《雅舍怀旧》等 20 余种,涉及小品、杂感、游记、回忆录、读书札记诸文体。

梁实秋在清华学校读书时就开始了散文创作。但在早期散文集《骂人的艺术》中，他还没有形成成熟的艺术风格，虽显示了诙谐风趣的特点，但幽默常失之于油滑。真正奠定他散文家地位的是1940年入蜀后写作的《雅舍小品》。发表《雅舍小品》时，梁实秋已时届中年，可谓大器晚成。中年时代的梁实秋，才学识兼备，积累丰厚，故一鸣惊人。在经历了人生的风风雨雨后，他的心态从浮厉、躁动的情状趋于宁静平和的境地，他从兰姆的随笔、周作人的苦茶小品中得到启发，开始了散文创作的新阶段。他说古道今，谈人论物，取材于平凡的日常人生，不为时尚所左右，节制情感，发掘理趣，体现出一种清雅通脱的艺术品格。《雅舍小品》的这一精神特征贯穿于他后来一系列的作品之中。去台湾后，梁实秋在散文艺术上精益求精，不断地创造，至70年代出现散文创作新的高潮，在最后十几年文学生涯里，每年出版一本高水准的散文集，创作持续高产，佳作迭出，进入了明心见性、安然自在的人生境地，成为对当代台湾文学发展产生重大影响的一代宗师，"五四以来有数的散文大家"。①

综观梁实秋的散文，不难发现，它基本上属于学者型的散文，表现了积极向上、丰富真切的思想内涵，体现了对人生的关注和热爱。它所涉及的内容十分丰厚，概括一下，大致可分为以下三个方面。

首先，它描摹了形形色色的人生世态，表现了清雅恬淡的人生情趣。

梁实秋对世态百相的观照玩味，达到了无处不往、无所不在的境界。衣食住行，生老病死，吃喝拉睡，无所不谈，内容博杂而有情趣。《女人》从女人喜欢拐弯抹角写起，写到女人的善变，女人的爱哭爱笑，女人的絮聒唠叨，女人的胆小，女人的聪明，令人忍俊不禁，拍手称奇，惊叹作者观察的细致敏锐，虽不无调侃，却自然轻松。《男人》写男人的脏，男人的懒，男人的馋，男人的自私，男人的闲扯，绘出了男人种种丑陋的神色，虽时有夸张，倒颇具警世之意。其他如《中年》、《老年》、《孩子》、《客》诸文，通篇都以一种闲逸幽默的心态审察和玩味世间百态。而在《脏》、《结婚典礼》、《送行》、《排队》、《握手》、《请客》、《脸谱》等篇中，则对五花八门的国民习性进行揶揄和讽刺。浊气熏天的公厕，滑腻腻、闹哄哄的菜市场，挤成一

---

① 余光中：《金灿灿的秋收》，《余光中集》第8卷，百花文艺出版社，2004年版，第273页。

团、不守秩序的公共场所,以及日常虚浮的应酬礼节等,都被作家有声有色地进行了艺术再现,妙语连珠,幽默风趣。请看这一段妙论:"若要一天不得安,请客;若要一年不得安,盖房;若要一辈子不得安,娶姨太太"。(《请客》)又如:"其实,脏一点无伤大雅,从来没听说过哪一个国家因脏而亡。一个个的纵然衣冠齐整望之岸然,到处一尘不染,假使内心里不干净,一肚皮的男盗女娼,我看那也不妙。"(《脏》)

其次,是追忆昔日人事,状写故乡风物。

老大离乡、流落台岛的梁实秋产生了强烈的乡愁。他无时无刻不在思念着故乡故人。因此,在去台后的散文创作中,忆旧怀乡占了很大的比重。与描摹人生世态的作品相比,这类文字感情深挚,文笔质朴。他写闻一多、胡适、周作人、冰心、徐志摩、沈从文、老舍、梁启超等昔日的师友知己,再现他们的音容笑貌。梁实秋忠实于自己的感觉,极力写出真情实感。在他的笔下,老舍只是"一个规规矩矩的和和气气的而又窝窝囊囊的北平旗人"(《忆老舍》),沈从文"不健谈,见了人总是低着头羞羞答答的,说话也细声细气"(《忆沈从文》)。他的忆旧散文中最为著名的当推《槐园梦忆》。全文17节,除了首尾两节直诉哀思外,主体部分是"梦忆"亡妻往事,即如作者所说的,"我不能不回想五十多年的往事,在回忆中如像我把如梦如幻的过去的生活又重新体验了一次,季淑没有死,她仍然活在我的心中"。作者的"梦忆"跨越大半个世纪,从大陆故园到异乡漂泊,从初次相会到东渡台湾,一直到生离死别,在追忆往事中,作者抒发了对亡妻的一往情深、万般眷恋,写得真切感人,令人肃然起敬。

梁实秋不仅写故人旧事,他也以大家手笔去描绘乡土风物。台北公园的一只皮毛脱落、形容枯槁、有气无力的病骆驼,使他想起了儿时家乡那庞大而温驯、"任重而道远"招摇过市的一串骆驼(《骆驼》);由国剧的衰微,忆起旧时在北京戏园听戏的热闹非凡的盛况(《听戏》);见到街上小儿放风筝,也常使他想起在北京放风筝的情形,他便从风筝的繁多种类谈到放风筝的线,放风筝的技巧以及空中风筝争斗,言语之间,颇多感慨(《放风筝》)。而《北平年景》则以"过年须要在家乡里才有味道"为起始,回忆童年过年情形,祭灶、祭祖、吃饺子、玩花炮,样样热闹,火神庙里的古玩玉器摊,土地祠里的书摊画棚,以及财神庙、白云观、雍和宫,处处都是人挤人、人看人的局面。作者写出了京城新年的狂欢。在梁实秋的笔下,故居的庭院,儿时的琐事,北京的风情,年节的气氛,家乡的特产,无不鲜活如故,意趣盎然,令人徘徊不已,回味无穷。梁实秋还是一个美食家。离开北京几十年了,可一想起家乡的风味美食,仍然不能自已。他的一本《雅舍谈吃》讲的是北京各种名菜小吃的特点、历史掌故,道出了中国饮食文化的精髓,写得活泼风趣,仿佛美食文告,令人悠然神往。

第三,是追求一种充分享受人生的艺术。

从总体上看,梁实秋蹈袭了中国传统士大夫的思想轨迹。儒家学说作为一种博大精深的文化传统深植于他的心间,并成为他人生观的核心。经历了世象万变的人生旅程,释道思想也融进了他的思想品格中。这使他在实际人生中,自觉追求传统士大夫式的生活情趣。因此,他虽然坚持文学必须表现人生,描写人性,但并不重揭示它的阴暗丑陋,而主要在人生和人性的描写中,融入仁爱、孝悌、诚信、谦恭、忍让等传统思想,贯穿着一种理性、中庸节制的人生哲学。他指出人性是复杂的,唯有"在理性指导下的人生是健康的"(《文学的纪律》)。梁实秋的散文创作,正是这一人生观和文学观的具体实践。

梁实秋有散步的雅癖。清晨起来提着手杖走到空旷处,"看东方既白,远山如黛,空气里没有太多的尘埃炊烟混杂在内,可以放心的尽量的深呼吸,这便是一天中难得的享受"(《散步》)。他从马路边的踽踽独行中,从田畔巷弄的穿行中得到了人生的慰藉,感受到无限的生气。他爱喝茶,据他看来,清茶最为风雅。谈起喝茶的艺术,他滔滔不绝,如数家珍。北京的双窨,天津的大叶,西湖的龙井,六安的瓜片,四川的沱茶,云南的普洱,洞庭湖的君山茶,武夷山的岩茶,台湾的乌龙,甚至不登大雅之堂的茶叶梗与满天星随壶净的高末儿,他都品尝过,言谈之间透露出闲逸超然的气息,也分明有种怅然若失的感觉:"喝茶,喝好茶,往事如烟。提起喝茶的艺术,现在好像谈不到了,不提也罢。"(《喝茶》)他洞明事理,顺应自然,不刻意追求,随缘品尝,自得茶趣。他也玩味喝酒的情趣,讲究饮酒的适度与适意,欣赏"酒饮微醺"的境界。请看他对酒的一番妙论:

  酒实在是妙。几杯落肚之后就会觉得飘飘然、醺醺然。平素道貌岸然的人,也会绽出笑脸;一向沉默寡言的人,也会议论风生。再灌下几杯之后,所有的苦闷烦恼全忘了,酒酣耳热,只觉得意气飞扬,不可一世,若不及时知止,可就难免玉山颓欹,剔吐纵横,甚至撒疯骂座,以及种种的酒失酒过全部的呈现出来。(《饮酒》)

这实在是梁实秋的夫子自道,绘形绘色,惟妙惟肖,何谓饮酒的情趣什么才是适度和适意,真是一目了然。

在重庆北碚,梁实秋曾住过一处青砖砌柱、黑瓦盖顶、四壁是竹篦泥墙的陋室,他却不以为苦,反而恬然称之为"雅舍"。他以人生本来如寄的人生态度对待客居生活,视陋室为一自足独立的小天地:"我住'雅舍'一日,'雅舍'即一日为我所有。即使此一日亦不能算是我有,至少此一日'雅舍'所能给予之苦辣酸甜,我实躬受亲尝。"(《雅舍》)这是一种通达超脱、知足自持的处世态度和人生追求,从中可以领略到作者从容赏玩、随缘而处、悠游自在的雅人品性和名士风度。这大概就是梁实秋孜孜以求的艺术生活吧。

梁实秋的散文具有清雅通脱、温柔敦厚的美文风格。

就文风而言,梁实秋的散文行文雅洁,潇洒幽默,亲切自然。梁实秋稳健、平和、通达的性格造就了其凝练、雅洁、韵味浓郁、典丽含蓄的散文风格,而丰富的阅历和幽默风趣的品性又使他的散文透出几分老辣和俏皮。他善于节制,一贯追求简练雅洁,用词文白相济,行文能放能收,谋篇则散中见整,在散文艺术上精心推敲,刻意求工,而又不失亲切自然。这可说是梁实秋散文最鲜明的特色。

就情趣来说,梁实秋的散文虽以闲适为格调,却并非不食人间烟火,而是以陶冶性情、弘扬人性为宗旨。他谈天说地,论古道今,旁征博引,但不卖弄学问,表现的是自由洒脱的人生襟怀、恬淡心境和生命意识。他熔性情、学识、修养于一炉,集雅人、名士、学者于一体,成为中国现代文学史上堪与周作人媲美的闲适散文大家。

当然,梁实秋的散文并非尽善尽美。应该看到,它在思想艺术上都带有一定的保守性。其不足主要表现为时代气息不浓,疏离了时代主潮,与社会的变迁也较为隔膜,在艺术上则守成多于创新,雅致有余,通俗不足,雅而有贵族气,在一定程度上局限了读者的范围。

　　林语堂(1895—1976),原名和乐,生于福建省龙溪县的一个基督教传教士家庭。他自称:"童年之早期对我影响最大的,一是山景,二是家父,那位使人无法忍受的理想家,三是严格的基督教家庭"(《八十自叙》)。早年进入上海圣约翰大学专攻英文,毕业后到北京清华任教。1919年起,先后赴美国哈佛大学、德国耶拿大学和莱比锡大学留学,深受欧美的政治、哲学和文艺思潮的影响。1923年归国,历任北大、北师大、女师大教授,并担任《语丝》的长期撰稿人。1932年起,林语堂先后创办了《论语》、《人间世》、《宇宙风》三种小品文半月刊,提倡"以自我为中心,以闲适为格调",鼓吹幽默、性灵。1936年移居美国,从事英文著述。1965年为台湾《中央日报》撰写《无所不谈》专栏。1966年自美返台定居。林语堂是个学者型的作家。他有着极高的英文能力和深厚的中西文化修养,主编了《开明英文法》、《汉英大辞典》,对语言学素有研究,《吾国吾民》、《生活的艺术》等有关中国文化和民族智慧的研究论著在海外流传甚广。他在小说创作方面也有出色表现,出版了《京华烟云》、《风声鹤唳》、《唐人街》、《红牡丹》、《赖伯英》等十余种小说。有位美国学者曾盛赞林语堂:"他一身融化了东西方的智慧。只要将他的著作读上数页,谁也会觉得与高人雅士相接,智者之言,亲切有味。其思想合理中节,谦虚而宽容,开朗而友善,热情而明智。其风度,其气质,古之仁人,不能过也。其写作著述,机智而优美,巧慧而闲适,不论涉及人生任何方面,莫不如此。于人生则因林见树,由大识小,辨别重轻,洞察本末。若寻一词定以形容林氏,只有'学养'一词。若谓文化人中之龙凤,林氏当之无愧也。"(《八十自叙》)

　　林语堂是中国新文学史上一个有着鲜明特色的散文家。自20世纪20年代初期登上文坛,在半个多世纪的文学生涯中他一直致力于散文创作,结集出版了《剪拂集》、《大荒集》、《我的话》、《进行集》、《有不为斋文集》、《讽颂集》、《无所不谈合集》、《一夕话》等作品,成为现代散文史上有着独特风格的著名作家。

　　林语堂的散文创作大致经历了三个时期;20年代的《语丝》时期,30年代的《论语》、《人间世》、《宇宙风》时期,以及1936年后移居美国、定居台湾时期。这三个时期的创作分别反映了他不同的人生风貌、人生态度、文化心态。

在《语丝》时期,林语堂是以激进的资产阶级民主主义者的身份出现在文坛上的。这位刚从欧美留学归来的博士深受西方文化的影响,梦想在中国的土地上实现资产阶级的民主政治,他以勇猛的姿态向当时北洋军阀统治下的中国黑暗社会开战。《回京杂感四对》、《读书报国谬论一束》谴责了北洋军阀的罪恶统治;《祝土匪》、《打狗释疑》抨击了封建势力的帮凶如章士钊之流;而写于"三一八"惨案后不久的《悼刘和珍杨德群女士》则以满腔的愤怒痛斥了镇压爱国学生运动的北洋军阀政府,满怀深情地赞颂了刘和珍等烈士的崇高人格和爱国情怀,表现了与黑暗社会势不两立的态度。这与鲁迅当时的立场是一致的。林语堂还撰写了大量探索国民性,鼓吹思想革命的作品。《致玄同先生的信》、《论性急为中国人所恶》等文章都提出了改造国民性的问题,认为"今日中国政府之混乱,全在我老大帝国国民癖气太重所致,若惰性,若奴气,若无热狂",对这些国民劣根性给予了强烈的针砭。在这一时期的散文创作中,林语堂以浮躁凌厉的姿态,高扬资产阶级的人道主义和民主主义的旗帜,表现了一个封建叛逆者的无所畏惧的精神,显示出明快热烈的风格。

30年代初期,林语堂的政治态度和创作倾向发生了明显的变化。面对尖锐复杂的社会政治斗争、日益严重的白色恐怖和风起云涌的人民革命运动,林语堂感到困惑和茫然,他从进步的文化阵营中退了出来,躲进了"有不为斋",成为政治上消极退让的绅士。在文学上则改变了浮躁凌厉的气势,提倡幽默、性灵。他主编的《论语》、《人间世》、《宇宙风》半月刊公开打出幽默的旗号,声称"幽默本是人生之一部分,所以一国的文化,到了相当程度,必有幽默的文学出现"。林语堂还借对明末公安、竟陵派的评述,提出了"性灵"主张,认为"性灵就是自我","文章者,个人性灵之表现",提出任情抒写自我,反对文学的功利作用。据此,他创作了大量幽默、闲适小品。《论西装》、《论躺在床上》、《言志篇》等大谈人生之享受。他的作品离时代现实越来越远,满足于抒发现代资产阶级与封建士大夫思想联姻而产生的享乐主义,表现他所特有的自我陶醉式的闲情逸致。这类作品大都收集在《大荒集》、《有不为斋集》中。林语堂曾自己将这一时期与前一时期的创作进行比较:"化板重为轻松,变严谨为幽默。"这一时期不乏庄谐并出、清新自然的幽默佳篇。

1936年林语堂移居美国,专事著述。离开大陆后的散文作品,于1974年辑为《无所不谈合集》由台湾开明书店出版。此书共收散文200篇,大都为回台湾定居后所作。他追忆往事,寄情自然,抒发对故乡的思念,流露了游子的缕缕乡思、乡愁。《说乡情》、《来台后二十四快事》都表达了怀乡之情。《论东西思想之不同》、《谈东西画法之交流》比较东西文化,旁征博引,挥洒自如,深具知识性、趣味性和艺术性。《记鸟语》、《记纽约的钓鱼》则寄情自然,淋漓尽致地抒发了林语堂晚年的闲情逸致。他以亲切自然的笔墨娓娓而谈,平中有奇,时时又飘逸着诱人的幽默气息,显示出卓然的智慧和平和、淡泊的心境。

在《大荒集·序》里,林语堂表示自己性喜在大荒中孤游,"或是观草虫,察秋毫,或是看鸟迹,观天象,都以我自由。我行我素,其中自有乐趣。而且在这种寂寞的孤游中,是容易认识自己及认识宇宙与人生的"。综观林语堂的散文创作,可以发现,他正是一个常在"大荒"中孤游的人,尤其是《论语》时期以后,他极力逃避"风沙扑面、狼虎成群"的时代现实,沉醉于"观草虫、察秋毫,或是看鸟迹、观天象"。因此,幽默、闲适成为林语堂散文创作的基调。他喜欢海阔天空率性而谈,上到宇宙之大,下至苍蝇之微,悉在闲谈的领域之内。他善于捕捉日常生活中不和谐的、有幽默元素的琐碎事,在看似漫不经心的叙述中创造出幽默情境和氛围,从而形成亦庄亦谐、妙趣横生的林氏幽默。《论西装》一文由自己不穿西装谈起,比较中装、西装的优劣,认为中装在伦理上、美感上、卫生上都要优于西装,而社会上仍有穿西装者之流,不外乎趋俗二字。据他观察,"满口英语,中文说得不通的人必西装;或是外国骗得洋博士,羽毛未干,念了三两本文学批评,到处横冲直撞,谈文学,钉女人者,亦必西装。然一人的年事渐长,素养渐深,事理渐达,心气渐平,也必断然弃其洋装,还我初服无疑"。他把领带称为"狗领",予以嘲讽:"带这领子,冬天妨碍御寒,夏天妨碍通气,而四季都是妨碍思想,令人自由不得。文士居家为文,总是先把这条领子脱下,居家当不敢脱领,那便是惧内之徒,另有苦衷了。"作者以机敏的笔触调侃常见的生活现象,表现独特的见解,显示出亦庄亦谐的幽默风格。

林语堂的散文语言平实自然,老练纯熟,善于在幽默闲谈式的叙述中创造声情并茂的艺术境界。《秋天的品味》以清顺自然的娓语式笔调,叙写秋天的黄昏,一个人独坐在沙发上抽烟,在吞云吐雾中品味秋天的感受。他说喜爱秋林古色之滋味,"其色淡,叶多黄,有古色苍老之慨,不单以葱翠争荣了"。他尤喜爱初秋"喧气初消,月正圆,蟹正肥,桂花皎洁"时的那种"熏熟的温香"。由此他谈到人生感觉:"大概凡是古老,纯熟,熏黄,熟练的事物,都使我得到同样的愉快"。他一反历代文人墨客悲秋伤怀的情调而赋予秋新的内涵和动人的神韵。他那独特的意趣在迂缓舒徐、错落有致的笔墨中尽情地挥洒了出来。林语堂的散文语言看似朴实无华,实在平中有奇,笔墨老辣,意蕴深远。如《论读书》用平实的语言谈人生感受,蕴含着深邃的哲理:"一人在世上,对于学问是这种的:幼时认为什么都不懂,大学时自认为什么都懂,毕业后才知道什么都不懂,中年又认为什么都懂,到晚年才觉悟一切都不懂。"再看《我的戒烟》中的一段:"在那三星期中,我如何的昏迷,如何的懦弱,明知与自己心身有益的一根小小香烟,就没有胆量取来享用,说来真是一段丑史。此时事过境迁,回想起来,倒莫名何以那次昏迷一发发到三星期。若把此三星期中之心路历程细细叙述起来,真是磬竹难书。"用"昏迷"、"懦弱"、"丑史"、"磬竹难书",来表现戒烟时的心理状态和事后的心情,在语意和感情色彩上构成鲜明的错位,从而使作品产生强烈的幽默效果。

第十一节　台静农、苏雪林

台静农(1903—1990),字伯简,安徽霍邱人。少时在汉口读中学,未毕业即到北京大学中文系旁听。1924年转到北大研究所半工半读。在鲁迅的帮助下与李霁野、韦素园、曹靖华等共同组织未名社,开始文学创作,出版小说集《地之子》等。1927年起,先后在北平中法大学、辅仁大学、北平大学任教,因参加左翼文艺运动数次被捕。1935年后,任厦门大学和山东大学教授。抗日战争爆发后,他举家迁徙四川,任职于国立编译馆。1946年10月渡海赴台,任台湾大学中文系教授,直至1973年退休。台静农晚年著述以学术研究为主,并以书法驰名海内外。在台湾出版的著作有《〈天问〉新笺》、《静农论文集》、《龙坡杂文》等。2000年,华夏出版社编辑出版了多卷本《台静农文集》。

台静农的散文取材较为广泛,或追忆往昔,怀念故人,或谈文论艺,传播学问,或写序作跋,关怀人文。尽管作品数量不算丰厚,但质量很高,反映了一个文化老人宽广的文化视野和博大的人文关怀。

忆旧怀人是台静农散文的一个重要内容。在这类作品中,作者抚今追昔,以自然质朴的笔墨,直抒胸臆,娓娓而谈,抒写了浓重的怀旧之情、伤逝之情。台静农在文坛驰骋数十年,交游甚广,平素结识的有不少是学界名流、文学巨匠、知识精英,他以长于传记的文笔捕捉这些友人的音容笑貌、人品性格,信手写来,栩栩如生。《北平旧事》叙述了当年在辅仁大学工作时的一些往事,其中写到了一部分同事,虽寥寥数笔,却形神毕现。国文系主任余嘉锡"原是前清举人,在北京作过官,自己说是六品小京官。他面孔白皙,黑黑的八字须,步履稳重,不苟言笑,给人的印象,严肃而有官派"。史学系主任张亮丞"因病的关系,不到四十岁,须发皆白,面孔又异于常人的红润。一次他搭胶济火车,没得座位,张宗昌的兵看他那样的老,居然让座给他。援庵先生喜拿这事向他开玩笑,说他鹤发童颜,张宗昌的大兵都被感动了"。数学教授常福元,"圆脸长须,肥短身材,步履从容,而和蔼可亲……此老更善说笑话,警策而有含蓄,使你笑了以后还有余味"。其他如英千里、沈兼士、陆和九等人,作者也都抓住人物特征娓娓而叙,涉笔成趣,怀旧之情溢于言表。《记波外翁》则记叙了台湾大学中文系教授乔大壮(波外翁)的音容笑貌及其坎坷的一生。波外翁"身短、头大,疏疏的长须,言语举止,一派老辈风貌","初与波外翁相处,使人有不易亲近之感,不因他的严肃,而是过分的客气,你说什么,他总是说'是的,是的',语气虽然诚恳,却不易深谈下去"。但这样一个正直的老派知识分子在阴暗的现实面前却只能以纵酒来麻醉自己,慰藉那孤寂的心灵,最终以自尽走上消极反抗的道路。作者剖析了他自毁的原因:"从他片断的谈话中,我所了解的,一个旧时代的文人,饱受人生现实的折磨,希望破灭了,结果所有的,只是孤寂,愤世,自毁。"这无疑是知人之论。《追思》回顾了与许寿裳20年的交往,对许寿裳"谦冲慈祥,临事不苟"的性格多有描述,充分表达了对许寿裳遇害的悲愤之情。《酒旗风暖少年狂》则记叙了晚年避居江津的陈独秀的人生境况,作者由陈独秀题写的诗词、书法写到他曾经有过的诗酒豪情,以及历经坎坷后依然保有的磊落倔强之气,写出了人物"烈士暮年"的落寞情状。

  《伤逝》是忆旧怀人散文中的名篇。文化名人张大千和庄慕陵是作者的两位老友,他们曾经过往甚密,但后来老友们却相继离世。作者以沉重的笔墨,勾勒了两位老友的点滴往事,抒写了浓浓的伤逝之情。张大千年轻时才华横溢,精力过人,看画神速,"每一幅作品刚一解开,随即卷起,只一过目而已";而到作画时,待吃过晚饭,"当场挥洒,不到子夜,一气画了近二十幅,虽皆是小幅,而不暇构思,着墨成趣,且边运笔边说话,时又杂以诙谐"。但到晚年,张大千精力明显不济,"看他作画的情形,便令人伤感"。作者最后去医院加护病房探望,"虽然一息尚存,相对已成隔世,生命便是这样的无情"。生命原本就是如此脆弱。而另一老友庄慕陵也终至一病不起,他曾经酒气干云,此时虽不能饮,但"饭桌前还得放一杯掺了白开水的酒",以"表示一点酒人的倔强","当我一杯在手,对着床榻上的老友,分明生死之间,却也没有生命奄忽之感"。老友对生命的执著和顽强,更凸现出作者的伤逝、悲悼之情。作者一方面伤悼生命的流逝,感叹时光的无情,另一方面低缓地唱出了一曲深情的友谊之歌。

台静农在给洪素丽的散文集《浮草》作序时写道:"无根的异乡人,都忘不了自家的泥土。"他注重一个作家在作品中表现乡土情感。在台静农的散文中,就有着浓重的乡土感和乡土情怀。他把当初的台大寓所称为歇脚庵,"既名歇脚,当然没有久居之意。身为北方人,于海上气候,往往感到不适宜,有时烦躁,不能自已",并有诗云:"丹心白发萧条甚,板屋楹书未是家"。(《龙坡杂文·序》)这种乡土情结使台静农散文蕴含着一种浓郁的思乡之情。《谈酒》是很有代表性的一篇。一位朋友从青岛带来两瓶苦老酒,勾起了作者无限的思乡情。他喜欢苦老酒,"可也不因为他的苦味与黑色,而是喜欢他的乡土风味。即如它的色与味,就十足的代表他的乡土风"。苦老酒是他思念曾经的生活地山东的一个载体,看到了苦老酒,实则看到了故土的风情,感受到了故土的温馨。而杂酒则蕴含着他在四川江津白沙的一段生活。台静农写的是苦老酒与杂酒,其实表达的则是他对故友亲人的深切思念和热烈的乡土情愫。富有乡土气息的"酒"成为台静农抒写乡愁的载体。

作为"五四"新文化精神的嫡系传人,台静农有着阔大的文化视野和传承人文精神的自觉意识。在一系列谈文论艺的散文中,他谈古论今,深入浅出,笔锋恣肆,内容涉及多个领域,见解深刻而独到,学理情交融,具有极高的文化品位。这类作品首先具有深刻的学理性。作者引经据典,纵横捭阖,谈论书画,论述作家,评说历史,"拉杂写来",洒脱而灵动。《〈夜宴图〉与韩熙载》由南唐顾闳中的《夜宴图》谈起,考证这幅连环画的主题与当时社会生活的关系,其间引用了《宣和画谱》、《南唐书》、《江南野史》、《五代诗话》和陆游的《避暑漫抄》等古籍,并将《夜宴图》与《花间词》对举,考辨其写实精神,文章知识密集,内涵丰富,且不失趣味和才情,很好地体现了学理情的融合。又如《书〈宋人画南唐耿先生炼雪图〉之所见》,先引《故宫图画录》介绍了故宫博物院收藏的《宋人画南唐耿先生炼雪图》,接着引《南唐书·耿先生传》、《江淮异人录》中相关记述,论证南唐时确有耿先生其人和"炼雪"的神话,又引《抱朴子》来说明"炼雪"乃道士之方术,而后从赵翼的《瓯北诗话》谈到吕岩的《渔父词》和五代词集《花间集》中的《女冠子》,从敦煌曲《内家娇》说到骆宾王、唐太宗、韩愈、白居易等众多历史人物,文中穿插宗教、绘画、诗词、神话、传说等种种内容,可称得上是学者散文的代表作。《辽东行》《随园故事抄》等篇也都在对历史的还原中,再造历史情境,在指点历史、臧否人物的过程中,挥洒着对人生的深刻领悟。他为旧雨新知的著作写序作跋时,则往往议论与回忆相结合,在简要评说著作的同时,深情地忆起往事,铺叙友谊。如《〈病理三十三年〉序》、《〈六一之一录〉序》等。这些在对人物和著作的议论评述中表现着自己的情绪与襟怀的文字,一方面形成自我与人物的和谐,另一方面则体现为借人咏己,呈现出其散文含蓄蕴藉的独特风格。

苏雪林(1897—1999),原名苏梅,字雪林,笔名绿漪女士,安徽太平县人。20世纪20年代中期开始创作,以富有特色的散文蜚声文坛,成为与冰心齐名的"闺秀派"代表作家。散文集主要有《绿天》(1928年)、《青鸟集》(1938年)、《屠龙集》(1941年)、《归鸿集》(1955年)、《苏雪林自选集》(1975年)等。苏雪林的散文风格独特,既具有女性作家的柔美气质,感触细腻,清新明丽,又具有女作家少有的阳刚之气,雄浑豪放,激愤慷慨,别具魅力。

《绿天》是苏雪林第一部散文集,以笔名绿漪印行,共收散文六篇。其中《绿天》、《收获》、《小猫》是单篇散文,《鸽儿的通信》内含14篇通信,《小小银翅蝴蝶的故事》由六节小故事前后连接而成,《我们的秋天》则由七篇相对独立的散文构成。在这些早期散文中,作者着力抒写了两个方面的内容,一是表现女主人公的爱情体验,二是歌咏自然美景。

苏雪林是在现代思潮的洗礼下成长起来的,又到法国留过学,个性解放思想对她产生了很深的影响;同时她又无法摆脱传统观念的束缚。她的婚姻便是母亲包办的,在父母之命和内心的爱情追求之间痛苦挣扎了很长一段时间后她无奈地结婚了。《绿天》里所表现的其实并不是作者自己真实的夫妻感情,而是她对理想的夫妻生活的理解和期盼。她侧重的是主观想象,是爱情理想,而不是现实状况。正如作者所说:"书中描写过去生活大半是'美丽的谎',有几篇实录,也经过若干夸大。"①但这并不影响作者情感的真实和表现的真切。她在有缺陷的婚姻生活中真诚地梦想着男欢女爱、夫妻恩爱。《鸽儿的通信》、《绿天》、《小猫》、《书橱》和《瓦盆里的胜负》等篇便是对夫妻相思相爱情意的真诚抒写,表现了夫妻相聚时的欢乐和离别后的相思之情。《绿天》倾吐了作者的心声:"世上哪有绝对的真幸福呢?我们又何妨将此地当做我们的'地上乐园'。""一切我们过去生命里的伤痕,一切时代的烦闷,一切将来世路上不可避免的苦恼,都请不要闯进这个乐园来罢,让我们暂时做个和和平平的好梦。"《鸽儿的通信》则以爱人出远门后一天一封书信的方式记录下女主人公的思念与深情。

与此同时,散文集《绿天》还热烈抒发了对大自然的赞美,描绘了一幅幅大自然美丽动人的图景。作者以天真的童心、丰富的想象来观照大自然,使自然具有丰沛的生命力。她这样写树和云:"有一株双叉的榆树最高,天空里闲荡的白云,结着伴儿常在树梢头游来游去,树儿伸出带瘿的突兀的瘦臂,向空奋拿,似乎想攫住她们,云儿却也真乖巧,只永远不即不离的在树顶上游行,不和他的指端相触,这样撩拨得树儿更加愤怒,臂伸得更长,好像要把青天抓破。"(《绿天》)在这里,树和云都有着鲜活的生命和鲜明的个性,尤其是云仿佛一个调皮、灵动的顽童。她这样写水:"水是怎样的开心呵,她将那可怜的失路的小红叶儿,推推挤挤的推到一个漩涡里,使他滴滴溜溜的打团转儿,那叶儿向前不得,向后不能,急得几乎哭出来,水笑嘻嘻的将手一松,他才一溜烟的逃走了。"(《鸽儿的通信》)这些描写,情感纯真,充满童心。此外如《扁豆》、《金鱼的劫运》、《秃的梧桐》等篇,也都是出色的写景美文。

在早期的散文创作中,苏雪林并不是纯然以超脱的态度来表现爱情、描写自然,她也写下了一些直面现实、关注人生的作品。发表于1925年的纪实散文《在海船上》、《归途》,记述的是作者由欧洲返回祖国途中的见闻和感受,文中既涉及东西方文化冲突的问题,也揭示了中国人的民族劣

---

① 绿漪:《我写作的动机和经过》,《青鸟集》,商务印书馆,1938年版,第273页。

根性,表现出对民族命运的深深忧虑。她悲愤地写道:"军阀政客专横,不足畏惧;外国人的残杀,不足痛心,一切一切,由国际地位上所得的耻辱,不足愤慨,只要我们有人起来干,换言之就是养成干的实力,这些困难,都可以消弭而排除的。但干的人在哪里?过去?没有。现在?没有。将来?也没有。"(《归途》)这种对于民族文化阴暗面的审视和追问,以及由此表现出的民族忧患意识和文化批判精神,在20年代的中国女作家中是罕见的。

在30年代以后的散文创作中,随着时代的发展,随着作家与现实生活的进一步贴近,苏雪林散文的社会性不断加强。苏雪林将自身经历与时代的风云、历史的变迁、文化的冲突交织在一起,艺术视野日益扩大。1941年出版的《屠龙集》大体有三个方面的内容:一是揭露日本侵略者烧杀抢掠罪行的,如《乐山惨炸身历记》、《敌兵暴行的小故事》等;二是弘扬民族正气,讴歌中华儿女爱国主义精神的,如《寄华甥》、《奇迹》等;三是记述战时知识分子动荡生活与痛苦经历的,如《炼狱——教书匠的避难曲》、《雨天的一周》、《家》等。此时的苏雪林充满爱国热情,她认为人生是战斗的,"人活着不仅为自己,也为大众"。(《老年》)在《屠龙》里,她描绘了一位威武的天神勇敢屠龙的壮观场面;在《奇迹》里,她热情讴歌阵亡的抗战将士:"你们的英魄,安息在天上,你们的行传,铭刻在国民的记忆,你们的名字,长留青史,放射万丈的光芒。"这一时期苏雪林的散文具有悲壮美、崇高美。

到台湾后,苏雪林写了不少记游散文。她以优美的文笔,描绘了青岛的栈桥灯影、黄山的旖旎风光,罗马的地下墓道等世界自然文化名胜。这些记游散文,大都收在《苏雪林自选集》里。

苏雪林的散文具有鲜明的特色。一是具有诗画美。苏雪林的散文诗中有画,画中有诗,既注重诗意的开掘,又注重画面的组合,具有诗画的美。苏雪林写景,善于运用各种色彩来表现大自然的神韵。如《黄山游踪》:"居高临下,放眼一望,但见无穷无尽的峰嶂,浓青、浅绿、明蓝、沉黛,以及黄红赭紫、靡色不有,有如画家,打翻了颜料缸。"可谓浓墨重彩,绚丽多姿。再如《绿天》:"园中的草似乎多时不曾刈除了,高高下下长了许多杂草,草里缠纠着许多牵牛花,和茑萝花,猩红万点,映在浅黄浓绿间,画出新秋的诗意。还有白的雏菊,黄的红的大丽花,繁星似的金钱菊,丹砂似的鸡冠,也在这荒园中杂乱的开着……"色彩的搭配和线条的勾勒恰到好处,立体地呈现出一幅杂草丛生的荒园景象。二是具有趣味美。苏雪林为文幽默洒脱,她的散文颇富谐趣和雅趣。在《鸽儿的通信》中作者以鸽儿为比喻来写夫妻生活:"你在家时,曾将白鹇当了你的象征,把小乔比做我,因为白鹇是只很大的白鸽,而小乔却是带着粉红色的一只小鸽,他们的身量,这样的大小悬殊,配成一对,这是有些奇怪的。我还记得当你发现他们匹配成功时,曾异常欣喜的跑来对我说:'鸽儿也学起主人来了;一个大的和一个小的结了婚!'"字里行间流露出夫妇生活中特有的天真与情趣。苏雪林的古典文学造诣颇深,对古典诗词有深入的研究,她写景状物常引经据典,为文典雅,富有趣味性。《秋夜的星星》抒发的是孤寂惆怅之情,为表达自己的感受,作者引用了龚定庵诗《秋心》,张衡的诗《四愁》,并认为"曹子建的《洛神赋》,陶渊明的《闲情赋》,以及古人无数没有对象的情诗都可归入这一类",最后作品以《浮士德》来结尾。读者从中不难领略到苏雪林知识的渊博,为文的典雅。

第十二节　杨逵、梁容若

杨逵是台湾文学史上最具民族气节和反抗精神的作家之一。他一生致力于爱国民族解放运动,被台湾文坛誉为"不朽的老兵"、"压不扁的玫瑰花"。

杨逵(1905—1985),原名杨贵,出生于台南新化一个农民家庭。中学期间,广泛阅读世界名著,尤爱托尔斯泰的《战争与和平》、《安娜·卡列尼娜》和雨果的《悲惨世界》。1924年为寻求思想出路,也为了逃避包办婚姻,来到东京,考入日本大学文学艺术科夜间部,靠当送报夫、建筑工人来维持生活。半工半读的生活,使他与日本社会有了较多的联系。他深受社会主义及日本劳工运动的影响,积极参加政治运动和劳工运动。1927年应台湾文化协会的邀请回台湾,并当选为台湾农民组合中央常委,负责组织、教育等工作。此后他积极投身抗日爱国运动,领导民众进行反抗,曾被日本殖民当局逮捕十余次。就连他和夫人叶陶的新婚之夜也是在狱中度过的。1932年出狱后,主要从事文学活动。1934年参加台湾文艺联盟。1936年创办《台湾新文学》,出版14期后遭禁停刊。1937年后贫病交加,借钱租地创建首阳农园,以经营花卉为生,坚持业余创作。抗战胜利后,杨逵将首阳农园改为一阳农园,创办《一阳周刊》,主编《力行报》副刊、《台湾文学》丛刊等,为重建台湾文学努力奋斗。1949年因发表主张结束内战的《和平宣言》被国民党当局逮捕,在火烧岛关押12年。1983年获"吴三连文艺奖",1984年又获"台湾新文学特别推崇奖"。

杨逵的创作开始于20世纪20年代后期。1927年在日本发表处女作《自由劳动者之手记》。1932年创作了成名作《送报夫》。后又陆续发表了《水牛》、《模范村》、《泥娃娃》、《鹅妈妈出嫁》等。台湾光复后,他坚持文学创作,即使在狱中也笔耕不辍,写了《太太带来了好消息》、《春光关不住》、《我的小先生》、《智慧之门将要开了》等作品。结集出版了散文集《羊头集》,小说集《鹅妈妈出嫁》等。

杨逵主张,文学要以反映现实社会为目标,应该排除虚幻、颓废,对生活感情与思想动向作具体的描写。这一文学主张完整地贯彻在他的散文创作中。杨逵的散文摒弃了低吟浅唱和无病呻吟,不是风花雪月的消遣之作,而是具有强烈战斗性的爱国主义、民族主义的交响曲,表现了民族的深重苦难和人民的反抗呼声,抒发了对未来的向往和对理想的追求,洋溢着乐观主义精神,给生活在茫茫长夜中的人们以光明的启迪。

  杨逵的散文显示了浩然的民族正气和不屈不挠的反抗精神。无论是日据时期还是光复以后,杨逵一如既往地铁肩担道义,无私无畏地进行斗争。写于日据后期的作品都表现了坚决与日本殖民当局作斗争的坚强决心,贯穿着鲜明的抗日爱国的主题。《首阳园杂记》便是他这一时期思想感情的生动记述。杨逵1937年患肺结核后,在朋友们的劝说、帮助下,创立"首阳农园",靠种菜卖花为生。取名"首阳农园",源自殷商末年孤竹君之二子伯夷、叔齐不食周粟饿死首阳山的历史典故。他常在园中吟诵东方朔的赋《嗟伯夷》:"穷隐处兮窟穴自藏,与其随佞而得志,不若从孤竹于首阳……"这充分表现了坚决不与殖民当局妥协的不屈不挠的斗争精神和浩然民族正气。作者一面吐血一面不停地工作,一手拿锄头,一手捏笔头,写下了动人的爱国篇章。《泥娃娃》发表于1942年,写珍珠港事件后,孩子们在日本军国主义思想毒害下,拿着泥塑的坦克、飞机、军舰和载着日本"战斗帽"的不倒翁,做进攻新加坡、爪哇的游戏。孩子们还用从学校里学来的充满日本军人臭味的话来谈笑,房间里充斥着"哇哗哗哗"、"啊哈哈哈"类似日本军人的无赖叫喊者,而作者的一个原姓"刘"后改姓"富岗"的校友一心要去大陆发国难财。面对这一切,作者深思:"告诉过他们弟妹间要互相忍让的。那么,也许他们竟是手携着手去践踏别人的国土,欺侮别的民族吗?然后,像富岗一类的人,就跟在后头去趁火打劫去!"他从心底发出呐喊:"不!孩子,再也没有比让亡国的孩子去亡人之国更残忍的事了……"他严正地指出:"如果以奴役别的民族,掠取别国物资为目的的战争不消灭;如果像富岗一类厚颜无耻的鹰犬,不从人类中扫光,人类怎么可能会有光明和幸福的一天!"通过具体的描写,作者表现出高度的民族主义思想和朴素的国际主义精神。这也表明他对人生、对社会存着极为深刻的认识。在台湾作家中,杨逵的骨头是最硬的,尽管备遭迫害,处境艰难,但他丝毫没有失去顽强的斗争意志和反抗精神。写于1974年的《冰山底下过活七十年》道出了作者的心声:"能源在我身,能源在我心;在冰山底下过活七十年,虽然到处碰壁,却未曾冻僵。"这正是他的斗士精神的生动写照。

杨逵的散文也表现了在逆境中顽强奋斗的开拓精神。《垦园记》、《园丁日记》、《才八十五岁的人》、《永远不老的人》等篇便具体地反映了这一点。《垦园记》记述他在台中东海大学前买了块不毛之地,准备开垦荒地,建成"东海农园"。这一举动饱受孩子们的反对和朋友们的责难,在进退两难的处境中,他决心苦干下去。经过六年的开拓奋斗,荒芜之地变成了美好的花园,种满了几百种花木,一年四季都有花开。质朴的文字中洋溢着自信、乐观的情调。这也正象征着他身处逆境自强不息、不懈奋斗的开拓精神。《永远不老的人》写他锻炼身体、磨炼意志,虽年过半百而依然斗志旺盛,精力充沛,在人生道路上永不止息地开拓前进。

虽然一生坎坷曲折,命运多舛,但杨逵毫不气馁,从没停止对光明和理想的追求。他的散文明显地具有理想主义色彩和乐观、进取的精神。在《冰山底下过活七十年》里,作者声言虽然在"冰山"底下到处碰壁,却未曾冻僵,因为心里始终有一个"太阳"。结尾处,他热烈地欢呼:"你看,太阳出来了!""多美的太阳呀!"而在《泥娃娃》里,那些泥塑的骄横的战车、日本军人最终未能逃脱毁灭的命运:"当天夜晚,一场雷雨交加的倾盆大雨,把孩子的泥娃娃打成一堆烂泥。"这象征着日本帝国主义不过是泥塑巨人,不堪一击,在人民反抗斗争的暴风雨中,必将被打得粉碎。《太太带来了好消息》中的好消息,既不是添丁发财,也不是名利地位,而是家里每一个人在日常生活中令人愉快的小故事,是妻子儿女们健康、刻苦耐劳、相互间的爱和谅解。作者当时虽身陷火烧岛狱中,却因此而充满乐观的精神和积极向上的进取精神。

杨逵还有一些散文表现了对妻子儿女的深情厚意。《智慧之门将要开了》、《我的小先生》、《太太带来了好消息》、《家书》等作品显示了杨逵思想感情的另一面。他固然是斗士,是铁骨铮铮的硬汉,同时也是一个温和、慈爱的父亲,一个关心体贴妻子的丈夫。《我的小先生》生动地记述了光复初期与妻子一起向七岁的小女儿素绢学习国语的真实情景,具体描绘了小先生津津有味的学习过程和父女间和睦、平等的关系。《智慧之门将要开了》是给孩子写的回信。作者通过谚语、名言和自己的切身经验,鼓励孩子一定要自己努力探索,将智慧之门打开。这篇书信体散文写得质朴亲切,富有哲理,耐人寻味。从这些作品中可以看到杨逵的家庭是一个贫苦的劳动家庭,在这个家庭里充满着真实人性的爱,读后给人以奋发向上的力量。

杨逵的散文具有独特的风格:富于激情而又不失理性,自然质朴而不流于愚拙。作者以他特有的乐观和幽默娓娓道来,平易亲切,朴实无华,闪烁着熠熠的艺术光彩。正如龙瑛宗所说,杨逵的作品"是指示历史道路的文学,是为生活在黑暗中的人们心上点燃一盏灯的文学"(《血与泪的历史》)。

梁容若(1904—1997),河北行唐县人。早年就读于北京师范大学国文系,后留学日本,毕业于东京帝国大学文科。1948年赴台湾,任《国语日报》总编辑,还兼任台湾大学、台湾师范大学、东海大学中文系教授。1975年退休后去美国。1981年回大陆定居。梁容若20世纪30年代初开始散文创作,至五六十年代尤其旺盛,仅在《国语日报》便发表400余篇散文。著有散文集《蓝天白云集》、《容若散文集》、《坦白与说谎》、《南海散文集》、《书与人》、《常识与人格》等。

若对梁容若的创作进行整体观照,可以发现,忆旧怀乡构成了其散文的基本风貌。无论是早年写于大陆的作品,还是后来写于台湾、美国的散文,尽管内容和风格方面有着较大的变化,而忆旧怀乡一直是其散文创作的基本题材。特别是由于长期生活在与祖国大陆隔绝的台岛,梁容若产生了强烈的恋旧怀乡情绪。他怀着对故土亲人的挚爱,追忆往昔人事,抒写故乡风情,从中寄寓深切的乡国之思、亲友之情。他写故乡的酸枣,祖传的梨园,塞外的嬉春图,黄河的"春分河自烂"……在梁容若的笔下,塞外的故乡除了飞沙飘雪自有动人的美丽,这里有惊鸿鸣鸠,也有姹紫嫣红:"妖艳是榆叶梅,芬芳是丁香,高雅是真珠穗,泼辣是马兰草,海棠夭桃,应有的尽有,葡萄藤萝,到处都成架。"艳阳天的牧场上,成百成千的牛羊驼马,"有的比肩晒太阳,有的卧着说家常,有的双双散步,有的成对儿比犄角,有的追,有的跑,有的抱,有的跳,有三角的趣剧,有四角的笑料,有勇武的正生,有滑稽的丑角"(《塞外的春天》)。好一幅生机盎然的嬉春图!

梁容若对故乡的强烈思念不仅体现在对故乡风物风情的细致描绘中,他还打开记忆的闸门,把浓重的思念倾注到对亲人师友的具体描写里。他努力捕捉最亲近人的音容笑貌,加以艺术概括。《母亲节》在较短的篇幅里生动地勾勒了父亲、母亲和祖母的形象。父亲的脆弱敏感,母亲的知书达理孝顺贤惠,祖母的勤俭刚强老年寂寞,无不跃然纸上,神情毕现。《从鲁迅先生读小说史》则记述了当年鲁迅与作者的一段师生情谊,作者用质朴的语言表达了对鲁迅先生的深切怀念。

这些忆旧怀乡题材的散文在艺术上很有特色。它们常常抓住与亲友、与故乡最密切的某件事物加以着力描写。作者浓重的乡土情感通过对事物的具体描写自然而然地抒发出来。《塞外的春天》着力描写优美的塞外风光,字里行间洋溢着对故乡的热爱和思念。作者看过幽燕的上林春色,看过江南的草长莺飞,但这些都不能使他忘情于塞外的渠口春潮、绕郭柳烟,然而现在却离故乡越来越远,胸中的乡愁也越积越深,他忍不住扪心自问:"我是北国的男儿,为什么撇了乡关,把大好河山忘在九霄云外?"他热切地呼喊着:"我希望再踏草原,我希望飞度阴山,看海晏河清,万家腾欢,埋骨在黄河湾处,大青山前。"从而尽情抒发了远方游子思恋故土亲人的心声,也充分表达了去台湾的大陆人的共同心态。

梁容若的随笔小品也别具一格。这类作品诙谐空灵、轻倩隽永,又是一种笔调。梁容若将清澈的智慧和明净的感情凝合为一,从小处着眼,于极细微极琐碎的事物里探讨人生问题,反映社会,批评人生。《偏见》一文从具体事例入手,探讨了现实生活中"偏见"的种种表现以及"偏见"的危害,认为要避免偏见,只有多观察少轻断。作者精辟指出:"人生来把眼睛长在前面,就容易见前而不见后;又生来把眼睛长在头上,就容易见上而不见下。要想看得周到一些,须要常常变动位置,并且主动地努力看自己不容易看到、不容易理解的事物。"在《误会》中，作者更是旁征博引，指陈古今中外多少骨肉间的悲剧、伦常的惨变，常常是起于极小的误会，从而使读历史的人回肠荡气，起一种"人间何世"的感慨。《闲话猫头鹰》运用生物学的知识为猫头鹰辩诬。人们凭主观想象认为猫头鹰是不祥之物，诅咒、迫害甚至杀戮它，而这是没有科学根据的。作者娓娓地叙述猫头鹰的生活习性，兼具知识性和趣味性，给人以"深思之笑"。梁容若的随笔小品写法是纯真、自然的，既言志又载道，轻松中有严肃，诙谐中有正经，雅俗共赏，正如他所说的"篇幅小而品格很高，力量不小，名为'散'而韵味却更集中"（《现代小品散文的特质》）。

梁容若的散文具有独特的艺术风格。首先，他善于在作品中运用典故、谚语、古典诗词，旁征博引，扩大了作品的容量，增强了艺术感染力。多年的教授生涯和语言文字工作使梁容若拥有渊博的历史知识和深厚的文学素养，无论叙事抒情散文还是说理论道的随笔小品，他都能巧妙地穿插典故，化用古诗词的意境。《误会》一文在论说误会的危害时列举古人误会的事例，如数家珍般地指陈众多令人感叹的历史悲剧都因误会而生，如汉武帝父子的明争暗斗，张耳、陈馀的反目为仇，文天祥、李庭芝的一场混战等等。《喝酒》则以"酒逢知己千杯少"开篇，文中引用了众多的文人墨客如曹操、刘伶、王绩、陶渊明、李白、杜甫、岑参、白居易、黄庭坚、陆游等人的饮酒诗，涉笔成趣，出神入化，意味无穷，字里行间仿佛洋溢着浓郁的酒香。其次，梁容若的散文感情醇厚、语言质朴，风格平易自然。那些抒发乡情、亲情的篇章，感情像插了翅膀，深入到所描写的人事、景物之中，情深意笃，细致入微。而那些随笔小品则集说理、抒情于一体，在朴素平易的文字中吐露深沉的情感，蕴含深邃的哲理。

第十三节　言曦、王鼎钧

言曦(1916—1979),本名邱楠,江西南昌人。毕业于美国波士顿大学。曾任台湾"中国时报"主笔和《时报周刊》海外版发行人。著有散文集《言曦散文全集》、《世缘琐记》、《骋思楼随笔》等。

亲情和人情是言曦散文恒常的主题。人生纵有百态,但对于具体的人而言,总离不开父母妻子儿女朋友。这构成了人生的小天地。言曦的散文便集中地描写了这一方天地,他以真诚、质朴的文字抒写"身边琐事",在对身边人物的描写中显示出对人生敏锐的观察力。他的散文世事练达,温雅隽永,在平实素朴之中透露不俗情趣。

《世缘琐记》被誉为"现代浮生六记"。这"六记"的标题都只用一个字:《伴》、《子》、《姐》、《媳》、《长》、《友》,分别写夫妻爱、父子情、姐弟情、翁媳关系、同事情和朋友谊。由于作者对身边人物有深刻的感受,因此他能抓住人物性格特征和音容笑貌,使笔下人物细腻真切,生动感人。《友》中的那位友人性格鲜明:"一是孤傲,不屑与俗人交,也不很合群;二是富真性情,一旦结交,则久而弥笃,不随财势的迁异而变更。"在具体描写过程中,作者并不为友人讳,坦言直陈其缺点:(一)好摆龙门;(二)不敬老尊贤;(三)计划多而实现少;(四)长年独身未娶,年逾半百犹慕少艾。作品通过对友人性格各个侧面的真实描摹,一个具象化的立体人物立现眼前。《子》一文以深切的父爱状写儿子形象,传达父子深情。其中写老二强儿中学时领导同学与校外一群太保"抗战"的情景很好地表现了儿子倔强、真率、不畏强暴的性格:"……坐在计程车里督阵,警伯来了,别人都一轰而散,也顾不得招呼他,他又是近视眼,要等警伯走到面前,才能看清楚是什么人(我不知道这样如何能督阵),结果捉将官里去,关了一夜。"《媳》则从强儿小学时写起,历数儿子交女友的种种趣事,以及媳妇玫如的可亲可爱,娓娓道来,情趣毕现。儿子恋爱时,做父亲的他热心地担任顾问和参谋,而儿子对父亲也很信赖。每当儿子回"访"之后向"父"帅报告军情时,他总要给儿子出谋划策,如同棒球教练向球员面授机宜:"你现在算是安全上了一垒,小心跑二、三垒,不要性子急,冒冒失失地盗垒。"父子亲情,溢于言表。

言曦的散文还有一个鲜明特色,即抒情与说理相结合,在抒情的同时善于归纳和议论。《伴》写妻子时突出描写了她的三大"奇迹":"从不生病"、"婚前未进过厨房,婚后却能做出六七样精致的小菜"、"家里从未遗失过东西",另外还逐条归纳了妻子的四类"家规",充分表现了她的理家才能,给读者留下深刻印象。《媳》在写儿媳时穿插了一段对家里上下两代女人(妻子、儿媳)的比较分析,指出她们共同的优点是对己"节俭成性","对人却很厚","她们都心宽(据说眉心宽的人,心也宽),别人有对不起她们的地方,从不记恨。遇到困扰的事,也不急躁","都有果断,遇事绝不拖沓",然后又比较了两代人的不同之处,这样比较描写,一方面使人物个性更加鲜明,另一方面也表现了和谐平等、其乐融融的家庭气氛。

言曦不仅在抒情散文中抒写亲情、友情、爱情,他的议论文字也有不少谈论亲情的。丰富的生活阅历和对世事人情的特别关注,使他的议论文字从容不迫,挥洒自如,寓深理于浅文之中。《亲子之情——谈儿女上篇》、《劬劳父母——谈儿女下篇》堪称代表作。上篇比较侧重于对亲子之情的阐释和褒扬,处处流露出身为人父对儿女的一片深情。作为一个浸润着中华民族传统美德的现代人,言曦表现出鲜明的东方道德观念,他希望儿女"成为自己的修正的版本","愿意自己所有的优点在他们身上重现,而所有的缺憾,都希望在这个新的生命中得到改善和补充"。他写出了做父母的拳拳之心。而在下篇里,作者从东西方文明、东西方生活方式相比较的角度来谈论"为父之道",着重阐释了"儿女的家教"这一个关系到人类前途的众说纷纭的问题,有理有据,入情入理,立意高远,颇具匠心。

言曦运转一支健笔纵横驰骋于亲情散文天地。他的文字亦庄亦谐,平实而不乏情趣,温雅中透着热烈,情感真挚,令人可亲可近。但作者特别喜欢在行文中用括号夹注,如《伴》一文用了21个夹注,《媳》用了25个夹注。从作品整体来看,删掉许多夹注能使结构更紧凑,文意更精粹。这样三步一夹,五步一注,影响了行文的自然流畅,就如黄河的九曲十八弯,阻遏了文势的畅通。

王鼎钧(1927—   ),山东临沂人。幼年受沈从文作品影响,立志写作。14岁开始写诗,15岁试评《聊斋志异》,16岁发表文学作品。1949年到台北,考入张道藩创办之小说创作组,受王梦鸥、赵友培等教诲,奠定基础,终身自学不息。1978年应新泽西州西东大学之聘赴美,任职双语教程中心,编写美国双语教育所用中文教材。退休后定居纽约,主要作品皆在此一时段完成。诗、散文、小说、剧本及评论各领域均有涉入,最后自己定位于散文。出版散文集20余种,主要有《碎琉璃》、《情人眼》、《开放的人生》、《人生试金石》、《左心房漩涡》等。2001年尔雅出版社出版他的选集,名为《风雨阴晴》,此书显现了王鼎钧散文的多种风格及特色。王鼎钧的散文既有深广的社会内容,又有巨大的艺术容量,形式活泼,风格多样,在台湾文坛独树一帜。余光中曾有过很高的评价:"海外作家鼎盛,风格多般,其旅外尤久而创作不衰者,诗人首推杨牧,散文家首推王鼎钧。"①

王鼎钧的散文饱含着对人生、社会、历史的深刻认识。丰富的生活阅历使他积累了独特的人生经验。他的作品大多是对人生澄澈的观照,无论记事、说理、抒情,都显示出对人生的独特领悟,强烈而鲜明的"我"随处可见。其《开放的人生》、《人生试验石》、《我们现代人》号称"人生三书",在读者中有广泛影响。在这些作品中,他以自己的人生经验为蓝本,表现了人生各个层面,意蕴深远。《那树》是这方面的代表作。作品以路边老树的兴衰荣枯,象征着一种执著而悲壮的人生,具有深邃饱满的人生意蕴。作品通篇没有标明老树所处的具体时空,他透过多年来默默造福于人类的老树被砍伐、被肢解的悲剧命运,从一个特定的角度意义深广地揭示了台湾现代工业文明对传统文化的侵蚀。作者以沉重而不失豁达的笔墨,将自然、社会、人生紧紧联系在一起,写出了历史发展的必然趋势和人的情感之间的矛盾,传达出苍凉、苦涩的心境,在这里,老树的命运被寓言化了,这使作品在况味人生、感受人生方面获得了深邃的意义。王鼎钧的

---

① 余光中:《三百作家二十年》,《余光中集》第8卷,百花文艺出版社,2004年版,第295页。

散文又是乡土爱国情怀的自然流露。他经历了动荡的年代,足迹遍及大半个中国,这使他对民族的历史和文化有深刻的洞察力。《山里山外》、《海水天涯中国人》等散文集突出地表现了作者深藏于心的真挚热烈的怀乡爱国情愫,在严谨的写实和浪漫的激情之中真切地展示了民族的过去和现在,其感情之细腻、思想之深邃、笔法之多样,在台湾散文家中是出类拔萃的。

王鼎钧的散文中,忆旧怀乡是一个重要题材。由于长年离乡漂泊,遍尝流浪之苦,王鼎钧深深怀念着故乡,他用"异乡的眼,故乡的心"写下了许多忆念大陆故土,洋溢着浓郁乡土气息的散文。1988年他出版了《左心房漩涡》,把乡土情怀发挥到了极致。他将自己对大陆故乡故人的怀念喻为"左心房漩涡",充分表现了怀乡情感的真挚、强烈。《脚印》以一个有关脚印的传说,引出作者对故乡、故人、故事的怀念。在作品中,他悠然神往千山万水外的故乡人物,刻骨铭记着童年的美好时光,盼望着在垂暮之年作一次回顾式的人生旅行:"若把平生行程再走一遍,这旅程的终点站,当然就是故乡。"《红石榴》通过对故乡一棵红石榴树的回忆,抒写了深藏于心的一段少时恋情,人生的酸甜苦辣无不凝注笔端。《告诉你》则以浪漫而略带忧郁的笔调状写了作者陷于怀乡情感不能自拔的情形。在图书馆里,他看到了一部极其精细的地图,那上面标有故乡的小镇,以及镇外的小丘、小河,于是忍不住潸然泪下:"我天天想你,朝朝暮暮思念你,这思念,附带产生了多少追悔、多少忧虑、多少恐惧、多少空虚。"他高举盛满往事的酒杯,但愿日日泥醉。

王鼎钧曾说:"乡愁是美学,不是经济学。思乡不需要奖赏,也用不着和别人竞赛。我的乡愁是浪漫而略带颓废的,带着像感冒一样的温柔。"(《脚印》)就艺术特征而言,王鼎钧的忆旧怀乡散文是优美、抒情的,字里行间跳动着一颗漂泊四海、历尽沧桑的忧郁灵魂。如果说王鼎钧的抒写爱国情怀的散文是一曲雄浑昂扬、热情奔放的交响乐,他的阐发人生哲理的散文是短小精粹、沉郁古雅、令人回味无穷的小夜曲的话,那么他的忆旧怀乡散文则犹如缠绵悱恻的梦幻曲,在扑朔迷离之中倾吐着不绝如缕的乡愁。

王鼎钧的散文具有独特的风格。这主要表现在以下三个方面：

一、想象大胆而新奇。优秀的散文家应该具有丰富的想象力，善于在联想的基础上巧妙地组织语言材料。王鼎钧基于对生活的独特感受，在创作中充分驰骋想象。他的散文想象大胆而又新奇别致，令人耳目一新。请看他的豪喻："当年坐在飞快的火车上，看大地缓缓转成唱盘，大地在唱，唱出唐宋元明清，唱出金木水火土，唱出汉满蒙回藏，唱出稻粱麦黍稷，唱出一元万象两仪四时三教九流六欲七情八德十戒百福千变亿载兆民。"（《看大》）将大地看作唱盘，听它不停地唱天地宇宙、国家民族、历史文化，这一比喻确实是十分奇特的。再如《杂念》："冬天，我们为什么要围炉？仅仅是为了驱寒吗？不，我们贪恋，当寒湿全部驱走以后，干燥的空气中泛着的淡香。太阳是世界上最大的香水喷洒机。"像这样独创的比喻在王鼎钧的作品中俯拾即是。这对于增强文字的表现力，营造意境，深化主题起到了重要作用。

二、文体多样，形式活泼。凡散文这一文类所能包容的各种形式的作品，如叙事散文、抒情散文、哲理小品、杂文、散文诗等，王鼎钧无所不为，都有很高的成就。他的散文还在文体上突破了散文与小说，散文与诗的界限，虽是散文体式，却有小说的叙事特点、人物框架结构和诗的语言色彩、意境，这对于丰富和发展散文文体，有着积极的意义。因此，他有文体家的美誉。

三、语言洗练精致、幽默诙谐。王鼎钧的散文显示出作者卓越的语言功力。他将深厚的国学根底融入现代表现技巧之中，笔墨遒劲，文字老辣，形成了洗练、苍凉、睿智的语言风格。行云流水般的语言中蕴藏着对生命意义的独特体验、对现实人生的理性剖析和对情感世界的细腻描摹。他的散文语言缜密而不僵硬，古雅而不雕琢，苍凉而不故弄玄虚，幽默诙谐而不油滑。如下面一段文字："络绎不绝的归人啊，你们何所闻而去，何所见而来。摩肩接踵的过客啊，你们见所见而来，见所见而去。日光之下无新事，但普天游子皆怀旧，偏爱旧时天气旧时衣引发一点儿旧时心情。名山大川见许多，天下胜景还是老家东门外的丘岭，岭上一棵石榴树。树失去了，山在；山失去了，地在，地物改，地形变，大地万古千秋。土在即苗在,苗在即树在。斯土斯地得你亲眼看,亲自用脚踏,亲身翻滚拥抱。过客啊,归人啊,劝君更进一杯酒,他日再逢,先为我从瞳孔里带一些山水,用衣襟留些尘土"(《看大》)。笔墨酣畅,气势雄浑,在从容、严密的文字中蕴含着阅尽人生沧桑的悲凉情怀。因此,张腾蛟认为他"把中国文字的功用发挥到了极致"(《不是游记》)。

第十四节　子敏、萧白

子敏(1924—　　)，本名林良，原籍福建同安，生于厦门，厦门是他"怀念的宝盒里那一颗唯一的珍珠"。子敏从小喜爱写作，19岁开始在报刊上发表散文。1946年到台湾，先后毕业于台湾师范大学国文系和淡江文理学院英文系。他长期任职于台湾"国语推行委员会"，担任过《国语日报》发行人，主编过《小学生》半月刊。

子敏的创作以散文和儿童文学为主，同时也写诗歌、小说、评论。结集出版的散文集主要有《小太阳》、《和谐人生》、《在月光下织锦》、《陌生的引力》、《认识自己》、《乡情》、《丰富人生》、《小方舟》等。他又是著名的儿童文学家，出版有《我要大公鸡》、《白狗白·黑狗黑》、《金鱼一号·金鱼二号》等儿童文学作品。

《小太阳》是子敏的代表作。本书收录《霸道的两岁》、《小太阳》、《一间房的家》等44篇散文。作品多取材于日常家庭生活，作者写妻子、孩子、父母及家中动物，也写柴米油盐和家庭趣事。与女作家的家庭生活题材散文相比，子敏的散文别有一番情趣。他以达观、幽默的态度面对生活，即使生活本身存在诸多不足，他也能以超然姿态淡然处之。子敏善于发掘生活美，捕捉生活中充满诗意的闪光点，因此他的散文往往能在平凡琐碎中呈现亲切、温馨的情调，以朴素简练的语言表现对人生的领悟。

子敏擅长在寻常生活中挖掘动人的诗意。《在房顶上散步》写他在都市单调的工作中寻找生活的乐趣。他不是一个每天黄昏能出去散步的人，在无奈中他发明了眼睛在房顶上散步。暮色苍茫，他用眼睛沿着"房顶轮廓线"散步，有时竟然会走出时间与空间的界线，散步到"过去"，散步到"故乡"。幽默的笔调中包含着独特的生活情趣。《我的白发记》写自己长了第一根白发在家庭中引发的一场风波，他以宽容、乐观的情怀状写家人对自己善意的戏弄，表现出融洽、欢乐、和谐的家庭气氛。

家，是每个人最熟悉的空间。在这一个特定的环境中，人们享受着亲情、温暖和爱。但家并不一定是完美的。譬如，家往往是与房联系在一起的,它需要寄寓房这种形式。而多少家庭正为房所困,因为房的过于狭小而深感困扰。子敏的家原来曾是一间那么小的房,它像一个孤儿,凄苦可怜,房间四周堆放家具,中间只有两尺见方的广场。即使再"多疼它一点",它还是"太小",环境"太闹"。要做饭,只得在篱笆旁边搭了一个更小的厨房,像路边卖馄饨的小摊子。"下雨天,她到厨房去的时候,我心里有送她出远门的感觉。我打开窗户,可以看到她淋雨冲进厨房,孤独地在那里生火做饭。"《一间房的家》写出了作者当年住在一间简陋的平房里的困窘,但物质生活的匮乏并没有破坏家庭的幸福。他们在闹声中学会了用耳朵关门,找到了只有两个人感觉得到的宁静;他们没有因贫贱日子而气馁,设法不让快乐从手中溜走,始终保持着对未来的向往和信心。作者从那一段苦乐年华中找到了丰盈的温情和诗意。

子敏的散文通常在平实细致的叙写中以情趣取胜,文笔细腻从容,感情充沛。作者感情的激流,时时激荡着读者的心,引起读者的强烈共鸣。《一间房的家》在毫无矫饰的文字中表现夫妻深情和两人乐观的精神世界,那种不因环境的凄苦和恶劣而妨碍奋发向上生活的精神,表现得淋漓尽致。子敏也有一些作品在抒发感情的同时深具哲理意味。如《"纯真"好》运用叙述和议论相结合的方法,显示了重"理"的特点。

子敏喜欢在散文中大量插用引号。引号的巧妙运用,使语言更为生动活泼,增强了作品的表现力。如《在房顶上散步》:我不是一个有"每天黄昏出去散散步"的"福气"的人,我的"制造袅袅炊烟"的"最亲密的同伴"也不是,我的"每天背着500斤重的书包","一回家就直奔书桌"的孩子也不是。因此,我只有在"匆迫"中"抢"一刻的时间,在院子里"抢"一"角"立足点,面向西方,眼睛像写草书,在熟悉的房顶上匆匆散散步。但子敏往往显得没有节制。过多地插用引号,使语言变得破碎,影响了完整、鲜明意象的表达。

子敏的散文语言节奏感强,大量运用排比、对偶和整饬的抒情诗句,营造诗的意境。如"成熟应该是青草更青,绿叶更绿,苹果更红,蓝天更蓝,白云更白"(《"纯真"好》)。由于长期在国语推行委员会工作,子敏深谙汉语的内蕴,在语言学、音韵学方面有很高造诣。他出神入化地熟练运用标准的现代汉语,使散文艺术上升到较高的审美境界。

萧白(1925—   ),原名周仲勋,浙江诸暨人。从小生活在农家,与大自然建立了密切的联系。1941年毕业于浙江新昌县立简易师范。1944年参加国民党军队,在戎马生涯中开始写作。1947年发表处女作《蛙声》。1948年去台湾,任职台中市政府,兼编《民风报》副刊。1949年重返军队,在装甲兵司令部供职,1967年退役。1968年出版散文集《山鸟集》,获第三届中山文艺奖。1972年后历任黎明文化事业公司编辑部副主任,出版部文学、儿童读物组主任,主编《中国新文学丛刊》。1975年回到山居,专事写作,1989年正式封笔。主要作品有散文集《多色河畔》、《白鹭之歌》、《摘云集》、《无花果集》、《花廊》、《浮雕》、《儿时成追忆》、《当时正年少》、《石级上的岁月》、《白屋手记》等。另有小说集《雪朝》、《河上的雾》、《壁上的鱼》、《雨季》等。

萧白的散文显示了中国传统文化的深刻影响。无论作品的内容还是形式、技巧,都表明作者是一位深受民族文化传统熏陶的现代作家。台湾资本主义工商经济的迅猛发展,破坏了人与自然的和谐,人的自然本性受到戕害,人们处于焦虑苦闷和躁动不安之中。面对现代都市人的非人化、非自然化的倾向,萧白认为,现代人要救赎自己只有一条路,即返归与亲和自然。萧白散文的基本主题即寻找人与自然的和谐。他营造了一个美丽、静谧而又生机盎然的散文世界,一个与喧嚣、嘈杂、骚动的都市社会相对立的"世外桃源"。《六月》是一首人和自然的奏鸣曲。这篇散文将深情与哲思包孕于对自然万物的独特感受和细腻描写中。六月,盛夏的季节,走进清幽的林子,这里有窈窕的青枫、淡黄色的松花、茸茸的绿苔藓、觅食的栗鼠、裸露的深皱岩石以及闪闪的明亮天空,于是人在大自然中获得了最为惬意的享受。然而,并不仅仅只是和谐,同时也存在着不和谐的音符。林子里的树木"没有眼睛,总是挺胸而立,沐着天光而笑",而有眼睛的"人类只习惯于低头走路,甚至闭上眼睛"。在这篇作品中,人和自然时而相谐,时而碰撞,最终人在自然中发现了自己,找到了自身的局限,即非人、非自然的一面。作者鲜明地表达了人必须回到自然的主题。《八月》

也是向自然寻求皈依的作品。"阳光睡去"的黄昏,鸽子群在天空翱翔,晚祷的钟声在空气中振荡,"我"仰卧着眺望天际,静候月夜的升起。在萧白的人生追求和审美世界里,太阳联系着尘世,月亮则象征着自然。他对都市的世俗生活持一种否定的态度,追求着大自然的本色。他厌弃喧嚣,只求平淡,向往内心的无瑕,盼望自己是风,去"不停地吹响叶子"。萧白从《一月》写到《十二月》,每一篇都是一个与躁动的都市相抗衡的平静、恬淡、纯真的自然世界。

萧白的散文流淌着感情的激流,同时也包含着深邃的哲理,富有思辨色彩。不少作品仿佛是格言的荟萃,记载着对人生的思索和来自万物的启迪。《摘云篇》集中地表现出这一特点。作者在自然美的欣赏中间,不时闪烁着对人生哲理的顿悟,使作品呈现出自然与人文交织的特异光彩。如"最优美的舞姿是一切的静止,任何装潢都是徒劳,任何增添,结果是使原形更加褴褛"。作者在这里肯定了至静之美,否定了刻意的装饰,透露出他对躁动的尘世、矫饰的现实的不满和厌弃。又如"求真是痛苦而又奢侈的欲望,但是我们必须追求,然后等待时间去裁判,各得多少"。作者充分肯定了人们对真理的探求,揭示出追求的痛苦,表达了对真理追求者的敬佩和宽容。再如"恭维在所有食物中最不营养,然而却常常端上桌来,并且也很畅销,就像廉价的太白酒,容易把对方灌醉"。这里生动而形象地描绘出了"恭维"的本质特征。

萧白的散文具有鲜明的艺术特色。他的作品大都短小隽永,在对自然与人生的独特感受与领悟中包含着强烈的抒情性和深邃的哲理。萧白的语言清新活泼,挥洒自如,有浓郁的诗意和迷人的色彩,显示出作者很高的中国古典诗词的修养,同时又有一种泰戈尔诗风飞扬其间。

具体地说,有如下特点:

首先,萧白的散文具有意境美和色彩美。这来自于他对大自然、对人生的细腻体味与把握。作者通过词语的奇妙搭配,写出了连篇清词丽句。"骤然想到夹竹桃的馨香如酒,于是醉落了一地胭脂。哪天,我去品饮一杯由六月的氤氲酿出的山光与潭影的绿"(《六月》)。这显然要比成语"秀色可餐"形象、生动得多。"雨中风中,一路的窗是紧密的黑,而远远,灯如浆果,于是想到一季秋,那时我摘一林红,寻一只五彩羽毛的鸟,蓝天可饮;那时,我酣眠于成熟季的胸膛,灌木以外,谷泉叮咚。"(《一月》)。黑色的夜,火红的秋,纯净的清泉,五彩的鸟,常绿的灌木,高远的蓝天,组成一幅异彩纷呈的画面,营造出富有色彩动感的世界,兼有意境美和色彩美。再如"剪多姿的云,糊我发霉的破壁"(《摘云篇》);"雾在升起,变成鸟飞来飞去"(《无花果》);"当蝉声已死,秋季睡在锦云之中了"(《歌》);"我的发丝直立如密密的丛林,聚集了灰色的苔藓"(《萤》)。作者运用奇特而丰富的想象,调动诸多修辞手段,或夸张,或比喻,或拟人,构筑起情趣横生、意境优美的艺术世界。

其次,萧白的散文洋溢着浓郁的诗情和诗意。他的作品实际上是一首首具有鲜明的意象、浓烈的感情和动人的旋律的散文诗。不少散文采用了诗的结构和节奏,句子跳跃性强,意象密集,有些则类于意识流作品。萧白善于调动通感,赋予大自然以生命和性灵,从而使作品文意活泼,诗情毕现。"我在宇宙间放牧,牧淋漓的雨"(《摘云篇》),这一想象不可谓不大胆。"黄昏被酿熟了,如同酿熟一坛酒"(《摘云篇》),想象新奇而又自然。"太阳坐在石级上,拭去一颗颗露珠"(《萤》),自然界的太阳不仅能坐,还会拭露珠,这不能不令人拍案叫绝。至于"屋脊上风的鼾声起伏,猫头鹰独自在丛林里讲它的哲理,我偷听,偷听一些漏网的泉声"(《摘云篇》),则简直是纯粹的诗了。这里有诗的语言,诗的节奏,诗的意象和诗的韵味,含蓄蕴藉,耐人寻味,扩大了散文的容量和艺术表现力。

再次,萧白的散文具有飘逸潇洒、自然流畅的艺术风格。他挥洒灵动的文笔,溯向自然和人生的各个层面,将想象和诗意糅合起来,传达出作者独特的心灵世界。他的作品显示出深厚的古典诗词的学识和修养。他结合自己的独特感受去化用古典诗词的意境和意象,从而使作品意蕴丰厚,空蒙奇巧,清隽通脱,具有很强的艺术魅力。

参考文献

[1] 王荣刚. 报告文学研究资料选编. 济南:山东人民出版社,1983.

[2] 韩兆琦. 中国传记文学史. 石家庄:河北教育出版社,1992.

[3] 张春宁.《中国报告文学史稿》. 北京:群言出版社,1993.

[4] 朱子南. 中国报告文学史. 南昌:百花洲文艺出版社,1995.

[5] 朱东润. 李方舟传. 上海:上海远东出版社,1996.

[6] 张炯、邓绍基、樊骏. 中华文学通史. 北京:华艺出版社,1997.

[7] 陈兰村. 中国传记文学发展史. 北京:语文出版社,1999.

[8] 李炳银. 中国报告文学的世纪景观. 武汉:长江文艺出版社,2003.

[9] 全展. 中国当代传记文学概观. 哈尔滨:黑龙江人民出版社,2004.

[10] 赵学勇. 中国新时期报告文学研究资料. 济南:山东文艺出版社,2006.